泛若不系之舟

傅真 著

中信出版社·CHINACITICPRESS ·北京·

目录

印度

重返印度 2

旅途疲惫综合征? 12

朝圣果阿 16

你到底是做什么工作的? 22

天堂地狱加尔各答 30

YOU JUST CAN'T WALK AWAY 40

天使在人间 48

我的 27 号 54

何处染尘埃 62

真假和尚 72

如梦之梦 80

佳期 90

邮局风波 124

漫长的告别 130

I

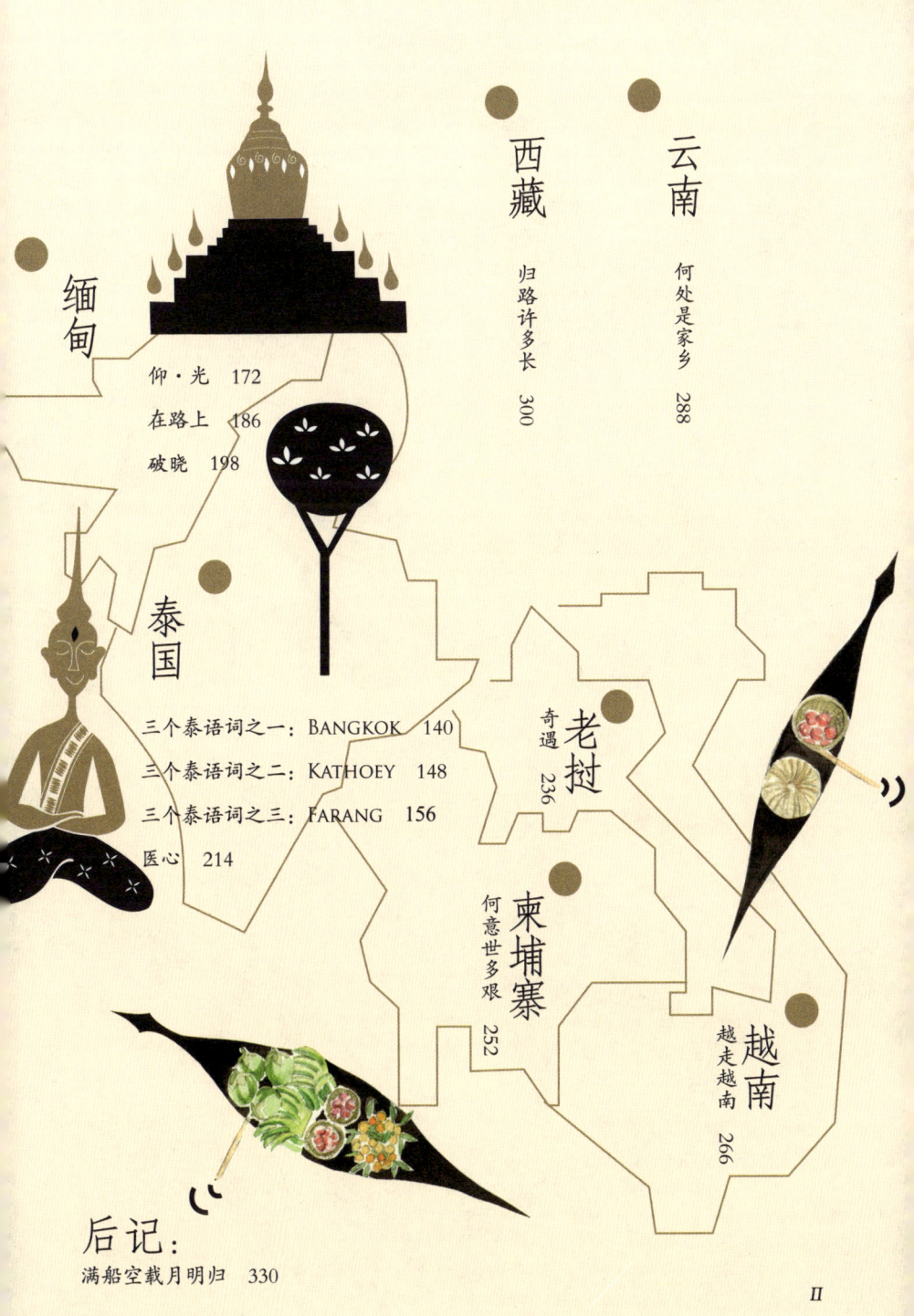

缅甸
仰·光 172
在路上 186
破晓 198

泰国
三个泰语词之一：BANGKOK 140
三个泰语词之二：KATHOEY 148
三个泰语词之三：FARANG 156
医心 214

西藏
归路许多长
300

云南
何处是家乡
288

老挝
奇遇 236

柬埔寨
何意世多艰 252

越南
越走越南 266

后记：
满船空载月明归 330

印度"蓝色之城"焦特布尔

重返印度

▲ 锡克教圣地　阿姆利则金庙

一

Amy Winehouse 死了。我坐在电脑前，呆若木鸡地面对着这个晴天霹雳般的事实，脑子里嗡嗡作响。维基百科说，这位我最喜欢的英国天才女歌手死于酒精中毒，享年 27 岁。我为她震惊心痛，尽管直觉早就告诉我，私生活一片混乱、吸毒酗酒大胆癫狂的 Amy Winehouse 迟早会玩过界。然而更令我不可置信的是她去世的日期——2011 年 7 月 23 日……

它意味着这已是好几个月以前的事情了……

自从我和铭基在 2011 年 5 月 9 日从伦敦飞往墨西哥城开始了背包旅行，六个半月的拉丁美洲之旅显然造成了严重的信息"滞后"。与这个日新月异的世界相比，在崇山峻岭和热带雨林间出没的我们简直像是生活在真空之中。当我回头去查找日记时，发现 2011 年 7 月 23 日的我们正在委内瑞拉寻访天使瀑布，而且即将出发去罗赖马山进行艰苦卓绝的徒步。六天的徒步完全与世隔绝，孤独了几百万年的罗赖马就像是地球的死角，外界的一切都与它无关。还记得徒步快要结束时，我不无忧虑地对队友库巴说："不知这六天里世界上发生了什么大事没有？政变、暴动、恐怖袭击……或许美国总统忽然死了也说不定啊……"

事实证明，在我们离开"现代文明"的那段日子里，尽管奥巴马仍活得好好的，这个世界也的确发生了不少大事——温州动车事故、乔布斯逝世、卡扎菲被俘身亡……从拉美之旅的最后一站里约热内卢飞回伦敦之后，我和铭基就成天忙着上网、见朋友、聊天八卦……拼命追赶落下的进度，将所有最新的资讯动态下载到大脑的数据库里。

六个半月也足以让身边的小世界风起云涌：好友小丁生了个可爱的女儿，关系最好的同事阿比终于被父母"包办"订下婚期，我们买的股票一落千丈，曾经的公司团队继续裁员，这一次居然轮到了我曾向其递交辞职信的上司 J 女士……

而本届的最佳男主角、最佳导演以及最佳原创剧本奖全部要颁给我的前同事罗伊。罗伊是个高大壮实的印度青年，说话慢吞吞，一脸的憨厚老实，遇事不敢反抗，在公司属于被"欺压"的人群。他与女友在大学相识，相恋多年感情甚笃。近两年他们一个在英国一个在印度，远距离恋爱相当辛苦，于是开始讨论终身大事。

只是没想到现实正如蹩脚的宝莱坞爱情片。双方家庭的种姓和社会地位相差太远，女方父母打死也不同意这桩婚事——在印度，即便是交往已久的男女朋友也往往不是配偶人选，他们必须听从父母的意愿。父母无所不知，孝道高于自我，传统至为重要。在巨大的压力之下，罗伊和女友痛苦万分，不知如何是好。在我还没有辞职去旅行的时候，就已目睹他们分分合合三次之多。罗伊甚至曾经特地飞回印度去女友家"谈判"，试图以真心打动其父母，可惜最后还是被赶了出来。我辞职前不久，听说他们正式分手了。和罗伊一起喝酒的时候，他情绪低落至极，"一切都结束了……我想我以后再也不可能爱上任何人了……"

谁知道故事并没有结束。几个月后的一天，我还在南美洲旅行，而罗伊忽然飞回了印度。这一次他计划周密，成败在此一举。直至今日我仍不知他到底以何种方式说服了女友，这勇敢的女孩儿居然收拾了一个箱子离家出走，并从家中偷出证件和罗伊一起去了婚姻登记处！又因为罗伊以前曾在英国驻印度大使馆实习过，人脉广泛，很快就替新婚妻子搞定了去英国的签证。一刻都没耽搁，一对新人立即飞回英国，落地后女孩才给家里打电话："爸妈对不起，我和罗伊结婚了，现在人在伦敦……"

听到这里，连我都忍不住从沙发上跳起来鼓掌叫好！以往我总是嘲笑印度电影脱离现实，可是眼前分明就是活生生的宝莱坞电影结局！那片土地上传统深植而禁忌丛生，却也一直有人勇敢地打破命运释放灵魂。在印度之旅即将开始的时刻，听到这个故事真是令人精神一振。

我和铭基在伦敦只待了一个多星期便飞回国内，在父母家中小住了一段，又开始打点行装，准备前往亚洲之旅的第一站——印度。临走的前一天，我在家乡南昌的一家餐馆里看见一位正在做甩饼的印度青年。他一个人站在入口处最显眼的地方，落落寡欢，形影相吊。有大概从没见过棕色皮肤的小孩子站在一旁张着嘴扬起头死死盯着他看，他也严肃地回瞪那小朋友，庄严中流露一丝无奈，手中的面团如同他身上的孤独一般越拉越长。我站在门外默默地看着他，感觉颇有点儿不可思议。男儿在他乡，焉得不憔悴。你的他乡是我的故乡，你的故乡是我的他乡，而我们为何偏偏抛下熟悉的一切，非要奔赴那令人憔悴的远方？

二

多年前我在英国读研究生，第一天正式搬进宿舍的时候，隔着窗子第一次看见我未来的舍友美胡。他的一口牙齿在黝黑的脸上发出白幽幽的光，导致我在他自我介绍之前一直以为他是个黑人。我住的是男女混住的宿舍，一共三男三女，三个男生中就有两个是印度人——美胡和约给什。

美胡和约给什分别来自印度的一南一北，个头肤色不同，性格也大相径庭。美胡是在大城市孟买长大的富家公子，酷爱玩乐，是赌场和迪厅的常客。约给什则是一路自己打拼的穷家小子，性格较为内敛，而且几乎每天晚上都要外出打工赚零花钱；美胡是在信仰印度教的家庭长大的叛逆分子，已经接近没有信仰。而约给什在自己的房间里悬挂了印度神像，每天晨昏请安，几次祈祷；美胡的"破处之夜"就在我隔壁的他的房间发生，宿舍里每个人都听得一清二楚。约给什暗恋许久的法国女生投向别人怀抱，他躲在楼梯的角落泣不成声……如此不同的两个印度人，相处却也十分融洽。他们最大的共同点是：同样能歌善舞，而且都不吃牛肉和猪肉。所以我常常一边在厨房挥汗如雨地翻炒着猪牛肉搞得满屋子肉气腾腾，一边心里默念着：约给什的神啊，原谅我们这些粗俗的野蛮人吧……

通过美胡和约给什，我逐渐认识了很多印度人，也开始意识到他们是英国最大的少数族裔。在我的学校里也有很多印度和巴基斯坦移民的第二代和第三代，美胡和约给什称这些人为"椰子人",暗含"棕皮白心"的讥讽之意,和我们称美英国家长大的华人(即ABC、BBC)为"香蕉人"有异曲同工之妙。有一次印巴两国举行板球赛,"椰子人"们全都聚集在电视房和学校酒吧内,分别为自己也许从未踏足的遥远的故乡加油助威。他们情绪激昂,相互虎视眈眈,气氛剑拔弩张,比赛结束后还差一点打起来。反倒是在印度和巴基斯坦土生土长的同学们情绪比较平静,约给什说:"他们是盲目的,他们不知道历史之痛……谁又想走到今天这一步?"

他口中的"历史之痛"指的是1947年的印巴分治,这片伤痕累累的土地最终还是分裂为以印度教为主体的"世俗"印度和伊斯兰教国家巴基斯坦。然而那时的我对这段历史还是知之甚少,所以看不清约给什眼中迷雾一般的哀伤。

工作之后,我的同事中也有很多是印度人,他们代表了另一个印度——正在崛起中的大国印度。这些同事大多是毕业于印度国内名校的精英,一口英语虽然带着浓浓的印度口音,在语法、词汇和流利程度上却都无懈可击。他们头脑聪明,反应迅速,善于表达,长于思辨——这似乎是印度特有的民族性格。遇上不懂的问题,我最喜欢请教印度人,他们口头表达能力一流,对问题的解答清楚透彻,是天生的好老师。

自从和许多印度人成为朋友,我就开始思考一个问题:除了给印度人安上"阿三"、"阿叉"这样带有污辱性质的绰号,我们对他们又真正了解多少?为什么我们的好奇心总是指向白肤金发的欧美人士,却一直忽略了这些棕色皮肤的近邻?

更令我感到困惑的是西方人对于印度的迷恋。为什么在很多中国人看来无比"脏乱差"的印度却是西方人眼中的精神圣殿?印度果真是一个蕴含着无尽智慧的宝库吗?甲壳虫乐队去那里学习冥想,乔布斯和朋友一道浪迹印度寻找顿悟,毛姆《刀锋》中的男主角拉里最终在印度找到了他想要的终极真理……而20世纪60~70年代,无数嬉皮士更是听从他们内心"来自东方的召唤",不远万里来到印度,学习印度宗教,寻找内心的灵性和觉悟。可是谁能说清,这究竟是一种高贵的修习,还是用来逃遁现实生活的手段,甚至只是一种肤浅的自恋情绪?

▲ 瓦拉纳西小巷里造成交通堵塞的"圣牛"

带着这样的困惑和好奇，2007年底的圣诞假期，我和铭基第一次踏上了那片神秘的土地，希望找到能破解这神秘的线索。短短十天，我们看到数之不尽的造物奇迹，也看到不忍卒睹的人间惨剧。印度是万神殿，也是修罗场。

十天的旅途中，我总觉得眼见的一切都充满了矛盾：脏乱不堪的小城里隐藏

7

着豪华程度令人咋舌的五星级酒店,而门外不到一百米处就蹲着一群群正在生火取暖的穷人,这是活生生的"朱门酒肉臭,路有冻死骨";印度教的哲学思维那么高超繁复,而它的仪式却又那么原始单纯;歌颂善行,强调功德积累的印度教徒却也不忘欺骗和压榨游客;贫穷的人们自己衣不蔽体,却不忘施舍一点小钱给乞丐;一向认为自己是世界上最爱干净民族的印度人毫不掩饰地当街大小便;在大城市里露宿街头的乞丐情状无比悲惨,然而他们不必担心"强制拆迁",政府不能驱赶、收容、遣返他们,因为他们有选择居住地和生活方式的自由,他们的贫穷是受到保护的……

尽管在第一次的印度之行中遭遇了许多乱七八糟的破事儿,在我的眼中这仍然是个神奇有趣、有矛盾的多面性而且充满了无数种可能的国度。在这样的国度,连贫乏的那一面都满溢着诗性。我觉得印度人是最具有诗人气质的民族,就连他们迎着朝阳蹲在旷野上大便的情景,都让人觉得是世间最富有深意的活动。

印度教那广博的包容性也令我着迷。它从不弃绝任何东西,这种庞大的接纳和包容能力使得伊斯兰教、基督教、锡克教、佛教、耆那教等宗教都能够与之并存,并受到它的影响。从前的我对一些宗教的教义怀有恶感甚至是恐惧心理,可是在印度停留不过短短十天,看到印度教的包容,不禁为自己的无知和狭隘感到惭愧。我终于意识到,在很多时候,宗教的偏执性其实是来自于人而并非它的本身,如果只是怀着学习的心态在宗教中获取思考方式和精神力量,便不会那么容易钻入某些死胡同里。同样,如果"无神论"是建立在无知而自大的基础上,那么根本不是一件值得自豪的事情。

清人袁枚在《续子不语》中写道:"常见孔圣、如来、老聃空中相遇,彼此微笑,一拱而过,绝不交言,此天地之所以为大也。"虽然原文本身很有点儿恶搞的精神,但是那种没有压迫性的"天地之所以为大"的情怀,也的确正是我在印度所感受到的。

那次旅行使我渐渐开始理解西方年轻人对于印度的感情。他们(其实也是我们)所处的高度"文明"的世俗社会并不像个真正的社会,它更像是一个集市,允满物质，讲求理性，不在乎心灵的需求。当人们终于开始感受到这个社会以及自己心灵的空虚时，他们将转而追寻那些能够填补空虚的东西，并最终回溯到一个深刻的源头来修复这种空虚。也正因如此，越来越多的现代人开始对古老东方的灵性传统及它的"修复"作用发生兴趣，这几乎成为了西方社会中一股自发的潮流。

然而这些灵性的追随者却很少是基督徒，大概是因为正统教会教条森严价值观保守，令人望而却步。相比之下，身为"万神殿"的印度却相信抵达神的道路不止一条，重要的不是方式而是目的。只要目的是好的，那么方式便也是好的。此外，今日的基督教太过基于信仰，反而忽视了以耶稣的方式生活或是从耶稣的角度看世界，印度却深深懂得这其中的精髓。与一味遵守教条相比，它更看重精神体验，再贫乏的小城镇里也总能找到静修所和灵修中心，更有无数长须赤足的苦行者们如当年的佛陀般日复一日地苦其心志，饿其体肤，以求从尘世中获得永恒的解脱……

印度也使我开始欣赏直觉和经验智慧的力量，它们是对西方所提倡的理性思维的重要补充，因为世界无法仅仅用语言和数字来定义，生活中总蕴含着神秘而不可预知的东西。然而旅行结束回到伦敦，我又立刻一头扎进了那个理性的物质世界，每天工作超过 12 个小时，内心焦躁不安，生活围绕着杠杆收购模型和资产负债表而展开。我甚至没有时间去欣赏日落之美，"灵性"之类的东西更是早被抛到脑后。印度精神就这样悄悄地从我身边溜走了，正如印度裔作家奈保尔在《幽黯国度》一书中所言："在我的感觉中，它（印度精神）就像一个我永远无法完整表达、从此再也捕捉不回来的真理……"

辞掉工作踏上旅途之后，拉丁美洲的大山大水帮我重新寻回了一些早已失落在"文明"的城市生活中的东西——野性、热情、冒险的乐趣、与自然的联系……而至于心中缺失的另外一些东西，我一直在寻找的那些东西——生命的意义，信仰的价值，理想和现实的平衡点，形而上学的问题与日常生活的调和……直觉告诉我，虽然这些问题永远也没有终极答案，然而有可能将思考引向更深处的线索就埋藏在某个地方——

是的。在"万神殿"。在人的森林。

三

再次上路，我发觉自己在不由自主地哼唱着 Canned Heat (罐装燃料乐队) 的 *On the Road Again* (《再次上路》) ——一首 60 年代的老歌。坐在轰隆隆的火车上唱着这首歌，前奏和口琴部分与火车独有的节奏配合得天衣无缝。我微笑着，心中充满感激。你知道你有多幸运吗？我不停地问自己。

第二次来到印度，感觉仍然像爱丽丝掉进了兔子洞。又或者我才是疯帽子先生？那么谁又是三月兔呢？我没见到小睡鼠，只看见一群像刚出生的小狗那么大的老鼠正在马路上横冲直撞。事实上，不只是老鼠，烟尘漫天的马路上还充斥着(而且往往是逆行)成群结队的牛、羊、狗、巴士、汽车、自行车、摩托车、tuk-tuk (一种载客的三轮车)、卡车、工程车……在彻底被喇叭声弄疯之前，你甚至有机会看到马和大象迎面走来。

更多的还是人，密密麻麻，无处不在。在拉丁美洲早已习惯了高山丛林地广人稀，而印度却好似直接将拉丁美洲的热带雨林转化到了人类层面。法国人类学家列维·斯特劳斯来到南亚之后，震惊于有些地方每平方公里超过 1000 人的人口密度，这才完全了解到热带美洲由于人口稀少所享受到的历史特权。他在《忧郁的热带》中写道："自由不是一种法律上的发明，也不是一种哲学思想的征服成果，更不是某些比其他文明更正确恰当的文明才能创造才能保有的东西。自由是个人及其所占有的空间之间的一种客观关系的结果，一种消费者与他所能应用的资源的客观关系的结果。"在印度，人类与他们所占有的世界不成比例，自由的享受和作为象征意义的"自由"之间没有任何真切的关系。

印度绝对不是广告宣传片 "Incredible India (不可思议的印度)" 里的模样，然而亲眼所见的一切却令你觉得它更加不可思议——不可思议的好，不可思议的坏。如果将贫穷这一事实排除在外，印度简直就是一场现代艺术展：

满街飘扬着华美的纱丽，鲜艳的色彩和飘逸的布料使得连做苦力的女人看起来都宛若女神。稍一侧身，里面的小短上衣露出腰部的皮肤，坐在路边卖菜的老奶奶也忽然变得性感；

无数人生活在街边用木棍和塑料袋搭建的"住所"里，在垃圾堆里寻找食物，或是捡拾塑料瓶子卖一点点钱。有些人甚至无片瓦遮身，索性直接睡在人行道上，用一块破布盖过全身蒙住头脸，走过时你不知他究竟是死了还是活着；

这里有全世界数量最庞大的乞丐，年幼的、失明的、残疾的、患病的……你根本无法坦然地与他们对视，任何目光的停顿都会成为你的弱点。有些乞丐的脸上甚至带有一丝愉悦的挑战意味，仿佛在说："别以为你跑得掉……"

怀抱婴儿的贫民窟妇女有着与其他印度女人完全不同的眼睛，像两块正在燃烧的煤炭，而饥饿正是包裹着煤炭的凄烈火焰。不远处，穿着紧身牛仔裤和高跟鞋的印度女生正款摆腰肢走进购物商场；

即便是地位再卑微的印度人都有表现得宛如帝王的时候，只要他有办法找到一个比他地位更低的人；

坐在树下的修鞋大叔在他清洗完工具的一盘水中洗手，然后愉悦地用手抓起米饭送入口中；

你还沉浸在刚刚经过的那座印度神庙的清洁美丽之中，没留神旁边店铺老板吐出的一口浓痰正朝你飞来……

上一秒，印度神奇绚烂，美丽动人，下一秒它却变得肮脏丑恶，令人愤怒。可是在你意识到这一点之前，它忽然又变了，变得精彩神秘，激动人心。

在印度，你的想象力无所事事，因为它已经被超越了。

旅途疲惫综合征?

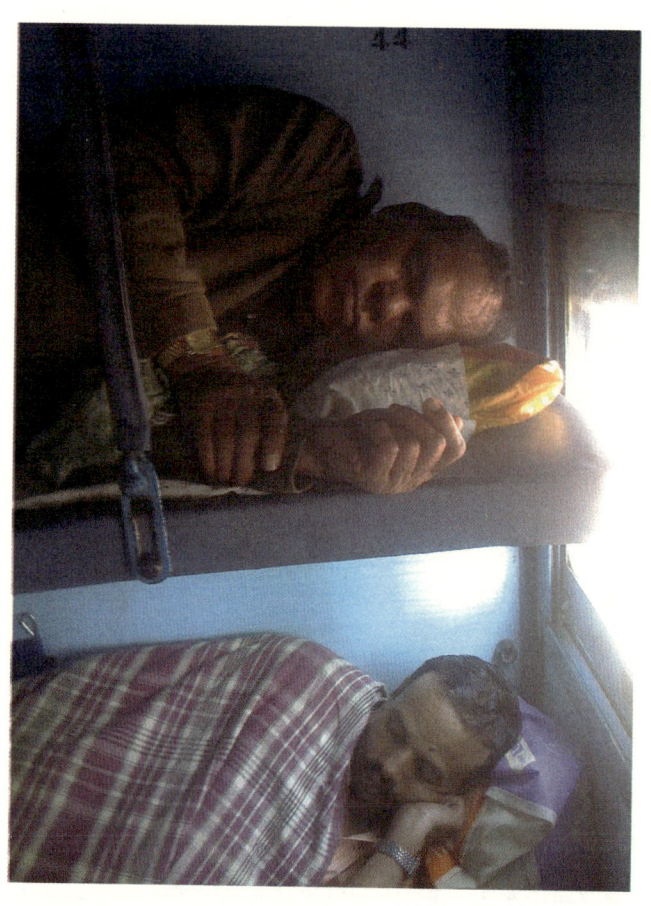

▲ 印度的卧铺火车

在一盆棕色的水中洗完碗之后，餐厅的服务员将食物端到我们面前。看都不用看，我就知道他的大拇指肯定又是第一百零一次浸在我的咖喱汁中。他放下盘子，将大拇指在裤子上擦了擦。我犹豫了十分之一秒，但是饥饿迅速打败了所有其他的考量。

虽然拉肚子已经成为一个非正式的印度旅游项目，我还是没有料到铭基同学那么快就中招了。出发去果阿（Goa）的头一天晚上，他几乎是在马桶上度过的。看见他那么痛苦，我也担心得一宿没睡。眼看着天一点一点亮起来，去果阿的火车6点55分就要出发，我真不知道我们是不是应该推迟一天再走——在火车上拉肚子，想想都觉得是一场噩梦……铭基忽然又冲去厕所，这一次居然还吐了，可是他吐完出来，脸色苍白却固执地摇头，"走吧，票都买了……"

拗不过他，只好背上背囊出了门。清晨6点的旅馆难得的清静，守夜人就躺在狭窄走廊的地板上呼呼大睡。我们小心地跨过他，铭基同学在病痛中还不忘镇定地从旁边的柜子里拿出一卷卫生纸。我忽然觉得旅行前的准备还是不够充分，或许纸尿裤也应该列入清单之中……

因为买的是 Sleeper（三等硬卧车厢）的票，车厢里没有空调，一路上温度不断升高，实在是闷热难当。我躺在上铺，时不时探头下去看看睡在中铺的铭基，他还是不舒服，然而神奇的是，自从上了火车，整整十几个小时他都没有再去厕所，一直坚持到了最后。这是怎样的一种意志啊！

到达果阿后，铭基的拉肚子症状渐渐减轻了，可是喉咙却开始发炎，吃东西时简直食不下咽，而这边厢我也叫苦连天。别人来到印度后都拼命拉肚子，我却可耻地便秘了……更糟糕的是右耳后面有个地方越来越疼。这情况从到达印度的第二天便开始了，之前只是按压才会疼，后来却变得好像偏头痛，时不时地自动发作，一扯一扯地令人抓狂。我一开始没当回事，后来实在疼得太频繁，不禁有些担心。

记得曾在书中看到一个说法："travel"（旅行）这个词来自于一个更老的词汇

"travail"(劳苦、阵痛),而"travail"的根又深埋于拉丁文的"tripalium"——一种中世纪的酷刑架。旅行的酸甜苦辣原来早已包含在它的本意之中。唉,漫漫旅途,又到了"上刑"的时刻。

所以,好不容易来到果阿,我们拜访的第一个"景点"却是当地的诊所。医生留着两撇神气的小胡子,坐在一间陈旧得宛如电影布景的屋子里,身前的桌子上贴满了各种诸如"笑一笑,十年少"之类的人生格言。虽然感觉自己进入了一部印度乡村电视剧,我们还是很高兴可以用英文向医生描述自己的病情。

铭基打头阵。医生非常专注地聆听,不时地发问,然后不知从哪里找出一把很大的铁尺(或者是形似铁尺的东西),好像玩杂耍一样伸进铭基的嘴里压住舌头观察喉咙,看完以后又若无其事地把铁尺拿出来插在自己的上衣口袋里。(离开之后,铭基同学非常惊恐地说:"他还插回去?!难道不是应该用那种一次性的木质压舌板吗?!")

由于这次喉咙发炎并非由感冒引起,铭基认为一定是吃多了辣咖喱的原因,可是医生听了以后却好像受到了冒犯。"不可能,"他斩钉截铁地摇着头,"印度咖喱绝对没问题!"那到底是什么引起的呢?医生想了半天,"旅途疲惫综合征。"他耸耸肩。可是这旅途才刚刚开始没几天呢……

给铭基开完药,下一个轮到我。听说我耳朵后面疼,医生稍微吓了一跳。他在我耳朵周围用力按压了一圈,还拿出了听诊器,直到确定没有肿块也没有别的病症,这才松了一口气。我自己一直以来的判断其实就是上火,因为这些天来吃了太多的印度咖喱,口味辛辣且不说,食物的组成也太单调。印度菜的荤和素界限分明,很少有荤素搭配的菜。几块肉永远孤零零地浸在浓汁里,没有任何蔬菜做伴。几天过去,我已经觉得自己闻起来就像咖喱羊,喝的水是咖喱羊,牙膏也是咖喱羊,连铭基都变成了咖喱羊——咖喱羊侵入了我每一寸的生活和存在……

可是我的推测刚一出口,医生再次动了气:"肯定不是印度菜的问题!"连他的胡子都立刻激动地翘起来捍卫咖喱羊的尊严。

▲ 果阿的诊所位于这栋建筑的二楼

我赶紧投降,"OK!那肯定是……是……是旅途疲惫的关系!"

医生有点儿满意,"Exactly! And your ear is very very dry. (没错!而且你的耳朵非常非常干燥。)"他说着可爱的每一个音节都拐弯的和天津话有异曲同工之妙的印度英语,伴随着印度人特有的(也是我一直在尽全力模仿的)表示肯定时的摇头晃脑。

他在纸上写下龙飞凤舞的处方,一脸骄傲地交给我,"去药店买来这些药吃了,我保证你三天就没事!"

"是吗?那太好了……"我疑心重重地回答。

令人难以置信的是,三天之后,居然药到病除,疼痛完全消失了。

什么灵丹妙药这么有效?怀着巨大的好奇心,我们仔细研读了那一大串复杂的药名,最后不禁哑然失笑——

"旅途疲惫综合征"的克星,原来就是维生素B……

朝圣果阿

▲ 在果阿海滩上"漫步"的牛群

传说中所有关于果阿的一切都是真的，青翠、清洁、安静，这个曾经的葡萄牙殖民地一点也不像印度，而更像是个不属于任何国家的世外桃源，也难怪 The Bourne Supremacy (《谍影重重 2》) 中正在躲避追杀的 Bourne (伯恩) 和女友会选择在此隐居。躺在沙滩上看着婆娑椰影和浪卷白沙，人世间的一切都会被远远抛下。

这次在印度时间比较充裕，我们在果阿待了整整一个星期。因为喜欢清静，不想被大麻和疯狂 party 打扰，我们特地选择远离海边的嬉皮小镇，住在殖民地风情浓郁的果阿首府 Panaji (帕纳吉)。虽然顶着首府的头衔，Panaji 实际上只是个安静可爱的小城。黄色的房屋，迷人的小巷，猫咪趴在门前停放的自行车旁，桨轮船悠然行驶在城北的河上，城里还有一座巨大的教堂，下面的层层阶梯看起来就像一个白色的婚礼蛋糕。

在印度北部的很多地方，无数当地人想方设法从游客身上榨取金钱，甚至不惜坑蒙拐骗，令游客们大伤脑筋。我常怀疑如果价钱合适，他们能把自己的亲娘都给卖了——"Best mom in all of India. I give you good price (全印度最好的老妈，我给你个好价钱)"，我甚至能想象得出他们说这话时摇头晃脑的样子。可是一来到南印的果阿，不但空气清新许多，连民风都变得淳朴起来。住在 Panaji 的日子里，我们完全没有碰见过漫天要价和信口开河，所有人都诚实友好，卖西瓜的小伙子主动帮我们拍照，市场里的小贩还会额外送你一串葡萄。小城里的每一户商家似乎都储备了无穷无尽的报纸，不论是蔬菜水果还是肉类鱼虾，甚至是洗衣店里刚洗完的衣服，店里的伙计总会拿出几张报纸将它们整齐地包好，再用麻线一圈圈把纸包捆得结结实实，环保之余，古风盎然。每次拎着麻线纸包走在夕阳西下的古老小巷里，我都觉得自己早到了至少半个世纪。

1 月的果阿白天依然炎热，而最凉快的休闲娱乐活动莫过于租一辆摩托车兜风。果阿的每个城镇之间距离适中，环形路又特别适合骑摩托车游览，再加上租车费用便宜得惊人，来到果阿不租摩托车骑简直就像入宝山而空手归。铭基同学是个什么都想尝试的人，可是他以前从来没有骑过摩托车。租车前他兴高采烈地问我:"你敢坐吗?"我也只好硬着头皮上,"你敢开我就敢坐。"

可是刚坐上去我就开始提心吊胆。即便是慵懒放松如果阿,城里的车流也颇有点儿印度式的汹涌。这里的每户人家似乎都至少有一辆摩托车,一辆车上可以挤满一家四口,每一个司机都是驾轻就熟的机车高手。印度的交通几乎没有规则,在这里开车拼的就是胆量,看谁先 hold 不住在最后一刻投降。倘若还是遵循英国的风度和礼让,恐怕永远也拐不了弯过不了马路。

可是一旦驶出城镇,车流顿时大幅度减少,新鲜的空气扑面而来,满眼都是郁郁葱葱的田园风光。加速,再加速……摩托车在蛇形的柏油路上风驰电掣。风钻进我的头发和领口,凉爽得让人想大叫。高大的椰子树一直延伸至道路的尽头,美丽的天主教堂和印度神庙在两旁交替出现,绿色的田野上点缀着各种颜色的房屋,穿着纱丽的老妇人朝我们投来好奇的目光……

骑摩托车游览果阿像是为我们打开了一扇门,门后面是一整个充满惊喜的世界:花鸟市场、周三市集、西瓜地、戏剧化的悬崖、清静少人的海滩……我们想停就停,想走就走,一般要查公交车次表才能计划前往的地方,如今轻轻松松就可抵达。呼啸前行的摩托车带来一种无与伦比的自由感,我终于明白为什么有那么多人对这种交通工具情有独钟。如果你现在问我最喜欢果阿的什么,我的答案恐怕不会是任何具体的事物,而是我能够坐在摩托车上自由地看遍果阿这一事实本身——不用遮挡,没有门窗,只有两个轮子、一个发动机和无限延伸的土地。

虽然并非狂热的海水沙滩爱好者,我们还是一次又一次地骑着摩托车前往各个海滩。我想任何一个像我一样深受西方 60 年代嬉皮文化影响的人,来到果阿都或多或少怀着些"朝圣"的心情。自从 1961 年印度自葡萄牙手里抢回了果阿,世外桃源般的海滩和丛林、低廉的生活费用以及崇高而神秘的宗教哲学顿时吸引了美国乃至全世界的嬉皮士。他们不远万里蜂拥而至,在这里群居、灵修、冥想、吸食大麻、逃离现实,逐渐建立起一个乌托邦式的自由主义新世界。

然而,随着马丁·路德·金和罗伯特·肯尼迪先后遇刺,随着主流社会的鄙

▲ 果阿的鱼市场可以买到每天新鲜打捞来的渔获
▼ 果阿卖西瓜的瓜农

夷和内部人员的自甘堕落，嬉皮文化也逐渐土崩瓦解。落花满地，嬉皮已死。如今的"嬉皮"只剩下了形式，迟到了四十年的背包客们照样聚集在海滩旁，喝啤酒，抽大麻，开 party，做瑜伽，可是他们之间再也不会出现 Bob Dylan 和 The Beatles。

在果阿，我最喜欢的海滩属于 Vagator（瓦加托），一个曾经种满大麻的小村。这里恐怕是整个印度衣着最大胆开放的地方，在这里长住的西方女生毫无顾忌地袒露自己的身体。村里的小店和摊档出售各种稀奇古怪的没有一个印度人会穿的"印度"服饰，包括布满尖刺的朋克皮带和高度直达膝盖的镂空罗马凉鞋。

Vagator 位于山崖之上，需要走过一条下山的阶梯才能到达海滩。而我最享受的便是站在山崖上俯瞰海滩的那一刻。绿色的棕榈树随风摇曳，丝缎般的金色沙滩拥抱着阿拉伯海，闪闪发光的海岸线就像水晶一样璀璨——我真的还在印度吗？！

沙滩上正在冥想的牛证实了这一点。印度是灵修圣地，这里的牛似乎也深得此中精髓。有时整整两个小时过去，它们还在原地一动不动。而每当冥想结束，它们如梦初醒般回到现实世界，开始在海滩上不紧不慢地踱起步来，踱着踱着就一头钻进了遮阳伞，正躺在伞下沙滩椅上的游客们受到了惊吓，纷纷跳起来四处闪躲。

神牛走了，各种做游客生意的小贩接踵而来，向我们兜售衣服、围巾、首饰、水果、精油按摩等各种物事。女人们穿着轻薄的纱丽，挽起的发髻上插着鲜花。来到果阿的第一天我就发现南印的女人喜欢在头上戴花，而在印度北部往往只有从事特殊职业的女人才会这样做。这有趣的对比忽然令我想起 Scott McKenzie（斯科特·麦肯齐）在 60 年代唱的那首 *San Francisco*（《旧金山》）——"If you are going to San Francisco, be sure to wear some flowers in your hair（去旧金山别忘了戴花）"。有时我觉得嬉皮士会选择印度的果阿作为海外大本营并非偶然：和这里的女人们一样，他们也喜欢在头上插上象征爱与和平的花朵，热爱大自然，过着简单的生活；印度修行者自古就吸食大麻，而崇尚纯精神的嬉皮们也同样酷爱打坐冥想，用大麻来帮助自己去往肉身无法抵达的境地；甚至连那一代人对抗当时政治和社会既有价值观念的方式，都可以看作是另一种形式的"非暴力不合作"……

如今的果阿或许还是像从前一样美,可是那令人神往的迷幻乐园气氛却是一去不返了。果阿当地政府下了"party 噪声限时令",天体海滩也被明令禁止,买卖毒品会被送进监狱,而一向对那特殊气味特别敏感的我在果阿的七天里也只闻到过两次大麻。不远处有古铜色肌肤的长发男子抓住流浪狗的两只前爪与它共舞,旁边一位无视禁令赤裸上身的西方女生正若无其事地款款走来——然而整个海滩最"嬉皮"的也就只有他们俩了。

我一边喝着啤酒一边用 Kindle 看小说,铭基和旁边的德国男生则躺在沙滩椅上用手机上网。我不禁有点儿感慨:虚拟的网络世界和层出不穷的电子产品给我们这一代人提供了避难所和迷幻药,而当年的嬉皮们却只能以自己的肉身与真实的世界对抗。虽然对嬉皮文化中的不少东西持保留意见,我仍然向往这些"花之儿女"曾生活过的那个精彩年代——A whole generation with a new explanation. (这一代人对一切都有新的诠释。) 无论结局如何,至少他们相信世界是可以被改变的。而他们留下的音乐、诗歌、文字和精神一直在鼓励之后的几代人对抗体制活出自我,在这个意义上,世界也的确在 60 年代重生了。

慢着,我心念一动。又或许世界其实真的被他们改变了?我看着自己的 iPhone,脑海里闪过冷酷瘦削、身着标志性黑色高领衫的乔布斯——宗教般的影响力,神一样的地位。来自于美国西海岸、听着摇滚乐、吸着大麻、穿着凉鞋、去过印度灵修的叛逆反主流嬉皮士,最终不仅改变了个人电脑,还同样改变了音乐产业、移动电话、应用软件、平板电脑、书籍以及新闻业,令我们的生活发生了翻天覆地的变化。或许正是美国 60 ~ 70 年代所孕育的无政府主义思维模式,使得他们勇于对一个尚不存在的世界展开想象,并由此推动人类向前迈进。正如苹果公司在 1997 年的广告中所说:只有那些疯狂到以为自己能改变世界的人,才能真正改变世界。

你到底是做什么工作的？

▲ 柯钦的"中国渔网"，据说是当年郑和下西洋时传到当地

离开果阿，我们继续向南，来到了号称"God's own country（上帝自留地）"的喀拉拉邦（Kerala）。这里和果阿一样清丽安静，可是地理特征更加独特，风景人文也更加丰富多彩。除了遮天蔽日的椰子树和绵延不断的海滩，喀拉拉还以纵横交错的河道、绿色的稻田、雾气缭绕的山脉、奇异的野生动物和各种迷人的节庆著称。但是作为一个吃货，我最满意的还是这里的美食。喀拉拉是著名的椰子之乡和香料之邦，新鲜的鱼虾蔬菜便也理所当然地以椰子和各种香料为主要作料，铺在碧绿的香蕉叶上，芳香浓郁，真正令人"十指大动"。因为食材新鲜，这里的食物似乎越朴素越是好吃，红米饭一颗颗饱满又香甜，最简单的胡萝卜和菜花都能做成美味无比的配菜。我本来已经对咖喱产生了味觉疲劳，可是来到这里吃到菜肴中一片片的咖喱叶，居然食欲大开回味无穷。

由于四十多条河道构成了广阔的水域，喀拉拉最经典的旅游项目便是乘船航行在这梦里水乡。从前运载椰子、稻米和香料的House Boat（船屋）如今用来供游客游览住宿，这种船屋外形十分质朴可爱，船身以木板构建，可是完全不用钉子，只用椰子纤维织成的绳子将木板牢牢绑在一起。虽然我们并没有在船上过夜，只是无所事事地在宽广的河流上航行几个小时也已经非常满足。烟波浩渺，水雾迷离，远处大片的椰子树和香蕉林如梦似幻。有渔夫撑一支长篙乘一叶扁舟打捞河蚌，虽然是极其辛苦的劳作，可是因为有了这缥缈背景的映衬，整个人都好像沾染了仙气。看着他划着小船越驶越远，连我都产生了"小舟从此逝，江海寄余生"的情怀。

乘独木舟航行人造河道又是另一种风情。这些狭窄的人造河道就像水乡的道路，方便岛上居民交通和用水。坐在独木舟上，两旁是茂密的热带丛林，高大的树木挡住了大半的日光，却留下满船的光斑碎影。水蛇在岸边午睡，翠鸟从头顶飞过，我仿佛重回南美洲的亚马孙。不同的是这里有实实在在的水乡生活——男孩子们就在我们的船边洗澡嬉戏，老妇人来到河边汲水洗衣，岸上的人家开始生火做饭，远处有农夫正在耕田锄地……

除了美妙的自然风光，喀拉拉还是印度知名的人文圣地。这里文化发达，多

▲ 喀拉拉邦纵横交错的河道

种宗教和谐共存，几乎每天都有一个宗教的节日。街上没有街童乞丐，人们的识字率（接近百分之百）与平均寿命均为全印度之冠，受过大学教育的人口比例比很多发达国家还要高。

我们住在柯钦市 (Kochi) 附近安静的居民区 Fort Cochin（科钦堡），这里街道干净有序，满街都是漂亮的小洋房。因为旅游业发达，民宿多得不计其数。我们计划在这里住四个晚上，可是选择的那家民宿只有后三晚有空房，于是老板娘建议我们第一晚先住在她叔叔家，第二天再搬去她那里。

都说喀拉拉人热情好客，我们也立刻从叔叔阿姨身上发现了这一点。从一进门起，他们就俨然有要领养我们的架势，嘘寒问暖，把所有的大事小事都嘱咐了个遍。我和铭基那时刚坐了一夜的火车，又脏又累，只想赶紧去洗个澡，可是叔叔阿姨简直舍不得放开我们，还是兀自站在客房门口聊个不停。虽然旅行时能和当地人交流是求之不得的事，可我和铭基其实都不是"自来熟"的类型，和不熟的人聊天时话不太多，当下就隐隐觉得有点儿压力。

晚上回来时和阿姨说起第二天早饭的时间。"九点半行吗？"铭基试探着问。

阿姨明显愣了一下，"你们……打算睡懒觉？"

作为一个夜猫子，虽然我个人认为在旅途中九点半吃早饭不能算是睡懒觉，但也有点儿不好意思，只好解释说我们在火车上睡得不好，今晚想好好休息一下。阿姨没说什么，叔叔过来打圆场："没问题！九点半就九点半吧！"

关上门后我和铭基互相做鬼脸。"唉！压力好大！"他叹了口气，重重地往床上一倒。

在之前的旅途中，我们俩一般都是牙不刷脸不洗就蓬头垢面地去吃早饭，这回可不敢了，特地调好闹钟，第二天九点就挣扎着爬起来洗漱更衣。九点半刚到，我们就衣冠楚楚地坐在了餐桌前。

完全在我意料之中，坐在餐桌对面的，是同样衣冠楚楚的叔叔和阿姨。

他们早就吃过早饭了，可还是坐在对面看着我们吃，一边和我们聊天，很快

▲ 去柯钦郊外小镇的河边看大象洗澡

就把我们的来龙去脉摸了个一清二楚。了解到我们对印度的热爱,叔叔阿姨非常高兴,而更令他们感到满意的却是我们(曾经)的职业。"我也是做投资理财的,跟你算是大半个同行吧。"叔叔呵呵笑着说。可是听说我们去年就辞职开始旅行,叔叔阿姨似乎没办法消化这个事实,他们满脸疑虑,可是出于礼貌又不好多说什么。他们也完全没问我们去了哪些地方、旅途中有何趣事,这个话题马上就被故意地忽略过去了。

我一边吃着西式早餐一边悄悄地观察叔叔阿姨。这是一个典型的印度中产阶级家庭,男女主人的出身也许并不特别高贵,但显然都接受了良好的教育,有一份体面的工作和一幢漂亮的小洋房,生活富足无忧。然而他们的生活方式看似西化,本质上却仍是印度式的。叔叔是架势十足的一家之主,拥有不可置疑的权力,总是任意打断妻子的话,看她的眼神居高临下,尊重女性于他大概只是一个抽象的概念。像很多印度男人一样,如果他开了个玩笑,会把在座的所有人挨个儿地瞅一遍，以确定每个人都如他所愿地笑了。

叔叔带着一种谴责的神气和我谈起欧美的金融危机——"因为你们总是喜欢提前消费，"他一脸严肃地摇着头，显然已经把我当成了西方人，"你们觉得自己的生活水平应该无限制地提高……"桌子对面的我则坐立不安地听着他的长篇大论。"Yes, Sir，"我恨不得说，"这场金融危机完全是我一手造成的。"

话题终于转回到叔叔阿姨身上，我不由得暗暗松一口气。他们兴高采烈地从壁橱上拿来一个漂亮的相架，挨个儿地向我们介绍照片中的每一个人。那是一张全家福，足有十几个人，不知是在什么场合下拍的，每个人都穿着正式华丽的晚宴服，看起来简直像是只会在广告片中出现的模范家庭。

"这是我的大女儿，她是硕士毕业。旁边这个是我的大女婿，在＊＊公司工作。我的二女儿＊＊＊，硕士毕业，在＊＊公司工作……我的＊女儿＊＊＊，也是硕士毕业……"他一个个地点过去，满脸骄傲。

我隐隐觉得有点儿不对劲，可又说不出来到底哪儿不对劲。

叔叔阿姨一共生了五个女儿，前面四个都已结婚，只剩下最小的女儿还住在家中。叔叔说为了小女儿的嫁妆，他一时半会儿还不能退休。说曹操，曹操到，小女儿恰好在此时走进客厅，阿姨伸手一指，大声说："这是我们的小女儿 Jasmine，她是硕士！她在 FedEx 工作！"

真的毫不夸张，就在那一刻，我的汗毛都一根根竖了起来——

当一个活生生的人只能被简化为学历和工作，我是发自内心地觉得可怕。

我和铭基对视一眼，不约而同地以低下头去吃东西来掩饰内心的震动。可是叔叔还没有放过我们，他身体向前微微一倾，满脸严肃地问道：

"你们的父母分别是做什么工作的？"

这下我真的愣住了。或许是我在英国待得太久以至于思维有些"西化"，可是向一个刚认识没多久的人询问他父母的职业，就算放在中国，虽然不能说是匪夷所思，却也实在有些不太合适。当下的感觉，就像大学第一天刚住进宿舍，自以为从此摆脱了苦闷的高中生活,开始自由的人生,却被舍友追问"你高考考了多少分"一样。

我忽然想起了一件往事。当年刚工作参加培训时,作为一个培训项目,我和几个同事去英国的一所公立中学里教了一天书。为了尽快和那些正处在叛逆期的青少年搞好关系,大家都互相做自我介绍,每个人都尽量说得有趣一些,现场的气氛非常好。可是有位在迪拜办公室工作的印度裔女同事忽然像吃错了药似的抛出一个问题:

"来,告诉我,你们的爸爸是做什么工作的呀?"

教室里顿时一片死寂。我盯着她拼命使眼色,可是印度女同事以为同学们没听清,开始逐个点名:"你!你先说吧,你爸爸是做什么工作的?"

"我爸……是救生员。"第一个被问到的女孩儿翻了翻白眼。

"我爸爸没有工作。"第二个学生很不情愿地小声说。

印度女同事的笑容顿时凝固了。

第三个学生嘴角露出一丝意味深长的微笑,"我没有爸爸。"

到了这个时候,我的这位女同事就算再迟钝,也终于明白自己到底问了个什么样的蠢问题。

此刻的我真的很想知道,如果把眼前这位叔叔放进当时的那个环境,他究竟会作何反应?又或许这真的是文化差异?他们习惯把人贴上标签(连父母的职业也是你身上的标签)分类放进格子里,这是否是种姓意识在生活中的体现?

第二天,我们从叔叔阿姨家搬回原先订好的民宿。这间民宿的老板夫妇见多识广,经验丰富,对客人的态度亲切而不亲昵,分寸拿捏得恰到好处。我们终于松了一口气。难得民宿的走廊上能收到 Wi-Fi 信号,于是我每天晚上都在走廊的桌子上用笔记本电脑上网和写日记,直到半夜才去睡觉。老板夫妇生活规律早睡早起,即便上网也只是处理工作事务。对于我这种生活习惯,他们觉得相当不可思议。又因为我一副吊儿郎当的德行,还成天在键盘上敲敲打打,他们大概认定我是个没有前途的落魄作家。有一天老板实在忍不住,经过我的桌子时,忽然唐突地停下来硬生生发问:"你是做什么工作的?"

经过叔叔阿姨家的"前车之鉴",我懒得和他解释什么辞职旅行的事,就直接告诉他辞职前的职业。

他却好像吓了一跳,"你?投资银行?"

老板好像无论如何也没有办法接受这个事实,从此每次见面都用古怪的眼神盯着我看个半天,似乎想从我脸上找出投行人士的轮廓来,可是没有一次成功过……

有一天,我和铭基特地起了个大早去郊外小镇看大象洗澡。因为实在太早,老板一家还没有起床,院子的大门被锁住没法打开。不想扰人清梦,我们犹豫了一下,然后直接翻墙出去了。

几个小时后回来。老板娘看见我们,非常惊讶,"我还以为你们没起床呢,"她说,"你们什么时候出去的?没有钥匙怎么出的院门?"

我们据实相告。

她倒吸一口冷气,整个人看起来都快要昏过去了,"我的老天!你们……翻墙?"

晚上我照例坐在桌前噼里啪啦地打字,老板经过时忽然停下了脚步:"听我太太说,你们今天早上翻墙出去的?"

我点点头。

"翻墙出去,就为了看大象洗澡?"

我又点点头。

他迟疑了一下,本想走开,可是又实在忍不住,终于鼓起勇气问:

"你……你到底是做什么工作的?"

天堂地狱加尔各答

▲ 加尔各答的街头

如果不是读到过泰戈尔回忆童年生活的文字，我会疑心加尔各答被困在时光之中从未改变过。在泰戈尔的童年记忆里，加尔各答没有电车也没有汽车，城市里只有马车来往奔驰扬起尘土，绳做的鞭子在瘦骨嶙峋的马背上不断落下；自来水管还未出现，电灯是无法想象的奢侈；妇女出门时必须坐在密不透风的轿子里，在陌生人面前也一定要用面纱遮住脸庞……世界上很多城市的现代化进程都不外乎"破旧立新"，然而眼前的加尔各答却像个固执的老人，尽管免不了被时代的滚滚洪流裹挟着冲向前方，但所有的新物事和老古董却都被他死死抱在怀里，一样也舍不得丢掉。

这使得这座人称"现代印度摇篮"的城市看起来比它的真实年龄更老。有轨电车旁边跑着马车，汽车和人力车在红灯前面一同停驻——初来乍到的旅人们脸上写满错愕，21世纪的大城市居然还存在着这种完全只靠车夫奔跑来获取动力的最原始的交通工具！加尔各答的"骆驼祥子"们大多是脸上刻满皱纹的老者，他们在大街小巷间奋力奔跑，汗如雨下。虽然人力车夫需要这份微薄的收入来养活一家，我还是无法说服自己坐上高高的座椅俯视车夫那花白的头发。

作为英国人一手打造的城市，加尔各答的街头随处可见殖民者留下的英式建筑群，古典庞大，气势惊人。听说英国人建造加尔各答时复制了伦敦的城市轮廓，可是在我看来，这座城市的气质更接近于土耳其的伊斯坦布尔。不知是漫天烟尘还是我的目光作祟，加尔各答的颜色看上去宛如发黄的黑白胶片，苍茫朦胧，像是试图讲述着无法讲述的什么。无论是在薄暮里还是晨雾中，当我仰头望向被电线杆切割的天空，停在红绿灯上的鸽子，远处清真寺、教堂、印度庙、博物馆、民宅那光怪陆离的屋顶，以及从高大的殖民建筑里走出的骨瘦如柴衣衫褴褛的贫民，都能感到土耳其作家帕慕克笔下的"呼愁"扑面而来。在东西方的夹缝中进退两难的城市，往昔的荣耀更加凸显今日的荒芜，空气中流动着宿命一般的绝望。杜拉斯笔下的那个印度女人便是只能依靠加尔各答每天分泌出来的绝望生活，而同样，她也因此而死——"她死就像被印度毒死"。

我觉得加尔各答有种不合时宜的美，可也不得不承认它是我平生所见的"脏乱差"城市第一名，像是地球上一个已然颓落之所。原本只计划容纳两百万人的城市硬生生挤进了九百万居民，街上到处都是人，每个人的身体不停地相互碰撞，散步变得毫无乐趣；交通混乱拥挤得不可思议，所有的车辆都以一种不要命的姿态狂奔，随便更换车道，好像在说"反正我们早晚都会死的嘛"；所有的司机都在拼命按喇叭，不管有没有必要，仿佛不这么做就会输给对方。每次出门都仿佛瞬间踏入一条沸腾的河流，震耳欲聋毫无间断的喇叭声简直可以刺穿耳膜，也渐渐将我们的最后一丝忍耐力消磨殆尽，铭基同学每隔不久就会朝着身边经过的车辆抓狂地大喊"吵死啦！！！"；空中尘土飞扬，垃圾漫山遍野，蚊蝇占领了整座城市，人们就在街头随地大小便，牛、羊、狗都在刨垃圾觅食的丰富经验中进化出了可以消化纸和塑料的胃……

很多人就在街边"办公"，而所需要的东西竟是不可思议的少。他们在路边摊开几样工具，坐在一张小板凳上，给过路人剪头发、剃胡子、掏耳朵、擦皮鞋、切烟丝、包槟榔、补鞋子、缝衣服、代写书信……所有你以为已经消失的手艺都在此地代代相传。每隔几步就有贩卖各种小吃、水果和奶茶的路边摊，油烟翻腾，炸土豆和鸡蛋饼的香气冲淡了街角的尿骚味，人们拿着很小的杯子站在路边慢慢啜饮着奶茶，偶尔交谈几句，可是话语刚一出口就被铺天盖地的喇叭声吞没了。

还有更多的人干脆就住在马路边上。街道就是他们的家，他们的工地，他们的游乐场，他们的生活。一天中不论任何时候你都能看到男人们在用路边的水龙头洗澡，他们面向行人，只在下身包一块布，身上全都是肥皂泡。有些人用塑料和木棍支起了几面漏风的栖身之所，所有的家当都暴露在众目睽睽之下。条件好一些的有张木长桌，白天在上面架起锅灶做些简单的小吃卖给过路人，夜晚则把桌子当床盖上毛毯睡觉。而更多的人除了身上的破衣烂衫之外几乎一无所有，只得露宿街头，与动物和垃圾为邻。天亮以后他们爬起来各就各位，乞讨、拉人力车、捡垃圾、替商店拉客、从外国游客身上"敲诈"几个小钱……用各种你想象得到和

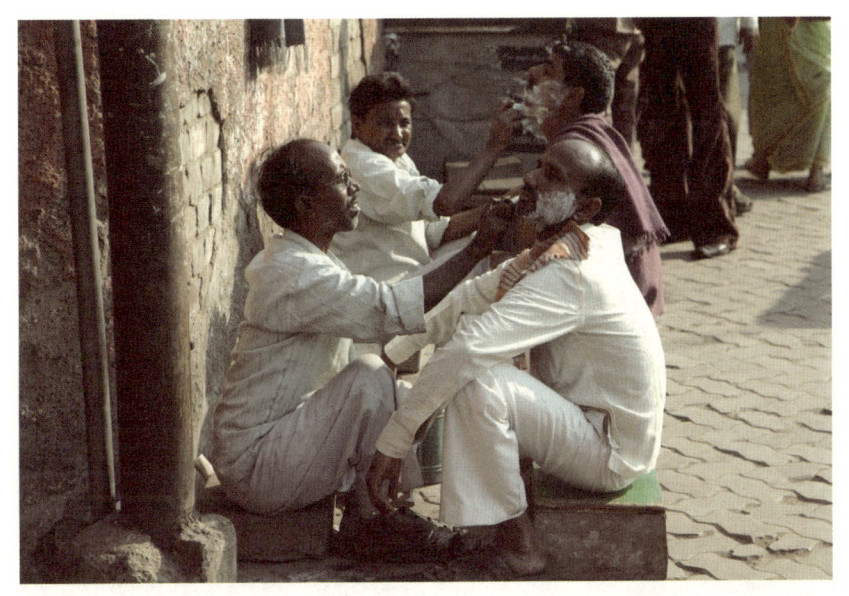

▲ 街边"办公"系列之剃胡子

想象不到的方式维持生存。我看着在垃圾堆里爬来爬去的孩子们，赤着脚，头发打结，有的连裤子都没有，只能光着屁股，可是每一张脏兮兮的小脸上都写满了兴高采烈，每一个动作都充满了最原始的生命力。我知道他们大概永远不可能去上学，但却一定会磕磕绊绊地长大，而这一过程也会和他们生活在马路上的父辈们曾经历过的一模一样。

在加尔各答的日子里，每一天都面对着极度的贫穷、极度的脏乱和极度的喧嚣。而这其实是印度北部大多数城市的常态，加尔各答不过是其中最具代表性的一个。你大概会以为我不喜欢加尔各答，不喜欢印度。然而事实上，我被它深深吸引和迷惑。"我爱瑞士"，"我喜欢巴黎"——这样的话可以脱口而出，非常容易，可是对于印度这片矛盾重重的土地，实在是"想说爱你不容易"。它的美丽不及丑恶明显，上一秒是天堂下一秒却是地狱。在这个国家，美是需要费点劲才能看得出来的，爱是需要思考和勇气的，喜欢和憎恶并非源自不同的反应层

▲ 在没有火车进站的时候，火车站变成了热闹的市场

次，而是同时共存。

印度的"脏"几乎已经成为所有旅人的共识。政府的公共服务能力不够固然是原因之一，然而我也逐渐意识到，印度人所认为的"脏"和我们的定义不太一样。譬如所有的印度神庙都会要求到访者脱鞋入内，可是神庙的地面非但远远达不到"干净"的标准，有时甚至污水横流。往往一圈转下来，我的脚底已经是一片黑色，还沾满了各种来历不明的固体和液体。尤其是在加尔各答的卡利女神庙，由于这里供奉的卡利女神嗜血成性，人们每天都要宰杀山羊献祭。仪式本身非常癫狂，完毕之后更是满地狼藉，光着脚的外国游客非常郁闷地在一摊摊血迹和排泄物之间跳来跳去。我觉得这神庙的地面比我球鞋的鞋底更脏，可是印度人认为肮脏的鞋底会玷污神庙神圣纯洁的环境，脚的干净与否则根本不在考虑之内。印度人的清洁观必须放在种姓制度的背景下来理解，而这个制度强调的便是社会秩序的纯洁性优先于身体的纯洁性。

在印度旅行需要比较强大的忍耐力和随和的心态，因为有太多的事情可以激怒你——从卫生习惯到公德心，从办事效率到生意诚信……有时候我觉得印度人性子很急，堵车时整条街的喇叭声简直可以把所有正在冬眠的动物吵醒，买票时总有人插队（我最恨插队的人，每次都会对他们大吼"去排队！"），地铁和火车还没到站就开始迫不及待地推挤。门还没有打开，他们已经将双手放在我们的肩上用力往外推，直到我的头都撞在门上，实在叫人火冒三丈。可是他们工作起来却又不紧不慢，尤其是政府部门和国营单位，窗口里的大叔大妈常常自顾自地聊天，根本懒得搭理你。好不容易取得了对方的注意力，可是在你开口提问之前，还要有足够的耐心等待他把手里的茶慢慢喝完。

而街边招揽游客的司机、生意人、推销员和各种"闲人"却又殷勤得过分。为了抢到一单生意，他们不惜夸下海口，声称可以满足你的所有需求，又赌咒发誓说他为你所做的一切都只出于"友谊"……然而他们的狡猾却往往由一种放纵的天真所支撑，于是到最后会提出夸大得完全不合理的要求，但只要能得到所求的极少一部分,便也很快心满意足。久而久之,你发现自己很难相信别人的承诺,甚至无法判断他们表现出来的善意是否真诚。

第一次看到小旅店的床单时我差点崩溃,白色的床单上布满了各种可疑的污迹,好似一幅抽象画。我的第一反应是"这床单没洗过",可是摸了摸闻了闻之后又觉得应该还是下过水的,只是没洗干净。我本以为这只是那家旅店的问题,谁知一路走来除了南方几乎到处都是这种情况。我曾要求过旅店换床单,谁知换来的还是一张污迹斑斑的床单,我只能根据污迹的位置和形状判断出它的确不是原来那张。有些背包客朋友对我说:"哎呀,印度这么穷,咱们住的又是这种便宜旅店,不能要求太高。"可是我和铭基之前在拉丁美洲旅行时,也去过极其贫穷的国家,也住过差不多价钱的旅店,为什么从未见过像印度这种脏到简直让人想报警的床单?为什么人家的床单全都可以那么干净?可见"贫穷"和"便宜"根本不能当作借口,缺乏服务意识,做事不认真无诚意才是罪魁祸首。

正因如此,我们从洗衣店或旅店拿回衣服时常常会收获各种"惊喜":衣服被染了别的颜色,铭基的两件T恤前所未有地被洗得拉长了一大截,长到可以当裙子穿,裤脚上有巨大的黑色鞋印……我俩勃然大怒,第二天把衣服扔回去,"重洗!"工作人员态度不错,"好的好的!"可是再次拿回来,我们相对无言,默默吐血——什么都没有改变,连那个黑色的鞋印都仍在坚守阵地……

可是我又无法不注意到这些事件所反映出来的印度人性格的另一面。在中国,如果在拥挤的公共场所互相推撞,一定会有人忍不住跳出来骂娘;如果我对插队的人说"去排队!",对方大概会说"关你屁事";如果两辆车发生碰撞,或者摩托车在汽车身上刮出一条痕迹,两车的车主一定会吵个天翻地覆甚至大打出手;如果对洗衣店表达不满要求重洗,店主很有可能会赖账,"你们自己搞脏的,不关我们的事!"……可是在印度,我很少看到人们大吵大闹,往往是你抱怨几句我解释几句就相安无事各走各路了。有时我已经非常生气抓狂,对方却忽然"嘿嘿"一声,或是一边微笑一边摇头晃脑地认错:"OK! OK!"我满腔怒气顿时消掉一大半——真的，吵架时对手忽然亮白旗，你"再怎么心如钢铁也成绕指柔"啊……

和路上遇见的朋友交谈起来，有些人同意印度人不容易生气也不爱记仇，但认为这是印度人没心没肺的表现，我却觉得这正是他们自然流露的忍耐力和宽容心，更体现了他们隐藏于噪声之下的心灵的平和纯净，用佛教的语言大概可以解释为"佛性"。据说释迦世尊成道之后最初发现的真理即是："奇哉！奇哉！大地众生，皆具如来智慧德相。"他说实际上我们每一个人的本性就是清净本然的佛性，只因为被外在的八风所吹，心理受了影响，产生了种种烦恼，便把那清净的佛性遮盖住了，所以称为"凡夫"。普通的印度人固然也是凡夫，达不到"八风吹不动"的境界，可是他们的"贪、嗔、痴"念实在是我所见过的种族之中最少的。

照理说，内心澄净的人，外在的相貌仪态也应是平和中透着灵性，可这放在印度人身上又说不通。他们表情丰富，手势多多，热爱搭讪，好奇心旺盛，有时甚至言行轻浮。这些都容易造成误会，可是除去那些做游客生意的，其他人大多是真正热心，并无企图。还记得我和铭基在加尔各答那历史悠久的老唐人街转悠时，遇到好几位广东华侨，因为在印度出生，他们的一口粤语很有点儿怪腔怪调，但身上那股热情却真令人感动——有的已经走过去了又特地返回来追上我们告知值得游览的去处，有的花很长时间把华人在加尔各答的历史和现状一一道来。其实中国人大多含蓄多疑，以往在海外遇见同胞时从未收获如此热情，我不由得猜想这是否因为他们在印度出生成长，受到了"印度式热情"教化影响的缘故。

有一天我们做义工回来，在马路一侧亲眼目睹对面的一辆出租车撞倒一位妇女。那女人未受重伤，所以还有力气死死扒住车门不放。出租车试图逃逸，将那女人一直拖出去几米远。我们正看得呆住，周围忽然响起了震天动地的声音，只见无数人宛如天兵天将下凡一般从四面八方汹涌而来，一边大声呼喊一边朝那肇事的出租车冲去，瞬间便将它团团包围。我站在对街看着这一切，心里震动，几欲泪出——"小悦悦"若生在印度，即便不能保全性命，也至少不会死得那样悲惨难堪吧。

我想我是喜欢印度人的。我喜欢他们的热情友善，也喜欢他们从不为那些注定

▲ 垂死之家（临终关怀院）原所在地 Kalighat 正在关闭维修
▼ 加尔各答街上的小孩儿

要发生的事情而担心的随和心态。和印度人相比,中国人总是显得忧心忡忡,戾气太重;尽管印度人喜欢随地吐痰,床单总是洗不干净,可他们又是如此爱美,满街的纱丽和 kurta①风姿绰约,连乞丐也要戴首饰。对于对美有执着追求的民族,我一向抱持以最深的敬意;我羡慕他们的精神自由,也欣赏他们对于心灵世界的关注,对于各种精神探索的尊重和宽容。由于印度人对自然怀有宗教性的感情(古印度人居住于森林,宗教在森林中产生),他们发自内心地爱护自然,尊重动物,几乎从不疯狂地采矿和砍伐森林,与自然和谐相处。他们的环保行为天然淳朴,往往并非出自深思熟虑,但却起到了与发达国家所倡导的环保行为殊途同归的效果……

有时我不希望印度人改变。我不希望他们变得和其他所有人一样:自私,浮躁,急功近利,没有灵魂,甚至忘记了"印度人"这个名称所代表的那些美好的东西。可是同时我也清楚,贫穷、脏乱和传统全都不应该被简单地浪漫化。走过令人心颤的贫民窟的时候,你不能毫无心肝地说"其实里面的人们看起来都很快乐","至少他们不会被强制拆迁";当小孩儿在地上爬着,和狗、牛、羊一起翻捡垃圾放入口中,你无法发出"他们与自然相处得多么和谐"的感叹;当女人蹲在路边用肮脏的水洗碗,你不能只看到"噢她的纱丽颜色多么美丽";看见骨瘦如柴的老人拉着人力车卖命地奔跑,你不能像泰戈尔那样抒情地说"旧的时代好像一位王子";新认识的朋友震惊于印度的卫生环境之差和印度人的生命力之顽强,当他对你说"印度人是另一种生物,即便整个世界发生了核战争,他们也可以成为唯一的人类幸存者"的时候,你不能鼓掌说"哇恭喜他们!实在太厉害了!"

仅仅在你眼皮底下的这部分土地上,人们的苦难已经太过深重,深重到所有以精神和内心为主题的辩护都变得那么苍白,深重到你简直想硬着心肠耸耸肩走开。可是你不能,你没法走开。You just can't walk away.

---

① kurta,(印度人穿的)无领长袖衬衫。

You Just Can't Walk Away

▲ 加尔各答仁爱之家内，特蕾莎修女的墓碑

You just can't walk away. 1946年，站在加尔各答哀鸿遍野的街头，一位修女听见了这样的呼召。那时她在一所教会学校任教，校内生活舒适，和平安逸，校外却是人间地狱，满街尽是麻风患者、乞丐和流浪儿。修女没有掉头走开，她选择了直面苦难——放弃舒适的生活，深入贫民区去服务那些贫穷中最贫穷的人，这一去便是五十年。她成立了仁爱传教修女会（Missionaries of Charity，又称博济会），开设垂死者收容院，并将仁爱之家开到了印度之外，从初期的十二所增加到如今遍布全球的数千所。

在荒芜的加尔各答，她的名字叫特蕾莎。

加尔各答的仁爱之家至今仍是全球总部所在地。因着特蕾莎修女伟大的人格魅力和在世界范围内的巨大影响力，即便在她去世多年以后，世界各地的人们仍然纷至沓来，到此进行长期或短期的义工服务。义工报名面试那天我甚至看到一个人数众多的韩国旅行团，尽管他们在印度逗留的时间也很有限，却仍然挤出时间安排团员们来这里做两天的义工。

根据服务对象的不同（女人、儿童、伤残病人、垂死者等等），仁爱之家属下有好几个不同的部门（"妇女之家"、"儿童之家"、"垂死之家"等）。我和铭基加入的是"垂死之家"。之所以会选择服务垂危病人，我想我是有一点私心的。外公去世时我还未出生，外婆走时我年纪太小记忆模糊。和爷爷奶奶感情很深，可是二老去世时我人在英国，病床前也未曾尽得半分孝心，一直有些难以释怀。不知道会不会有人理解，然而垂死之家的确令我看到了某种弥补的方式，尽管对象是彻彻底底的陌生人。

或许是因为看过很多"前辈"们关于义工生活的描述，真的走进垂死之家时，我不但没有丝毫拘谨和陌生，反而有种奇异的亲切感。和院外脏乱不堪的贫民窟比起来，这里清静整洁，井然有序。在外面的世界，食物与生存是最大的雄心壮志，而住在这里的病人却衣食无忧，生活随时有人照顾。一日三餐之外还有茶点时间，饮食丰富健康，饭后有水果，吃鱼前连鱼刺都通通挑出来才派发出去。难怪听说有人为了进来宁愿使出自残的苦肉计。

病人们绝大多数是男性,什么年纪的都有,穿着绿色的病号服。除了一两个偶尔会大声哭闹,其他人基本上都非常安静,脸上"也无风雨也无晴",呆滞的眼睛宛如磨损的玻璃弹珠。我原以为重症患者生活已完全无法自理,可是眼前的这些人大多可以自己下床走动和进食,尽管行动十分缓慢笨拙,可是看上去并不太像生命垂危的样子。起不来的几个则躺在床上,由义工和修女照料一切生活琐事。

后来和长期在这里工作的义工聊起来,他们说垂死之家的病人们大多曾是车站的乞丐和流浪汉,因为身患重病而被仁爱之家派去车站的"先遣队"发现并送到此处。垂死之家不是医院,它无法承担救死扶伤的责任,只能为那些不久于人世的病人提供一个临终前的温柔归宿,让他们能够有尊严地死去。然而话虽如此,人类的生命力之顽强实在是未可限量,很多原本生命垂危的病人来到这里以后,因为得到悉心照顾,身体竟奇迹般地好了起来。

因此垂死之家中最为年轻的两位住客看起来已经不大像是病人。尤其是年纪稍长的那一位,个子特别矮,可是并不瘦弱,人也精神得不得了,到处跟义工们握手寒暄,还不知从哪儿学会了几句西班牙语,说起来眉飞色舞,颇有一点风骚。年纪小的那一位情况却不太稳定,好的时候又开心又黏人,我去的第一天他还特地表演了几个舞蹈动作,可是不好的时候他会痛哭到让你的心都碎成一万片,只得派一位义工紧紧抱住他给予安慰。有老义工告诉我,这孩子从小被人下毒,因此染上毒瘾,每次哭闹就是毒瘾又发作了。虽然对这传说的真实性不无怀疑(据我所知仁爱之家几乎从不接收"瘾君子"),但是我也确信他小小的身体上一定承载着一个由黑暗和眼泪构成的故事。

相比起肉体上的病痛,以我有限的观察和经验看来,许多病人的精神问题似乎更为严重。这一点后来在与长期义工小P的交流中得到了证实,他说有一次适逢某场举国关注的极其重要的板球赛,垂死之家特地通知大家去电视房看球赛,结果一共也只有两个病人去看。如果你明白板球在印度人的生活中占有重要如宗教般的地位，你就会发觉这件事的不可思议。而小P更了解到，很多病人之所以此前会沦落到无家可归流落街头以至病痛缠身的地步，最初都是由于精神出了问题的缘故。也就是说，他们的人生之所以发生巨大转折，是源于某次变故对于精神的致命一击。而至于这神秘的变故究竟是什么，却从来没有病人透露过一丝一毫。

义工的工作并不复杂却十分琐碎。懂得医学知识的义工需要承担起给病人打针换药的任务，而大多数人如我和铭基只能干些不需要专业知识的"粗活"——洗衣、晾衣、分饭、喂饭、喂药、洗碗、擦身、剪指甲、剃胡子、叠衣服、扫地……这里并无具体细致的工作安排，忙碌与否完全取决于你的眼里是否"有活儿"。中间有一次喝茶休息的时间，义工们聚集在院子的凉亭里喝茶吃饼干聊天，许多友谊便是此时此地埋下的种子。

上午的时间里，洗衣服是重头戏。这里没有洗衣机，洗衣服全靠人手作业，一共需要六道工序。修女们无私地承担了最痛苦的第一道工序——给脏衣服浸上消毒药水再用刷子刷洗。病人往往大小便失禁，衣服和毛毯上总是沾了很多的大便，需要先用刷子把大便刷掉才能进行后面的工序。这实在不是每个人都会愿意做的工作，光是看见那些刷落在地的大便已经觉得恶心了，可是修女们戴着口罩半蹲在那里辛勤刷洗的身影却有种令人起敬的圣洁。

刷完这些衣物后，还要再过水手洗一次，将残存在衣服上没有刷净的大便用手搓掉，才能送达第三道工序用洗衣粉洗涤(可以手脚并用)，然后再分别过两次水，最后拧干，攒成一堆后会有义工拿去天台晾晒。大家在洗衣盆和塑料大桶前或坐或站、手下不停，看起来一派热火朝天的景象。可是如果你仔细观察其中某些年轻的男义工洗衣服的方式，恐怕会在心里暗暗发笑——他们完全不知道衣服是需要搓洗的，只是反复地把衣服放进水里再拿出来，而且是全神贯注、非常努力地做着这些动作。我觉得很搞笑，可是同时又有一点感动——这些小男生恐怕平生连一只自己的袜子都没有洗过，却特地千里迢迢跑来印度替病人洗衣服……

洗衣服的过程中经常发生各种小插曲。比如在这里长期工作的日本阿姨悦子会忽然冲过来"强行"给新来的义工分发一次性手套。"细菌！很多很多细菌！第一次来……危险！"她的英文支离破碎，只好以激动的表情和手势作为辅助；比如我在过最后一道水马上就要拧干的时候，忽然发现衣服上还沾着一块大便，当时简直有暴走的冲动，可是又不好指责任何人，只得默默地把它扔回第一道工序；比如义工之间有时会就何时换水的问题发生争执：爱干净的日本义工大叔认为水已经脏了应该更换，可是固执的法国义工却坚持声称还不到换水的时候，双方相持不下，日本人固执起来也同样刀枪不入，大叔一言不发地忽然就把水全倒了，法国人只得在一旁干瞪眼；比如一位男病人忽然出现在水房门口，自顾自地把身上的衣服全部脱掉，小心地放在旁边待洗的一堆脏衣服上面。多么能干！不需要修女嬷嬷帮忙，自己就可以把脏衣服送来洗！他整个人全裸着站在那里，脸上露出非常骄傲的神情……

我和铭基做得最多的是最后两道工序——过水和拧干，主要是因为我们俩都有种傻气的偏执，拧起衣服和毯子来真的会使出浑身力气，直到再也拧不出任何水分，非常适合做这项工作。我看到有些义工拧衣服非常马虎，随随便便拧一下就扔进筐里。如果之后可以暴晒几日至彻底晒干倒也罢了，问题是等不了那么久，因为没有那么多的衣服可以更换。我每次叠衣服的时候都会发现有些衣服还是湿湿的，病人穿着肯定很不舒服。为了不让这种事情在我们服务的日子里发生，我和铭基决定坚守在拧衣服的岗位，不过大概是因为太过死心眼，手套和手指都被拧破皮了……

除了对方以外，我们觉得日本义工也是可以信赖的，因为他们做事特别认真仔细。铭基和日本男生登志公君一起拧毛毯的时候，那场面真是蔚为壮观：两人各揪一角左右互拧，用力到手臂上的青筋都一条条暴出来，为了进一步挤干水分还要揪住毛毯绕过肩头转圈，看起来简直像是舞龙舞狮——被拧成一圈圈的毛毯便是那条"龙"了……

▲ 垂死之家屋顶晾着每天洗干净的衣服和床单

  饶是如此，悦子阿姨还是每天都跑来水房反复强调："拧干！我希望……很干很干！"有一天我正在进行我独创的"拧干两步法"的第一步，悦子阿姨忽然一个健步冲过来，一把夺过我手里的衣服，"不是这样！要拧干！要很干很干……"这真是压倒骆驼的最后一根稻草，我当时一下子气血攻心，硬是强行把衣服从她手中夺回来，一边拧一边吼道："我知道！我刚才那只是第一步！后面还有第二步！"

  大概没料到我的反应如此激烈，阿姨也愣住了几秒钟。她没再坚持，可是忽然拍拍我的肩，"你，来！来帮忙……"

  就这样，我又被莫名其妙地带到楼梯转角处的房间里，和另一位日本阿姨一块叠起了纱布。悦子阿姨要求我们把每一块纱布都叠成整齐的正方形，为了达到这一目的，我们必须将纱布沿着三块正方形小硬纸板小心翼翼地折叠，每一条线都要对齐，任何多余的布料和线头都不被允许。日本人做事真是一丝不苟，我心想，反正叠好的纱布是被用来敷在病人的伤口处，就算是没有完全对齐或是多一根线

45

头又有什么关系呢？我原本一直认为自己是个完美主义者，可是和她一比马上变成了冒牌货。

专注细致的手工劳动往往能够磨平一个人的性子，叠着叠着，我也渐渐变得心平气和。房间里非常安静，悦子阿姨戴着老花镜正在一旁用缝纫机为病人缝补衣服，踩动脚踏板的声音闷闷地回响在空旷的屋子里。她不时地自言自语："啊，怎么办……哎呀，这个这个……糟糕……这样好了，就这么办吧……"

我偷偷地注视着她。从见到悦子阿姨的第一天起，我就知道她不是那种点头哈腰笑语温柔的日本女性。她身材清瘦，轮廓柔和，可是眼神有时锐利得简直可以切割钻石。近乎偏执的完美主义者，对于每项工作都有自己一套严格的程序和方式，你哪怕只是稍作改动，她都会立刻反应很大地"no no no！"她的经历是个谜，没人知道她的人生故事，又因何机缘来到这里，只知道她常年在垂死之家工作，并且打算一直做下去。悦子阿姨每天都极其忙碌，照顾病人的同时，还要安排、纠正和督促义工的工作。她每天在屋子里风风火火地走来走去，并不露出一点疲态，可是有些夜晚我们在萨德街（Sudder Street）的小餐馆看见她，一个人坐在角落孤独地喝着一碗汤，满脸都是疲倦。究竟是什么促使她选择这样清苦辛劳的异国生活？偏执和严格的背后，一定有很多很多的爱吧。

我忽然很想抱抱她瘦弱的肩膀。

在悦子阿姨的严格要求下，那一天我成功地叠出了很多堪称完美的正方形纱布，之后又跟她一起用"她的方式"叠衣服。虽然好几次有吐血的冲动，好在最后也终于得到了认可。她指着我对法国义工 Francesco 说："我喜欢她。她很好。"

然后她忽然又补充一句："一般来说，日本人、中国人、韩国人都很好。"

Francesco 非常郁闷。"好吧，"他指着自己的鼻子，"所以，法国人不好？美国人不好？印度人也不好？"

悦子阿姨并没有反驳，只是一笑置之。

其实我不知道为什么悦子阿姨会得出这样的结论，然而奇妙的是，刚开始工作的那几天，我和她有相同的感受。我和铭基都觉得亚洲的义工和西方国家的义工有很明显的区别：亚洲人工作起来很卖力，而且分配到什么工作就做什么，也完全不介意干脏活累活；很多西方人则往往抱着"浪漫"的心态来看待做义工这件事，他们不想洗衣服洗碗拖地，一心只想和病人接触表现爱心，比如拥抱病人，和他们聊天(虽然语言不通)，给他们喂饭擦身，等等。如果不需要他们做这些工作，那么就算水房里有堆积如山的衣服和毯子需要洗，他们也绝对不会过来帮忙，宁可跑去天台一边晾衣服一边聊天晒太阳。有一次休息时间已到，我们这边衣服还没洗完，铭基和另一位义工却被叫到天台去晾衣服，因为原本负责这项工作的人已经忙不迭地跑去喝茶休息了。

为此我有点儿不爽，觉得他们的爱心太过自私廉价。可是当我们自己也开始接触和照顾病人之后，才发现自己此前的想法实在有些偏激。照顾病人是与洗衣服之类的体力活完全不同的另一种辛苦，而且需要更多的技巧和耐心。这件事也令我意识到自己心理的"阴暗"，抑或是学习工作多年养成的"竞争意识"——总是斤斤计较于投入和被认可的程度，一旦发觉别人比自己付出得少便有吃亏的感觉。其实做义工本来就不求报酬，不管做什么还是做多少都只凭个人意愿，自己无愧于心就好，根本没有必要斤斤计较，更没有资格批评别人。

后来我无意中看到特蕾莎修女的一句名言：

"即使你是友善的，人们可能还是会说你自私和动机不良。但是不管怎样，你还是要友善。"

我的脸上顿时一阵热辣辣的。

这就是加尔各答仁爱之家的魅力吧。你不远万里而来，心怀美好愿望，摩拳擦掌地准备帮助别人——

可是自己却先被治愈了。

天使在人间

▲ 在萨德街路边摊用餐的背包客们

每天工作结束后，义工们都结伴搭车回萨德街。

是的，几乎所有的外国义工都住在萨德街。这里是加尔各答的背包客大本营，便宜的旅馆、餐厅和商店一应俱全，一条小街就足以满足你所有的物质生活需求——虽然背包客实在没什么物质需求，都是为了省钱宁可拉肚子也要吃路边摊的主儿。

仁爱之家和萨德街是最容易结识新朋友的地方。工作的时候，喝茶休息的时候，在小摊上吃饭的时候，坐在旅馆里发呆的时候……一个眼神一个微笑，你们就自然而然地聊起天来。会说中文的韩国人，会说日语的中国人，会说西班牙语的德国人……近几年来，英语在跨国交流上的垄断地位开始受到挑战，多多少少懂得一点第二门外语的人越来越多。距离拉近了，世界变得那么小。日子一天天过去，朋友也越来越多，走在街上总是不停地和人打招呼。有一天和刚认识的韩国男生小卜一起走出餐厅，他看见我们一路上呼朋引类的架势，惊讶得合不拢嘴："你们怎么什么人都认识！"

真的，连我们自己也觉得不可思议。之前在拉丁美洲的六个半月虽然精彩却常感觉孤独，而加尔各答这个脏乱喧嚣的城市却让我们体会到了久违的友情和温暖。

旅行令人心态年轻，可是和眼前这群真正的年轻人相比，我和铭基已经不幸沦为背包客里的"老家伙"。发生了什么事？到达萨德街的第一天我就纳闷地到处打量——这个世界上怎么到处都是二十岁左右的年轻人？！好不容易遇见年纪略为相仿的旅人，互报年龄之后大家还要客气地彼此恭维："看起来真的不像啦！"有一次，从台湾来的慧果和昱方问起我和铭基于何时何地初次相遇。"'非典'的时候，在西藏，"我说，"'非典'就是SARS，SARS你们肯定知道吧？"两位可爱的台湾同学有些迟疑地点头。很久以后我才反应过来——对他们来说这真是个一万光年以外的词语啊！SARS那一年，他们一个十岁，一个十三岁……

与慧果和昱方一样，很多义工都是大学生，特地趁着放寒假前来印度旅行和做义工，开学时间一到就要赶回去。时代真的不一样了，我感慨地想。我上大学的时候，绝大多数同学的旅行路线仅限于国内，能去一趟西藏已经被视为勇敢和奢侈的行为。寒暑假时除了旅行就是打工、实习、雅思托福 GRE，"义工"这个概念遥远得就像西伯利亚的月亮。十几年过去，虽然和日本、韩国及西方发达国家相比人数还是很少，可是如今的中国大学生却已经开始走出国门，用年轻人独有的热情拥抱各种全新的可能性。去哪里和做什么其实都不重要，能够跳出井底本身已经是摆脱狭隘和偏见的第一步，你从此便会知道外面的世界广袤无边，而世上有那么多人正过着你的想象力无法触及的生活。

去仁爱之家报名那天，璐君是除了我和铭基之外唯一的中国人。她迟到了至少半个小时，冲进来的时候整个人像一团旋风，"我一开始走错了去了另外一边……我不认识路……有个小孩子给我带路，最后还问我要钱……"她大汗淋漓，双颊红扑扑，一串串句子像连珠炮一般从口中发出。一问之下才知道她从尼泊尔乘车过来，刚刚抵达加尔各答，找到旅馆放下背包就来报名了。

璐君此行就是冲着仁爱之家来的。在上海读大学的她趁着过年和开学之间的空当，经过西藏和尼泊尔辗转来到加尔各答，为了省钱一路转车完全没有沿途停留观光。这是她第一次出国，没带任何旅行指南书，手里只攥着一张皱巴巴的纸，上面是一路上遇见的背包客写给她的各种关于交通和便宜住宿的琐碎信息。

第一次出国就直奔印度这么 incredible 的国家，果然是初生牛犊不怕虎的年轻人。璐君也同样震惊于印度的"脏乱差"，可是她适应得很好——什么乱七八糟的路边小摊她都敢试，而且从来不拉肚子；认识不认识的旅人她都能上去搭话，约别人一块儿去参观景点；工作之余我们有时只想在旅馆休息，然而年轻的璐君浑身都是精力，一刻也闲不下来。"你们等会儿去哪里啊？""你们昨天去哪儿玩了？""看我刚买的裤子！你猜多少钱？"……她以一种令人叹为观止的劲头兴致勃勃地生活在这个日薄西山的城市。每次在萨德街看见她吃着炸土豆之类的东西迎面走来，满脸津津有味，一身热气腾腾，我都会不由自主地微笑起来，仿佛看见了当年第一次孤身上路时那个天不怕地不怕的自己。

和刚认识的朋友聊起天来，听到我和铭基旅行的经历，很多人都会发出"哇"的赞叹声，从此将我们视为经验丰富的"老驴"。可是去过的地方多又有什么了不起呢？我现在越来越觉得，若是单纯追求走得远、时间长、经验多、花钱少，其实真是相当容易（尤其是在物价便宜的国家），你看连璐君这样的新手上路都不落人后，旅游论坛上更有无数前辈的经验帖。可是我们这些人的旅行细节看似不同，其实大体上却千篇一律，而且终有一天会结束旅程回到原来的生活。然而这世上还存在着另一些旅人，他们同样走在路上，却过着你无法轻易复制的另一种人生。

有一天我和铭基在萨德街的路边摊吃饭，和坐在旁边的一位女生攀谈起来。她是英国人，可是听说我们是中国人之后，忽然改用中文和我们聊天。她的中文标准流利，简直吓了我们一跳（虽然她称韩国人为"高丽人"，令我们绝倒……）。原来她小时候跟随做文化交流工作的父母来到中国，在云南生活了五年。她还会说泰语，因为后来又在泰国清迈住过四年……这女孩儿不是嬉皮，却是个不折不扣的"世界人"。她不喜欢英国，觉得英国人思想狭隘，每次攒了一点钱就跑去别的国家做义工，一去就是一年半载。这次她专门来加尔各答待上六个月，一半时间在仁爱之家做义工，一半时间为另一个慈善机构工作，收留和照顾车站的流浪儿童。与此同时她还在写一本书，关于这些日子在印度的经历……

她的语气是轻松淡然的，完全没有炫耀或是自恃清高，令我觉得非常亲切，可是她思维的方式和观察事物的角度又是那么特别。她并没有宗教信仰，然而或许是因为特殊的成长经历和家庭教育，她整个人的世界观和人生观都跟我们这些在笼子里长大的家伙不一样。在她的世界里，完全不存在所谓的"世俗的羁绊"，依照自己的心意去生活是理所当然的事，对物质的需求可以降到最低，帮助受苦的人们却是生命中最大的意义。

和她聊天令我心情矛盾——一边欣赏她的眼界和谈吐，一边对自己的庸俗感到羞愧。道别的时候我们才想起问对方的名字。"中文名还是英文名？"她眨一眨眼睛。

"你还有中文名呐？"

"施恩慈。我叫施恩慈。"她的笑容如一滴朝露般清浅可爱。

不同于施恩慈的精灵气质，在垂死之家认识的另一位英国人小P却是个老实淳朴的大高个儿。不知道他到底是大智若愚还是本性如此，我不论说什么他都认真听完然后随声附和，而且一脸诚恳——"我觉得你说得太对了！""很有道理！我怎么从没想到过……"

小P算是垂死之家的老义工了，有一次我们谈论起加尔各答的天气，他说："我最喜欢这里的夏天。"

我很惊讶："夏天不是很热吗？"

"对啊，"他一脸憨厚地点着头，"那时候垂死之家就没有那么多沾了大便的毛毯需要洗……"

然而这哥们儿也不是普通人——他每次回英国打上两三个月的工，然后再带着赚到的钱回到印度继续义工生活，直到钱用完为止，就这样年复一年周而复始。每次想到这个我就感觉奇妙：我们拼命赚钱是为了离开原来的生活去外国旅行，有些人去外国赚钱却是为了回到印度来继续原来的生活——在路上的生活已然变成了他们"原来的生活"。

很少有地方能像仁爱之家这样让你遇见那么多值得敬佩的人：

我和法国人Francesco在"革命"这一话题上有巨大的分歧，甚至因此吵过一架，可这不妨碍我佩服他这个人。在垂死之家工作时，每次洗衣他都主动承担最腌臜的任务——用手把残留在衣物上的大便搓洗掉。至今我每次想起他，记忆总是定格在同一幅画面：他皱着眉头拎起一件脏衣服，用带有浓重法国腔调的英语说："Full of shit（全是大便）！"Francesco只不过是个普通的天主教徒，可是他已经在加尔各答的垂死之家服务了整整六个月，马上又要去耶路撒冷帮助那里正在受苦的人们；

一位在美国读书的香港女生先后来过七次加尔各答做义工，连大学都特地辅修了印地语。大学毕业后她终于再次回到此地长住，为一家 NGO 工作，在当地的小学教书。她周一到周六都要上班，却连唯一的休息日也不闲着，每个星期天都来垂死之家服务。她说："来这儿工作比在家休息更令我开心……"

　　义工报名时提供中文讲解的香港女生 Steph，从广告公司辞职去了慈善机构宣明会，如今又从宣明会辞职来到加尔各答，计划在仁爱之家做上三年的义工。为了更好地服务病人，她工作之余还在大学进修孟加拉语……

　　面对着这些天使一般的普通人的时候，我常会觉得自己一直都生活在另一个平行世界。在那个世界里，个人的喜怒哀乐被放到无限大，外界的苦难只是报纸上的统计数字。我走过很长的路，却从未走出世俗眼光的束缚；我游历了很多国家，却很少航游我自己的单调。惭愧地说，即便是在受到了极大感动和震撼的现在，我的心中仍然欠缺像施恩慈他们那样的"大爱"，无法将扶危济贫作为此生最大的追求。可是他们身上还有一种东西令我着迷予我鼓励，那就是主动选择自己命运的勇气。在人生这场漫漫长旅中，他们选择了这世上最令人畏惧的道路——通向自己的内心。

我
的
27
号

▲ 仁爱之家外面，永远不乏正等待被收容的乞丐和流浪汉

修女们在外面派发午饭,我和来自西班牙的神父格雷斯一边聊天,一边将水舀入大盆准备洗碗。为了配合我蹩脚的西班牙语,善解人意的格雷斯神父故意把每个字都说得很慢。我慢慢舀着水,偷偷看他一眼,又看他一眼,心里还是觉得非常奇妙——活了这么多年,我连神父都不认识几个,更别提和一位神父一起蹲在地上洗碗了……

Francesco忽然匆匆忙忙跑进水房,他神色凝重,直奔格雷斯神父而来。"有个病人刚刚去世了,"他停顿一下,"他是印度教徒,可是我想……也许……也许神父你还是可以为他祈祷?"

格雷斯神父马上站了起来,用湿漉漉的手整理自己的衣襟。我赶紧把擦手布递给他。

反正暂时还没有碗需要洗,我便也跟在神父后面去看那位刚刚去世的病人。

他仍然躺在自己的38号床位上,一幅白布包裹着他瘦小的身躯。一位中年男义工正坐在他身边低着头抹眼泪,我立刻反应过来——早就听说长期在垂死之家服务的义工都会有"自己的"那个病人,去世的这位一定就是"他的"病人了……

一起干活的时候,格雷斯神父活泼幽默,与普通义工无异,可是眼下蹲在逝者身边祷告的他却像换了个人似的严肃庄重起来。神父声音很低,我听不清他的祷词。尽管自己并没有宗教信仰,我却也不由自主地在一旁低头闭目,默默祈祷逝者的灵魂能够安息。

祷告完毕,神父站起来,轻轻拍了拍那位中年男义工的肩膀以示安慰。男义工双手抱头一动不动,整个人显然还沉浸在深深的悲恸之中。好半天他才慢慢站起来,一边擦眼睛一边走出房间。之前我一直被这沉重的气氛所感染,简直忘了自己置身何处,直到此刻才如梦初醒——该回去洗碗了!

刚刚转身要走,尖嗓日本阿姨(除了悦子阿姨之外的另一位日本阿姨,声音特别尖细)忽然在后面叫住我:"你!快来帮忙喂饭!"

接过那个不锈钢餐盘,我望着床边墙上的号码,无声地叹了口气——27号,我又来了……

躺在 27 号床的是一位已经病入膏肓的老人,他无法下床走动,一切生活琐事都需要他人照料。由于身体太过虚弱,他也没法正常进食,只能吞咽用榨汁机搅成的糊状食物。此前我也喂过他好几次,可是这位老人相当固执,不想吃东西的时候往往咬紧牙关不松口,而且双方语言不通,劝都没法劝,我总是被他搞得不知如何是好。说来不好意思,每当这时,只要有新来的西方义工跃跃欲试地想要尝试给病人喂饭,我都会如释重负地把 27 号"转交"给他们……

如今尖嗓日本阿姨又把 27 号"交还"给我,"最好能让他吃掉这么多哦!"她用不锈钢勺在那盘浅黄色糊糊的一半处画了一条线。

"这真是知其不可为而为之……"我一边暗暗嘀咕,一边苦笑着接过餐盘。

我端着盘子在他身边坐下。27 号目光呆滞毫无反应,他几乎从不看人。或许是身体的病痛太过严重,他根本没有心力去留意除自己之外的任何人。

"Hi,又是我,"虽然明知他听不懂,我还是执着地用英文对他说,"来,张嘴——"

这回他竟然乖乖张开了嘴,我赶紧把一勺糊糊送入他口中。他咀嚼食物的样子宛如一头没有牙齿的老骆驼,上下颚交错地磨来磨去,下巴来回地移动,而这一切都以极其缓慢的速度进行,好像电影里的慢动作。有时他会停下来,闭一闭眼睛,从喉咙深处发出一声低不可闻的叹息,休息一会儿,然后再睁开眼睛继续艰难地吞咽,每一口都吃得千辛万苦。

外面传来义工们忙碌的脚步声,他们跑来跑去地送饭递水,收拾杯盘,轻声交谈,可是没有人进入我们这个寂寞的房间。我的身边是静静躺在那里努力吞咽的 27 号,对面不到半米处就是 38 号的遗体——大家都忙得没有时间来处理他。我并不害怕,只是感觉不可思议,仿佛置身于一个现实世界之外的场所。

除了我和 27 号,房间里还有一个活人正躺在靠墙的那张床上。正值壮年的他并非身患重病，只是因为腿部受伤不良于行才被迫"滞留"床上，缠着绷带的腿悬在半空。他不用别人喂饭，而是把餐盘放在胸口自己用勺子舀食，每一个动作都充满着近乎野蛮的生命力。似乎是觉察到房间里死气沉沉的氛围，他益发用力地用勺子刮着餐盘，发出当当的响声，口里的咀嚼也更加大声了。可是这些声响回荡在寂静空旷的屋子里，反而产生了"蝉噪林愈静"的效果，显得无比突兀。

"Pani……"27号忽然发出了两个含糊的音节。

"什么？"我非常疑惑。

"Pani……pani……"他坚持。

我还是不明白，只好呆呆地看着他。

27号慢慢伸出一只手，颤颤巍巍地指向他的输液瓶，"Pani……"

旁边的伤腿大哥也朝我怒目而视，大声吼道，"Pani pani！"

莫非是输液瓶出了问题？我吓了一跳，赶紧奔出去求助。

悦子阿姨正站在门外帮一个病人系上裤带，我把她拉到27号床边，她把整个输液架都检查了一遍，可是没有发现任何问题。"OK OK！"她比出OK的手势，拍拍老人的肩膀安慰他。

27号的眼睛里闪过一丝绝望的光，他的声音慢慢低下去，"Pani……"

"你说什么？Pani？你要pani？"悦子阿姨忽然露出恍然大悟的表情。她转过身朝向我，"水！Pani是水的意思！"

这是我学会的第一个孟加拉词语，恐怕这辈子也不会忘记。

怀着巨大的内疚感，我拿着水杯飞奔回房，慢慢将水倒进27号的口中。他用力咂吧一下嘴，发出如释重负的一声叹息。

喝完水之后，老人说什么也不肯再吃东西。面对我递到他嘴边的饭勺，他总是缓慢却坚决地避开。他不看任何地方，一双眼睛似闭非闭——事实上，在我的印象里，他似乎很少睁着眼睛打量这世界，仿佛这世上没有属于他的位置，因

▲ 垂死之家的水房

此不得不退避到它最外层的边缘。

眼看无法完成让他吃掉一半糊糊的任务，我实在是有些发愁，这一次也没有别的义工自告奋勇前来帮忙，我只得再次出门去找尖嗓日本阿姨。

阿姨不愧是经验丰富的长期义工，她一来就像哄小孩儿似的做出很多滑稽的大幅度动作来吸引 27 号的注意，再用饭勺当当地敲着餐盘，一边大声说："嘿！不吃东西可不行哦！"然后不由分说就往老人的嘴里连塞三勺糊糊。奇妙的是面对尖嗓日本阿姨，27 号表现得就像是害怕幼儿园老师的小朋友，虽然不情愿却仍是乖乖地将食物通通吞咽下去。

阿姨又手脚麻利地把 27 号扶起来，让他坐在床上，双腿垂在床沿，然后再喂他一大勺。"坐起来比较方便存食，"阿姨解释说，"明白了吗？喂他吃饭就得像这样连逼带哄……"她转过身来，轻轻抚摸着 27 号的头顶表扬他："Very very good！这样吃东西才对嘛！"

58

阿姨走了，留下我一个人继续与 27 号进行拉锯战。虽然他还是不太想吃东西，可是精神似乎好了一些。坐起来以后他的视野更广了，可目光却总是集中在同一个地方。我顺着他的视线望去，发现他久久注视着的正是 38 号的遗体，一股酸楚顿时涌上我的心头。垂死之家的住客们一生中究竟经历过多少场生离死别？即便是来到了这个衣食无忧的栖身之所，这里的天荒地老仍然充满局限，他们还是得隔三岔五地直面死亡。面对同伴遗体的时候，他们是否预想到自己的那一天？我知道生命脆弱，可直到来到这里以后才意识到它竟是如此脆弱。人的生命就像蜡烛的火焰一样，在任何一个时刻都可能消失在黑暗之中，然后被永远地遗忘。

我注视着 27 号的眼睛，里面空无一物，没有爱，没有痛苦，没有恐惧，也没有对人世的依恋。我心头一颤，用力舀了一大勺糊糊，"他死了，你还没有，所以你更要好好吃饭。"也不管 27 号是否听得懂，我指一指 38 号，又指一指他，然后将勺子伸到他嘴边。

他犹豫了一下，竟然真的微微张开了嘴。我模仿着尖嗓日本阿姨的动作，在他吞咽的时候一边轻轻抚摸他的头和后背，一边不停地表扬他："Very good！Very very good！"

才刚刚抚摸几下，我的头脑中忽然电闪雷鸣，那突如其来的光亮和声响令我足足窒息了几秒钟——要到这时候，我才猛然意识到 27 号有多像我的爷爷。他头顶上那些摸起来扎手的极短的发茬，他那瘦得皮包骨的肩膀和脊背，他深深凹陷的眼窝和高耸的颧骨……怎么会这么像?! 我震惊地注视着眼前这个气息奄奄的老人。我来到垂死之家时的确怀有某种"弥补"的心态，可我无论如何也料想不到竟然真的会在这里的病人身上看到爷爷的影子。我一下又一下地抚摸着他枯瘦如柴的背脊，心里泛起一股饱含幸福的悲怆——又或许是饱含悲怆的幸福。

27 号的嘴边沾满了黄色的糊糊。我伸手替他擦掉，鼻子一阵阵发酸。如果你能看到27号此刻的样子,就会深刻地了解什么叫作"人命危浅,朝不虑夕"。他看起来就像一条已经上钩的鱼——一个陌生的名叫"死亡"的动物把他引上了钩,将他从一直保护着他的清凉幽深的水域中夺走,没有留给他任何逃生的机会。

几个义工进来给38号的遗体换衣服,27号也终于再一次开始激烈地抗拒进食。看看餐盘,这一次他居然吃掉了超过三分之二的糊糊,我感到既欣慰又不可思议。他坐累了想要躺下,我把他抱转过来放回床上,他的身体轻得仿佛一片羽毛。

那天回去以后,我没有一刻不想起27号。直到这一天之前,我都从未料到自己会对一个病人产生那么强烈的感情。尽管不是长期义工,我从此却固执地认定他就是"我的"那个病人。来垂死之家前,看到印度漫山遍野的穷人和无处不在的苦难,我觉得非常困惑沮丧:天下那么多的穷人,仁爱之家帮得过来吗?世上那么深的苦难,我们的一点点爱心又能有多大用处?

然而看到27号之后,我终于理解了特蕾莎修女的那句话。她说:假若我不扶起这个人,我就不会帮助近四万二千个人。我只会看到个别的人,我只会在一个时间去爱一个人。

我决定在我工作的日子里尽最大努力照顾和关爱他,我决定明天就去打听他的名字和身世,我决定多学几句孟加拉语……我想了很多,却没想到自己那天晚上竟然奇怪地病倒,而且严重到第二天都无法起床去工作(万一传染给病人那就更糟糕了)。第三天我感觉好多了,决定戴着口罩去垂死之家。

一进门我就跑去房间寻找27号,他居然不在床上,我的心顿时往下一沉,赶紧抓住一个义工问:"27号呢?"

"坐在外面休息呢。"他指指走廊。

难道他的身体已经好到可以出去坐着了?我感到一阵惊喜。

因为洗衣服人手不够,我没时间去看他,马上一头扎进了水房。

派发午饭的时候我还是没有看见 27 号。名叫阿雨的义工指给我看:"那个……坐在墙边那个不就是 27 号嘛!"

年纪更轻,个头更高,头发更长……我站在原地直发愣:不,这绝对不是像我爷爷的那个 27 号!

阿雨忽然反应过来:"哦!你说的是原来那个 27 号?很老很瘦的那个?"

"什么叫'原来那个'……"我有种不祥的预感。

"原来那个 27 号昨天上午死了。"

"死了?!"

"死了。"

我一下子靠在墙上,好半天缓不过来。阿雨站在我对面,没有再说什么,只是向我投以同情安慰的眼光。

我低头看着自己的手指。第一天来垂死之家工作,拧衣服的时候用力过猛,擦破手指上一大片皮。如今伤口基本愈合了,可是 27 号却永远地走了。不要哭,没什么好哭的,不过是个刚刚产生感情的病人而已。我告诉自己。走在路上的人,在垂死之家工作的人,习惯了离别,自然也要习惯无情。

结束工作走出大门,外面那个喧闹拥挤的世界看起来就像一个彻头彻尾的谎言。阳光如此猛烈,闪耀宛如黄金,给加尔各答脏乱不堪的街道和摇摇欲坠的房屋通通镀上一层优雅的光泽。不知从哪儿传来一阵笛声,它哀伤的震动仿佛发自我的胸腔深处,又将我的悲怆传向四面八方。住在旁边窝棚里的小孩子正缠着前面的一位义工索要她手里的矿泉水瓶,"Pani! Pani!"他们七嘴八舌吵成一片。

"Pani."我尽量不带感情地说出这个词,眼泪却终于还是落了下来。

何处染尘埃

▲ 摩诃菩提寺内祈福的信徒

印度是各种宗教共同织出的一张天罗地网，无论走到哪里你都注定被它包围。德里气势恢弘的贾玛清真寺，加尔各答的特蕾莎修女之家，瓦拉纳西恒河之畔的印度教庙宇，菩提迦耶的佛陀成道树，阿姆利则的锡克教圣地金庙……即便是在最最贫乏颓败的角落，你都随时可以与神同在——甚至是与多个神同在。

　　行走在这个众神与信仰之国，内省与灵性之地，我渐渐感到自己重新拾回了开启信仰和感受的那个世界的钥匙。这并不意味着我选择归属某一宗教，而更多的是一种心态的变化——我开始抱着学习的态度去亲近和体验宗教（而不仅仅是表面上的尊重），去寻找它们之间共通的那些美丽而神圣的东西，而不再持有作为受过"无神论"教育的现代人的优越感，不再试图凭借自己有限的知识体系去比较各种宗教，或是刻意寻找它们的漏洞和局限性。我明白没有任何一个宗教能够垄断真理或是毫无瑕疵，也不是任何宗教传统都可以不与时俱进而万古长存，然而印度给我上的重要一课便是学会谦卑——尊重每一个现象，不事先占领优越于对方的立场，避免非黑即白的思考。

　　还记得曾经在加尔各答遇见一位来自大吉岭的基督徒，他平时在加尔各答的学校进行宗教学习，周末去垂死之家和我们一起做义工。我原以为他只是学习基督教，没想到他回答说是各种宗教一并学习。我于是好奇地问他是否有在心中暗暗比较？他很认真地说自己只是个学生，怎能比较老师的学说？他说比较便有了批判之心，便失去了真诚和恭敬，也便无法从宗教中真正学到东西。

　　我想科学和宗教虽迥然相异却并不矛盾。科学以物质世界为研究对象，它对道德、伦理以及人的精神世界通通不感兴趣，凭借实验和逻辑推理而获取的是知识而非真理。这些科学知识改善着人类的物质生活水平，而宗教则在精神和道德方面给人类以指引，宗教导师们的教诲给人类带来的是正义、人道和尊严，这至少是与物质同样重要的东西。

　　我曾经的印度舍友约给什学的是机械工程，他每天早晨在房间里向象头神Ganesha（伽内什）跪拜祈祷之后，再拿起课本出门去学习科学知识。他认为他的科学和信仰之间并无冲突,"对我来说,两者缺一不可,"他挥舞着几乎戴满了祈愿戒指的双手,"一个管推理,一个管心灵,就像一条河的两岸,任何一边决堤都会是场灾难。"

这个比喻很传神,然而我发现约给什忽略了一个事实:科学本身其实并不单纯依靠推理来获得新发现,它往往通过不确定的步骤来进步——并非从一个确定性进步到另一个确定性,而是通过假设(很多情况下由直觉生发),再经过实验来探索。甚至就算那些实验看似证实了原先的假设,也不一定意味着就可以得出确凿的结论。爱因斯坦的那句话深得我心:"我们所能拥有的最美好的体验就是神秘感,真正的艺术与真正的科学都发源于这种基本的情感……"当然,爱因斯坦并没有否认推理的重要性,但他似乎认为科学的运作需要有比纯理性更多的东西。他沉醉于生命的永恒之神秘,也相信每个人都能够体验这种神秘。

印度将我从一个自负的冷眼旁观者向谦卑的"朝圣者"转变:在加尔各答我参加了平生第一次的天主教弥撒,而且每天早晨都在仁爱之家咏唱圣歌和念诵祷文;在菩提迦耶的各个寺庙跪拜礼佛,学习坐禅和冥想,努力体会"物我合一"甚至"物我双亡"的禅定境界(虽然目前还无法达到);在德里的穆斯林区穿越无数条令人头晕的小巷到达纪念伊斯兰苏菲派圣人 Hazrat Nizam-ud-din Chishti(尼扎姆－乌德－丁·契斯提)的 Hazrat Nizam-ud-din Dargah(尼扎姆－乌德－丁神坛),坐在地上观看穆斯林们虔诚祈祷和领取食物,于日落时分听见令人迷眩的苏菲圣歌 *Qawwali*(《卡瓦利》)响彻天际……而一向比我更为谦卑的铭基同学更是身体力行地进行宗教实践——无视寒冷,不顾卫生,日出时他勇敢地脱掉衣服走进瓦拉纳西冰冷的恒河水中沐浴祈祷,和虔诚的印度教徒们一道清洗灵魂的罪孽……

这些不带任何投机和功利之心的朴素朝圣行为却真的令我在心灵上有所收获。实践拉近了我与宗教之间的距离,也让我对它们或多或少产生了新的理解,尤其是我本以为自己已经比较了解的佛教——这实在是意料之外的事。

释迦牟尼的悟道成佛之地菩提迦耶并不是个令人愉悦的小镇,灰尘漫天的街道，七零八落的建筑，车轮滚滚，满地垃圾，小店的喇叭大声播放佛乐，身体有残疾的乞丐坐了一地。你无法将眼前的一切与"佛教圣地"四个字联系起来，直到你进入摩诃菩提寺。

我感到自己坠入了另一个时空，从我身边经过的很多人看起来简直像是从一两千年以前来的。虽然人潮如织，这里却依然洋溢着清静庄严的气氛，嘈杂和浮躁通通被隔绝在寺外。身着僧衣、赤着双脚、来自不同国家的僧侣们围绕着佛寺中心的正觉塔顶礼膜拜，念诵经文，四方参道上有各国佛教徒打坐禅思或聆听法师讲述佛法。正觉塔后即是佛陀悟道的菩提树和金刚座，西藏的僧侣们占据了树下绝大部分的空地，他们几乎毫不间断地五体投地做着大礼拜，暗红色的僧袍在绿荫下此起彼伏。寺内从早到晚都回响着各种不同语言交织在一起的诵经声，可是并无冲突，反而甚是和谐。这正是"佛以一音演说法，众生随类各得解"。

严格说来，这棵菩提树并不是当年释迦牟尼打坐悟道的那一棵，然而它们又的确有着相同的"血脉"——原树虽然被毁，幸好当年阿育王的女儿带走了一根枝条，在斯里兰卡种植下来，如今菩提迦耶的这棵菩提树便是由斯里兰卡的那棵树移枝重栽的。除了菩提树之外，摩诃菩提寺内还有六个重要的地方，是佛陀成道后的四十九日中每七天不同的经行禅定之地，人们将其合称为"七周圣事"。

在菩提迦耶的几天里我们去过很多次摩诃菩提寺，每次走进寺内围绕正觉塔转圈的时候，那种奇妙的感觉总是挥之不去。就好像面对那烂陀寺的断壁残垣时从头到脚的那种震撼，当中又掺杂着巨大的亲切感——这里就是玄奘法师西行求法孤身涉险历尽艰辛终于抵达的地方！这里就是《西游记》中唐僧师徒取经的终点"西天大雷音寺"的原型！而同样，面对正觉塔后枝繁叶茂的菩提树，面对佛寺特别用石碑标出的"证悟后第三周佛陀的经行步道"、"第五周佛陀在此白杨树下禅定"等种种说明，我有一种与历史和传说重逢的感受，深觉"百闻不如一见"。虽然知道佛教本质上是无神论的宗教，可是看过那么多的佛寺和佛像，又受到民间将佛教迷信化的各种仪式潜移默化的影响，我在心中也隐隐视释迦牟尼如神。然而

▲ 菩提伽耶街上，大象作为运输的工具
▼ 等待僧人布施糖果的印度小孩儿

亲身来到菩提迦耶这个他最初证悟的地方之后，我终于又把他看作是一个真正的人，一位伟大的导师。

今人不见古时月，今月曾经照古人。我坐在菩提树下，想象着两千五百年前释迦牟尼出家、苦行、树下冥想乃至成佛的整个过程：他离开皇宫，削去头发，脱下昔日的华贵装束，走进苦行林中修习苦行；经历六年苦行，身体枯瘦如柴却一无所得，涅槃解脱遥遥无期，始知盲修苦行无益精神向上；他走进河中清洗掉六年来的身垢，并下决心重新进食，接受了一位牧羊女供奉的乳粥——"食已诸根悦，堪受于菩提"；他来到菩提迦耶的这棵菩提树下，用草铺成一个座位，面向东方，双腿结成跏趺，平稳地坐了下来，并且发出大誓愿说"我今若不证无上大菩提，宁可碎此身，终不起此座"；他在树下宴坐冥想了四十九日，克服了身心内外的一切魔障，终于达到了冥想的最高境域，开了智慧，证得大道，明白了解脱众生轮回之苦的方法……

宗教往往建立在其创始人的经验之上，他们将自己的经验转化为语言。这些经验是如此强大，如此震撼人心，令万物静寂，周遭的人除了相信别无选择，他们的信仰便成为了宗教。

我们不知道佛陀在树下究竟思考了些什么，只知道他思考之后的觉悟主要是"四圣谛"、"八正道"以及生死根源，也就是后来系统化之后传下来的十二因缘——无明、行、识、名色、六入、触、受、爱、取、有、生、老死。根据《佛所行赞》，佛陀是从后往前推的，即是从"老死"想起："决定知老死，必由生所致……又观生何因，见从诸有业……有业从取生，犹如火得薪，取以爱为因……"如此一环扣一环，最后的根源是"无明"，即是无知，不知道事物实际上并不像人们想象的那样存在。

以前我虽然了解佛陀这些最根本的教义，却因为它们流传已久人所共知，只觉得它们朴实易懂，心中并不十分珍惜，反而对后来发展得越来越艰深和玄妙的一些宗派更感兴趣，尤其着迷于深具诗意与哲学之美的禅宗。可是当我真的来到佛陀曾经打坐冥想的地方，想象着他所处的那个时代的环境，想象着他曾经历过的种种生理、心理考验和自然界的剧烈冲击，体会着他的悲悯之心和感人毅力，再回头来认真研读这些我曾觉得太过平实的教义，不由得生发出完全不同的看法。

我开始深深感到佛陀是一位真正拥有理性智慧的思想家：他接受当时婆罗门教中轮回和业的思想，这些思想或许会被唯物主义者嘲笑，可从宗教的本位上却是最为公平合理的思想。它使得人们在不如意的境遇中心平气和地面对现实，想到来生的远景时便会努力行善，面对死亡也不用畏惧；然而佛陀并不接受《奥义书》中梵天显现宇宙的思想，更妙的是他根本不谈宇宙的创始，只教我们如何从有限存在的凡夫众生，转变为无限存在的大解脱者，指点我们循着一定的方法脱离苦海，从迷幻的有限之中走出来。也就是说，佛教更看重的是"方法论"，而不是"世界观"；此外，佛陀否认祭祀万能和婆罗门至上，主张四姓平等，人人皆有佛性，反对盲目的信仰，着重实际的修持与体证，强调人要依靠自己的力量、智慧和毅力来超越生死和自我。

宗教大约起源于人类对于死亡和未知事物的恐惧。我常觉得对宗教有兴趣即是对人生的各种问题（比如生老病死）有兴趣。人为什么而活着的问题注定永远要在现实中困扰着我们，然而正如圣严法师所说，这是一个非常永恒，永恒得不会有也不应有统一的最后答案的问题，这是一个其内容具有极端特殊的经验性而无从用语言传达的问题。因此佛陀索性就不纠结于这个问题，而是向我们说明人生的归向以及达到永恒目的的实践方法，从而减少了人们对未知与死亡的恐惧。

佛陀认为众生的存在便是生老病死周而复始的受苦，所以他让众生了解痛苦和产生痛苦的原因，对意识的局限性保持警惕，这样才会知道如何远离痛苦。他认为人生充满缺陷，人却有着过多的不满足，总是盲目追求那些肤浅而毫无价值的东西，这本身就构成了人生的痛苦，因而他主张反观自身，去除恶性膨胀的欲望，以个人的道德完善为目标。佛陀相信一切事物都具有因缘性，因此事物总是相对的和暂时的，因此他反对执着和自以为是，提倡理解和宽容。他并不教人背弃现实生活，而是要我们在以正当的职业为人间社会谋求幸福的同时，努力修持沉淀物欲，不执着于无常的环境和际遇，并以佛法的实践来达成个人生命的升华，同时促进人间社会的净化……

这是真正的大智慧。且不论这是在两千五百年前产生的思想，即便是今日的文明对这位思想家所能做的唯一贡献也不过是肯定其智慧与成就。他并非天马行空地创造，而是在对人生和人性进行过深刻思考之后形成了自己一套令人信服的思想体系。佛陀将一切事物都视为不具任何意义，因此佛教在批判了生命以及整个宇宙的同时，在本质上也取消了自己作为一种宗教的身份。

佛陀在成道后的四十多年中，用各种不同的方法从不同的角度对不同程度的人说法，而不同程度的人也因此得到不同程度的意义。我想即便是固执的唯物主义者也能从中受益。记得在我更年轻的时候，头脑里灌满了理性主义，看不出神话与谎言有任何区别。读圣经故事时我质疑处女生子与耶稣复活，翻阅佛典时我又纠结于诸如"天魔"之类的记载。可是自从几年前第一次拜访印度，我惊讶地发现这是一片直觉高于智慧、体验高于教条的土地，它使我逐渐意识到体验在宗教中的重要性——重要的是这些故事对我的影响，重要的是它们所象征的现实和昭示的意义。就拿佛典中的"梵天"和"魔王"来说，站在宗教信仰的立场，自然对此信为事实，可是假如尚未入信，也不妨把它视作形象化或故事化了的寓意，比如魔王代表了人类的丑恶面和烦恼相，梵天代表了人类的善良面和清净相。

对于原始佛教有了不同的理解之后，再回想自己曾经对禅宗"呵佛骂祖"等惊人之举的兴奋着迷，简直无法原谅自己的愚蠢。修行到很高境界的禅师或会呵佛骂祖，可呵骂的其实不是佛祖，而是弟子们心中对佛相的执着。可我只不过读过几本书，连门都没入，对什么都只是一知半解，就妄想学别人的样子呵佛骂祖，以为这样就是看破了，就高级了，其实不过是表面文章，实在愚不可及。

在菩提迦耶时我一直在重读佛陀的生平和原始佛教的根本教义，对其中一个故事印象特别深刻：由于佛陀本人平和容忍，对于外教教徒毫无歧视之心，因此赢

▲ 菩提树下打坐的信徒

得了许多外教徒的皈信。他同时还嘱咐那些皈信了佛教的外教徒们,对于他们原先供养恭敬的外教沙门婆罗门,仍当照旧地恭敬供养。这样的态度别说是在世界上其他地方,即便是在当时的印度也不能见到。

佛陀的教义如此容忍宽大,可惜后世的弟子们却常常因为宗派不同而互相鄙薄,最常见的便是大乘佛教(北传佛教)瞧不起小乘佛教(南传佛教),大概是觉得小乘只顾自己解脱,不愿回头救度其他众生。我在北京上大学时拜访某座寺庙,和庙里的僧人攀谈起来,他就说"小乘适合根器小的人",言语间颇有一点不屑。可是原始佛教中根本就没有大乘与小乘的问题,而且如果一定要说小乘只顾自度而不度他人,南传佛教岂不是早就灭亡了?而禅宗之隐于山林,又岂是大乘的精神?

离开菩提迦耶的那天,我们照例还去摩诃菩提寺绕正觉塔和菩提树转圈。不知是不是天气的原因,树上的知了似乎叫得益发大声了。"虫呵虫呵,难道你叫着,业便会尽了吗?"不知名的日本诗人曾经写下这样的诗句。"业"和"缘"都是佛教中非常重要的两个概念,周作人先生却说"这业的观念太是冷而且沉重……缘的意思便比较温和得多"。其实若是仔细体会"一切诸法都依托众缘和合而生,缘尽则散灭"的说法,这"缘"的观念又何尝不是冷而沉重。只是一想起在摩诃菩提寺获得的感动,一想起这些日子里当地居民和僧侣们给予我们的帮助,我又觉得与菩提迦耶结下的因缘是温暖而有情意的。古代僧人也有结缘的风俗——"京师僧人念佛号者辄以豆记其数,至四月八日佛诞生之辰,煮豆微撒以盐,邀人于路请食之以为结缘。今尚沿其旧也"。佛法奥妙精深,既有"结缘"的主动,又有"随缘"的淡泊,怎奈我修行浅薄,做不到随缘适意,却总是聚散两依依。

真假和尚

▲ 铭基与日本寺庙的"住持"

日月山法轮寺。正午的骄阳下,我和铭基站在那座日本寺庙门外,轻声念出它的名字。

终于到了,我的心里有点感慨。

2007年底第一次来印度,走马观花行色匆匆,在佛陀证悟后第一次说法的鹿野苑只待了两三个小时。除了佛塔和古寺的遗址,鹿野苑还有许多不同国家的寺庙,其中日本寺的清静庄严和古风盎然给我留下极深的印象。在寺内闲逛的时候,看见几位借宿寺中的青年男女坐在厢房廊下或读书或写字或发呆,他们的面容都有种沉静平和的光辉,和寺庙的气氛十分相衬。又见墙壁上挂着一块牌子,上面写明住宿条件,比如必须参加早晚的诵经活动,不得持有麻醉剂等药物,不得说谎、偷盗,等等。

至今仍不明白这里的气氛与环境究竟是触动了自己的哪一条心弦,总之那一刻我忽然对这座寺庙产生了排山倒海般的倾慕与向往。或许是平时工作太忙压力太大,当时的我是多么希望自己也能在此借宿,早晚诵经礼佛,闲时读书喝茶,过一段真正轻松闲散的日子。

鹿野苑日月山法轮寺,四年中我仍对它念念不忘。那座遥远的东方寺庙变成了我的"黄金国"与"香格里拉",我用想象赋予它比实际更多的宁静和清雅,它承载了一个忙得昏天黑地的上班族最奢侈的梦想。深夜加班的时候,面对着电脑屏幕上的模型和报告,我会叹一口气,走到窗前去看天上的月亮——鹿野苑的那座寺庙里,这轮明月的清辉正投映在哪一个幸运的家伙身上?

四年后重返故地,曾经的梦想眼看就要实现——如果唯一的那间对旅人开放的客房里还有空床位的话⋯⋯

大概是我们的目光太过热切,一位管事模样的亚洲男人有点儿吃惊似的看了我们一眼。他领着我和铭基走到客房门口,一推门,我们俩欣喜对望两眼放光——居然还有四张空床!

这一次我们的好运简直势不可当。五分钟之后,原本占据了其中一张床的年轻男生搬走了，我和铭基忽然拥有了整个房间！

我们立刻放下行李开始铺床。床垫和床单是现成的，没有毛毯或被子，不过反正我们会用自己带来的睡袋。厕所是蹲坑，没有淋浴，没有热水，只有一个高度齐腰的水龙头。我觉得蹲在地上用水龙头冲洗的话应该可以凑合，虽然一想到洗冷水澡还是忍不住打寒战。房间本身的确有些简陋，可是想象中寺庙的客房似乎就应如此，太漂亮太舒适的话总觉得不大对劲。

这里恐怕是整个鹿野苑最慷慨的一间寺庙，住宿吃饭全都免费，当然也希望你捐款，可是金额也是随意。不巧的是这回我们吃不到寺里的饭菜了——"我们的厨师最近放假回家去了，现在我们每个人都是自己随便做点吃的，所以……"管事男搔着后脑勺，露出抱歉的神色。

来到佛门圣地，自然更应随遇而安，我和铭基于是走去镇上的餐馆吃午饭。和菩提迦耶相比，鹿野苑的空旷和安静简直令人不习惯，却实在是个修行的好地方。只是日头太毒，一路暴晒，拜访过几间寺庙后，我们实在吃不消那火辣的阳光，又逃回了法轮寺里。

即便是在旅途中，我们也很久不曾体会过这种无所事事的感觉。坐在一片清阴的廊檐下，一边读书一边赶蚊子，我忽然变成了四年来自己深深羡慕嫉妒的那个人。活在自己的梦想之中，那种幸福感几乎令我无法集中精神阅读，连廊下的风声和树上的蝉鸣似乎都在赞叹着这种幸福，正在流逝着的每一分每一秒都光彩熠熠。

法轮寺庄严之中又带着几分温馨，有一种佛寺中少见的家庭氛围。除了负责打扫和园艺的两位印度男人之外，院落一侧的厢房里至少住了两户人家：一户是西藏人模样的家庭，爷爷奶奶带着孙子孙女，不知是在此工作还是借宿；另一户便是管事男和他的妻女，就住在我们隔壁的房间。下午四点左右他们全都聚在院子里喝茶聊天，还不时地扔饼干给狗吃——寺里养了三只狗，长相可爱的黑狗和白狗是母女俩，另一只相貌平平的黄狗额上有伤疤，我们给它取了个很黑社会的名字叫"刀疤狗"。刀疤狗非常喜欢吃饼干，空中飞接饼干的技术是一流的。

管事男的妻子特地给我们端来两杯奶茶，藏族爷爷奶奶也对我们粲然一笑。住在寺里的这些人全都淳朴而友好，可惜大家语言不通无法交流。唯一能说英语的是管事男，他抱着刚刚半岁大的女儿在廊檐下走来走去。我逗着那小小人儿，她的表情十分怪趣，皱着眉头却又像是想要发笑。管事男的五官轮廓也像是藏人，眼神温柔似水，头发却染成前卫的红棕色。他常常微笑却不爱说话，你问一句他才答一句，而且从不提问，搞得我们也不好意思太过八卦。

自从来到寺里，一直没有见到住持和尚的踪影，我们猜想他大概在自己的房间里休息。到了下午五点的诵经时间，我们终于远远见到了他。看不清他的面容，只见他身披一件褐色的僧衣，坐在大殿的另一侧，和我们遥遥相望。负责打扫的印度老人指引我们坐下，每个人的面前都有一张小几，上面摆放着几页经文，是《妙法莲华经》的节选："自我得佛来，所经诸劫数，无量百千万，亿载阿僧祇……"看到的时候简直吓了一跳，因为我那段时间刚好也在读《妙法莲华经》！

经文用中文写成，下面有印地语注音。可是和尚一开口，念诵的却是日文。只见他正襟危坐，低垂双目，口里诵经，手中有节奏地敲着木鱼，时不时还要击打铜磬，发出清脆的响声。诵经实在是一门艺术，菩提迦耶日本寺的和尚是此中高手，音调雄浑圆润，宛转起伏，仿佛音乐一般动听。诵经声回荡在殿堂之中，颇有佛音袅袅之感。眼下这位和尚虽然同样游刃有余，和前者相比却还是稍逊一筹。经验丰富的扫地老人也能跟着念上几句，我和铭基则完全不得要领。

藏族家庭和几位之前没见过的信众也加入了我们。藏族爷爷和扫地老人手握鼓槌击打大鼓，包括我们在内的其他人则敲打一种形状扁平的小鼓。由于是第一次参加这里的诵经，我和铭基对节奏一无所知，只能跟在别人后面依葫芦画瓢，因此整个过程精神都要高度集中，敲错鼓点的话听起来会十分突兀。

宿泊条件上写的诵经时间是半个小时，实际上却耗时近一个小时之久。诵经快要结束时，大殿里已经聚集了一大群当地的孩子。我正疑惑他们来这里干什么，只见孩子们在我们诵经结束后迅速排成一队，齐齐大声念出"na mu myo ho ren ge kyo"（南无妙法莲华经），住持和尚则拿出一袋糖果逐个分发。

晚上吃完饭回来，咬着牙关蹲在厕所里洗了冷水澡。夜里的寺庙更有一种静谧之美，只是被成群结队的蚊子破坏了气氛。铭基愤怒地一口气连点三个蚊香，差点连我也一并熏晕过去。

住在寺庙的好处是生活规律，早睡早起。第二天早晨六点又是诵经时间，我们在黑暗中走上台阶的时候，看见和尚也正从另一侧的厢房里走出来。2月的鹿野苑早晚仍是寒冷，和尚却依旧穿着那件单薄的褐色僧袍。有因必有果，诵经的时候他不停地吸着鼻涕。早晨的诵经时间比傍晚的还要长，大殿里的仪式完毕后大家还要跟着和尚走去外面的佛塔绕圈，一边诵经击鼓一边鞠躬礼佛。此刻旭日初升，万籁俱寂，而我们正在进行一项庄严的仪式，一切都是那么纯净。我迷醉于这个古旧而优美的世界，心中十分感动。

其实从前的我并不常常跪拜礼佛，可是从菩提迦耶开始，一路走来，每每进入佛寺都会自然而然地俯身跪拜，而且心中完全没有一点尴尬。因为感觉并不像是在崇拜偶像或神明，而只是向一位伟大思想家的超凡智慧表示敬意。

诵经结束后我们回到房间。我正在洗漱的时候，铭基冷不丁地说："那个和尚……是不是管事男啊？"

"当然不是！"我差点儿被水呛到，"你真的有脸盲症吧?!而且和尚是日本人啊，管事男又不是日本人。"

"你怎么知道他不是日本人？"

"长得不像日本人啊，而且他说英文的时候完全没有日本人的口音。"

"是吧？"铭基好像有点儿被说服了，"我真的记不太清他们俩长什么样子……"

"脸盲症！"我斩钉截铁地说。

上午继续在廊下看书，管事男走过时朝我们微笑点头。我看看他的脸，忽然一下子愣住了。

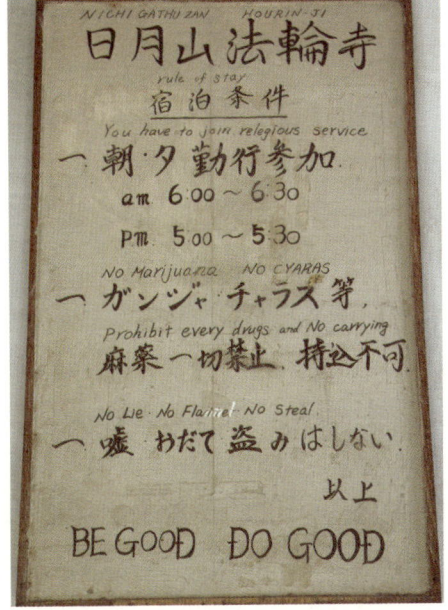

▲ 南无妙法莲华经

▼ 入住日本寺的住宿条件，包括参加早晚诵经、不可嗑药、不可偷窃等

"他跟和尚真的长得好像啊……"铭基也忍不住在一旁发出感慨。

这一回连我都不得不同意他的看法。虽然诵经时总是与和尚隔着一段距离，我其实从来没有看清过他的相貌，可是根据脑海中模糊的印象，他与管事男的确非常相似。

然而我还是无法接受管事男就是和尚这个现实:"可能人有相似吧……他怎么可能是和尚?和尚不是应该穿僧衣吗?怎么可能会穿这种普通人穿的衣服?"

"可是早上念经的时候,我明明看见和尚穿着管事男现在穿的这条裤子……"铭基幽幽地说。

"你是不是看错了……"我一边说着,有什么东西却忽然像鼓槌一般在我脑子里重重敲了一下——

两次诵经中都不曾见到管事男的踪影,也就是说,和尚与管事男从未同时出现过!

我和铭基大眼瞪小眼,他显然也刚刚意识到了这一点。

难道真的是同一个人?管事男真的是和尚?和尚可以娶妻生子?

我俩再次面面相觑。

"日本和尚……"我们几乎异口同声地说。

没错,日本和尚的确可以娶妻生子,日本作家村上春树的父亲就是一位和尚。

如果管事男没有孪生兄弟的话,种种线索似乎都指向了同一个结论。可是整件事中还有一些疑点,比如和尚为什么可以染发,比如和尚平时为何不穿僧衣,比如早晨去诵经的时候和尚并不是从管事男的房间里走出来……

下午读书的时候,有位到寺中参观的泰国和尚走来与我们攀谈,后来又打听起住宿的事情。得知这里住宿免费,泰国和尚大为吃惊和羡慕,表示想和这里的负责人谈谈。管事男刚好在这时走出来,只见他一身现代装扮,斜背一个休闲包,一副正要出门的样子。谈完之后他骑上一辆摩托车潇洒地绝尘而去,只留下轰隆隆的余响和目瞪口呆的我们。

我再次对整件事产生了怀疑——穿成这样骑摩托车的和尚?!

无论如何,傍晚诵经时便会水落石出。

快到五点的时候,管事男骑着摩托车回来了。这一回,我亲眼看见他走进房间,亲眼看见他再次走出房间——

亲眼看见他一边走向大殿一边披上那件褐色僧袍……

原来你真的是和尚！

这次诵经时我再也无法集中注意力，盯着对面那个正在虔诚地一边敲木鱼一边念诵《妙法莲华经》的身影，我的心中充满了不可思议。

又过了一夜，第三天上午，我实在无法按捺住汹涌澎湃的好奇，顾不得和尚是否会嫌弃我的八卦嘴脸，我在走廊上硬生生把他拦下。

"你是日本人吗？"

"不是不是，"他连连摇手，"我是印度人，我是从 Ladakh（拉达克）来的。"

Ladakh 就是印度电影《三个傻瓜》中男主角建立了那所很特别的学校的地方，也是他和女主角最终重逢的地方。虽然是印度的领地，居民却大多是藏族人。眼前的和尚原来真的是藏人，和我最最初的猜想一模一样。

可是藏族和尚为何会住持一间日本寺庙呢？

除非……

"你是和尚吗？"

我终于问出了这个最根本的问题。

"不是，"他再次摇头，脸上挂着腼腆的微笑，"我只不过是负责打理寺庙里的各种事情。寺里的日本住持这段时间回日本了，我就代替他主持诵经活动……"

"你怎么会诵经呢？那么复杂，而且是用日语？"我还是有点儿疑惑。

"都是住持教我的，我跟着他学习很多年了。"

"但你不是和尚。"

"不是和尚。"

我在心中无声地长啸。

和尚另有其人，管事男依然是管事男——兜兜转转，一切又回到了原点。

如梦之梦

▲ 普什卡圣湖的黄昏
▼ 圣湖边的母牛和小牛

烟、酒、肉、鸡蛋、亲吻……

在印度教五大圣城之一的普什卡(Pushkar)，通通都是禁忌。

对于像我和铭基这样的食肉动物来说，"全城茹素"几乎是无法想象的一件事，更何况我们将要在普什卡住上好几天，直到过完洒红节(Holi)才离开。铭基同学如临大敌般向我宣布他的"应对方案"——他发现距普什卡两小时车程的小镇 Ajmer(阿杰米尔)不禁荤腥，我们可以在那里先饱餐一顿肉食，再向圣城进发。今后的几天里若是实在受不了，也可以随时逃出来吃肉嘛……

一下车我们就感受到了圣城的肃穆气氛。城市中心禁止汽车和三轮车通行，这种"福利"在印度可是极为少见。普什卡是个小城，只有一条主街，人口不过一万多，却拥有超过 400 座印度教神庙，居民都是虔诚的印度教徒。更特别的是小城虽地处沙漠边缘，却是围绕一汪湖泊而建——小小湖泊大有来头，传说它由创造之神梵天掉落凡尘的一朵莲花化成，那圣洁湖水足以洗去人世间的一切罪孽。再加上这里有全印度最出名的(也有说是唯一的)梵天庙，更为普什卡平添了几分神秘。

黄昏时分，我和铭基按照规定脱掉鞋子走去圣湖边的石阶码头。前面是一群穿着飘逸纱丽的印度女人，后面跟着一头母牛和一头小牛。赤足行走无法避开石阶上各种动物和鸟类的粪便，有些还带着新鲜的体温，女人和牛却都丝毫不以为意。我们在湖边坐下来，望着围绕湖水的一圈白色和粉红色建筑，享受着暖暖的夕阳和久违的宁静，感觉竟好像回到了地中海边的某个小城。母牛领着小牛去湖边喝水，饱饮一顿之后，母子俩心满意足地慢悠悠爬上石阶走回城里。女人们蹲在湖边解开纱丽掬水沐浴，从后面能看到她们裸露的肌肤和内衣，甚至有人连内衣也一并除去——在如此保守的印度，看到这一幕真令我惊讶，可是她们做来无比自然，没有半点忸怩。或许在崇高的宗教目的之下，一切行为都沐浴着神圣之光，世俗的眼光轻如鸿毛。

长长的纱丽铺在石阶上宛如绚丽彩虹，一大群鸽子铺天盖地地飞过，远处的信众在金色夕阳下虔诚地朝拜沐浴荡涤心灵。湖水静谧幽雅，说是梵天失落的莲花也

81

不为过。这一切美如梦幻,让我想起印度神话中的那个故事——世界只是梵天的一个梦境,当他醒来的时候,整个世界便也随之消失。就像《金刚经》所说的"一切有为法,如梦幻泡影",就像《黑客帝国》中由计算机控制的那个虚幻的现实世界。

梵天的睡去与苏醒正是创世与末世的轮回,这种说法让人着迷却又怅惘——我的一生只是你的一个梦而已。可是如果细究逻辑,眼前这圣湖的来历却又经不起推敲——既然人间世界只是天神一梦,那么"真实世界"里他手中那"真实"的莲花又何以掉落梦中的"虚幻世界"?我甚至疑心那莲花也有其神秘来历,因为相传在宇宙肇始之际,梵天就是从印度教另一大神毗湿奴肚脐里长出的一朵莲花中诞生的……梵天与莲花似乎总是如影随形,又或者这不过是人们想象力的懒惰?

普什卡和我去过的任何一个印度城市都不一样,它既是印度教的圣城,有严格的禁令和庄重的气氛,同时又是一个典型的嬉皮小镇,满街都是金发碧眼自由散漫的欧美青年。他们总是一身"改良版"印度服饰,腕子上叮叮当当一大堆手镯手链,坐在路边小店里喝着鲜榨果汁,吃着水果麦片拌酸奶,或是在出售手工艺品的摊位前耐心地和老板讨价还价——拉贾斯坦邦的手工艺品一向精彩,而普什卡更是拉贾斯坦邦的一颗明珠。出产美丽手工艺品的地方通常都有出色的审美,普什卡不但整体建筑风格和谐典雅,就连便宜餐厅的室内设计也常让人眼前一亮,这似乎是与生俱来的艺术天分。

据我观察,嬉皮聚集的城镇通常都有几个共同点:地方不能太大,物价一定要低,有灵性或是艺术方面的吸引力。而印度的神奇之处在于它的接纳和包容能力,不仅让神圣信仰与嬉皮文化并行不悖,自身还因此焕发出别样的光彩。印度的外国游客很多,旅游业热火朝天,可是很少听见人们指责印度旅游地"过于商业化",或许正是因为精神信念与日常活动结合得如此紧密,人们毫不自觉地在两者之间自由移动——即便是在尘世的庸俗与琐碎之中,也要抱持一种超然的态度。

反之亦然。我渐渐发现在某些方面,普什卡也并不是个那么"圣洁"的地方。有些旅馆和餐厅仍然偷偷出售啤酒,菜单上极为普遍的"Special Lassi"则意味着在印式酸奶里掺上大麻。街上有些窜来窜去的"闲人",穿着一袭白衣,微笑着把一簇花瓣塞进游客的手里。这是一个骗局的开端,最后往往会以帮你祈福为名进行讹诈。可是当然,在开始的时候他们总坚称这是免费礼物,而拒绝是不敬的。我常看见他们在街头与游客纠缠——"礼物!礼物!"他们拖住拼命挣扎的游客的手臂,整张脸因为坚持而变得铁青,仿佛尊严受到了严重的冒犯。这是整件事中最可笑的部分,尤其是当你意识到他们是在假冒婆罗门祭司——这片土地上最圣洁最被崇敬的人。

来到普什卡已经好几天了,我和铭基惊讶地发现自己并不那么想念肉食。这里的素食种类的确有限,很多甜品也因为不能放鸡蛋而变得不伦不类,然而这座小城独一无二的气质似乎弥补了味觉上的遗憾。更大的惊喜是来到这里的第二天,便在街头重逢在加尔各答做义工时认识的日本朋友登志公和佑辅!登志公被不可思议的印度"摧残"得又瘦了一圈,小背心外裸露的手臂简直瘦骨嶙峋。佑辅君则仍是一头脏辫儿,随意中透出刻意的日本浪人打扮。两个人已经在普什卡待了一个多星期,每天无所事事地在城中唯一的那条街道上闲逛,脸上挂着一副百无聊赖又心满意足的神气。

"你们也来这里过洒红节啊?"故人相见,大家异口同声地问出了同样的问题。

洒红节是印度传统新年,人们在这一天纵情狂欢,庆祝春天的到来,任何人都可以参与,没有任何民族、种姓与宗教的界限。我们这些外国人总是很难理解印度那些节日和传统背后的"典故",然而光是这些节日的 party 气氛便已足够吸引,更何况洒红节是超级盛大的色彩狂欢——人们为了表示祝福,会相互泼洒和涂抹彩色的水和颜料。它糅合了欢乐、恶作剧和歇斯底里,别说亲身参与了,仅仅看到照片都会让人兴奋到血脉贲张。

每个男人的身体里都住着一个六岁的小男孩儿,铭基同学在几天前就开始吵着要去买水枪,而且非要买个大的。他一看到路边卖彩色粉末的小摊贩就走不动路,而且不停地催促我去买两身便宜衣服用作洒红节的"战袍"(用完即弃)。洒红节的前一天,全城的人都在热火朝天地采购"武器",每个人的手里都拎着沉甸甸的彩粉。

我们采购完毕，正和一帮欧洲青年坐在小店里吃水果拌酸奶，一眼看见登志公和佑辅顶着两张大花脸神情恍惚地走来，刚刚在他们脸上完成"杰作"的彩粉小贩则在一旁笑得直不起腰。

"哈哈哈哈哈！"西班牙女孩儿指着他们两人狂笑起来。

"是他说的，"佑辅一脸委屈地指着小贩，"他说洒红节今天就开始了……"

可是，要等到第二天洒红节真正开始的时候，我才意识到那小贩实在是太太太手下留情了……

我和铭基穿上"战袍"，用围巾把头发包起来，把彩粉与水混合灌入水枪，又把几包彩粉塞进包里。出发前一照镜子，这才发现两个人简直像极了陕北农民，有种随时准备高歌一曲信天游的感觉……我们在旅馆老板意味深长的目光中(他显然不打算去蹚这趟浑水)激动又忐忑地走出大门，不知道等待着我们的将会是什么。

两个干干净净的外国人显然是最佳目标，刚走出去没多远，我已经变身蓝精灵，而铭基被画上了黄色的胡子，双颊也被拍上深红色的手印。"好像还行，"随着脸上身上的颜色不断增加，我给自己打气，"并不像传说中那么疯狂嘛，还是可以接受的……"而且街上行人并不太多——难道只有我们这些外国人才咋咋呼呼地出来庆祝节日？

大错特错。快要走到主街尽头的时候，音乐已经渗透了空气中的每一个分子。一拐弯进入城市中心的小广场，我们被眼前的景象震撼得说不出话来——成百上千人正密密麻麻聚在一起，跟随着巨大喇叭里传出的电子音乐又蹦又跳，无数只手臂在空中狂挥乱舞，每个人都好像刚从颜料染缸里爬出来。广场上空弥漫着各种颜色的粉雾，空气中有一种末日狂欢的气氛。

印度人的生活不易，但他们的 party 是最棒的——早在英国读研究生时我就充分体会到了这一点。我们宿舍是当时全校的 party 中心，原因就在于我的舍友印度人美胡是一名全能型选手，唱歌跳舞喝酒打碟样样精通，是每一场 party 的精神核心。然而眼前的景象是如此疯狂，比我所见过的最疯狂的 rave party 还要疯狂

▲ 洒红节各人的"战绩"

▲ 空气中有一种末日狂欢的气氛
▼ 音乐停止时人群开始散开,有人拿出类似烟火的东西点燃,释放出色彩浓艳的烟雾

一百倍。小广场中心地带的人群99.9%都是男性，他们全都赤裸上身，每一个新加入者都会在第一时间被旁人撕开上衣，并将它高高抛向空中。广场上空高悬着一根长绳，很多被撕裂的上衣便落在绳子上，在漫天粉末和震耳欲聋的音乐中静静见证着人类的放纵狂欢。

不用说，到达小广场(仅仅是外围)后的几分钟内，我们俩从头到脚都被"祝福"了好几遍！彩色的水柱和粉末在每一个方向飞行，当地人将色彩抹遍了我们的脸，并乘机来个拥抱。早就听说洒红节是印度男人占外国女人便宜的时候——他们可能一年中只有今天这一次机会……实情也的确如此，不过并不像我想象的那么糟。更何况他们都有一个极好的理由——Happy Holi！请别生气！

在街角，我看见一个正蹲在台阶上的熟悉身影。我很惊讶自己居然还认得出他，因为佑辅君整张脸都变成了深紫色，风流不羁的浪人装扮也无影无踪，此刻他身上只有一条皱皱巴巴的花短裤——显然他也加入过广场上的群魔乱舞。看到我和铭基五彩缤纷的脸，佑辅既羡慕又不平，"为什么你们脸上颜色那么多那么好看，而我的脸却是这样……"

四周战况激烈。留着山羊胡子的印度男人，眼睛里有一束狂躁的光芒，看起来像个快活的魔鬼。他张开两只沾满黑色颜料的大手，四处追逐他的猎物。漂亮的法国女生慌张地笑着企图逃跑，然而猎手的眼神像精准的飞镖把她钉在了墙角；一位长得很像我以前同事戈登的西方青年，鼻梁上眼镜的左边镜片已经不翼而飞，右边仅存的镜片也色彩斑斓形同虚设；印度大叔刚从家里出来，赤裸的上身干干净净，巨大的肚子悬挂在他的裤子外面，很快便被人摁上一个紫色手印；一位西方游客勇敢地拿着一部没有任何防护的单反相机到处穿梭，疯狂的人群却不肯因此而放过他，相机也被"祝福"到很快就陷入了昏迷；老爷爷也出来凑热闹，下巴上一把绿色的胡子，笑眯眯的眼睛像是被困在红色皱纹织成的蜘蛛网里……

当看到身边三位印度男生正忙着撕开一包体积堪比二十公斤大米的颜料袋时，我和铭基拔腿就跑，然后爬上了附近一幢楼房的屋顶。屋顶上同样聚满了人，登志公君赫然出现在我们面前。天哪！我在心里尖叫了足足一分钟——这还是那个风靡万千少女的登志公吗？！长相俊美的他在加尔各答时深受女生欢迎，眼下却完全改头换面——一张脸黑得像锅底，满口紫色的牙齿，头发宛如《七龙珠》里的小悟空一般高高炸起，裸露的小腰盈盈一握。连他的神情和举动也是我们前所未见的——他高举一把荒唐可笑的红色小水枪，正跟随着广场上的音乐疯狂舞动，自high到无以复加。配上他"魔幻"的外表，看上去好像刚从神经病院溜出来。

我本想取笑他"你为什么要放弃治疗"，可是看看自己和铭基，又默默把话吞了回去。在洒红节这一天，每个人都是疯子和魔鬼。我们加入了登志公，开始一边热舞一边朝楼下的人们发射彩水抛洒颜色。从屋顶望下去，我发现普什卡变了，从一个纯净的白色城市变成了弥漫着彩色硝烟的战场。小广场上的人群已经陷入歇斯底里的疯狂状态，他们撕开上衣手舞足蹈的样子像是正在发起一场暴动，又好似科幻片里地球上的最后一批难民。一辆不怕死的摩托车企图穿越广场，后果可想而知——人们呼啸着将它截下，连人带车都被拖倒在地，被迫接受排山倒海般的"祝福"……来自一个讲求含蓄的民族的我从未见过这样的节日场面，好像天地间所有的颜色都在等待被抛洒，一切歌舞都只为这一天而存在。

就连一向克制的日本人也被蛊惑得晕头转向。登志公的头已经快要摇断了，佑辅君不知什么时候也上来了，而且生猛地决定爬去旁边一个更高的屋顶。墙壁上没有任何支点，他拼命往上一蹦，勉强用指尖挂住了屋檐，可是整个身子在空中摇摇欲坠，看得人心惊胆战——掉下来肯定受伤！"朋友！朋友！"他悬在空中朝着屋顶上的几个西班牙男生狂喊，"帮帮我！"他终于被拉了上去，然而场面无比"香艳"——小短裤的裤脚在攀爬过程中被墙壁越蹭越高，几乎露出半个屁股……

跳累了也洒累了，正当我思忖"这洒红节到底什么时候结束"的那一刻，大喇叭里的电子音乐戛然而止，群魔渐渐停止舞动，有人拿出类似烟火的东西点燃，释放出色彩浓艳的烟雾。人群开始慢慢散开，节日庆祝也就此结束。我更佩服印度人了——他们不仅理解人们偶尔需要恶作剧般的嬉闹来缓解压力展露本真，还懂得激流勇退见好就收！

当色彩的战役停止，世界显得出奇的寂静，以至于让人感到陌生，仿佛刚才的一切只是一场绮梦。街道成了色彩的海洋，又像是刚刚经历了一场五彩缤纷的沙尘暴。就连路上正慢吞吞行走的牛都通通被画了大花脸，神情中有种刚参加完盛大party的满足和疲惫。我的感受与牛相同，只是多了一丝庆幸——身为一个外国女生，我却没有在洒红节遭遇什么过分的"咸猪手"，实在是太幸运了！难道因为普什卡是圣城，没有了酒精的煽动(虽然大家都抽大麻来代替酒精)，便不容易像别的地方那样发生过激的行为？……

正这么想着，几个十一二岁的印度小男生迎面走来，其中一个抓着一把彩粉，朝我露出试探的笑容，"Happy Holi！"

节日庆祝不是已经结束了吗？我在心里嘀咕。不过已经这样了，也无所谓再多来一下……

"Happy Holi！"我先把自己手中的彩粉撒向他。

电光石火间，在我反应过来之前，只觉得胸前陡然一痛——

这死小孩儿居然乘机狠狠摸了我的胸部一把！

Shit！我又惊又气地弹开，几个小男孩儿已经得意地大笑着逃走了。

"晚节不保"的我拿他们没辙，只得苦笑着回到旅馆，却没料到好戏还在后头——一进房门我们就直奔浴室，可是一共洗了三次头、六次脸和N次手，皮都快要搓破了，脸和手上的颜色却还是没能完全洗掉。

晚上出去吃饭的时候，我发现其他人也都和我们一样有着浅红色的脸颊。吃着奶酪菠菜，看着自己正拿着餐叉的蓝色手指，我忍不住地微笑。正如这几乎渗进皮肤里的色彩，我感觉印度也已然成为了我生命的一部分，真真切切、无法割舍的一部分。就让梵天继续做梦吧，就让我活在他绚烂的梦中。

佳期

▲ 在印度中部城市印多尔参加婚礼

一

　　大概是因为 11 月底从拉丁美洲回来已经在伦敦重聚过，再加上一直以来都保持着联络，时隔三个多月，在印度中部城市印多尔 (Indore) 的火车站出口处见到老同事兼多年好友阿比时，我俩拥抱一下，却都没有什么"久别重逢"的惊喜和感叹，竟好似昨天才见过面似的。

　　"不是跟你说过不用来接吗？我和铭基直接打车去酒店就行了。你这几天应该忙得要命吧？"我忍不住唠叨他，心里还有一句话没说出口——坐了一夜的火车，我蓬头垢面牙都没刷，真不想在这种时候见到熟人啊……

　　他接过我的背包，"反正我也没什么事。我倒是真的不忙……"

　　"哈！那就是你爸你妈忙咯？"

　　"别提了。我家现在住了至少十五位亲戚，光是安排一日三餐就有的忙了。"

　　"你妈一个人要煮那么多人的饭?!"我的眼珠子都差点掉下来。

　　"家里倒是有佣人……但我妈还是忙得团团转，做每道菜她都站在旁边监督指导……来来，这儿，上车吧。"

　　我们三个人钻进一辆私家车，开车的年轻司机有点儿惊讶地瞟了我和铭基一眼。

　　"那么，一切都准备好了？"

　　"差不多吧。不过你也知道，不到最后一刻，谁也不敢打包票说完全准备好了，我爸我妈现在神经高度紧张，"阿比的脸上泛起一丝苦笑，"我跟你说，昨天晚上我妈发现她的首饰里少了一根不知道是项链还是手链，就是婚礼上要戴的那套首饰……好家伙，她那叫一个恐慌！晚上 11 点多，全家人陪着她到处找首饰……还好最后终于找到了，要不然大家都没好日子过！"

　　我笑了，"儿子结婚嘛！这么大的事，紧张一点是正常的啊。"

阿比双手一摊，无言地微笑起来。

直到此刻我才真的有些感慨。多少年了？刚开始工作就认识了阿比，刚认识阿比就开始催促他结婚——只因我太想参加一场传说中的印度婚礼——虽然他那时连女朋友都没有。事实上，尽管阿比是这么好的一个男生，可他从来没有过实质意义上的女朋友。他曾有过非常喜欢的女生，为了追求她也颇费心思，连我都被迫充当狗头军师，帮他出过一箩筐的好主意和馊主意，可惜两人暧昧了一阵最终还是没有结局。有时他不由自主地喜欢上已有男友的女生，还向我夸口说"虽然有守门员，球还是会进的"，可是直到那女生都已经结婚了，他还在场下默默地观看比赛。后来每次聊到这件事，我都会无情地嘲笑他："还进球哪！你射门了吗？"

就在我喝印度喜酒的美梦快要破碎的时候，阿比那边却忽然传来了好消息。那是我从巴西回到伦敦以后，阿比请我到他家吃饭，还在喝饭前酒的时候，他询问我之后亚洲之行的计划，冷不丁地要求我在旅途中抽出时间去他的家乡印多尔参加婚礼。

"谁的婚礼？"我有点儿不敢相信。

"你明明听见了！"他的面色忽然涨得像夹竹桃那般红。

这消息来得太过突然，我一惊之下直接就拿着酒瓶跳到了沙发上。

"还没有完全确定呢，我是说，如果一切顺利的话……"阿比着急地解释着。

他一边夺过酒瓶给我的杯子里倒酒，一边将前因后果娓娓道来。其实猜也猜得到，大部分印度人的婚姻都是"父母之命，媒妁之言"，只是没想到阿比最终也落入了这个"俗套"。据我所知，印度年轻人受西方文化和浪漫的宝莱坞爱情片影响，大多希望经过自由恋爱结婚，可惜这一美好愿望往往为印度社会等级森严的种姓制度所阻碍。不过阿比的烦恼根本还没到达那一层——他连一起携手冲破种姓阻碍的同伴都还没有找到……听说阿比的老爸思想非常开通，一直在默默等待儿子带回如花美眷，没想到这小子情路坎坷，白白辜负了似水流年。最后老人家实在看不下去了，决定亲自出马"寻觅"儿媳。不过虽说是父母之命，通常也要孩子自己满意才行。一家人千挑万选,亲友介绍和相亲网站(这是印度人与新事物达成的又一妥协——网恋已经到了印度,但其形式是在互联网上安排婚姻)双管齐下,最后终于"锁定"了来自孟买的高里小姐。阿比和高里见过一次面,又通过电话和网络交流了好几个月,双方都很满意,婚姻大事于是就基本定了下来。

虽然我个人是很难想象两个只见过一次面的人就要结为夫妻,不过这是别人的风俗,别人自己的选择,我自然也不好意思指手画脚,更何况阿比一提起高里就眉飞色舞,一副正在恋爱中的样子,我实在为他高兴——单身汉也有春天!阿比晃动着酒杯陶醉地说:"高里说我长得像 Justin Timberlake 呢!"看着他的脸我深吸一口气,话到嘴边又默默咽了下去。情人眼里出西施,也罢也罢!

阿比热切地向我描述着高里的一切:大方开朗、爱笑、极具幽默感,从事咨询业,曾去墨西哥工作一年,非常专业的舞者,尤其擅长 hip-hop……他还马上上网打开高里的博客给我看,我本来没抱什么期待,可是看着看着就呆住了——文笔好倒也罢了,这姑娘还三不五时地写上几首诗!在如今这个肤浅浮躁的社会,坚持写诗的女孩儿多么珍贵难得!阿比这小子可捡到宝了,我心想。他们两个都那么喜欢文学,我的脑海中已然出现了"赌书消得泼茶香"的画面。

我已经等不及要看高里的照片了。

"其实,她长得倒不是特别漂亮……"阿比慢条斯理地打开高里 facebook 的相册,"而且不知怎么搞的,每张照片上她的样子都不一样,真人跟照片也好像有点儿不同……"

看到照片以后,我不可置信地看着阿比。"你一定是走了狗屎运,"我喃喃地说,"她很漂亮好不好?! 她比你喜欢过的那几个女生都要好看!"

更难得的是从照片看来,高里是那种不怎么"珍惜"自己美貌的女生。照片中她的打扮总是简单朴素,表情动作都很随意,一点自恋的痕迹都找不到,而且哪怕是拍得再不好看的照片也通通往 facebook 上贴,也难怪阿比说她每张照片的样子都不太一样。以同性的敏感,我能看出高里不是那种紧跟潮流的时髦姑娘,不过这一点大概刚好合了阿比的意——他最不喜欢的就是只知打扮不懂节约的虚荣女孩儿。

"所以，你觉得高里怎么样？"阿比充满喜悦却又有点儿不好意思地问我。

"好极了！"我的赞美完全发自真心，"简直就是为你量身定做的！嘿，我说你爸还真了解你啊，居然能找到门当户对又这么合你心意的女孩儿……"

阿比说："我爸自己也很得意呢！你不知道，他好像比我更喜欢高里，现在一天到晚地在她的 facebook 上留言……"

我俩一起大笑起来。阿比的目光落在高里 facebook 的头像上，照片中的女孩儿身穿蓝色 T 恤，一双深潭似的大眼睛也正凝视着屏幕外面的阿比。

"那么，就是她了？"

他的语气大半是肯定的，可是大概因为心底里还有那么一点点担心和不确定，这句话听起来还是更像个疑问句。

二

Cold feet. 这个词最初还是阿比教我的，常常用来形容婚礼前的精神紧张、胆怯疑虑，甚至产生打退堂鼓的念头。

从火车站到酒店，一路上阿比都表现得相当正常。可是作为多年老友，我还是一下子就感觉到了他的 cold feet。印度婚礼是个极其繁复庞大的工程，准备一趟简直能累掉人一层皮，双方家庭之间也要经过无数的协商和磨合，因为矛盾总是无可避免。呈现在客人面前的婚礼一定是美好的，然而婚礼准备过程中的压力足以产生不美好的 cold feet。我知道阿比最害怕繁文缛节，"大场面"的印度婚礼对他来说绝对是不得不完成的艰难任务；可我同时也对阿比应对压力的本领有信心，相信他一定可以自己化解负面情绪。作为朋友的我无法帮上忙，只能拍拍他的肩说声"顶住"！

阿比将我和铭基送到酒店。印度人结婚通常都是大手笔，不但广邀亲朋好友，而且吃住都由主人家全部包揽。阿比家特地为远道而来的客人们包下了这家酒店四层的全部房间，给我们订的还是豪华城景房。我和铭基自从开始间隔年旅行以来还是第一次入住这么高级的酒店，两个土鳖一下子简直无法适应。站在酒店房间的玻璃窗前俯瞰印多尔城里毫无风格的建筑群和拖着热腾腾褐色烟雾的巴士，我觉得人生的际遇真是不可思议：刚认识阿比的时候，只觉得他是个聪明腼腆沉默寡言的印度男生，没想到后来竟成为无话不谈的好朋友。平常聊天时他提到过很多次他的家乡印多尔——"不是旅游城市"，"没有外国游客"，"天气很热很干燥"，"没什么特别的，不过美食相当出名"……听得多了，这个城市在我的脑海里已经形成一幅画面，只是从未想到有朝一日自己居然也走进了这幅画面中。

因为一直在背包旅行，我和铭基没有合适的衣服可以参加婚礼，好在印度婚礼十分传统，我们只需入乡随俗地分别买上一套纱丽和 kurta 即可过关。细心的阿比安排了他的女性朋友阿什薇妮陪我们去买衣服，不过在这之前，他让我们先去他家吃午饭，顺便给我的手画上 mehndi[①]。

洗过澡之后，我和铭基被接到阿比父母家。刚到大门口我就惊呆了，一半是因为房子里人影绰绰，走动时无数纱丽飘动宛如五彩云霞，十五位亲戚的阵势果然非同凡响；另一半却是因为这幢房子本身——倒也不是那种拥有巨大花园和游泳池的顶级豪宅，却也已经相当气派了，尤其是那一份带着艺术之美的雅致，完全没有暴发户式的"树小墙新画不古"，却又有别于时尚家居杂志里的那些美得毫无人间烟火味的"样板房"。我最喜欢房子里极具东方韵味的天井，它让整间屋子变得敞亮通风，令我想起老家祖屋的温馨。不同之处在于这是一个非常现代的天井，它的顶部有一个可以推拉的顶棚，刮风下雨时可以将它关上，这块面积便不会被浪费掉。

[①] mehndi，又叫 henna，是印度女人在婚礼或节庆时以天然指甲花染料在手部做的暂时性刺青。

▲ 所有女眷都聚在天井里,地上铺了坐垫和白布,手绘师为大家一一画上 mehndi

"豪宅啊!"铭基悄悄对我说。

我也是直到此刻才产生了"原来阿比是有钱人啊"的念头。在伦敦同事那么久,他一直表现得比普通人家的孩子还要低调节俭,几乎没怎么买过新衣服,一件大衣穿足六年,总是从图书馆里借书而不是自己花钱买书看。这么说吧,如果 A 餐和 B 餐同样价钱,可是 A 餐还附送饮料,那么即便他更喜欢吃 B 餐也会毫不犹豫地选择 A 餐。这就是我印象中的阿比。可是来到印多尔以后,从前的印象完全被颠覆了——司机、佣人、豪宅、婚礼请客的大手笔……此前我只知道他父亲经商,却没想到家底竟然这般殷实。阿比是家中独子,我已经可以想象这场婚礼的奢华了。

一大群印度人中忽然混入了两个中国人,大家的目光齐刷刷地聚焦到我和铭基身上,我们只好用外国人特有的无知的傻笑来向每个人致意,他们也微笑着向我们颔首。

"这些人到底是你的什么亲戚啊?"我悄悄问阿比。

"跟你说实话,连我自己都搞不清楚,有些人好像从来没见过……"

阿比的父母热情地迎出来和我们打招呼。两年前我们在伦敦见过面,阿比的妈妈还特地下厨给我和铭基做了一顿印度菜。和那时相比,两位老人都显得有些疲惫。阿比的妈妈穿一身美妙的浅绿色纱丽,身材更加清瘦,面部轮廓竟然有点儿像昂山素季。"准备婚礼一定很累吧?"我问她。她笑着拉住我的手,"累!但是也很开心!"

一位身着白衣白裤的老人颤颤巍巍地走过来。"我爷爷。"阿比介绍说。老人面无表情地看了我几秒钟,又慢慢走开了。"九十岁了!"阿比小声说,"老人家可高兴坏了!"

饭后所有的女眷都聚在天井里,地上铺了坐垫和白布,请来的两位手绘师就坐在上面为大家一一画上 mehndi。由于我和阿什薇妮赶着去买衣服,大家特许我俩"插队"先画。其实在印度这么久我都从未尝试过 mehndi,总觉得大片的复杂花纹看起来脏脏的,奇妙的是手绘师似乎看穿了我的心思,只画在手心和手腕处,花纹也比较简单精致。看看四周,每个人手上的花纹都不同,实在是一门特别的艺术。

阿什薇妮向各位女眷请教该带我们去哪里买衣服,大家七嘴八舌反响十分热烈,以至于最后阿比的堂妹伊施塔和婶婶连 mehndi 都没画就坚持要带我们出门购物,于是我们五个人钻进伊施塔的车里向商场驶去。

伊施塔和婶婶这母女俩大概是我见过最爱笑的人,她们俩总给人一种无忧无虑的感觉,特别爱说笑话,总是一句话还没说完,最后的几个字已经被自己的哈哈大笑吞没了。快乐的情绪是会传染的,她们便是这样令人不由自主地就生出亲近喜悦之心。"阿比那么腼腆内向,我们都很难想象他居然会有关系这么好的外国女性朋友哈哈哈哈哈哈!"婶婶拍拍我的手大笑起来。我也忍不住笑了——和她们母女比起来,大概世上所有人都可算是"腼腆内向"了吧……

婶婶人极亲切,外表却是尊贵无比的"女王"范儿,走起路来目不斜视腰背笔

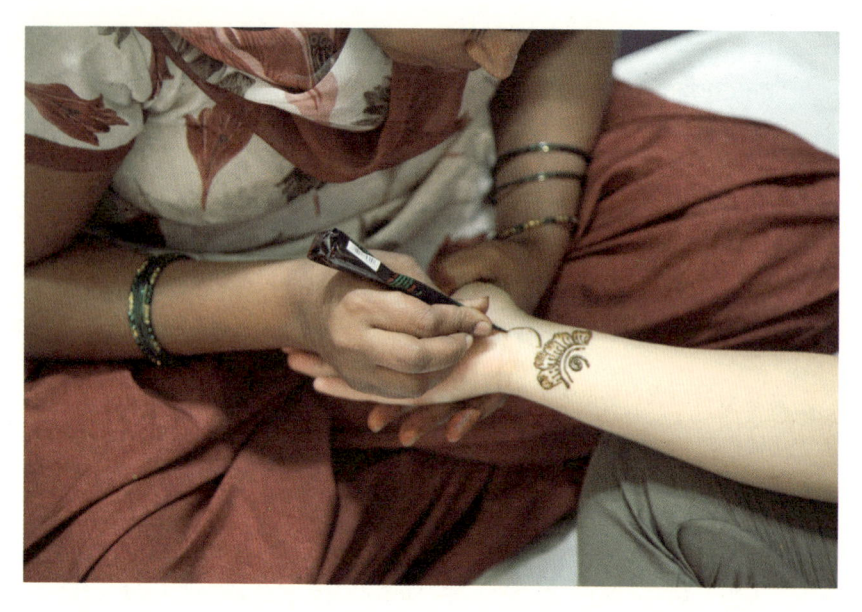

▲ Mehndi，又叫 henna，是印度女性在婚礼或节庆以天然染料在手部做的临时性刺青

直，多肉的下巴和丰腴的体态反而为她增添了几分贵气。在阿比家我总觉得自己是闯入大观园的刘姥姥，而婶婶的热闹出场便是那"粉面含春威不露，丹唇未启笑先闻"的王熙凤了——当然是丰腴版的。她的纱丽是另一种系法，手臂隐藏在大片的薄纱之下，看起来宛若京剧演员的水袖，简直是为"长袖善舞"现身说法。初见面时她的自我介绍只有一句话："我老公是医生。"——非常简单，非常印度。在这片土地上，人不是由自己塑造的。男人们只是他们的名字和头衔，女人们则只是她们男人的影子，可是婶婶看上去又是那么骄傲而快乐。"印度之外的世界要以它们自己的标准来评判，而印度是不能被评判的，印度只能以印度的方式被体验。"奈保尔以讽刺的口吻说出的这句话却再一次令我感同身受。

　　车子停在一间看起来像是专卖传统服饰的小商场门口。婶婶昂首挺胸地领着我们走进纱丽店，往椅子上一坐，又扬手吩咐店员们端咖啡来。连我都被她的贵妇派头感染，一举一动不禁变得矜持起来。阿什薇妮和伊施塔忙着从墙边的柜子

98

里取下一匹匹纱丽让我挑选,可是她们给我看的全都是订满珠片或布满刺绣的薄纱质料的纱丽,珠光宝气得就快要有一点点伧俗了,配上印度人的深邃五官大概相当华丽出彩,可是像我这样的平淡面目绝对 hold 不住……我心目中的理想纱丽不是这样的,可是一时间又说不出到底想要的是什么样子,搞得大家都很迷茫。

就在我们陷入了胶着状态的时候,一直在游手好闲地到处观望的铭基同学忽然出声:"那个,那个不好吗?"他指着柜子里的一匹紫红色纱丽。

我只看了一眼,马上就想冲上去拥抱他。还是你了解我! 就是这种! 我想要的就是这一种!

阿什薇妮和伊施塔露出恍然大悟的神情,"原来你喜欢传统的纱丽呀! 早说嘛!"

原来她们以为我会喜欢年轻人钟爱的薄纱珠片款的新式纱丽,却没料到我对丝绸质地图案保守的传统纱丽情有独钟,她们马上一迭连声地让店员把各种颜色和图案的传统纱丽拿来给我挑选。我本来是打算速战速决的,可是阿什薇妮和伊施塔太过热情,恨不得让我把所有纱丽都通通试穿一遍,为了不辜负她们的好意,我也只得遵命。试来试去,又考虑到"性价比",我最后还是选择了铭基一开始指给我看的那一匹。

纱丽本身其实只是一块布料,全靠巧妙的缠绕方法才能达到婀娜飘逸的效果,穿时里面还需配有紧身露腰短上衣和衬裙。这短上衣可以自己搭配,正式一些的则通常是由裁缝在纱丽上剪下一段布料度身定做。铭基同学完全被这个概念迷住了,他不停地对我说:"你不觉得很神奇吗? 在刚买的衣服上剪下一段再做衣服!"

男生的服装选择有限,铭基买 kurta 比我买纱丽要快得多。Kurta 其实就是一件及膝的长衫,通常搭配上松下紧的萝卜裤,不过近几年来 kurta 和牛仔裤的搭配也在印度年轻人中成为流行。作为五个人中唯一的男性,铭基同学在整个购物过程中一直默默等待毫无怨言,因此被其他三位印度女士视为宠物和甜心,大家总

▲ 试穿印度传统服装纱丽
▼ 最后选择的蓝色纱丽

忍不住想"调戏"他。不知道是不是印度男人普遍大男子主义，伊施塔简直被铭基感动得一塌糊涂："他怎么会那么耐心地陪我们购物呢？中国男人都这么好吗？"我真的不忍心打击她——其实铭基一点都不喜欢逛街，在英国的时候总是我单枪匹马出动……

终于买齐了所有的东西，连搭配纱丽的短上衣的尺寸都由商场里的裁缝量好了，说是明天就可以做好。铭基刚准备去柜台付钱，阿什薇妮拦住了他，转身和一位经理模样的男人商量起来，当地方言混着英语一块儿说，我听见了"打折"这个词。

"可以打折啊？"我非常高兴。

"那当然，"一直端坐在一旁的婶婶啜着咖啡微微一笑，"你知道这家商场的老板是谁吗？阿比家的老朋友了！他可是看着阿比长大的，后天也会来参加婚礼。"

打了折付了钱，婶婶最后检查一次我的纱丽，却忽然皱起了眉头。她扬手让经理过来，两个人展开纱丽看了半天，阿什薇妮和伊施塔也凑过去热烈地讨论起来。

原来我买的那匹纱丽由于折叠放置太久，折叠的部分全都变成了一道道褪了色的痕迹，穿起来在日光下非常明显。我很感激婶婶及时发现了这个瑕疵，可是整个人也已濒临崩溃的边缘——一切都要从头再来！

好不容易选好了另外一匹蓝色的纱丽，付完钱走人，本以为可以回去了，谁知还要去另外一家店买与纱丽搭配的衬裙，衬裙的颜色需要与纱丽的一模一样，一点偏差都不能有。店里有无数种颜色的衬裙，光一个蓝色就有深浅不同的六七种，真是让人大开眼界。

买完衬裙，姑娘们又拖着我去买与纱丽颜色相称的手镯、项链和耳环。直到此刻我才终于意识到买纱丽并不是我想象中那般简单，它根本就是一项巨大的工程，印度女人简直可以在这件事上消磨掉一生的光阴。我自己在审美上偏向简约主义，很怕戴上那么多的首饰会变成一棵圣诞树，因此不断地哀求她们："穿纱丽一定要戴这么多东西吗？我不戴可不可以……"阿什薇妮却不肯放过我，她一边坚决地摇头，一边让老板继续把更多的首饰拿出来……

世上纱丽的颜色有多少种，店里手镯的颜色就有多少种，而且这还只是一间兼卖首饰的小小文具店而已！"这么说来，每个印度女生都肯定收集了无数个不同颜色的手镯来跟不同的纱丽搭配？"我惊讶地问阿什薇妮。"那当然！"她露出那种"这还用问嘛"的表情。我一直认为自己已经算是喜欢研究穿衣打扮的人，可是和印度女生一比简直弱爆了。

购物重任总算完成，四周的景物已经被日暮染成一片金色。我们在夕阳的余晖中慢慢走回阿比家，一路上阿什薇妮好奇地询问我很多与中国有关的问题，她最关心的是中国人一般多少岁结婚，婚前可否同居，以及社会对婚前性行为和女性贞操的看法。我回答后也反问她印度的情况。"印度社会还是很保守，婚前性行为被视为禁忌，基本上不被允许，"她忽然神秘地笑了一下，"虽然人人都做……"

我饶有兴味地看着她。

她耸耸肩，"真的，每个人都做。"

一句"你呢"几乎就要脱口而出，被我残存的理智硬生生咽了下去。

阿什薇妮是阿比的中学同学，今年已经三十二岁却还没有结婚，这在连大城市都算不上的印多尔来说是极为罕见的。我记得阿比曾经告诉我，前两年当他父母为他仍然单身这件事着急的时候，他曾请好友阿什薇妮回家吃饭，以此向两位老人证明这世上依然存在着优秀的大龄未婚女青年。可是既然如此为什么不干脆和阿什薇妮在一起呢？当时我就这样问阿比。他双手一摊，表示此事绝无可能——没有感觉就是没有感觉。

认识阿什薇妮之后，我和铭基都觉得"没有感觉"恐怕只是阿比单方面的想法，而阿什薇妮对阿比却似乎怀有巨大的好感。当我们热烈地八卦阿比和高里时，我能察觉到阿什薇妮脸上那一抹黯然的神色。"门当户对的一对，真的太般配了。"不知是不是我多心，她的语气中似乎隐隐透出一丝酸涩。阿比和高里不仅仅是同属一个种姓,按照更为通俗的印度式说法,他们来自同一社群(community),即同一种姓和民族。尽管两家人生活在印度的不同城市,他们却共同拥有一条古老的根。这条看不见的根决定着他们在世间的位置,并将他们紧紧缠绕起来,外人无论如何也无法插足。走过阿比家附近那些漂亮的小洋房时,阿什薇妮向我们介绍说"这一带都是富人区,全城最有钱的人都住在这里"时,声音里的那一丝幽怨听起来更明显了。我留意着这一切,又想起阿比说他和阿什薇妮绝无可能时那斩钉截铁的语气,不由得暗暗叹了口气。

一头大象忽然闯入我们的视野。大概是因为刚过完洒红节不久,大象的长鼻子和耳朵都被染得一片灿烂,坐在它背上的主人看起来像是刚乘时光机自一千年前来到此时此地。一人一象似乎正在向路人乞讨,大象灵巧地用鼻子卷起钞票递到主人手中。它转了个身,从路边小洋房前的豪华轿车旁施施然走过。眼前是百分之一百真实的场景,可是真实自有一种真实的荒诞性。目送着这庞然大物在夕阳下渐渐远去的背影,我又一千零一次地意识到自己正身处真实而又荒诞的印度。

三

第二天一早开始,外面走廊上的声音明显多了起来——服务生的脚步声,拉杆箱的滑行声,小孩子的哭闹,客人们的交谈……从各地赶来参加婚礼的宾客们陆续入住酒店,新娘全家也在午饭前抵达,阿比与他父母忙着和工作人员做婚礼安排的最后确认,服务生逐个房间地敲门将婚礼活动时间表送到每位客人手上……阿比家再三交代酒店要好好招呼客人,其结果便是服务生每隔两小时就来敲一次门询问是否需要打扫房间。在印度住惯了那种需要哀求服务员打扫房间的廉价旅馆,我们受宠若惊得几乎担心这一切只不过是一场好梦……

一整个白天我们都没有打扰阿比,自己跑去城里四处观光,不过印多尔实在没什么出彩的景点,烈日和高温才是这座城市最大的特色。阿比总是担心我们会迷路，但他很支持我们出去寻觅美食——"去，去吃肉！之后几顿你们就没机会吃了……"原来正统印度教徒的婚礼宴会上只提供素食，而根据一起吃过无数顿饭的经验，阿比清楚我是个食肉动物，担心我无肉不欢。可是他不知道，经过圣城普什卡"连鸡蛋都不准吃"的严格素食洗练之后，我已经进化得稍微文明了一点……

夜幕降临，婚礼的第一晚终于到来了。

严格说来，第一天晚上的活动并不是传统印度婚礼仪式的一部分。按照阿比的说法，"这只是一个酒会"——没有宗教仪式，气氛轻松随意，是现代年轻人喜欢的西式风格。宾客数量也不多，只有双方最亲近的家人和朋友才被邀请出席。

可是直到前一天，我才知道原来这并不是个真正意义上的"酒"会——还是虔诚印度教徒的规矩，婚礼上不允许有酒精，所以这个"酒"会上只提供果汁、软饮和不含酒精的"鸡尾酒"。"真的一点酒都不喝？"我有点儿怀疑。

"其实……"阿比神秘地眨眨眼，"我们偷偷喝，在我的酒店房间里……"

这个酒会就在我们住宿的酒店里举行。酒店里早已到处张灯结彩，一派喜气洋洋的景象。刚走到宴会厅门口我就傻眼了——阿比明明告诉我第一天的酒会没有着装要求，大家随意穿着就好，可是眼前的这些宾客全都盛装华服，身上的纱丽和 kurta 都不是日常可见的质地和式样。相比之下，我和铭基这种棉布衫加球鞋的野蛮形状简直难登大雅之堂。"反正我是外国人，反正我是外国人……"我默念着这句话，在众人的好奇目光中故作镇定地进了场。

宴会厅布置得宛如小型晚会现场，舞台边架着大屏幕和投影仪，下面是一排一排给客人坐的高背椅。婶婶和伊施塔母女俩在下一秒就发现了我们，马上热情地拉我们过去一起坐。我打量四周，大多数女宾都身着色彩浓艳图案华丽的纱丽，戴着沉甸甸光灿灿的全套黄金首饰，婶婶却不落俗套地穿一身没有任何图案和装饰的浅紫色丝绸纱丽，配一条雪白浑圆的珍珠项链，益发衬得她气质高贵。我称赞她的品位，她先是笑着谦虚说自己只是懒得搭配，过一会儿却忍不住悄悄向我吐露真心话:"我还真是不喜欢和她们一样,成天只知道互相攀比黄金首饰,好像生活中没别的事儿可干似的……"婶婶抚摸着颈上一颗颗硕大光润的珍珠,一丝不屑挂在她微微牵起的嘴角。

"新娘子呢?到了吗?"我迫不及待地问伊施塔。

"喏,那儿!跟阿比坐在一块儿呢!"伊施塔伸手指一指第一排。

酒会还没开始,我和铭基马上八卦地跑去前面偷窥新娘。传说中的高里正落落大方地坐在阿比身边,两个人不时地交头接耳说几句悄悄话。新娘就是新娘,你绝对不会认错。我第一眼看到的就是她身上璀璨夺目的衣裙,无数的珠片水钻和金丝银线简直闪瞎了我的眼!更妙的是她完全能够驾驭这么 bling bling 的服装,一点不觉伧俗,整个人比珠宝还要耀眼。我悄悄打量高里的相貌,只觉得比照片上更美。宝石般的大眼睛顾盼生辉,微微鼓起的两颊是人们俗称的"苹果脸",这使得她的笑容有种可爱的孩子气。想起阿比之前跟我说"其实她长得倒不是特别漂亮",简直让人有扇他巴掌的冲动。

后来趁着高里没注意的时候,我向阿比比画着做口型:"你个蠢货!!!她很漂亮!!!"

那个幸运的蠢货一脸陶醉地点着头,"我知道!我知道!"

看到那么美丽的新娘,我想阿比的 cold feet 应该在那一刻就消失不见了吧。

晚上的活动由高里的妈妈在一对新人的眉间点上朱砂开始,接着便是阿比和高里在众人面前交换戒指——这一项在印度传统婚礼中并不存在,不过近些年来因为受很多西化的年轻人欢迎,这一仪式也开始出现在正式婚礼之外的活动(比如婚礼前的酒会)中。

酒会有一男一女两位司仪,分别用英语、印地语和马拉地语"报幕"。他们本身也是双方亲友团的代表,其职责类似伴郎和伴娘。伴郎非常高大,是阿比MBA 的同学。伴娘则是高里的表妹,同样高挑美貌得令人瞩目,不过她美得有点儿冷而清高,和高里的甜美亲切是不同的类型。伴郎伴娘都在美国工作生活,说一口几乎没有口音的美式英语。虽然马拉地语是他们的母语，两个人私底下却是用英语沟通。很多印度人出国后都会变成这样，光我见过的已经不少。相比之下阿比可真是个异类，在英国工作时他总是锲而不舍地对每个印度同事说印地语（当然不是在讨论公事的时候），即便对方以英语应答，他也仍然坚持不转"频道"。

双方亲友派出代表上台致辞（还是用英语），其主要内容都是竭尽所能地赞美新郎或新娘。或许是为了表现谦虚，双方的家长反而没有出来讲话。伴郎总结了阿比作为丈夫的三大优点——为人低调谦逊，没有ibanker的坏毛病；收入高却从不乱花钱；生活简单，不爱声色犬马。我觉得这些说得还是很靠谱的，不过一向低调的阿比听到无数溢美之词恐怕会如坐针毡。女方自然也不甘落后，高里的阿姨声情并茂，直把她夸得天上有地下无。

之后轮到阿比的另一位朋友上台，说是要玩个小游戏看看新郎新娘到底有多了解对方。他在大屏幕上打出一张张阿比或高里的单人旅行照片，让另一方猜猜照片中的背景是什么地方。我认为这是个极其无聊的游戏，因为这些照片不是太好猜（阿比站在八达岭长城上）就是太难猜（高里站在背景空无一物的海滩上）……连坐在旁边的婶婶都忍不住打了个哈欠。

气氛沉闷的"猜谜"游戏过后，又迎来了"温馨问答"时间。大屏幕上列出一道道问题，要两人分别回答第一次见面的印象，最喜欢对方什么特质，收到过什么印象深刻的来自对方的礼物……最扯的是当被问到"你知道对方在你之前有过几次crush吗"（crush大概可以翻译成"心动"吧）的时候，两个人都一本正经地说"零次"！我本来有点儿昏昏欲睡，一听到这里差点从椅子上摔下来。零次?！我在心里无声地咆哮，不用假扮少男少女了吧！高里我不了解也就罢了，可是阿比！零次?！

就在我以为这个晚上都要在亲友致辞和温馨问答中度过的时候，从不令我失望的印度人果然又带来了新的惊喜——舞蹈！印度婚礼上怎么少得了舞蹈！新娘子打头阵,不愧是专业级别的舞者,一支传统民族舞跳得翩若惊鸿。不过据说她更擅长的其实是 hip-hop,只是不太适合在这种场合表演。婚礼前我曾问过阿比他是否需要表演节目,他露出惊恐的表情连连摇手,"别提了!爸妈想让我表演弹电子琴,被我坚决拒绝了。好久没练习,早就生疏了……"

"那你会和高里一起跳舞吗?"我满怀期待地问。

"表演就不会了……"

"Come on!"

"好啦!晚些时候我会上 dance floor……"

除了专业的舞者,中国人大多含蓄矜持,很多人连在夜店跳舞都放不开,在众人面前表演舞蹈更是一件有点儿令人害羞的事情。可是印度人完全是另一个极端——继高里之后,双方亲戚们开始一拨接一拨地上台跳舞。无论男女老幼,每个人都大方而欢快地跳着舞着,最要命的是他们还全都跳得很好,简直令人自惭形秽。连新娘的妈妈和阿姨们都组成了一个团体翩翩起舞,我在台下看得连嘴都合不拢。试想一下,我的父母在我的婚礼上跳舞助兴!我捂住脸呻吟一声——简直是无法想象的画面……

一边喝着不含酒精的"鸡尾酒",一边观看高潮迭起的家庭舞蹈表演,我有一种置身春晚现场的错觉。每个节目前司仪都会出来"报幕",而且会郑重地强调表演者的身份和"成就"——"阿比的表妹***为大家带来这支舞蹈,她正在**学院就读 MBA","下面出场的是高里的堂弟***,他刚刚通过考试,成为印度国内最年轻的 CPA(注册会计师)"……仿佛这些光环是一剂调味料,会令表演更加精彩。Incredible India. 在这个国家,标签已经像遗传因子一样牢牢嵌入了人们的自我之中,若是失去了标签,恐怕连自我都不复存在了。

这些节目中我最喜欢的是高里的一堆堂兄弟们表演的宝莱坞舞蹈。一群五大三粗的大老爷们儿戴着墨镜叼着牙签在台上跳着那种"我是电我是光我是唯一的神话"的舞步,把有些宝莱坞电影的那种让人又爱又恨的浮夸特质表现得淋漓尽致。我一边被他们的神情动作刺激得直起鸡皮疙瘩,一边和所有的观众一起揉着笑痛的肚子几乎要满地打滚……

就在全场一片沸腾的时候,阿什薇妮突然出现了。她径直朝我走来,脸上是欲言又止的表情,"你出来一下好吗?"

我跟她走到酒店门外,伊施塔也已经等在那里,到底发生了什么事?

"你的纱丽……噢不对,你穿在纱丽里面的那件紧身短上衣……"阿什薇妮吞吞吐吐,"有点儿麻烦了……"

原来之前说好了商场里的裁缝会在今天把上衣做好,然后由阿什薇妮下班后去取回来给我。可她去的时候还没有做好,裁缝于是信誓旦旦地保证说做好后一定会派人送来酒店,然而现在已经快晚上十点了,还是不见上衣的踪影。阿什薇妮打过几次电话,那边都没人接听,看来裁缝早就回家了,我的上衣却不知到底流落何方。

阿什薇妮和伊施塔看起来完全慌了神,她们不停地来回踱步,"怎么会这样?怎么办?明天就是婚礼了,你没有上衣怎么穿纱丽呢?"

不知为什么,我一点都不慌张。我甚至没有感到惊讶——在印度待了这么久,早就习惯了各种突如其来的变故。不靠谱是常态,一切都太顺利才不对劲,不出点什么岔子才令人惊讶呢。

我安慰她们:"没关系,我有一件黑色短袖 T 恤,也可以穿在纱丽里面啊,肯定也 OK 的!"

她们两个像看神经病一样看着我,"那怎么行?!"

伊施塔说:"你放心,我们今晚一定帮你弄到另一件上衣!有地方卖现成的,不如我们现在开车出去买?"

"这么晚还有商店开门吗?"

"有的有的!你赶紧去把你的纱丽拿来,我们可以照着它的颜色买一件相配的上衣……"

一位气度不凡的中年男士就在这个时候走出酒店来抽烟。阿什薇妮茫然地抬起头看了他一眼,然后马上触电般地又看了第二眼。

她忽然跑到那位男士身边,低声地说了一长串话,伊施塔也立刻凑了过去。

男士听完,掏出手机来打了一个电话。挂掉电话以后,他对阿什薇妮点点头。

阿什薇妮和伊施塔立刻欢呼雀跃。"谢谢!谢谢!"她们不停地对那位男士说,声音里一片欣喜若狂。

我被这一连串的突发事件搞得莫名其妙,直到这时伊施塔才过来向我解释——原来那位男士就是我买纱丽和做上衣的那家商场的老板,也正是婶婶之前说的"阿比家的老朋友"。他刚才就是打电话给员工,让他们马上把我的上衣送过来。

不到十分钟,一辆摩托车呼啸而至。司机停下车,将一个纸袋毕恭毕敬地递给我们——我的上衣终于抵达了。

无论是在中国还是在印度,我都常常被同样的问题所困扰:明明是一件简单直接的事情,可为什么总是有关系才会有效率?

阿什薇妮和伊施塔催我回房间去试穿上衣,看看尺寸是否合适。可是我刚回房穿上,阿比的电话就来了:"我们都开始跳舞了!你在哪儿?"

"马上就来马上就来……"我一边说一边从卫生间出来给阿什薇妮和伊施塔"过目"。我在她们面前转了个圈,两位女士点点头表示过关。

"阿比说大家开始跳舞了……"我告诉她们。

没想到她们两人一听到"跳舞"二字立刻像是疯了一般,"开始跳舞了?!啊那我们赶快去吧!快快快!你赶快把衣服换回来!快点快点!!!"

再回到宴会厅的时候,气氛已和之前完全不同。"家庭舞蹈晚会"结束了,现在是"群魔乱舞"时间。除了年迈的老人,几乎所有的宾客都冲上了 dance floor 劲歌热舞。我艰难地挤进人群,找到正在疯狂扭动的铭基。他凑到我耳边大声说:"你来晚了!阿比和高里刚刚才对舞过……"

什么?!我居然错过了这么精彩的一幕!

还好铭基拍下了当时的场面——人群簇拥之下,高里和阿比在舞场的中心以各种不同的舞姿"对峙"和"挑衅"着对方,聚光灯打在他们身上,真有点儿 dance battle 的感觉,可是非常性感,是与西方婚礼上的浪漫华尔兹完全不同的味道。

认识那么久,我却从来没有见过阿比跳舞,即便同事们一起去夜店时他也只在一旁聊天喝酒,我曾一度以为他是唯一不会跳舞的印度人,没想到他把这项才能隐藏得这么深……

高里不知所踪,阿比却忽然出现在我面前,"你来晚了!"——唉,每个人都这么说。

"一起跳舞吧!"

DJ 忽然换了音乐,阿比和他的朋友们不约而同地跳起了源自某部宝莱坞电影的搞笑舞步,人群顿时像欢乐的潮水一般涌过来,我瞬间被淹没在华美的丝绸纱丽和耀眼的黄金首饰之中。每一张陌生的面孔都在朝我微笑,无数只手臂随着音乐节奏在空中狂热地挥舞。以往被我视作夸张和无厘头的宝莱坞电影中的歌舞穿插此刻看来是如此合情合理——和电影一样,难道印度人的生活不也正是或平淡或狗血的剧情加上大量的歌舞吗?此时此刻,人世被暂时搁置,天地间只剩下无穷无尽的音乐和舞蹈。人群中我看见伊施塔和阿什薇妮,旋转跳跃宛若两朵火焰,燃烧的姿态好像没有明天。

四

终于到了婚礼的大日子。因为伊施塔说她会一早来酒店帮我穿纱丽,我特地起了个大早,洗漱完毕,把上衣和衬裙穿好,戴上叮叮当当的一大堆首饰,正襟危坐在椅子上等着她按门铃。然而我又一次忘了在格林威治标准时间之外另有一套"印度时间"——伊施塔迟到了近两个小时,进门的时候仍是一副没睡醒的样子。不过,我想,如果一切都依照"印度时间",那么婚礼也应该不会真的准时开始吧?

伊施塔将纱丽抖开，我张开双臂像个木偶一样直愣愣杵在原地，看着她将纱丽一层一层地围在我的腰间，折出褶皱，搭上肩头，用别针固定……别说记住整个过程，光是看着就已经头晕了，我觉得单凭我自己的力量是无论如何也无法系好纱丽的，很难想象那么多印度妇女竟然以它为日常服装，甚至穿着它做辛苦的体力活。

其实很多生活在印度都市的现代女性也并非常常穿着纱丽，阿比就觉得我对纱丽的兴趣比高里更大，阿什薇妮穿纱丽也需要别人帮忙，伊施塔虽然懂得纱丽的系法，可是她自己此前也从未穿过——我听了真是大吃一惊，阿比的婚礼竟也是 22 岁的伊施塔第一次穿纱丽的日子！

由于伊施塔和阿什薇妮想在我们房间换衣服和梳妆打扮，铭基早早地就溜了出去。可是直到我和伊施塔都装扮好了，阿什薇妮还是没有出现。就在我对于"印度时间"的容忍快要达到极限的时候，门铃响了。开门的时候我差一点认不出阿什薇妮——她是骑摩托车来的，大概是为了防晒，在自己的衣服外面又穿了一身极土极简陋的碎花布衣裤，头上包着头巾，遮住了大半张素脸，手里还拎一个小箱子，看上去非常可疑，像是故意乔装改扮以防被人认出。

阿什薇妮是个优点和缺点一样明显的女生，优点是待人热情自来熟，缺点则是太熟。我和她才是第三次见面，她已经把我的房间当成自己的一般。箱子一打开，里面的衣服鞋子化妆品立刻抖落得满床满桌都是。她穿着高跟鞋站在床头柜上让伊施塔给她系纱丽，我看得提心吊胆，生怕床头柜会随时崩裂。系纱丽时需要叠出皱褶作为"裙摆"的装饰，要把这一步做到完美很不容易，尤其是对于材质比较挺括的纱丽来说。伊施塔反复叠了很多次，阿什薇妮都不满意，结果一个越来越丧气，一个越来越着急。最后阿什薇妮"咚"一声从床头柜上跳下来，在床上的一大堆东西里扒拉出她的碎花"防晒服"和手提包。"我现在马上骑摩托车去找我的朋友，把她接来这里帮我系纱丽！"她向我们宣布。看来她是下定了决心，非以完美的面貌出现在阿比的婚礼不可。

我本来就担心这样折腾下去会错过婚礼的开场,一听这话简直脑袋都要爆炸了。还没想好该如何反应,阿什薇妮却已经迅速地换好衣服冲到门边,"你们不要出去啊!就算出去也别锁门!我很快就回来!"她一阵风一样地消失了。

我和伊施塔两人站在原地大眼瞪小眼,"就算出去也别锁门"?

百无聊赖地等了一阵,我的手机忽然响起,阿比在嘈杂的背景声中大声吼道:"你在哪里?"

"我在房间……"

"赶快下来!我们马上就到酒店门口了,这里有个仪式,你别错过了!"

我真有点儿过意不去——身为新郎的阿比在百忙之中还要抽空打电话来提醒我不要错过开场……

可是阿什薇妮还没有回来。我和伊施塔讨论了一下,决定还是先下去,而且当然要锁门(东西被偷怎么办)。还好刚走到楼下就看见阿什薇妮和她的朋友,我匆匆把房间钥匙递给她,马上加入了酒店门外正在等待的人群。

如果目光是有声音的,那么众人忽然投射在我身上的目光简直可以发出轰然巨响。惊愕的三秒过后,我才意识到自己正身着纱丽。穿纱丽的短发中国人——我不知道他们的观感如何。有人马上拿出手机来拍照,有人用还没来得及掩饰的错愕神情看着我,有人露出友善的微笑发出赞美——印度人非常自豪于自己的纱丽,我相信他们的赞美对象其实是这种美妙的传统服饰本身。

欢快的鼓号声益发地近了,人群忽然一阵骚动,新郎在一群盛装打扮的鼓号队簇拥下出现了。他是乘轿车来的,而不是像传统仪式里那样骑着帅气的高头大马。其实就在不久之前我还和阿比讨论过这个问题,他一听到"马"这个字就惊恐万分:"你不知道,他们本来还真的要我骑马来着!我打死也没同意!我才不要骑什么马!"在英国时我觉得阿比是个典型的印度人,可是不知怎么搞的,一回到印度,他身上的西方特质反而更加明显了。阿比性格十分沉稳低调,讨厌浮夸和铺张,可是印度婚礼讲究的就是奢华铺张,他不得不在很多方面做出妥协。买婚礼服装

112

▲ 新娘的父亲将大米和蜂蜜洒在女儿的手心，然后执着她的手放入新郎手中，表示他已把女儿交给新郎。

▼ 新娘的堂兄弟们一拥而上拼命拉扯新郎的两只耳朵。

时他要求尽量简单朴素,然而最终出现在婚礼现场的他仍是全套隆重装扮——米色暗花的 kurta,领口处钉着密密的华丽珠片,配一条暗红色镶金线的围巾,最特别的是与服装相同色系的额带,绕过前额垂在脸颊两侧,使得他看上去像是印地安人和贾宝玉的混合体。

音乐响起,围观的亲友们忽然绕着圈跳起舞来(他们真的是随时随地都可以起舞的),大家热情地拉我过去一起跳。之后阿比在几位女性亲戚的簇拥下走进酒店大门,我正在一旁看得起劲,阿比的妈妈却忽然拉我过去加入她们的行列。"护送"着阿比一路走进婚礼现场的感觉实在是非常奇妙,因为身处男方亲戚的队伍之中,感觉自己真的变成了阿比的亲人一般。

昨天举行酒会的宴会厅经过重新布置后又是另一番模样。宴会厅中心矗立着一个由四根柱子构成的开放式"帐篷",上面装饰着幔帐和花朵。"帐篷"下的地上摆放了一圈白布坐垫和婚礼仪式所需的各种"道具"(大米、蜂蜜、花瓣、椰子、颜料等),而两位一身白衣的祭司已经坐在坐垫上等待了。

宾客们此时也正陆陆续续地进场。一看就是中产阶级,参加婚礼的人们全都衣着光鲜,他们微笑着彼此打招呼,轻声交谈,礼貌中带着一丝客气的疏离,很多人干脆就直接说英文,这种对英国社交场合的印度式模仿简直像是一首狂想曲。人群中最兴奋活跃的要数阿比的那帮 MBA 同学了,清一色的男生,穿着最时髦的 kurta,全都是印度世俗标准中具有高尚职业和光明前途的有为青年,特地从世界各地赶回来参加好友的婚礼,简直从一公里以外都能看见他们脸上的踌躇满志。

婶婶走过来搂住我的肩膀,"看见那个白衣服的男生吗?"

"怎么了?"

"他是阿比从小玩到大的好朋友,小时候那叫一个胖!"

"现在一点也不胖啊!"

"哈!我还记得他有一天跑来跟我说:'婶婶,婶婶,我减了五十公斤!'我说那太好了呀,可是你知道他说什么?他说:'可是我还剩一百公斤呢……'"

仪式已经悄无声息地开始了。没有拿着话筒的主持人，没有大屏幕和背景音乐，印度传统的婚礼仪式其实是一项宗教仪式，由一对新人和他们的父母在祭司的指引下进行。宾客们可以旁观，也可以坐在外围的椅子上互相聊天，一切都很随意，不像西式的教堂婚礼那样肃穆。我走到"帐篷"外面观望，看见双方父母已在祭司身旁坐下，祭司把一条金黄色的绳子系在他们手腕上。没有见到高里，阿比则坐在更靠近中心的木几上，正在一盆水里洗脚。他和高里的爸爸都戴上了一种样式奇特的白色小帽，老丈人用勺子舀起蜂蜜滴在他的手中，表示接受新女婿。

新娘出现了，她今天的打扮更是非同小可——以黄色为主，镶满银色和绿色水钻的新娘服，外罩一层浅金色钉珠刺绣滚边的薄纱，从头上直披下来，遮住了挽起的发髻。全身佩戴的那些珠宝首饰就更不用说了，足以令天上的星辰都黯然失色。她刚在阿比身边坐下，就有人把一条淡金色镶边的绿色披肩搭在她的肩膀上，又让她戴上一条和阿比的一模一样的额带。高里赤着双足，我这才注意到连她的脚上都密密地描绘着 mehndi。本来是可以用"艳光四射"来形容的，可是她忽然抬头羞涩地一笑，那艳光立刻被可爱的笑容冲淡了，真是"其奈风流端正外，更别有、系人心处"。阿比你这幸运的家伙！

阿比为高里戴上一条坠着红宝石的黄金项链，据说这是西方婚礼中交换戒指的印度版本，正式标志着新娘已经出嫁。接下来的仪式却令我大吃一惊——一对新人相对而坐，两位祭司开始用白线将他们一圈圈缠绕起来！印度婚礼有许多复杂烦琐的细节，大多具有象征意义，我总是像个乡下人一样似懂非懂地看着这一出华丽铺陈的戏剧。不过这个仪式的意思却十分明了——缠绕住两人的白线象征着他们的结合。以我这个中国人的眼光看来，这就是写实版的"千里姻缘一线牵"啊！

高里将双手放在阿比伸出并拢的双手之上，两人都手心朝上，高里的爸爸将大米和蜂蜜洒在女儿的手心，然后执着她的手放入阿比的手中。这是印度婚礼仪式上著名的"牵手礼"，表示他已把女儿交给了新郎。

祭司点燃了正中心的火盆，请火神驾到见证婚礼。一对新人先面朝燃烧的火盆向火神祈祷，接着，伴随着两位祭司的祈祷声，他们一起将手中的大米投入火盆供奉火神，祈求他赐予自己幸福的婚姻生活。祈祷结束后，高里牵着阿比的手一起围着火盆顺时针绕七圈，每绕一圈，祭司都为这对新人向火神祈祷。

我站在一旁静静凝视着阿比。整个仪式中他一开始略微紧张僵硬，到后面就表现越来越自然。尽管相识多年，我还是第一次见到这一面的阿比——身处庄严的宗教仪式中，他与这片土地之间血肉相连的关系忽然被无限地放大和凸显，在西方世界生活了那么多年的他又重新不留痕迹地融化在古老的传统之中。七圈走完，高里的堂兄弟们一拥而上拼命拉扯阿比的两只耳朵（又是某种我不明白的风俗），若是放在平时我简直无法想象阿比的反应，然而此时的他却只是容忍地微笑着。

绕火盆之后，婚礼已经接近尾声。在长辈们热火朝天的围观之下，阿比把印度糖果喂到高里口中，表示供养妻子和全家是丈夫的职责，而高里也反过来喂阿比吃糖果，表示照顾丈夫和全家是她应尽的义务。我留意到阿比看着高里的眼神，那简直是对"旁若无人"的最好诠释。他像是不敢相信自己的好运气，目光所及只有她一个人，根本不在意周遭的世界。

仪式似乎结束了。一对新人站起来向两位祭司合掌鞠躬，然后离开了"帐篷"。高里回酒店房间去整理妆容，阿比则像是松了一口气似的一边用手扇风一边朝我走来。真是奇怪，一旦离开了宗教仪式的现场，阿比好像忽然从一个古老的梦魇中醒来，笼罩在他身上的魔法瞬间消失了。

"恭喜恭喜！"我说，"都搞定了？"

他满脸如释重负，"差不多了！"

然而其实还有最后一项仪式。"帐篷"里的各种道具被撤走后，中间拉起了一道"布帘"——那是一块红色和金色交织的绸布，令人联想起唐僧身上的锦澜袈裟，由两个男人各执一端。阿比和高里分别站在绸布的两侧，绸布拉得很高，他们看不见彼此，两个人都顺从地低着头，简直像是老电影里盲婚哑嫁的男女。宾客们似乎对这项仪式最感兴趣，他们从四面八方涌来，将"帐篷"周围挤得水泄不通。

忽然间高里被她的"亲友团"举了起来,一直举到高过绸布。人群顿时一阵喧哗,无数只手臂扬了起来,伴随着鼓励的呼声,阿比的"亲友团"一个发力,也抬着他的脚将他举了起来——甚至高过了高里一大截,阿比顺势将一个大花环戴在高里的脖子上,围观的人群立刻爆发出山呼海啸般的掌声和喝彩。

一对新人再次走出"帐篷",他们笑得像两朵花儿,右手紧紧握在一起,脖子上都戴着由金盏花编成的大花环。人们向他们抛洒染成彩色的大米,祝愿他们能够长久幸福地生活在一起。直到此刻,婚礼仪式才算正式结束了。

大家都一拥而上和新婚夫妇拍照,我却累得一屁股坐在椅子上。一整个上午人们都不停地走过来称赞我的纱丽:"很好看!而且你看起来很自在,不像是第一次穿纱丽的样子哦!"才怪!我在心里无声地咆哮。作为一个由于太看重舒适度以至于连紧身衣和高跟鞋都不爱穿的女生,我已经足足强撑了一个上午——上衣太短太紧,只要多吃一口饭就会出现赘肉;纱丽太长,裙摆又窄,走路没法迈开大步,上下楼梯更是对仪态的挑战;廉价首饰果然连一天的面子都不给,项链和手镯一直在默默地褪色,我的脖子和手臂被染成一片孔雀蓝……

勉强吃过午饭之后,我马上回到酒店房间,迫不及待地把上衣扣子解开,然后轰然倒在床上。"哗!"我发出满足的轻叹。铭基同学非常无奈,"小心你的纱丽!弄散了可没人帮你系!"可是顾不得那么多了。我呈大字形躺在床上舒展着僵硬的肩背,用湿纸巾狠狠擦着脖子上的蓝色,心里不是不惭愧的——要想驾驭纱丽,还真是需要一身优雅的骨头啊……

为了不弄散纱丽,我努力保持同一个姿势在床上躺了一下午。其间阿什薇妮也来房间玩,旁若无人地在我们的床上滚来滚去,我很好奇——难道她不怕压皱身上的纱丽吗?

到了晚上宴会的时候,这个问题的答案自己揭晓了。宴会在离酒店几条街之外的一个大花园里举行,刚刚进入那个同样装饰成华丽"帐篷"的大门,还没来得及到处走走,已经有别的东西先抓住了我的眼球——

117

衣服!

所有的人都换了衣服!

除了我和铭基,其他所有人都换了一身礼服再来参加晚上的宴会。阿什薇妮在草地上看见我,惊讶得"咦"了一声:"你没换衣服?"可是我们哪知道晚上宴会要再换衣服?更何况……也实在没有别的可换……唉,反正我们是外国人……

我们讪讪地在草地上走来走去,没换衣服的那点尴尬很快就被接二连三的震惊冲淡了。我已经在很多印度电影中领略过婚礼宴会的宏大场面,然而面前的婚宴却比电影中的还要壮观。草地上摆放着无数张沙发、椅子和茶几,周围是一大圈供应食物的餐台,除了已经做好的冷食和甜点之外,还有厨师站在锅灶后面现场烹饪,做中餐的厨师驾轻就熟地拿着锅铲翻炒,锅里的熊熊火苗蹿得比他的头还高。穿着制服的侍者满场奔走,殷勤地为宾客们奉上饮料和食物……印度普通城市的中产阶级家庭能将婚礼办到这个水平,足可证明传闻非虚——印度人对婚礼的排场有执着的追求,非要让左邻右舍和亲朋好友看了都捶胸顿足不可……

阿比、高里以及阿比的父母共同站在一个装饰得金碧辉煌的高台上。高里又是一身闪耀得令人睁不开眼的华服,而阿比则换上了普通的西装,又变回我最熟悉的上班族形象,看上去像是随时准备出门见客户。宾客们逐一登上高台与阿比一家握手、拥抱、祝福、合影,而主人家则不断地表示感谢,全程保持热切的笑容。宾客越来越多,开始在台下排起长队,我看得叹为观止——按照这个趋势,等到所有人都和主人家合完影,恐怕已经是三四个小时之后了……眼看着阿比爸爸的肩背越来越塌,新郎新娘的笑容越来越僵硬,我忽然意识到原来之前的那些仪式都是小意思,眼下才是整个婚礼中最"艰苦"的一关哪!

我和铭基到得比较早,上台与阿比一家握手合影后,当天晚上其实就只剩下了"大吃大喝"这一项任务。看到我们对各种印度食物表现出兴趣,站在一旁的宾客们纷纷热情地进行推荐和指导。这些人大多是斯文优雅的中产阶级,即便心中好奇也不轻易流露,而现场的厨师和侍应生们则彻底惊呆了——印多尔不是个旅游城市，很多都是平生第一次见到外国人。他们张大了嘴用不可置信的目光紧紧追随着我们，伴以交头接耳和窃窃私语，而且完全不加掩饰。

侍者中有一位不知道有没有成年的年轻男生，看到我和铭基的第一眼就忍不住惊呼一声，然后神情急切地向站在我们身旁的伊施塔问了一句什么。伊施塔听了忍不住笑起来，却只是简单地"嗯"了一声，态度有点儿爱理不理。

侍应生离开后，伊施塔才转向我们笑道："这人刚刚问我，你们是不是美国人……"

"美国人？"我和铭基丈二和尚摸不着头脑。

"你们不知道，"伊施塔摇摇头，"这些没见识的，把所有外国人都叫作美国人……"

我们笑着走开，可那年轻侍应却完全被这两个他平生第一次见到的"美国人"迷住了。他开始到处"追随"我们，越来越频繁地出现在我们面前，将托盘里的食物和饮料不停地塞到我们手里。他年轻的脸上露出狂热而迷乱的神情，无论我们再怎么摇手拒绝，他都不管不顾地一意孤行。因为语言不通，他只能通过他所知道的唯一方式向我们表达好感，并不知道自己的热情已经到了令人生畏的地步。那一双眼睛——我该如何形容那一双眼睛——像是来自森林里的某种幼兽，虽然闪烁着天真好奇和迷惑不解，却仍然充满了丝毫不加掩饰的野蛮的欲望。

"真是……明明是好意，怎么搞得人这么为难……"拿着两杯他再次强塞给我们的饮料，我和铭基面面相觑，不知如何是好。

"还是躲开他远一点吧，我们过去那边好了。"

我们走到高台下面角落里的沙发坐下来，希望沙发的靠背可以将我们隐藏起来。高台之上的阿比一家还在不停地与客人合影，我们喝着饮料百无聊赖地盯着他们看。

奇突的一幕出现了。阿比的爸爸忽然走下台阶，微笑着迎向一群正在向他走来的中年男女。

"看。"我轻轻推了铭基一下。

那是一群和在场的所有宾客都完全不同的人,以至于你能够从周围气氛的改变意识到他们的存在。在满场的华服映衬下,他们的衣着显得如此朴素甚至寒酸——男人们穿着破旧的衬衫长裤,仅有的两个女人穿着棉布纱丽,有些人甚至赤着脚。可是他们的衣服都很干净,头发全都梳得整整齐齐,男人们的胡子也像是精心修剪过。

他们很安静地站在台下,为首的那个人向阿比的爸爸说了些什么,阿比爸爸点头微笑,双手合十,像是在表示感谢。片刻,一群人又悄悄地离去了,整个过程不超过两分钟,而他们自始至终都没有登上过高台。

我想我知道他们是谁。阿比的爸爸拥有一间工厂,他们大概是工厂的工人代表,特地前来恭贺老板儿子新婚之喜。然而碍于身份卑微,他们不能登上高台和老板一家合影,也不能留下来参加婚宴,只能送上祝福然后悄悄离去。

有时我觉得印度已在悄然改变,包括一向被视为传统保守的婚姻制度。结婚时的嫁妆一向是印度女孩儿父母的沉重负担,泰戈尔曾在短篇小说《还债》(*Assets and Debts*)中尖锐地批判印度的嫁妆制陋习——女方嫁妆的多寡直接决定她在丈夫家的命运,因为嫁妆不理想而被侮辱迫害至死者大有人在。然而就我所见,阿比的父母对高里的嫁妆没有任何要求;根据印度的传统风俗,结婚仪式的费用也应由女方承担,可是阿比的婚礼费用却是由两家各出一半;不少婚礼仪式步骤都按照年轻人的愿望被简化和改变,添加了接近西方仪式的内容……

可是最根本的东西没有改变。印度教的印度是永恒的,每个群体都生活在自远古时代便划定的各自区域之内,没有任何改变,也不可能有任何改变。前生注定的"业"是安宁之本,是舒适的枷锁,人们安于现状,甘愿在驯服状态中找到至善的精神。印度人习惯了自我隔离,从不轻易逾越界限——旅馆的前台不会去拿行李,看大门的不会去扫地。低种姓的人自觉地不去乘坐火车的一等车厢,工厂的工人自觉地不去参加种姓高贵的婆罗门老板儿子的婚宴……《薄伽梵歌》中说:

尽你该尽之责,哪怕其卑微;不要去管其他人的责任,哪怕其伟大。在自己的职责中死,这才是生;在他人的职责中活,这才是死。

　　从理论上说,低种姓的人只要逃离家乡,更改姓氏,便可以在一个无人知道自己种姓的地方开拓崭新的生活。可是在现实中,很少有印度人会真的这么做,可见种姓的心理力量何等强大。尽管现代印度早已在法律上废除了"不可接触制",还在学校、企业和政府机构中留出特定比例的名额以保证低种姓人的教育和求职权利,尽管在大城市里种姓之间的界限已经开始模糊,出身卑微的人如今有机会凭借自己的努力提升社会地位(瓦拉纳西遇见的船夫就曾以艳羡的口吻向我讲述城中一位低种姓的侍者依靠过人的商业天分累积财富直至富甲一方的故事),然而印度人心中的等级观念早已根深蒂固——他们似乎直觉地认为人类是分等级的,即便不用种姓来划分,也要根据财富或地位之类的标准分出高下尊卑。这是属于现代印度的没有种姓的新"种姓制度"。

　　这时高里的表妹走过来坐在沙发的另一端。我的心思还在刚才的那群人身上,可是出于礼貌,我不得不和她交谈几句。这是个非常美丽而骄傲的女生,家庭背景优越,在纽约的银行业工作,说话彬彬有礼中又透着几分自负和虚伪。当她得知我们辞职旅行后扬起眉毛用美国口音的英语说"噢是吗?我本人也很喜欢旅行"的时候,她的脸上却明明白白地写着"你们一定是疯了才会做出这种事"。几个回合之后,我已经累得不想继续了。

　　"这真不是我嫉妒美女,我是实在受不了那么假的对话……"我小声对铭基说。

　　"如果能再参加一个普通印度人的婚礼就好了,看看穷人是怎么办婚礼的……我觉得肯定比阿比这个更好玩。"铭基也受了刚才那一幕的刺激。

　　"更好玩倒也不一定,不过肯定也是一样的开心。"我也不禁有些神往。

　　那个年轻的侍应生就在此时悄无声息地出现在我们面前,我惊得差一点从沙发上跳起来。

他端着两杯绿色的饮料,就想硬塞给我们。

"不用了!我这还没喝完呢!"我向他比手画脚。

他笑了,露出狼一样的两排白牙。紧接着,他居然直接伸手把我们才喝了几口的饮料收走,强行换上新的两杯。

"……"我和铭基非常无奈。这人的行为已经有一点到达骚扰的地步了。

两秒钟后,他又转回我们面前。这一回他的托盘里是两杯冰激凌。

"不用了!"我和铭基异口同声地说。

他嘻嘻笑着,眼睛里依然闪动着那种兴奋得接近野蛮的光芒。大概是发现"美国人"好说话,无视我们再三的摇头摆手,他再次直接动手把冰激凌强行放在我们面前的桌子上。

"跟你说了不用了!"我忍不住喊起来,声音大得连周围的人都朝我们这边看。

他愣了一下,笑容有一瞬间的凝结,可他似乎认定了我们不会生气,又嬉皮笑脸若无其事地走开了。

我猛地站起来,又颓然地坐了下去。

我到底在生谁的气?是他还是我自己?那位年轻的侍者像是一面镜子,照出了我心中的恶浊。说到底,我和奈保尔笔下的那些假惺惺地谈论着"穷人的快乐,穷人的姿态,穷人的尊严"的中产阶级又到底有何不同呢?我既看不惯中产阶级的虚伪、做作和优越感,又忍受不了社会底层小人物的无知、粗俗和缺乏教养。面对着宛如天地间一块原石的他,我以为自己懂得欣赏他质朴而优美的灵魂,可是当他明显的好意以一种我不习惯的形式表现出来,我却立刻害怕退缩了。说得容易——"想参加印度穷人的婚礼"——恐怕到了那个时候,被一群像那位年轻侍者的人包围着,我大概会落荒而逃吧……

乐队开始奏乐,星光洒满了草地。身边是衣香鬓影佳肴美馔,高台上的闪光灯仍在不停地闪烁,好一个良辰美景花月佳期。我既身在其中又身在其外,内心有一支隐形的交响乐队正在演奏着寓言般的乐曲。在心中某个角落喧响和撞击的,不知是对周遭优雅文明表象的赞美,还是对自己和这一切的深深的厌恶。

许久,我和铭基离开婚宴,在黑暗中沉默着向酒店走去。

一辆豪华轿车在我们身边停下,车窗摇下,露出一张温文尔雅的老先生的面孔,我知道他是阿比爸爸的朋友。

"回酒店?我送你们。"他打开车门。

我们上了车。

经过贫民窟的窝棚,越过露宿街头的乞丐,车子像一支箭般驶向酒店。夜色中它益发显得金碧辉煌,宛如茫茫大海之上的孤岛。

邮局风波

▲ 在布料店为邮寄包裹缝制白布包

婚礼后的第二天,因为早已买了傍晚离开的火车票,我们正想着有大半天的时间可以无所事事的时候,门铃响了。

阿比带着一个袋子和两个大大的黑眼圈出现在门口。

"早上好啊,已婚男!"我调侃他。

阿比苦笑着摇头,告诉我们他和高里头天晚上的"悲惨"遭遇:晚宴结束后回到酒店已是半夜一点了,洗漱睡下后,居然又在凌晨三点被闹钟惊醒,而且此后每个小时被惊醒一次!原来他的那帮MBA"损友"们事先偷偷在房间里放了闹钟,据说其用意在于提醒一对新人:良宵苦短,及时行乐……

"交友不慎!"我幸灾乐祸地哈哈大笑。

阿比叹一口气,把手里的袋子递给我,"对了,我爸妈送给你们的,谢谢你们来参加婚礼。"

"太客气了吧……"我接过来,手臂陡然一沉,"什么东西那么重?!"

"被子!"这回轮到阿比幸灾乐祸地大笑。

阿比的爸妈居然送给我们一床足足两公斤重的印式薄被!被子本身材质特殊也很好看,可是我和铭基的背包无论如何也无法再塞进一床被子!更何况接下来还有好几个月的旅程呢……

没办法,只得跑一趟邮局了,顺便把纱丽和 kurta 也一起寄回去。

印度的邮局是个很特别的所在,设施和服务都还停留在中国的七八十年代。上次我们在加尔各答寄东西回国,本以为工作人员会拿出不同型号的包装纸盒给我们选择,谁知一位大叔直接拿出一块白布把我们的东西包裹住,然后开始熟练地穿针引线把它缝成一个布包——我们在一旁简直看傻了。以往我们在英国或拉丁美洲寄邮包回国时都是直接写中文地址,只要最后一行写个"CHINA"就行了,可是这位大叔却坚持要我们把地址翻译成英文,然后自己再慢慢地抄到邮包的白布上……

我们乘坐一辆 tuk-tuk 车到了印多尔城的邮局总部。司机是个不会说英语的矮壮中年男人，上唇留一撇浓密得简直无法无天的小胡子，赤着一双大脚。和这座城里的其他人一样，他也对我们两个外国人产生了某种迷恋，于是痴痴地守在邮局门口等我们回来。可他没想到我们那么快就回来了——印多尔的邮局根本不提供打包服务，我们这才意识到加尔各答的邮局简直堪称行业翘楚……邮局里那个说一口官腔英文的工作人员不停地摇着头，告诉我们要寄东西的话必须自己打包。

司机张大嘴看着两个外国人抱着一堆东西灰头土脸地走出来，他脸上的表情就像是自己的尊严受到了严重的冒犯——外国"雇主"被拒绝或是被"羞辱"，丧失"阶级地位"，这件事同时也会使得司机受到伤害，使得他在他们自己人心目中丧失地位。虽然遗憾，但我不得不诚实地说，这是印度社会的常态。由于社会不平等的传统，他们从未把自己放在与你平等的位置。在这个国家，许多让人难以理解的荒谬背后却往往有着同一个崇高的目的——维护传统秩序。

司机听不懂我们的解释，只管自己撒开两只光脚丫直冲进邮局去问工作人员。终于搞清楚原因之后，他好似一阵狂风般冲出来，用力朝我们挥一下手——这个手势我看得明白，意思是"跟我走"！

我们又坐上了他的 tuk-tuk，司机一路穿街走巷左顾右盼，最后终于开进了一个小集市，找到一间出售各种布料的小店。布店老板帮我们找了一个旧纸盒把东西装进去，又忙着吩咐店员拿来一匹白布。老板亲自动手开始缝包裹，瘦高个店员站在一旁发呆，而热心的司机则不停地伸手试图帮忙，又总是立刻被老板喝止……

抱着新做好的白布包，我们抖擞起精神再次向邮局进发。可没想到工作人员掂量着我们的邮包左看右看，仍然不停地摇头。他用两只手指捏起布料，嘴里啧啧有声："这个布太薄了！缝得也不牢固！我告诉你，这个邮包肯定还没出印度就会破掉！"

我的身体里有个既幼稚又冲动还很容易被激怒的二愣子，一不注意管着就会溜出来犯浑。此刻这二愣子怀疑工作人员在故意刁难，邮局里又热得像蒸笼，我汗如雨下，心头像是有把火在烧。二愣子乘我不备，立刻跳出来咆哮："乱讲！肯定不会破！"还一边用力拉扯布包以示牢固……

只听得"pia"一声，布包瞬间裂开一个好大的口子！

世界都好像突然停顿了一般。

我实在没脸去看那位工作人员的表情，只好灰溜溜地抱着裂开的邮包逃离现场，身后却还传来他得意洋洋的声音："喂！别忘了给邮包封上蜡印！"

天哪！我想，我只不过想寄个包裹回家而已！！！

目睹了整个过程的司机只得再次开动 tuk-tuk，又原路返回那个集市。他找到之前那家布店，居然嗫嚅着想要帮我们讨回布钱，这回轮到布店老板的尊严被冒犯，气得直翻白眼。我们把司机拖走，在大太阳下流着汗继续寻找，好半天才找到另一家疑似裁缝店的地方。之所以说"疑似"，是因为这个简陋的棚屋除了有一台缝纫机之外，居然还停着两辆摩托车和一些修车工具……或许裁缝偶尔也兼任摩托车修理工？

不管天气有多热，不管从事何种职业，这里的每一个印度男人都穿着长袖衬衫和长裤。裁缝和司机一样打着赤脚，只有鼻梁上的眼镜透露出一丝专业气质。裁缝拉扯着我们千疮百孔的邮包，眉头紧锁，连连摇头："不行不行！"他找出一段白色麻布，马上开始在缝纫机上埋头操作，为我们的邮包缝出一个度身定制的麻布袋。裁缝身后有位一脸忧郁的壮实青年，不知是学徒还是摩托车修理工，一只手撑住脸颊，百无聊赖地看着这一切。司机仍是那副全神贯注得近乎痴傻的表情，他盯着裁缝的动作，嘴唇嚅动着，一副跃跃欲试想要帮忙的样子。我则拼命用手扇着风，身上的 T 恤已经在滴水，总觉得下一秒就会中暑昏倒……

麻布袋做好了，针脚细密，结实无比。我们非常满意，觉得这回肯定万无一失。正准备回邮局，铭基忽然幽幽地来了一句："蜡印……怎么办？"

晴天霹雳！

我和铭基都从没见过蜡封的文件或包裹，只是模糊地知道这个古旧的概念。在我的想象中，一匹骏马长嘶一声，在 Jodhpur（焦特浦尔）那宏伟的梅兰加尔城堡外停了下来，骑兵翻身下马，急急奔入宫殿，将手中封着火红色蜡印的绝密文件呈交给土邦主……

这一切都散发着迷人的旧日情调，可现在是公元 2012 年！

来自公元 2012 年的我们不知该去哪里搞来蜡印，甚至连"蜡印"是什么样子都不甚了了——是类似印泥的东西，还是一个蜡制的印章？盖在邮包上的蜡印有什么要求？……更糟的是，司机完全不懂英文，我们之间只能以身体语言交流。此刻他呆呆地看着我和铭基比手画脚，满腔热情无处可使，急得一个劲地用当地话自言自语……

一家家店问过去，所有的人都一脸茫然。眼看时间不多了，铭基同学决定放手一搏——他买了一支红色的蜡烛！

"反正都是蜡嘛……"他讪讪地说。

第三次回到邮局，麻布邮包终于合格了！邮局工作人员发现我们两个已经呈现"强弩之末"的态势，一时间善心大发，特批我们进入柜台后面的工作区域搞定剩下的事情。就在铭基埋头填表和交钱的时候，我一转身，瞬间呆住了——

Tuk-tuk 司机默默地蹲在墙角，面对着不知从哪里变出来的一口铁锅，手上拿着那根已经点燃的红色蜡烛。他将流下的热蜡滴在铁锅里，又用一个硬币蘸着那些热蜡，在邮包的封口处压出一个个歪歪扭扭的红色蜡印……他笨拙地伸出手指去按压那些蜡印，想尽量把它们弄得平整一些。他弯着腰，张着嘴，胡子都翘了起来，眼神如此专注，看起来简直有点儿傻，让我想起铭基同学在家里疏通下水道时的神情……

真实的场景比笔墨所能形容的还要荒唐滑稽百倍，我忍不住狂笑起来——谁能想到印度邮局里还会上演这一幕！我赶紧拉一拉铭基的衣服，他回头一看，也顿时为之绝倒。我们俩面面相觑，越想压抑笑得越厉害，最后简直笑得蹲在地上说不出话来……其实我们都对司机心存感激，绝无取笑他的意思，可是经过了一连串的波折，两个人的情绪已经濒临崩溃——荒唐中掺杂着极度的疲惫，就像一列即将脱轨的火车，直至看到眼前这奇突的一幕，才终于歇斯底里地爆发了……

等到我们终于两手空空地走出邮局时，日头已经开始西斜，寄一个包裹居然花了足足四个小时！我和铭基又饿又累，坐在 tuk-tuk 上往酒店赶，心中都在盘算着同一个问题：到底应该付给司机多少钱？这四个小时他一直陪在我们身边各种帮忙，总是抢着帮我们拿包裹，一双赤脚踩在滚烫的地面上来回奔走。如果没有他，我们的邮包很可能根本没法当天寄出去……

一番商量之后，我们决定给他四个小时的"误工费"——四个小时最多能拉客的趟数乘以平均每趟车费收入。虽然自觉合理，心中却还是有点惴惴不安，不知司机是否会满意。虽然他一直表现得憨厚而热忱，可谁知他会不会像我们在印度遇见的其他 tuk-tuk 车司机一样狮子大开口呢？

到了酒店门口，当铭基把钱递到司机手中的时候，他看了看那些钞票，整个人完全吓傻了。

他抬头看看我们，又低头看看钞票，眼神里充满了那种受到了惊吓后的不知所措。他张张嘴，想说什么却又说不出来。

我悬着的一颗心终于放了下去。我看得出来他如此反应是因为这笔收入太多而不是太少，同时也在心里小小惭愧了一下——我想错了他。他的热心和殷勤并非为了狮子大开口，他扩大自己与我们之间的地位差距也并非为了乞得更多的捐助。如果他能把自己视为与我们平等，我几乎就要相信这是一场美好的友谊了。

直到我们和他挥手道别，司机还沉浸在深深的震惊之中无法动弹。每回头望一次，我就发现他变得更渺小，更惊讶，更脆弱，而他的胡子和赤脚却显得无比强大，远远望去，整个人的身体仿佛依附在此二者之上，而不是刚好相反。

漫长的告别

▲ 恒河日出时的沐浴祈祷

印度之行终于快要结束了。坐在从达兰萨拉开往德里的夜间巴士上，我闭上眼睛开始在脑海里回放几个月来的见闻，忽然有种电影终场时灯光亮起前一秒的奇突感受，就像是在梦中意识到自己即将醒来。

是的，印度宛如一场大梦。与外面那个飞速运转热火朝天的世界相比，停留在时光中的印度简直不像是真实存在的地方，然而它的真实存在却又反而凸显出外面那个世界的漏洞百出。将醒未醒之际，在它尚未变成虚幻之地以前，我发觉自己正在心中与它告别——以最诚挚的态度，坦然面对我和它之间所达成和没达成的事。

噪音、混乱、灰尘、粪便、污水、断壁残垣、露天饮食、匍匐在地上的人体、四处流窜的流浪狗、浪费人类潜能的生活方式、近乎超凡脱俗的接受能力……这是印度给人的第一印象，以至于我的一位朋友说她刚走出孟买机场便想搭乘下一班飞机逃走。可是，正如奈保尔所说，愤怒、怜悯和轻蔑，本质上是相同的一种情感。它并没有价值，因为它不能持久。你若想了解印度，就必须先接受它。

我多少算是接受了它。当我的心灵终于从这片土地上无穷无尽的苦难中挣脱开来（你不知道这有多难），几年前丢失的"印度精神"终于又回来了，我重新看见了肮脏与贫穷背后的深沉的宗教情操和哲学思维。人们以最简单的形式活着，仅仅是活着，却又不仅仅是活着——为了生存下去，每个人都必须与超自然的力量保持一种密切的关系。我在那些祈祷者的眼神里看到了灵魂，它是足以抵挡肤浅自负和漫不经心的坚固盾牌，或许也正是许多人千里迢迢来到印度寻找的东西。

到了印度之旅的最后阶段，脑海中时常有些零散的画面一闪而逝，我把这些记忆深处的碎片掏出来一一检视：一群骨瘦如柴的人在垃圾堆中钻进钻出，耐心地搜寻着任何可以吃的东西；路边的老妇人用一种震惊的目光久久注视着骑在摩托车上飞速驶过的铭基和我；头缠红巾、肩上扛着巨大箱子的脚夫汗流浃背地走在火车站的月台上；衣着、神情和谋生能力都与成年人并无二致的小男孩儿用一种非常专业的语气劝说游客们购买他的明信片，在被反复拒绝之后，终于露出了六岁小孩儿的真面目——拽着游客的衣服，嘴里嘟囔着"please please please"；坐在街角的那个乞丐不停地用英语说着"sorry, sorry"，宛如一个哀伤的口头禅。我不知道他究竟为了什么而道歉，他看上去好像对一切都感到抱歉——所有的误解与不公，全世界的仇恨和愚昧……

有时我觉得能在他们的脸上看到某种尊严——无论命运何等残酷，都有勇气正视自己的命运。然而在更多的时候，我看到的是一种几乎令我恼怒的顺服。没有疑问，没有争辩，没有反抗，没有好奇心，你们怎会真正快乐？如何享受思考的快乐？印度神明的教诲具有诗一般光明而非凡的力量，可他们难道不也同时通过经文奴役着自己的子民，教他们逆来顺受吗？——此生尽你应尽之责，莫持非分之想，或许来世会有一个更好的开端。

又或许是我漏掉了什么？在某些时刻我又会开始自我怀疑。印度教从来都不是个顽固而一成不变的宗教，它总是能在传统和变通之间找到平衡，那么种姓制度之所以传承千年，或许正因为它具有某种重要的价值？那又是什么呢？使社会凝聚，让人们各尽其责而不是互相竞争？代表了一种有机的社会观而非个人主义？印度教出现以前的印度是一个毫无流动性的社会，人们几乎不可能摆脱自己的出身，爬上社会阶梯，因此也许种姓制度反而使得那些出生在弱势环境中的人们能够保持希望，希望来生会更好？

我知道有些人类学家甚至认为种姓制度最初被"设计"出来是为了解决印度的人口问题，即是把人群分门别类以使他们得以并存。为了保证每一类人有其特殊的自由，方法是强迫其他的人群放弃享有与之冲突的自由。如此说来，或许婆罗门大多食素也正是基于这一资源分配的考量吧。不过，这项惊世骇俗的人类"实验"最后却演变成了一桩悲剧——在历史的发展中，不同的种姓并没有发展到既相互有别又平等的程度，而是形成了一个互相从属的体系。

头脑清醒的人自然明白我这并不是在为种姓制度开脱，然而在今天这个对"政治正确"几乎矫枉过正的西方社会，就连我这点天真的疑惑都可能会被视为大逆不道，甚至反社会反人类。即便如此，如今的我也并不会害怕得立刻退回到"政治正确"的保护伞下。永远对"绝对正确"或"绝对错误"抱持怀疑态度，直面事物的复杂和多样性，这正是印度给我上的一课。

奈保尔说印度人虽然在日常生活中受到很大的限制和束缚，可他们却"能够轻易地、毫不浪漫地接纳和理解巨大、复杂的事物"。我想这正是因为他们生活在一个巨大而复杂的国家，许多的神都在这里被崇拜，不同信仰的人们居住在一起。印度的公众假期很多，先知穆罕默德、印度教的湿婆神、佛祖释迦牟尼、耶稣基督、锡克教祖师、耆那教祖师……他们的诞辰通通都要以全国性的节日假期来纪念。这里没有唯一的真理，通往神的道路不止一条，接纳多样性简直是印度的天然属性。

因此印度视异见为常态。人们有时会嘲笑印度的民主政体，认为它充满缺陷，可是在一个只因一种理念而非语言、宗教或民族结合在一起的国家里，这种制度的存在和维系本身就是一个巨大的奇迹。也正是由于社会中普遍存在的多样性，印度人在热爱辩论的同时也懂得尊重不同的声音。中国的政治和教育制度总是鼓励集体思维，而印度却天然地反感盲从，讨厌整齐划一的思想，也不相信答案只有正确和错误两种，这是令我深深着迷的乐趣与自由。

两次来到印度，如果让我说一个印象最深刻的印度城市，答案毫无新意，仍是瓦拉纳西。我对这座城市的感情并不仅仅停留在外国游客看到恒河日出和沐浴祈祷场景的"惊艳"或"猎奇"，还因为它象征着这段日子里印度教给我的东西。

从表面上看，这座城市充满了矛盾：它是湿婆的城市，然而近三分之一的人口是穆斯林；它是历史悠久的圣城，却也是繁荣的商业中心；迂回曲折的巷弄幽雅迷人，地上却散布着一堆堆垃圾和牛粪；人们在恒河岸边沐浴、祈祷、点燃蜡烛、举行各种宗教仪式，却也同时在那里刷牙、理发、洗衣、打板球、相互咒骂；虽然有些神庙中供奉着猴神哈努曼的巨大塑像，这里的猴子却没有对人类表现出任何尊重——一群猴子在旅店房间的窗外与我们对峙，铭基刚把窗子关上，为首的那只立刻挑衅般地一掌将它推开;即便是在神圣的宗教仪式中,人们也不会像在基督教堂里那样保持庄严的沉默和低语,正相反,他们用鞭炮、烟花和"Hara Hara Mahadev"①之类的高声合唱来表达崇拜之情——这是印度式的虔诚,只是岸边旅馆里的游客没法睡个好觉了……

然而从另一个角度来看,这些矛盾却也恰恰象征着某种平衡:不同的社群可以生活在一起,同时尊重彼此的差异;神明和金钱都有其地位,赚钱是一种义务但绝非痴迷;生活可以既出世又入世,信仰、工作和娱乐都在其中发挥作用;崇拜体现在真实的生活之中,高尚的精神信念和庸俗的日常生活之间并无界限。

瓦拉纳西是世界上现存最古老的城市之一,它多次被破坏又屡屡被重修,其古老的传统也一直为几个世纪的穆斯林统治和大英帝国所挑战,但它们仍以某种变通的方式存活了下来。今天的我们也许无法想象苏格拉底在雅典集市中散步,或是一个充满了传统意趣的北京城,然而瓦拉纳西那古老的智慧、文化和仪式却还通通活着,我甚至相信恒河边那些苦行僧的发型和打扮都与一千年前一模一样。

我想这座城市的生命力之所以如此坚韧,正因为它和印度教一样,在历史的经验中学会了保存传统和适应变化。我从未见过比印度教更善于变通的宗教,马克思曾说"这个宗教既是纵欲享乐的宗教,又是自我折磨的禁欲宗教;既是林伽崇拜的宗教,又是扎格那特的宗教;既是和尚的宗教,又是舞女的宗教"。很多外人看来矛盾的东西,比如四大皆空的观念和阳具崇拜,其间并无任何关联,然而却也是正常合理的,因为它们源自不同的反应层次。有些进步的印度教思想甚至认为宇宙精神这一至高无上的存在(以一个个神格的形式显现出来)与其他任何宗教都是共通的,就连无神论者的弃绝也有可能被接纳为另一种形式的、可以被容许的印度教精神……

---

① 一种印度教的吟唱。

▲ 恒河岸边的沐浴和祈祷

▼ 恒河岸边的火葬场

这套复杂的哲学思维并非在创始之初便复杂至斯,而是在实践中不断成长、不断接纳、不断发展的结果——不,不能说是"结果",因为它是一个永远在变化的过程,而不是一个固定的位置。印度教徒相信在风中摇摆的树不会折断,也相信不同的河流最终都会汇入大海。他们让我看到了一种真正的谦卑:在思想上灵活而宽容,尊重不同的信仰和文化,在传统与变化的必要性之间保持平衡。在这样一个世俗化的时代,只有具备这些特质的宗教才有让人尊敬其智慧的可能吧。

当然,瓦拉纳西远非完美。恒河是印度教的永恒圣河,每年有无数人从印度各地到此巡礼,很多人为了死在这里而来,更多的人则将自己的身体浸在圣洁的恒河水中清洗罪过。然而,由于工业和生活污水的排入,恒河水质被严重污染,已经到了非常危险的地步。人与自然之间的平衡被打破了——恒河的神圣地位象征着古老印度尊重自然的传统,而它的污染则是现代人践踏自然的明证。这是这座城市关于平衡的一个反面启示,它告诉我们当人类急于发展时会造成怎样糟糕的后果。即便印度政府能用某种科学技术成功地治理污染,这也并不意味着我们可以仰仗着"科学"继续任意糟践自然。如果真的这么想,我们将会变本加厉地忽视人类生活与自然之间的平衡。

要说瓦拉纳西给我最大的震撼和"教育",那恐怕就是这座城市对于死亡的态度。除了与死亡嬉笑相对的墨西哥,我不知道世界上还有其他地方像瓦拉纳西一样时刻直面死亡,连公共火葬场都可以成为旅游景点。当你乘船在恒河上顺流而下,能够清楚地看见火葬码头上正在燃烧的火焰。如果凑得更近,你甚至能看见河岸上一叠叠堆积的木柴和一具具穿着寿衣正在等待火葬的尸体。就算你心理脆弱无法直视这种画面,你仍然会遇见那些扛着遗体大声诵经的送葬队伍,甚至会在城中的逼仄小巷里与他们脸贴脸地擦肩而过。

从哲学或是诗意的角度,我能够欣赏死亡之美——它对所有人一视同仁,不论贫富贵贱;它赋予人类恐惧的瞬间,也让时间有了生命。可是和大多数人一样,我也习惯于避讳死亡,不愿意让那个字在舌尖上流连。在一个唯物主义的社会里,死亡意味着一切的终结。我们不希望被它提醒：我们珍视的所有东西都是短暂的，感情、财富和名望都只够维持一生一世。我觉得中国人恐怕是全世界最为恐惧死亡的人群，因为智识阶层几乎一直是无神论者（佛教对中国哲学的影响是另一回事），普通人信佛信道又往往出于安全或功利的目的，而对国人影响至深的儒家对宇宙哲学和生死问题竟毫无自己的解释，就连孔子被问及时也只拿"未知生，焉知死"这样的话来搪塞……

然而在瓦拉纳西，死亡转化为解脱。印度教徒相信，死后在此火化，骨灰撒入恒河，就能免受轮回再生之苦。很多人还特地千里迢迢把亲人的遗体运到瓦拉纳西，在码头上举行最后的仪式，有些老人干脆就在恒河岸边静静等死以求早日解脱。

你能想象那幅画面吗？人们亲眼看着自己亲人的遗体被火焰吞噬，心中并无太多伤感；年老病重的将死之人艰难跋涉而来，在恒河边幸福地等待死亡……即便无法跳出轮回，死亡也并不值得惧怕——印度教徒相信死亡并不意味着结束，而是下一个新生的开始，一个生命托付给另一个身体的开始。

在瓦拉纳西，我无时无刻不感受到死亡的气息。我并非真的相信轮回转世或是永恒解脱，然而这座城市对死亡毫无避忌的坦然自若于我宛如当头棒喝。它时刻提醒着我：你不过是自然中微渺的一分子，和万事万物一样，终有一天会死去。所有你曾引以为豪的东西都是暂时的，所有你害怕失去的东西都注定会失去，而终有一次你将不得不信任神，或是宇宙中那个至高无上的存在，而不是你自己。它实际上是又一则关于谦卑的寓言。

对，谦卑。对我来说，它是印度最迷人的特质。保持谦卑，怀疑那些斩钉截铁的答案，我们的社会也许会达到一个更好的平衡——在物质与精神之间，在理性与经验智慧之间，在传统与变革之间，在个人与社会之间，在人与自然之间……

几个月前，我怀揣着一些也许没有完美答案的问题来到了印度。这绝非一段轻松愉快的时光，在享受崇高精神生活（以及数不尽的咖喱和甩饼）的同时，我这颗庸俗的心却依然渴望着干净的床铺和可口的饭菜。这些日子里，我的脑海中常常浮现一幅印度绘画中反复出现的场景：为了求得永恒真理，衣着华丽的王公贵族拜伏在一位贤哲面前。贤哲坐在树林里，衣衫褴褛，满身灰尘，可是面目安详，看上去充溢着高贵的内在生命。有时我不免嘀咕：也许印度和他一样，其实并没有什么特别的智慧可以提供呢？也许人们只不过喜欢将简朴和贫穷神圣化而已？

然而到了旅途的最后阶段，我意识到我错了。贫穷混乱的印度同时也是一个无穷无尽的宝库，它打开了我的眼界，让我看到了一些被汹涌澎湃的消费主义挤压到无意识中去的东西。至于那些问题——是的，印度以一种谦卑的态度承认，我们永远无法找到那些生命中最重要的问题的终极答案，但我们仍然必须为了越来越接近它而不断地追问，不断地寻求。

泰国　清迈悟孟寺

三个泰语词之一：
BANGKOK

▲ 曼谷君悦酒店门前的四面佛

▼ 曼谷闹市街头，僧人在繁忙的马路边进行祈福仪式

"Bangkok"（曼谷）不是它的真名，泰国的首都实际上拥有一个被载入吉尼斯世界纪录的超长名字：Krungthep Mahanakhon Amonrattanakosin Mahintharayutthaya Mahadilokphop Noppharatratchathani Buriromudomratchaniwet Mahasathan Amonphiman Awatansathit Sakkathattiya Witsanu Kamprasit，意为"伟大的神仙之城，供奉玉佛的皇都，坚不可摧的极乐之境界，天帝的皇都，被赠予九块宝石的世界大都会，天宫般巍峨皇宫，一座毗湿奴神创造的都市……"名字很有霸气，就是念起来实在不方便，泰国人于是将其简化为"Krung Thep"——天使之城。

天使之城热得恐怕连天使都会流汗。我们刚到曼谷时，雨季尚未开始，天气闷热得宛如密西西比的沼泽，空气中无数水汽越聚越多，好似在酝酿一个巨大的阴谋。据说人对于一座城市的感受往往由嗅觉开始，背着行囊走出轻轨车站的时候，我的鼻子的确在第一时间感知到了这座城市，那是垃圾堆中芒果皮的气味——潮热中正在腐烂的甜美。

站在曼谷的大街上放眼望去，尤其是在中心地带如暹罗广场，这座城市和"天使之城"的名字无论如何也无法扯上关系。听说就平均气温而言，曼谷是地球上最热的大城市，不知道当初人们为什么会选择在这么炎热的地方建造起一个钢筋水泥的现代迷宫。我常常感到疑惑：是从什么时候开始，亚洲的大城市变得比它们极力模仿的西方对象更加的"西方"？这些地方在此之前又究竟是什么模样？

小时候我看过一本写于 20 世纪 60 年代的儿童科幻小说《小灵通漫游未来》，书里描写未来世界的人们乘坐一种飘行车在空中飘行，从而创造出一层凌驾于地面之上的全新交通空间。在曼谷，我隐隐看见了这一层全新的空间——被称为"Skytrain"的轻轨列车载着乘客轻快地飞驰在整个城市的上空。在交通的意义之外，它还发展出崭新的城市秩序——由水泥柱支撑的轻轨车站升起在地面的街道之上，里面布满了花花绿绿的果汁店、蛋糕店、服装店、眼镜店、旅行社……这里是同样被资本主义攻占的另一度城市空间，却比下面的世界更清洁，更宽敞，甚至更凉爽。

曼谷比我想象的还要摩登，甚至于在之后的两个多月中我们多次从不同地方返回曼谷，每一次都觉得它变得比上一次更加摩登。有些新潮的购物商场简直像是来自太空时代，不输给世界上任何一个大都市。商场里挤满了来自全球各地的无数品牌，它们的名字听起来仿佛一种全新的语言。Central World 购物中心里正在上演曼谷大学服装设计系学生的作品展，T 台和灯光都布置得煞有介事，不同肤色的模特儿全都有极其专业的表现，而设计作品的素质之高更是大大超乎我们的想象。这些年轻的泰国设计师压根儿不玩所谓的"东方元素"，而是直接与西方设计师硬碰硬地较量。

无论是在中国还是在国外，我从来没有遇见过宣称自己"不喜欢泰国"的人，这个迷人的国度就是具有如此奇异的魅力。有人热爱南部的海洋岛屿，有人喜欢北方的山地部落，有人着迷于泰国菜酸辣香鲜的独特风味，有人沉醉于泰国人温厚而友善的笑靥……不过我倒是听到过不少对于首都曼谷的抱怨——高速，拥挤，混乱，喧闹，消费狂热，灯红酒绿，纸醉金迷……这些一切大都市都有的通病，在我和铭基这种本来就非常喜欢大城市（而且刚从印度那旮旯出来！）的人看来，却反而是它的魅力所在。

灼热的阳光之下，街道永远都是那么拥挤。空气中弥漫着熟透了的热带水果气味，泰国流行歌曲的旋律四处飘荡，卖烤肉的小贩不停地擦着脸上的汗。花店里总是挤满了大捧的兰花和白荷，卖化妆品的小店门外永远少不了颜色造型都堪称"暴力"的彩绘指甲展示板。Spa 和按摩店外悬挂着令人每次看到都为之心动的价目表，清爽明亮的医学美容店又推出了肉毒杆菌大优惠。塑料模特成排地站在廊檐下，展示着身上水果色系的小洋装。穿着校服的青少年成群结队地走过街道，他们的脸上有泰国电影里一样清新的神情。街角的咖啡店和果汁店前聚满了年轻的泰国女孩儿，她们几乎无一例外地拥有浓密的长发和纤细的腰肢，说起话来轻声细语。在印度看惯了女性长及脚踝的纱丽裙摆，刚来到曼谷时视觉真是受到巨大的冲击——简直就像电影的镜头陡然一转，忽然间满街都是女孩儿们裸露的双腿！铭基同学顿时觉得生命随着夏天的来临又重新开始了……泰国姑娘喜欢很女性化的打扮，长发短裙，雪纺蕾丝蝴蝶结，化妆技术相当高超，而且大多非常纤瘦。在我去过的城市中，曼谷和布宜诺斯艾利斯的姑娘是最苗条的。

而每当天空变成烟灰色的时候，微风便带来辣椒在热油和罗望子酱中翻炒的味道，流动餐厅般的小吃摊档纷纷出动了：猪肉粉、猪脚饭、烤鸡腿、烤肉串、烤鱿鱼、烤香蕉、包子、烧麦、芒果糯米饭、香蕉煎饼……它们无处不在，如影随形地出现在任何有人走动或居住的地方。即便是在繁华的暹罗广场，这些小吃摊档也依然落落大方地驻扎在豪华气派的购物商场旁边。还有一类更加简陋的"流动餐厅"，由小摩托车装上托盘和支架改造而成。托盘里往往是大堆炸得金黄或通红的各种昆虫，被悬在上空的白炽灯泡照射着，宛如车轮上的自然历史博物馆。

夜市也已悄然登场，廉价服装、二手运动鞋、假名牌墨镜、卡通造型的USB、便宜的化妆品和小饰物……密密麻麻分布在人行道的两侧，好似一条条沸腾的河流。人们一边打量着两旁的摊位，一边摩肩接踵地小步向前挪动。他们之中有衣着光鲜的高级白领，也有打扮潦草脸泛油光的打工妹。许多外国游客也在夜市中穿梭，他们身着显然正是从夜市买来的"Chang Beer"和"Same Same"的背心，皮肤已被热带的阳光灼伤，脸上有一种歇斯底里的兴奋神情，仿佛整个人正在以慢动作爆炸。很少有西方人不爱亚洲的夜市，这是他们的"东方梦"中早已预演过的俗世繁华，是他们在自己发达却冰冷的国家里无法体验到的热闹文化。

在帕蓬(Patpong)和牛仔巷(Soi Cowboy)一带，城市正在以一种更加剧烈的方式腐烂。专做游客生意的露天市场旁边分布着各种各样的脱衣舞酒吧，大门敞开，正在选购旅游纪念品的你直接对上脱衣舞娘近乎全裸的身体和充满挑逗的微笑。在曼谷，所谓"夜生活"的潜台词就是寻找性伙伴——当然付费的居多。这是很多人眼中泰国的另一重魅力，热爱东南亚的游客中也有"性旅行老手"这一新的派别异军突起。并非只有男人才会在天使之城寻花问柳，湄南河边的高级酒店里，特地从东京飞抵此地的日本中年女性正坐在吧台耐心"垂钓"，等待囊中羞涩的泰国或西方男子主动上钩。笃信佛教的泰国早已默默地接受了自己作为性服务提供者的角色，这种奇异的矛盾感却使得来自世界各地的人们益发为它着迷。

曼谷更像是个为未来而准备的城市，只有湄南河上的习习凉风才能让人暂时逃离疯狂的现代生活。湄南河早已不再是通往泰国内地的高速公路，然而机动船却依然是曼谷最为舒适的交通方式。渡船靠近码头时，船工吹出快要将耳膜刺破的尖厉口哨，穿着校服的学童和身着僧袍的和尚一齐走上船来。豪华酒店和时髦咖啡馆渐渐被抛到身后，远处郑王庙壮丽尖塔上的瓷砖碎片在阳光下闪闪发光，岸边开始出现隐藏在巷子里的小村庄，柚木吊脚楼和古老的芒果树好像已经沉睡了千年以上。

这些画面是古老曼谷的残存，在这个像是得了失忆症的城市里并不多见。可是，如果说充斥着高楼大厦和现代化建筑的曼谷毁灭了自己的过去，那么超自然的力量又使得它重新复活了——这座城市居然拥有那么多的寺庙、神坛和僧侣，如此古典，如此激烈，简直像是要将时针强行扳回到旧日的时光。也正因如此，它们的魅力简直无可抵挡。它们用自身的存在提醒着人们：信仰并不只是通往迷信的道路，更是一种对于失落的过去的缅怀和向往。

那一天我们在暹罗广场看见奇异的景象：在城市最最繁忙的地点，中心的中心，轻轨线和人行天桥之下，拥挤的车水马龙旁边，走着整整一长列的僧人，看起来正在进行一项祈福的仪式。他们全都穿着黄色的僧袍，斜背布袋，手持雨伞，威仪持重，目不斜视地走在闹市中。他们人数众多，大概是在沿着广场绕圈，一眼望去简直看不见尽头。有交警和工作人员在特地辟出的道路旁维持秩序，行人们则齐齐跪在人行道上双手合十，神情无比庄重虔诚，有些人还穿着化妆品牌的制服，显然是在上班时间从旁边的 Siam Paragon 商场里溜出来祈祷的。很多人不停地把成包的玫瑰花瓣洒在僧人经过的道路上，久而久之形成了厚厚一层专供僧人行走的玫瑰花径，僧衣的橙黄色和玫瑰花瓣的艳粉色交相辉映，在灰色的钢筋水泥背景衬托下愈发显得神秘奇突。僧人和信众同时念诵着经文，每隔几秒便发出一声悠长的尾音，掷地作金石之声，又好似虎啸龙吟。我与周遭的人们毫发无伤地坠入一个古旧的世界。而与此同时，Skytrain 照常在空中行驶，汽车和摩托车从旁边飞驰而过。就在此时此地，时空被超越了，过去、现在和未来都在这里交汇。

第一次走在暹罗广场附近的人行天桥上，我就非常诧异——迎面而来的行人中，时不时会有一个人面朝桥下的某个方向短暂地低头合十，然后又若无其事地继续走路。我们好奇地循着那个方向一路找去，最后居然来到了 Grand Hyatt(君悦酒店)酒店门前一个香火鼎盛的守护神坛。一看到神坛上神像的四张面孔，我脑子里的齿轮忽然"咔嗒"一声对上了——四面佛！这就是传说中有"世界上最灵验佛像"之称的大名鼎鼎的曼谷四面佛！

其实我也是去过印度之后，才知道在东南亚很受欢迎的"四面佛"原来就是印度教中创造天地的神祇梵天，他在泰国和其他一些东南亚国家被视为佛教的护法神，影响巨大，信徒众多。这件事本身很有意思，因为梵天在印度当地信众极少，是典型的"墙内开花墙外香"。全印度的四千多座印度教寺庙中，只有两座(也有说法是唯有一座)是专门供奉梵天的，而大部分印度教徒都对湿婆祈祷。在印度旅行时我们还曾特地去圣城普什卡拜访那座传说中的梵天庙，看看次大陆上唯一还记得梵天的地方。

此刻的我震惊地看着这创世者的形象。即便是在普什卡的梵天庙，我也并没有看清过他的面容，因为非印度教徒只能进入庙宇，却无法进入神龛。而在曼谷熙来攘往的市中心，在这个人人都崇拜敬仰他的地方，他的四张面孔都以同样优雅的淡漠面对着 21 世纪的玻璃丛林。不像印度教中的其他神祇,梵天的八只手中没有任何武器,只有令旗、经书、海螺、法轮、权杖、水壶、念珠和手印。

梵天的四张脸自有其来历:传说梵天在创造宇宙的同时,也创造了一位名叫 Shatarupa(莎塔如帕)的美丽女神。梵天非常迷恋她,而 Shatarupa 却觉得不妥,常常转到他的左面、右面、后面甚至飞到上面来躲避他的注视。可是不管她怎么躲,梵天都会长出新的头颅来将她永远保持在视线之内,最后一共长出了五个头颅——四个在侧面,一个在上方。

梵天的行为惹怒了印度教的另一大神湿婆。湿婆认为在名分上,Shatarupa 是梵天的女儿,而娶女儿为妻违背了伦理大义,因此他用额头上第三只眼放射出来的火焰烧去了梵天向上方看的首级,梵天于是只剩下了现在常见的四张脸。湿婆还限制了人间的梵天崇拜,让他从此被地上的人们遗忘,以此作为耻辱的标志。而自从那时开始,决心悔改的梵天就开始不停地诵读着《吠陀经》,并追随湿婆苦修,希望能够得到原谅。

印度教的很多神祇都有着和人类一样不完美的性格和命运。梵天就是一位被诅咒的神——他被爱诅咒。对于一位女性的爱情和欲望令他蒙羞,几乎将他摧毁,也使得他在印度本地不得人心。可是,也许恰恰正是同一原因,使得他在泰国被热情地接纳,并受到如此广泛的欢迎。

爱情。在 Central World 购物中心旁边的 Trimurti 神坛,你会看见这座城市的人们对于爱情的渴望。这尊金色的神像是印度教中的"三相神",即创造之神梵天、维护之神毗湿奴和毁灭之神湿婆三位一体。无论是佛教还是印度教,相比起它们的哲学意义,泰国人明显地更注重它们在日常生活中的"应用",并与泛灵崇拜仪式相结合来祈求好运。"Trimurti"本是印度教中代表各种宇宙功能相互平衡的一个概念,在泰国却奇妙地变身为祈求爱情和姻缘的场所,而且据说非常灵验。看着跪在地上闭目祈祷的善男信女们,以及他们手中的红色香烛和玫瑰花,我觉得这分明又是一幅超现实的画面——在一个性文化如此悠久泛滥的国家,在一个对于身体如此随便的城市,人们却似乎仍然虔诚坚定,甚至有些天真地信仰着爱情。

又或许这也无可厚非,泰国国王被认为是毗湿奴的化身,曼谷又是由毗湿奴一手创造的城市。爱情是一种奇迹,可在这样一个充满了神秘力量的城市里,奇迹也会以超高的频率发生吧?

有时我会忍不住猜测:信仰佛教的泰国人为什么会选择向印度教的神祇祈求爱情?或许是因为佛教对于爱情的态度太过冷静——虽然它并不否定爱情,却教导我们以智慧正视爱情,放下对爱情的执着。以佛教的眼光看来,爱里没有痛苦,也不应有戏剧性。然而人类本性愚痴,面对爱情有如飞蛾扑火,满心执着毫无理性。

所以梵天大神才会令人感觉亲切吧,他对 Shatarupa 的爱里也充满了执着和戏剧性。只是这实在令人好奇啊——据说梵天的一天有日夜各十二小时,而每十二小时相当于我们的四十三亿两千万年。那么,他对 Shatarupa 的爱究竟持续了多少天?抑或是人间的多少亿年?神一天的爱就可以抵得上人间的无数个世纪,那么人类的爱情在他眼里是否太过微渺?他又是否愿意成全人们"天长地久"的爱情誓言?

三个泰语词之二：
Kathoey

▲ 素可泰古都遗址

在伦敦的时候,有一次参加 gay 密家的 party——也就是传说中的 gay party,本来还邀请了几个女生,可是不知怎么搞的,她们几个都临时有事来不了,因此我非常尴尬地成为当天晚上的"万绿丛中一点红"。这也使得在场的同志们纷纷对我的性取向表示好奇,好几个人都特地跑过来问我:"恕我冒昧……请问你也是同性恋吗?"

"不不,我喜欢男人……"我无力地解释着。

"那我们还是有共同点的。"他们很幽默地搂住我的肩。

另一个男生笑着冲我眨眨眼,"而且我们比直男有趣多了,对不对?"

我看他一眼,马上在心里暗暗吹了声口哨——好一个亚洲小正太!

小 T 是泰国人,身材瘦削,眉清目秀,皮肤白皙,笑起来有一点点女孩子气。我本以为他必定还是大学生无疑,交谈之下才发现,原来他已工作多年,是 MV 制作人,谈吐中有种与细皮嫩肉的面孔不相称的成熟与从容。我一边闲聊一边仔细研究着他的脸,心中大惑不解,最后实在忍不住了:"你介意我问问你的年龄吗?"

"当然不啊,我 33 岁。"他笑得有点儿神秘。

我倒吸一口冷气,当即激动地抓住他,"你……你怎么保养的?用什么护肤品?"(那时的我还很幼稚,居然相信这世上存在着神一样的护肤品。)

小 T 微微一笑:"这个嘛,护肤品是不可能做到的……是一种镭射手术,很痛很痛,像是用熨斗熨你的脸……如果你去泰国,我可以介绍那家诊所给你。很贵,但是效果非常好,可以维持两年。"

我由衷地拜服,"我相信,看你的脸就知道效果有多好了。"

你看,这就是我喜欢 gay 男的原因之一。女明星们在谈到自己青春不老的秘密时永远睁着无辜的大眼睛,"哎呀其实我也没有特别保养啦,就是多喝水,保持好心情……"真是听得人火冒三丈,只有 gay 男才会毫无保留地告诉你美丽背后的秘密……

我很喜欢小 T,也因此对泰国的男同志有极好的印象。早就听说泰国是 gay

的天堂,踏上这片土地之后我才真正体会到了这一点。人潮如织的街道上,你随时都会看到他们的身影,毫不掩饰地彰显着自己的不同,眼神骄傲而不失妩媚,姿态轻松又充满自信,打扮时髦得简直有点儿过分(有些人的裤子短到令人有报警的冲动)。尤其是在曼谷,男性之美已被张扬到接近极致,而这并不会令直男不安,因为所有的人都只不过是在做真实的自己,这种氛围让人感觉舒服自在。是的,身处这样一个沸反盈天的现代社会,和其他人一样,他们也会烦躁,也会愤怒,也会无情,可你还是一眼就能看出他们身上那股发源于心底的舒服自在——不对自己撒谎的人身上就是有着这份自在。

在对待同性恋者的态度上,亚洲没有任何一个国家像泰国这样宽容,即便是在我去过的西方国家之中,也只有巴西可以与之比肩。当中国、日本、印度等国的男同性恋者迫于社会压力拼命掩饰自己性取向的时候,泰国的这一群体已经可以像小T那样大大方方地购买化妆品,出入美容店,告诉家人朋友"我喜欢男人"……而并不会招来太多奇怪或歧视的眼光,甚至没有人会多看你一眼。

如果说泰国对同性恋者的宽容和尊重还不够令你印象深刻的话,那么你一定会为这个国家对另一类人群的宽容程度感到吃惊——

Kathoey。

中文里没有这个词的准确翻译。有些人把它译作"泰国人妖"——在泰国旅游胜地专事表演的从小服用雌性激素而发育变态的男性,可是人妖只是kathoey中的一部分人群;有人把它译为"变性人",然而并非所有的kathoey都做过变性手术,以偏概全谬之大矣。而在英文中,"ladyboy"算是相对来说最接近原意的翻译了。说得笼统一点,"kathoey"这个泰语词指的是那些虽然在物理上生为男儿之身,却拥有一颗女性之心的人们;而具体说来,kathoey包括了从偶尔的异装者(男扮女装)到变性人(接受荷尔蒙补充疗法或者已彻底完成变性手术)在内的所有人。

对于小时候的我来说,"泰国人妖"是个神秘而冶艳的概念,当中又掺杂着巨大的禁忌感,甚至还不乏深沉的悲伤——电视和书本告诉我,他们一般都来自生计艰难的贫苦家庭,从孩提时代便开始被以女性化为标准培养,同时还被迫服用女性荷尔蒙药,听起来令人觉得十分同情不忍。可是到了泰国之后我才真正眼界大开:上述情况自然是存在的,然而就kathoey这个整体而言,选择变性或是做女性装扮大多出于自愿,并非纯为生计考虑,甚至有些人选择从事人妖表演的原因恰恰正是为了攒钱去做昂贵的变性手术。

Kathoey是如此独特的群体,却又是泰国社会中日常随处可见的存在。把我在西方国家生活了那么多年看到的kathoey全部加起来,也不及在曼谷街头一天所看到的那么多。这当然不是因为泰国的kathoey比别的地方多,而是因为泰国社会的宽容使得他们可以勇敢做自己。老实说,头几次遭遇时感觉颇为奇突——喉结与酥胸并存,棱角分明的脸配上一头女性化的长发,骨节粗大的手指上涂着鲜艳的指甲油,眼影口红假睫毛一个都不落下……可是看得多了,也就渐渐像当地人一样习以为常,甚至不会特别留意到他们。其实就在百十年前,女性穿裤子还被视为反叛和男性化呢,如今男人做女人打扮又有什么稀奇?

网络上流传着很多美貌出众的kathoey的照片,完全看不出曾是男儿身,当电影明星都绰绰有余。然而在现实生活中,除了那些从事人妖表演的演员之外,大多数kathoey身上的男性痕迹还是历历可见。不过我也的确在生活中遇见过一个例外——那时我和铭基在泰国参加一个为期十天的内观禅修课程(后面会专门写到这段经历),整个过程中男女严格分开,在不同的地方住宿和吃饭,走路也有不同的路径。虽然在路上或冥想堂里难免看见对方的身影,但是相互不能交谈也不能有任何眼神或身体接触。刚到的第一天,一进门就有一道大屏风将注册的大厅分隔为男女两部分,可是几分钟后,铭基同学却勇敢地冲过屏风,一言不发地将我忘带的防蚊喷雾塞到我手中,然后又以光速冲回男性领地。

十天的禅修结束后我才有机会开口问他当时为何如此大胆,他的脸上露出非常困惑的神情,"其实……我是因为看见那个女生也走到我们男生这边来,才以为反正是刚到嘛,可能男女互相跨界一下也没关系……可是问题是……后来我才发

151

现原来他不是女生……"

"那个女生"其实是个 kathoey。尽管在泰国已经看过了那么多 kathoey，第一次见到他的时候，我还是忍不住怀疑自己的眼睛——怎么回事？一个女生为什么走去男生宿舍？他留着和我差不多长短的头发，发尾微卷，素面朝天，衣服不过是中性的 T 恤长裤，可是五官容貌完全就是女生，神情举止也自然地流露出女性化的妩媚和慵懒，没有一丁点儿像男性的地方，以至于我和铭基后来每次聊起他都会用"那个女生"来形容。除了"天赋异秉"，我不知道还能用什么词语来形容他，因为即便是那些非常美貌的 kathoey 往往都还需要借助浓妆的修饰，可是不化妆的他已经不折不扣是个甜美少女……

虽然在禅修课程中被分到男性那一边，他与其他男生的区别却有目共睹，而他自己也很清楚这一点。冥想堂楼下的男厕只有小便池没有隔间，因此每次中途休息时他都不辞辛苦地走回宿舍上厕所；夜晚雨后的冥想堂地上出现了很多虫子，其他人都不以为意，只有他一个人无法忍受，默默拿来扫把将虫子通通扫出去；他特别爱干净，铭基说他每天在宿舍拖好几次地……

每次看到他的时候，我都忍不住在心中慨叹造物主的不公。你能想象自己的灵魂被困在错误的身体里吗？而这却是 kathoey 每一天的真实生活——一个女孩儿被困在男性的身体里。虽然人们常常将 kathoey 和 gay 男相提并论（以世俗的眼光看来他们之间是有重叠的），然而实际上他们和 gay 男不同，而且对 gay 男没有兴趣。由于在心理上认定自己是女性，他们往往像大多数女性那样被直男吸引。在泰国以外的其他地方，如果一个男人与一个 kathoey 发生性行为，这个男人通常会被视为同性恋者，这种看法在普遍宽容和接受 kathoey 的泰国却并不存在，因为 kathoey 在泰国被视为第三性，或是另一种女性。而作为一个依附在男人身体里的女人，事情有时会变得非常令人困惑：也许某些 kathoey 会意识到自己喜欢女人，那么一个听起来非常荒诞的概念就产生了——"一个被困在男人身体里的女同性恋者"……

由于来自社会的各种偏见，kathoey 的职业选择面非常狭窄。在泰国，他们大多从事以女性为主力军的行业，比如服装店导购、百货公司营业员、餐厅服务员、美容化妆师……或者在娱乐场所和游客区从事歌舞表演或提供色情服务，不少 kathoey 也活跃在演员、歌手和模特界。当然也有 kathoey 从事比较特别的职业，包括一支曾在 90 年代中期拿过泰国全国冠军的排球队，其事迹后来被拍成电影《人妖打排球》；还有那位著名的泰拳冠军 Parinya（芭利娅），不但涂口红上场比赛，击败对手后还会亲吻对方……

虽然泰国的 kathoey 仍然面临着一些歧视和官僚化的障碍（比如做完变性手术的 kathoey 在身份证上的性别仍被注明为男性），这个国家的开放和宽容程度还是远远胜过世界上的大多数国家。早在 2004 年，清迈技术学校就特别为 15 位 kathoey 学生修建了名为"粉红莲花"的独立卫生间，门上的标志是半个男性加半个女性。学校要求这些 kathoey 学生在校内穿男性服装，但是允许他们化妆、戴首饰，也可以留女性的发型。这种宽容不仅仅存在于开放的大城市，即便是泰国乡村也会举办 kathoey 选美比赛，而且很受欢迎；就连泰北的 Kampang 高中也同样在进行问卷调查后开始为 kathoey 学生单独辟出卫生间，而这所学校所处的地方却是泰国最贫穷最偏僻的农村地区之一……

可是这种巨大的宽容究竟从何而来呢？日常所见的泰国人大多笃信佛教而保守自持，在这样一个国度里，佛教文化、性文化和 kathoey 文化这些反差极大的事物为何可以和谐共生？

如果你不去尝试理解 kathoey，你就无法真正理解这个神秘的国家。"Kathoey"这个词发源于高棉语，用来形容"第三性"。佛教早期的 Vinaya（佛教戒律）把人类分为四种性别，并禁止僧人与这四种性别的人发生性关系。这四种性别分别是：男性、女性、"ubhatovyanjanaka"（雌雄同体）以及"pandaka"（字面上的翻译是阉人或太监）。Vinaya 的泰语版本中将"pandaka"翻译为"kathoey"，而泰国的学者 Suchip Punyanuphap 又加入了自己的见解，用行为和心理而不是生理特征将其定义为"一个在与男人的关系中感到乐趣,同时觉得自己是个女人的人"。

由此可见,泰语词"kathoey"是一个早在佛教传入泰国以前就已广泛存在于当地的概念,它反映了当时的土著们对异乎寻常的性别和性观念的理解。

在泰国北方山地部落的创世神话中,最初的人类有着三个性别:男性、女性和雌雄同体。生理上的雌雄同体实际上是极为罕见的,因此这个词语后来更多地被用来形容 kathoey——另一种意义上的雌雄同体。

"人类有超过两种性别"这一概念从古至今一直贯穿于泰国的文化之中,人们对 kathoey 早就有了相当程度的了解。而自从南传佛教开始在这片土地上流传,无论是同性恋还是异装或变性都并没有被视为大逆不道。比如在 Vinaya 中就提到过一些已经受戒的比丘和比丘尼分别改变性别的事例(虽然没有说明变性的具体方式),当佛陀得知这些情况后,他说他既已批准了他们的受戒,而他们也保持了在雨季的修行(即展示了僧伽成员的作为),因此他准许那个变成了女性的和尚依照尼姑的戒律和准则生活,也允许变成男性的尼姑依照和尚的戒律和准则生活。在这件看起来相当复杂且具争议性的事情上,佛陀简洁务实的态度简直令人震惊,即便在现代也依然可以成为有价值的范例(不过后来 Vinaya 对这种做法做了进一步的注释——如果一个人在受戒前改变性别,那么他将不能受戒)。

泰国的佛教徒相信一个人可以重生为男性、女性和 kathoey 中的任何一种,而且几乎肯定已经在某个前世身为其中的一种。三藏之一的论藏中就曾提到过佛陀的堂弟和侍者阿难的故事:阿难在几百个前世中都生为同性恋者或 kathoey,直到最后一世,他终于生为一个普通的男人,受戒后一直虔诚地追随佛陀,并在佛陀入灭后证得阿罗汉果。

据说阿难在某个前世犯了通奸罪,这导致他在地狱中承受了数万年的煎熬。即便是当他从地狱中解脱出来之后,依然存在的一部分旧"业"还是使得他被反复地重生为 kathoey。这也是泰国佛教中一个灰暗的观点:人们之所以成为 gay 或 kathoey,是因为他们在前世犯了罪,比如与别人的妻子通奸,性虐待自己的子女，或者抛弃已经怀孕的女人。然而 kathoey 在现世中并不会受到任何责怪，因为他的取向和命运都是早就注定的，在今生无法改变。没有恶业会累积到他或他的爱人身上，他们的行为和性取向也不会被视为罪孽。"变性并没有罪，"佛教学者 Bunmi 写道，"但邪淫是罪恶的。"——他指的是异性恋者的"邪淫"。

这一整套佛教逻辑也正是泰国那深刻的宽容的来源：犯下罪孽的异性恋者反复地重生为 kathoey，直到业报偿清，才再次重生为异性恋者。因此，我们每一个人在前世都很可能曾经身为 kathoey。这实在是个令人疯狂的观点——一个男人曾经是一个女人，一个女人曾经是一个男人，每个男人和女人都曾经是个变性人……如果这都不能让你宽容，那什么才可以?!

那些对 kathoey 或同性恋者投以歧视眼光的人们，我猜他们从来没有留意过一个浅显而又深奥的事实，那就是他人也有灵魂。而信仰佛教的泰国人怀有一颗慈悲之心，懂得推己及人，知道自己和他人皆有缺陷，视他人之痛苦如在己身。德国哲学家叔本华说"我即他人，人皆众生"，其含义也颇契佛理。在泰国的日子里，我一直尝试着用泰国人的思维去理解身边的事物。有时不经意地与迎面而来的 kathoey 对视，他们假睫毛下的眼神总是摄人心魄。我看着他们，心头不免涌上一抹奇异的柔情：在恒河沙数的过去世中，也许你曾经是我，我也曾经是你。因缘果报生生不息，一切都是命中注定，既然无法逃脱宿命，那就勇敢地迎接它吧，在有限的今生里活出自己。生前默默无闻的小职员兼文学奇才费尔南多·佩索阿的一句话充满黑色幽默却不无道理——只有天才才被赋予成为别人的能力。人类的幸运在于：每一个人都是他自己。

三个泰语词之三：
Farang

▲ 曼谷背包客的聚集地考山路

出租车司机重重地关上车门，长时间的工作给他的语气增添了一丝疲倦和不耐烦："Where you go？"——泰国人自有一套独特的泰式英文，通常只把最重要的几个单词串在一起，助动词什么的通通省略。

我转过头来。右边的车窗玻璃上粘着一张卡通贴纸，上面是一位满面笑容正在挥手的出租车司机，他张开的嘴边代表对话框的那个小气泡里写着："I can speak English！"卡通司机的胸前还别着一个写有"I love farang"几个字的圆形别针，"love"的标识是一颗活泼饱满的红心，看起来简直有点儿过分友好。

Farang，这个词在泰国人口中出现的频率高得惊人，而且往往作为一个无须翻译的词汇被用在泰式英文中，即便是对语言不太敏感的游客也很难不留意到，甚至有可能成为你学会的第一个泰语单词——"这个farang个头好高"，"那一群farang上次也来过"，"本地人买这个要便宜一些，你付的是farang的价钱"……"Farang"其实是"法兰西"的泰语发音，因为最早抵达泰国的西方人中以法国人人数最多，后来渐渐扩展为包括了所有的白种人(有时也包括西方国家的黑人)。

真有意思，在拉丁美洲旅行时，我们也很快学会了一个和"farang"差不多意思的西班牙语词汇"gringo"。据说在19世纪中叶的美墨战争时期，美国士兵很喜欢唱一首名为"*Green Grow the Lilacs*(《丁香绿了》)"的民谣，墨西哥人听了无数遍的"green grow……"，久而久之便开始称呼美国人甚至所有白人为"gringo"。还记得在巴拿马城乘出租车去看运河，一路上司机不停地指点着道路两边的豪宅："这里住的是gringo……住在那边那幢的也是gringo……"语气中颇有点儿愤愤不平。粤语中也有类似的称呼：白人被称为"鬼佬"，黑人则是"黑鬼"，和泰语中的"farang dam"(黑farang)相近，不过实在不太好听……

亚洲人则被区别对待，通常按照不同的国家被赋予不同的称呼。"你不是farang，"出租摩托车的小店店主笑嘻嘻地伸手朝我点一点，"你是kon jeen，我们管中国人叫kon jeen……"可是话虽如此，有时泰国人也会笼统地将所有外国人称为"farang"，而不一定真的严格按人种划分。因此每次走在人群中，我总觉得自己既是 farang 又不是 farang，既身在其中又身在其外，这种感觉相当微妙。

有些人不喜欢被称为"farang"，觉得受到了冒犯，然而它是否含有贬义却还要取决于上下文。Farang 基本上是个中性词，但是熟悉或尊重你的人通常不会用它来指代你。如果一个和你一起工作的同事称你为 farang，这很有可能是一种侮辱，而出租车司机或小摊贩这样称呼你却一般不带任何贬义。

泰国的 farang 是如此之多。自从越战时期美国大兵发现了这个度假胜地，几十年来旅游业发展迅猛，每天都有大批外国游客涌入。这片土地既充满异域风情，又像家一般舒适，便宜的物价更是锦上添花，很多 farang 来了走，走了又来，几番往返恋恋不舍，最后终于决定搬到这里落地生根。

有人说 farang 多的地方不能算是真正的泰国，我却觉得虽然这只是泰国的一面，却也是百分之百真实的一面。你只要看看泰国的娱乐圈便会明白我的意思：很多人说泰国明星的美貌程度是亚洲第一名，因为全亚洲没有哪个国家的娱乐圈拥有这么多五官深邃的欧亚混血儿……

和很多 farang 一样，初到泰国时，我也觉得这是个阳光灿烂充满活力的国度，可是待的时间一长，渐渐体会到它从内里散发出来的那种颓废的美感，正如郁达夫笔下的 M 港市——"一种使人可以安居下去，于不知不觉的中间消沉下去的美感"。它热情好客，却没有什么贪婪和算计；它拥有高尚的信仰，却理解和满足你最隐秘的欲望；你可以在此地享受到无数种你甚至从未听说过的乐趣，而不至于面临破产的危机；你觉得自己与它越来越亲近，却又永远无法抵达它真正的核心，而这种无知的感觉反而奇妙地给你慰藉——毕竟是传说中神秘而智慧的东方啊……

对于世俗意义上的 loser（失败者）们来说，泰国是最完美的避难所。没有职业，没有前途，没有存款，没有任何成就，或许永远也不会有所成就，没有人爱，总被拒绝，准备放弃……许多在别的地方可能活不下去的 farang 们来到了东方，然后奇迹般地起死回生了。

在清迈的一个夜晚，我和铭基误打误撞地走进一家主打家常日式料理的小餐厅,坐下后才发觉有些异样——所谓的餐厅不过是一户人家的客厅加前院,而年轻的老板娘似乎正在准备家宴,旁边的长桌上已经摆满了各色菜肴,却并不是菜单上的日本料理。几个人坐在桌前相对无言,看样子也不似顾客,却像是老板娘的家人或朋友。其中有一对情侣,女生是泰国人,男的是个 farang,他们的小孩儿才几个月大,正躺在婴儿车里声嘶力竭地哭闹,孩子的外婆心疼得不得了,在一旁又拍又哄急得团团转。桌子并没坐满,他们也没有开餐,大概还有客人未到。老板娘在厨房里忙得不可开交,招呼我们的却是另一个年轻的 farang,瘦高个子金色短发,熟门熟路地打开冰箱喝饮料吃薯片,看起来不像是打工的侍应生,不知是不是老板娘的男朋友。

两位 farang 互不相识,大概是为了摆脱沉默的气氛,换过一张 The Beatles 的唱片后,两人终于开始攀谈。并非我故意八卦,只是四周实在太安静,想不听见都难。从只言片语中我得知招呼我们的男生是美国人,而那位娶了泰国妻子的男士来自澳大利亚。或许是因为喝过几杯酒,两人的谈话内容都惊人的坦诚。澳大利亚人在泰国居住多时,此番终于要带着娇妻幼子离开泰国回澳洲定居,而这一决定似乎是女方家人的愿望,他自己言谈间却颇有点儿不情愿的意思。"回去那里有什么意思?还不如待在泰国!而且她一时半会儿肯定找不到工作!"他悻悻地发着牢骚。更奇妙的是他说这些话的时候,妻子和岳母就在旁边却充耳不闻,一家人近在咫尺却又似远隔天涯。

"你是做什么工作的?"美国人问。

"推销药品。You know, selling drugs.(你懂的,卖药。)"

"Drugs?"

"不是你想的那种 drugs 啦!"

两人对视一眼,嘴角浮起一抹默契的笑容。

美国男生则是清迈大学的英语外教,几年前间隔年旅行来到亚洲,泰国是他最喜欢的一站。旅行结束后他回到美国,却发现根本找不到工作,只能在餐馆打工维持生计。做了两年侍应生,觉得生活没劲透了,于是又回到泰国,找到现在的这份工作。"早知道还不如不回去,旅行结束就应该留下来……"他耸耸肩。

"你喜欢教书啊?"澳大利亚人饶有兴致地问。

"谈不上喜欢,"他再次耸耸肩,"可是除了教英文,我们这些 farang 还能做什么呢?"

"也是,"澳大利亚人懒洋洋地靠在椅背上,"本来就不是什么专业人士……"

"一事无成。"美国人补上一句。

"看看我,连泰语都没学好……"澳大利亚人轻轻笑着,摇摇头。

一阵沉默。

"要不然就是开店做生意,"美国人自己打破了沉默,"我最近在学做泰国菜,就快要学完最后一课了。我是想着,以后存了点钱可以开个餐馆什么的……"

听到这里,我也忍不住在心里笑了一下——只上过几堂烹饪课的美国人打算在泰国当大厨做泰国菜……

"听起来不错嘛。"澳大利亚人非常客气地应和着。

两人再次陷入一片沉默。餐厅里充斥着一股莫名的气氛,你分不清那究竟是满足还是怅惘。人心似定未定,回头无路可行,前途看似清晰又不甚分明。The Beatles 在背景里深情地唱着 *Yesterday*(《昨天》):"Yesterday, all my troubles seemed so far away(昨天,烦恼似乎离我远去)……"美国人右手和着音乐节拍轻轻敲打自己的大腿,澳大利亚人一口接一口地喝酒,像是要将所有的牢骚一饮而尽。他年轻美丽的泰国妻子坐在一旁发呆,婴儿车里的小家伙终于停止了哭闹——我猜他也喜欢 The Beatles。

半晌,澳大利亚人放下酒杯,"Anyway, life is elsewhere.(总之,生活在别处。)"他喃喃地说。

"And we all know it.(你我都懂。)"美国人微微一笑。

Life is elsewhere. 在泰国,有太多的 farang 正在身体力行地实践这句话。这里物价低廉，不用怎么挣扎就能活下去。有些本钱的 farang 拿出积蓄来投资开个小店，虽然发不了大财，日子却也可以过得相当滋润。在泰国旅行时我们常常住在 farang 开的旅馆，这些店主往往自己也曾是在亚洲旅行的背包客，对背包客的兴趣喜好了如指掌，自然生意兴隆客似云来。

在海滨小镇华欣，我们住在一家英国人开的旅店。在长居泰国的 farang 之中，英国人恐怕是人数最多的群体。对此我一点都不惊讶，在英国永远无法感到快乐的英国作家 Lawrence Durrell（劳伦斯·达雷尔）就曾说过：English life is really like an autopsy.（英国生活简直就像一场尸检。）为了逃离高昂的消费、阴郁的天气和一本正经的文化，不少英国人选择从自己的国家出走，奔向泰国那便宜舒适的阳光海滩。不过被热带阳光烘烤得快要发疯的我倒是常常想念凉爽的英国和在那里生活的日子，因此来到英国人开的旅店颇令我开心，连听见旅店老板的英国口音都倍感亲切。

老板是个不修边幅的英国胖子，穿一身大T恤大裤衩，和英国酒吧里那些典型的球迷大叔没什么两样。人倒是极大方随和，我们想租摩托车，他随手就把自己的摩托车钥匙扔给铭基。老板身体有点儿异样，一条腿比另一条腿粗上足足几倍，走路也不大稳当，不知是何种病症。可是他每天都如一座大山般稳稳坐在厅堂里喝啤酒看电视和住客聊天，看起来非常平和知足。打理旅店的还有一位泼辣能干的泰国女人，和老板大概是情侣关系。她还带着一个女儿，百分之百的亚洲人长相，显然不是她和老板的孩子。老板和这小女孩儿却真如父女般亲密，两人成天开开心心一块儿玩闹。

西方男人和泰国女人总被彼此吸引，"东西配"是随处可见的风景。每次回到旅店，总能看到男性 farang 住客在和泰国女性喝酒聊天，这些女性各种年龄层都有，连隔壁按摩店的阿姨都常跑来搭讪，没聊几句就笑得花枝乱颤。而在外面的餐厅和酒吧，这样的场面更是屡见不鲜。

和一位瑞士男生聊到这个话题的时候，他似乎心有余悸地对我说："你知道有多夸张吗？像我这样的单身男性 farang 根本没法在酒吧里单独待上五分钟，想自己清静一会儿都不行……你一坐下来就能感受到来自四面八方的泰国女人的目光，然后你可以低着头倒数：五、四、三、二、一，一抬头，她们果然已经坐过来了……有时我真的觉得这是种骚扰。后来我只好骗她们说'其实我不喜欢女人'，好嘛，你猜怎么着？她们倒是走了，可是那些 ladyboy 又来了！"

可是据我所见，享受这种"待遇"的外国男性仍占多数，就连言若有憾的瑞士男语气中都隐隐透出一股被追逐的优越感。站在男性的角度，我其实能够理解他们为什么乐在其中：这种感觉大概就像是被无数扇敞开的大门所包围吧？你不一定非要进门，但是它们反正都是敞开的。

我曾与一位泰国女性朋友讨论过这个问题——你们为什么那么喜欢西方男人？她说除了历史因素（由于旅游业发展较早，在泰国旅行和定居的西方人很多，泰国人很早就开始接触和了解他们）之外，泰国男性"供不应求"也是主要原因。泰国本来就女多男少，男性中还有不少是同性恋者或 kathoey，并连同服兵役和出家当和尚的人一起被分流出去，留给女人的选择实在不多，而这部分"奇货可居"的泰国男人也往往被宠坏，习惯享受"一脚踏多船"的优越感。在这种情况下，西方男性自然也开始吃香——反正男人都不一定专一，找不到黄皮肤就找白皮肤咯……

不过不可否认的是：有相当一部分泰国女性之所以特别钟情 farang，是为了从双方的关系中得到金钱或物质利益。很多女性因为尝过甜头，从此再也不愿工作，只靠物色一个又一个"farang 男朋友"来维持生计，从绿鬓朱颜直到翠消红减，再回头已是百年身。朋友有时会提醒我们留意那些长期驻扎在酒吧或卡拉 OK 厅门口"钓鱼"的泰国女孩儿，她们每天百无聊赖地坐在那里，向每一位经过的男性 farang 抛去含情脉脉的眼波。也正因为双方关系的"交换"性质如此明显，很多时候，"泰国女朋友"不仅仅意味着恋人或性伴侣，她还可以同时具有其他多种身份，比如保姆、厨师、清洁工、翻译、伴游……

常见的一种组合是西方老男人和泰国中年女性。后者往往貌不惊人，皮肤黑黑，打扮也朴素，看上去就是普通家庭妇女的样子。他们总是结伴出现在各个度假胜地，尤其是泰国美丽的海岸线。他们不像年轻的"东西配"那样夜夜笙歌，而只是满足于在海边的小店点两瓶啤酒，相对而坐慢慢喝完。他们似乎有的是时间，彼此间也没有什么交谈，可是双方看起来都颇为享受，喝一口酒，看一眼白云碧落，点一支烟，听一阵鲸波怒浪。

也有老人更偏好短暂而直接的关系。他们对每一条花街柳巷了如指掌，熟知各种服务的价格和讨价还价的余地，甚至发明了别出心裁的省钱方式。一开始，看见他们在光线暧昧的霓虹灯下穿行，脸上挂着老练又充满欲望的神情，我不免在心中将他们的形象卡通化，并在一旁配以"dirty old men（老色鬼）"的注释。可是渐渐地，我意识到这种想法并不公平——正视并处理自己的欲望绝非易事，大多数老人往往需要穿越自我厌恶和道德困扰的阴云。他们当然可以选择（在别人眼中）更高贵更有尊严的生活，可是如果更有尊严的生活意味着无性的生活，绝大多数头脑清醒的男人——不管他有多老——都不会甘于以这种方式度过余生。"老年人不需要性生活"——这是年轻人轻率而残忍的判断。对于老人们来说，无性的生活不能算作生活，即便这意味着被世人看轻，这其实是一个严肃得几乎令人伤感的选择。当他们经过路边的灵屋与神坛来到目的地，面对着薄薄月色之下双手合十的烟花女子时，也许会想起佛陀的那句话：痛苦，它直接来源于快乐。

泰国是西方老年人中最受欢迎的退休地，抛开物价便宜的因素，我有时觉得这是因为它能提供给这一人群他们最最需要的东西——接触感。人与人的接触感，身体上的接触感。拥挤的街道上人们流着汗摩肩接踵，卖小吃的妇人亲昵地伸手拍你的肩，按摩店的技师手势熟稔地照顾你身体的每一块肌肉，还有那些琳琅满目的 spa、足疗、洗浴、美甲、各式各样的性服务……就连原本难以忍受的酷热都好似具有治愈性。回想起在欧美国家看到的老龄生活：清冷，干净，疏离，沉默，被人敬而远之，唯有与宠物相伴……身体寂寞得好像长满苔藓，没有人愿意碰触它。与此相比，地球另一端的泰国显然赋予了老年人一种更为热烈的生活。冰冷

▲ 参加泼水节的年轻"farang"
▼ 小鸟旅馆已提前过泼水节

的机器敌不过温热的肉体——这令他们觉得自己还有感受,还能选择,还活着。

年轻的 farang 也爱泰国。一路游历的国家当中,泰国的 farang 背包客平均年龄是最小的。东南亚的低廉物价和热带风光(或许还要加上唾手可得的毒品)吸引了年轻的人群,成为他们高中或大学毕业间隔年旅行的首选目的地。作为 farang 背包客的代表人物,《在路上》的作者杰克·凯鲁亚克曾经这样描述他的梦想:"我希望过的生活,是在炎热的下午,穿着巴基斯坦皮凉鞋和细麻的薄袍子,顶着满是发楂儿的光头,和一群和尚兄弟,骑着自行车,到处鬼叫。我希望可以住在有飞檐的金黄色寺庙里,喝啤酒,说再见……"

那么泰国简直就像是为了满足这些年轻人的梦想而存在的。仿佛脱缰的野马来到全新的天地,他们在异域风光里对酒当歌醉生梦死,而渗透于日常生活的佛教又巧妙地平衡了那一点负疚感,令他们相信自己拥有了神秘而智慧的精神生活——就连那些放纵享乐也不再是虚度光阴了,却是东方式的"狂禅"……

在泰国的日子里,我和铭基发现很难在 farang 背包客中找到可以聊天的对象(在拉丁美洲就没有这个问题)——他们的年纪那么小,而他们的行为举止看起来总像是试图引起大人注意的儿童。几年前在西藏认识的香港朋友 Michael 与人合伙在清迈开了一间"小鸟旅馆",那是清迈第一间真正意义上的"纯背包客"旅馆,因为几乎所有的房间都是多人间,床位价格非常低廉,此间群魔乱舞的景象自然可想而知。我们到达清迈后常去探访 Michael,每次刚踏入旅馆的大门,马上感觉自己被卷入一个巨大的旋涡——各种语言的吵闹和招呼,各种分贝的尖叫与大笑,各种颜色的毛发、眼睛和皮肤……宛如一波又一波凶猛的浪头朝我们奔袭而来。漫天水花间我们瞥见了 Michael,他端坐在旋涡的中心,脸上却是一副波澜不惊的神情。

"你看看这些 farang,"Michael 环顾四周摇头苦笑,"好像动物一样……"

每当年轻的 farang 背包客开始喝酒,连地狱之门都摇摇欲坠。小鸟旅馆一楼公用卫生间的洗手池破了一大块,缺失了几近四分之一——据说一夜之间就变成了这样,而那摔裂的部分竟满是淋漓血迹。

"那是怎么回事呢?"我觉得毛骨悚然。

"还能是什么,"Michael 一脸无奈,"肯定是哪个喝醉了酒的鬼佬一头撞上去了呗!"

还有好几次,洗手池是被活生生"坐"断的……公用卫生间里贴着旅馆的规定,用极大的字体严厉警告住客不得在此处发生性行为,然而洗手池的悲惨"遭遇"证明大家往往对这一规定熟视无睹。"外面到处都装了摄像头,可即便是这样他们还是照做不误,就在公共区域……"Michael 摇着头,看起来非常困扰。我想起去年出发前闲逛国外的旅游论坛,其中有个极受欢迎的帖子就叫作"教你如何在青年旅舍的多人间和公共区域嘿咻"……都是经验丰富的老战士啊!

"有时候一大早打开卫生间的门,会看见全身赤裸的一男一女抱在一起睡得正香,"Michael 翻着白眼,"而且两个人身上密密麻麻落了满满一层的蚊子……"

又上二楼,惊见一楼的顶棚破了一个大洞,我吓了一跳:"不会是有人从这里掉下去了吧?"

"不,是她喝醉了以后自己跳下去的。"Michael 平静地说。

"那……那不就摔伤了?!"

"那肯定啊!"

很有可能这是 farang 酒醉之后的保留项目:隔壁旅馆的顶棚也穿了一个大洞——一模一样的原因。

泼水节前我就已经领教过他们的疯狂。那天晚上 Michael 约了包括我们在内的一帮华人朋友出去吃饭,先在小鸟旅馆碰头再一起骑摩托车出发。那时离泼水节开始还有整整两天,可是住在小鸟旅馆的疯子们已经决定要提前庆祝。他们堵在旅馆的门口,拎着水桶向每一个进出的人疯狂泼水。一开始火力都集中在前门,我们赶紧趁着一个空隙从后门冲进屋里。

可是出去变成了一个难题。Farang 们发现了漏洞,立刻调兵遣将,将后门也团团围住。这时进出的人毫无例外通通被淋成落汤鸡,尖叫连连骂声一片,换来的是疯子们的哈哈大笑。被困在屋里的大家都有点儿生气了——泼水节时怎么疯玩疯闹都无所谓,可是节日还没开始,在对方毫无准备的情况下动手这不是欺负人吗?尤其是同行的台湾男生今天刚买了新相机……

对方没有停手的意思,而我们终究还是得出门。随着同伴们一个又一个被水泼得哇哇大叫,我彻底被激怒了。"住手!"我一边走出门一边朝那帮 farang 大声咆哮,"你们是三岁小孩儿吗?懂不懂游戏规则?你以为每天都可以过泼水节啊?我包里还有手机和相机,被弄坏了你们给我买新的啊?"

有几秒钟的沉默,黑暗中我们看不清彼此的表情。然后一个年轻男生怯怯的声音响起:"嗨,我们只是想让大家开心嘛……"

"我一点都不开心!"我继续吼道。

哗啦一声巨响,满满一桶水从我背后浇来,一阵寒意直冲脑门,连人带包全都湿透了。

"Fuck you."我无力地说。后面传来一片口哨和大笑——他们真的很开心。

有时我会忍不住揣测:在全世界的 farang 背包客中,来东南亚旅行的这一群是不是最荒唐最幼稚的?抑或是他们也终有一天会成长为成熟靠谱的旅人,只是把自己最荒唐幼稚的时光留在了东南亚的这片土地上?无论如何,即便是现在的他们显然也不乏吸引力,farang 男生尤其受到中国女孩儿的欢迎,我常常从 Michael 那里听到此类故事:两位对 farang 情有独钟的中国姑娘坐在旅馆里一边梳妆打扮,一边春风满面地互相打气:"今晚一定要睡上一个!"一位中国女生在小鸟旅馆认识了她的 farang"男朋友",热恋之下头脑发昏,假期结束回国就把工作辞了又跑回清迈,结果发现"男朋友"身边已经换了女主角。她在旅馆里大哭大闹,那个 farang 非常不解:"旅途中大家一起玩玩嘛,我以为大家都明白是怎么回事……"

Michael 也爱莫能助,"这些女孩子,又保守又开放的,我实在是搞不懂她们……"他叹了口气,满脸困惑。

我注意到在这种事情上，通常没有旁观者会去指责男主角。这并不代表他毫无过错，而是人们已经习惯了 farang 的行为模式——泰国人和他们打交道的时间实在太长了，farang 的荒唐和轻率，自私与善变，通通都在意料之中。

泼水节前的经历只能算是热身。到了节日正式开始的时候，整座城市都陷入了一场无与伦比的狂欢。一连三天，人潮汹涌，水花四溅，路过的车辆都把音乐放到震天响。出门十秒内我就全身湿透，无数强劲水枪射得我落荒而逃。人们在清迈的护城河边汲水补给，有些人干脆就直接跳进河里。站在皮卡车上的大叔一声不响地拎住我的后领口，把半桶冰水顺着我的脖子和脊背灌了进去。我顿时眼前一黑，那种透骨奇寒简直毕生难忘。还在打着寒战，半空里又泼来一勺冰水，直击面门……人群中的 farang 更是兴奋到快要发狂，他们端着水枪射击的样子像是正在参加星球大战。一群 farang 正在与一队泰国人激战，双方的面孔都因战斗的快感而扭曲，整群人仿佛随时都会燃烧起来，然后爆炸，发出蓝色的光——就在水中。

直到此刻我才意识到双方竟是如此相似。是的，泰国人在日常生活中看似斯文保守，然而在性格中更深的地方他们是狂放不羁漠视教条的，泰国社会中佛教文化与性文化并存的现象本身就说明了这一点。泼水节也是个好例子——日本、韩国以及中国的汉族就从来没有如此疯狂的节日。此时游行队伍敲锣打鼓载歌载舞，一辆辆花车正经过路口，载着从寺庙请出的佛像和化了妆的"宋干女神"。顿时无数水枪齐发，道路两旁的人们狂热地将水射向佛像……又是一阵骚动，原来一辆花车正载着美丽的泰国女总理英拉[①]款款而来。英拉向大家合掌致意，人群又同时举"枪"，来自四面八方的水柱射得她不停地双手捂脸，几乎睁不开眼睛……在世界上的很多地方，这种场面都是无法想象的——举枪"射击"佛像和总理，即便只是水枪……

我和铭基回到护城河边的"战场"。一辆皮卡车经过，放着震耳欲聋的流行音

[①] 当时英拉尚在执政。

乐，后厢里挤满了衣着清凉拿着舀水勺的青年男女。我下意识地打量着他们的"武器"，暗暗祈祷那水桶里千万不要又是冰水。目光扫过他们的脸庞时，我忽然愣住了。

"施恩慈！"我激动地冲过去，一把抓住她的手臂。

她看着我，有点儿发懵，我赶紧摘掉帽子。

"是你啊！"她大叫。我们俩紧紧拥抱，又叫又笑。

施恩慈是我在加尔各答的仁爱之家做义工时认识的朋友。这英国女孩儿不但有个中文名字，还说得一口流利中文，自由淡泊的生活方式和发自内心的仁爱精神更是令人佩服。离开加尔各答后我常常想起她，只是没想到竟会在清迈的街头偶遇。

"你也离开印度了？上次不是说要去美国参加你哥哥的婚礼？"我问她。

"是啊，但是去美国前先来清迈过泼水节，顺便看看老朋友！你忘了，我在清迈住过四年，这里也是我的家呢！"

堵了多时的车流终于又慢慢向前移动了。施恩慈站在后车厢里挥舞着水枪向我道别，一边还跟随音乐的节奏不停扭动着身体。我忽然发觉她和我印象中不同了——加尔各答的那个施恩慈同时在两个慈善机构做义工，空闲时还忙着写书，说起话来聪明冷静，眼睛里充满灵气，总是在生病，瘦得像一只小猫；而眼前的这个施恩慈仍然清瘦却充满活力，病恹恹的形象一去不返。可是与此同时，她也变得更年轻，更热情，更世俗，更放肆，更……更像那些在泰国随处可见的 farang 了……

或许人都有多面吧。那些在泰国行为荒唐的 farang 们，他们在自己的国家也很可能是另一个样子——不会一头撞破洗手池，也不会从屋顶跳下去。泰国——抑或是旅行本身，改变了所有人，包括我在内，使我们得以释放自己的另一面，隐秘却真实的另一面。我想象着曾经的英国上司和同事们也来到泰国，来到泼水节，来到小鸟旅馆，想象着他们可能发生的改变和造成的破坏，然后我忍不住微笑了。

Anyway, life is elsewhere, and we all know it.

缅甸 曩濑县的佛教石窟群

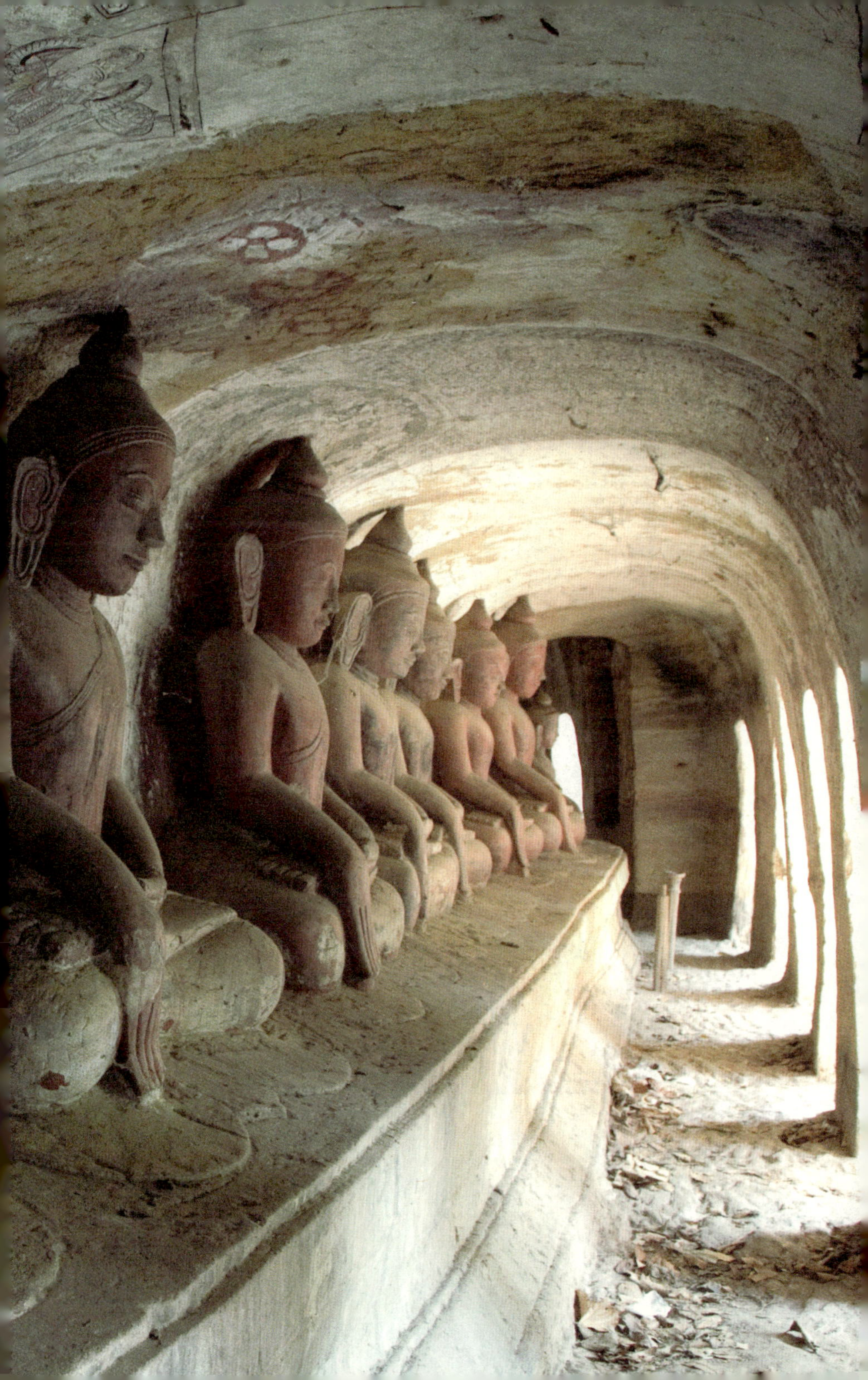

仰·光

▲ 夜幕下的仰光大金塔

车子拐了一个大弯，车里正在高谈阔论的外国游客们齐刷刷地静默了，像是有人同时捂住了他们的嘴——仰光大金塔宛如一座金色的山峰猝不及防地出现在我们眼前。这样的美来得太过突然，太过震撼，以至于所有的人都屏住了呼吸。当时我们正在从机场开往仰光市区的途中，一路上楼旧路破，乏善可陈，深沉的暮色中整座城市黯淡无光。就在此时，大金塔如一个神迹般出现，在星空下发出令人晕眩的金光。我们的车子从大金塔西门前那对造型独特的巨狮脚下经过，夜色中它们益发显得威风凛凛，仿佛大金塔的守护神。我和铭基趴在玻璃窗上仰望着它们啧啧惊叹，差一点儿把脖子都仰断了——那时我们还不敢确定这庞然大物究竟是不是狮子，只好满怀着敬畏之心称其为"神兽"……

　　这第一印象实在太过奇幻瑰丽震慑人心，第二天起床后想起仍觉得不可思议疑为梦境。而推开旅馆的大门，呈现在猛烈日光之下的又是另一个古老的梦境：男人们穿着长裙般的罗衣①姿态优雅地四处走动，女人们的脸上敷着厚厚的树皮粉（thanaka）仿佛戴上了白色面具，老人们缓缓咀嚼槟榔，红色的汁液溢满唇边……"这就是缅甸了，和你所知道的任何地方都十分不同。"你仍然有可能如吉卜林一般体验缅甸——近半个世纪以来的军事独裁统治，给了它一种宛如冻结在时间里的气氛。

　　尽管同为东南亚国家，从泰国来到缅甸却像是走向另一个世界。我和铭基都很享受泰国的舒适与现代，可也正因为它太过西化，有时难免令人感觉无聊。人心真是刁钻难懂，久居温室竟开始想念旷野的烈风。缅甸在我们最浑浑噩噩的时候出现，就像灰蒙蒙天空里忽然划过一道金色的闪电。看着人们从篮子中拿出铝制的饭盒，把被咖喱汁浸透的米饭倒在撕下的报纸上，听着茶馆里嘈杂的笑声和一个字也听不懂的对话，闻着集市里刺鼻的大蒜、鱼干、汗水、灰尘、烟草、茴香等等混合在一起的气味……我能感觉到自己原本麻木的感官正在逐渐苏醒过来。

---

① 罗衣（longyi），一块在腰间打结、圆筒形的布。

或许缅甸人也会向往泰国的豪华商场和精彩夜生活吧，我们总是着迷于自己不懂得或得不到的东西。

在旅馆附近以及唐人街一带，仰光呈现出它最为活泼灵动的一面。小商贩们用自己的摊位占领了人行道的每一寸路面，叫卖各种蔬菜、水果、鱼虾、药材、佛教海报、盗版光碟、过期的《国家地理》杂志和昂山父女的照片；皮肤黝黑的印度人蹲在油锅前搅拌着三角形的 samosa①，年轻的女孩儿们挥舞着塑料袋在剖开的榴莲和大树菠萝上驱赶苍蝇；马路旁的茶馆里，男人们在矮脚凳上屈膝而坐，他们的腿整齐地盘在不同颜色的罗衣之下，仿佛一群正在开屏的孔雀。浑身脏兮兮的服务男孩儿在桌椅间穿梭，不时大声向厨房吼出顾客的 order；唐人街有无数简陋的餐厅在店前烧烤食物，整条街都被笼罩在浓浓的烟雾和大蒜气味中，当地人围绕着及膝高的摇摇晃晃的塑料桌子一边喝酒一边谈笑，头上横七竖八的电线杆上停满了鸽子；街边的小吃摊种类繁多，除了看上去简陋但其实很美味的汤粉、拌粉、糯米甜食、甩粑、香蕉布丁、炸虾饼之外，还有令人望而生畏的炸蟋蟀、煎甲虫以及种种可疑的不明煎炸物体……

其中最令我着迷的当属街边常见的一档小吃——"缅甸卤煮"（我自己瞎命名的），它的内容和形式都像极了老北京的卤煮，不同之处在于摊主会先将那些小肠、肺头、猪肚、猪耳、猪头肉之类切成薄片串在签子上再放进汤卤里煮，顾客吃的时候自己从锅里挑签子，蘸上酱料送入口中——这又好似四川的麻辣烫。卫生条件看起来实在堪忧，可是本来就爱吃卤煮火烧的我宁可拉肚子也不会放过品尝"缅甸卤煮"的机会……一尝之下，虽然滋味无法媲美"小肠陈"，不过本来就是粗糙东西，那厚而不腻的满口脂香已经足以慰藉异乡的流人。结过账刚想走人，摊主示意我们每人再拿两串——"送你们的！"他笑眯眯地比手画脚。

卖山竹的漂亮姑娘有着同样强大的身体语言表现力，她不谙半句英文，却爽

---

①一种印度咖喱小吃。

爽利利地和我们做成了买卖。末了还多拿出两个大山竹塞进我们的塑料袋里,她的手势我们完全看得明白:"送你们的!下次还来我这儿买啊!"

几串免费卤煮,几个免费山竹,在缅甸时不时就会收获此类小"礼物"。有时我也会希望自己心思天真,如此便可以把这些通通理解为缅甸人的热忱,然而内心深处还有另一个尖酸刻薄的声音:"你们付的本来就是外国游客的价钱!被人宰了还瞎感动……"不过,虽然这是实情,我还是能从日常交往中觉察到缅甸人天性的正直淳厚。只是因为这几年缅甸旅游业快速开放,外国游客络绎不绝,在一个几乎任何商业机会都需要通过行贿和关系获得的国家,旅游业是少有的能够直接为普通老百姓增加收入的行业之一。在如此畸形的环境里,一些小商贩的急功近利甚至欺宰行为也就不是不能理解的了(其实还是比中国、印度、埃及等国家好太多了)。也正因如此,作为东南亚最穷的国家,缅甸的旅游消费却往往比邻国还要贵一些,尤其旅馆普遍的性价比之低实在令人沮丧。

是否应到缅甸旅游一直是个有争议的话题。昂山素季和一些人权组织呼吁外国旅行者不要到缅甸旅游,认为这会使缅甸军政府合法化,并为其国库做出贡献。不仅如此,为了进一步向将军们施压,他们还要求西方国家向缅甸施加全面的经济制裁,因为把任何钱给这些将军都等于是助纣为虐。然而这些制裁实际上只足以削弱国家力量,或是偶尔能通过讨价还价换得几个政治犯的自由,却完全无法撼动统治者的地位。更何况,中国、印度以及九个东盟国家都没有参与制裁,将军们仍然能从石油、天然气、矿藏、木材、海洛因等交易中获利。经济制裁最终伤害的都是那些挣扎在生存线上的普通人——大量工厂因为产品无法销往西方国家而倒闭,大批工人因此失业。此外,尽管多数西方国家对缅甸的制裁措施中不包括停止人道主义援助,但经济制裁多少影响到缅甸的公共医疗状况,缅甸人均获得的国际医疗援助资金也长期大大低于其周边国家如老挝、柬埔寨、泰国。从这个意义上来说,制裁反而使得普通民众受到了极大的伤害。

因此我不赞同昂山素季的"抵制缅甸旅游"言论,她认为此时游览缅甸"如同

▲ 仰光唐人街一带的路边摊

赦免了军政府"。然而我看到的现实是：旅游业对将军们影响不大，但对那些挣扎求存的老百姓来说却堪比雪中送炭。只要我们尽量回避国营酒店和餐馆，少使用官方服务，支持当地私营旅游设施，完全可以保证大部分消费直接进入当地民众的荷包。

  我们在仰光街头漫步，很快便从残破狭窄的小街来到整洁宽阔的大道。毫无心理准备的我被眼前的景象深深震慑——我从未想过伦敦也可以被移植到一片热带土地上！这里分明有着全亚洲规模最大最原汁原味的英国殖民风格建筑群，它们足足蔓延好几个街区，如此华美庄严又保存得如此完好，即便把它们放到伦敦的市中心也毫不突兀。可以想见，对于当年驻缅的英国官员来说，热带沼泽上这样一块西方文明的绿洲，不仅是殖民统治合法存在的象征，更无疑大大缓解了他们的思乡之情。

  我完全可以想象他们当年的生活：在宏伟的 Strand Hotel（斯特兰德酒店）吃

午餐，伴以美妙的法国红酒，然后沿着宽阔的马路驾车行驶，享受棕榈树下的习习凉风。晚上则去这个或那个俱乐部打桥牌，喝杜松子酒，听着最新的舞曲翩翩起舞。星期天的早晨则聚在俱乐部里玩 bingo 游戏，阅读黄色封面的《每日镜报》海外版……英国作家乔治·奥威尔借其作品《缅甸岁月》中男主角 John Flory（约翰·弗洛里）之口说："啊，那一次次仰光之行是多么开心啊！冲进 Smart and Mookerdum's 书店去找从英国来的最新小说，到 Anderson's 去吃八千英里外冷运过来的牛排和黄油，还有兴高采烈地喝酒较量……"

从 19 岁到 24 岁，身为英国皇家警察的乔治·奥威尔在缅甸度过了五年的时光。他后来的读者如我很难想象这样一幅场景——奥威尔穿着笔挺的马裤和闪亮的黑色长靴，腰带佩枪（或是刺刀），威风凛凛地走在缅甸的乡间小路上，在遥远的异域角落为大英帝国效命，维护白人至上的权威。然后有一天，没有任何预兆地，他突然回到英国并递交了辞呈。紧接着，在所有人反应过来之前，他又突然开始写作，正式开启了自己作为职业作家的生涯，并根据自己在东方的经历写成了人生第一本小说《缅甸岁月》。他后来批判极权主义的作品《动物庄园》和《一九八四》更是影响巨大，堪称世界文坛上最著名的政治讽喻小说。

很多年以后，一位美国记者艾玛·拉金追随奥威尔当年的足迹多次到缅甸查访，并根据自己一路的见闻和思考写了《在缅甸寻找乔治·奥威尔》，探究缅甸生活经历对奥威尔创作的影响。过去有一个被普遍接受的观点：《动物庄园》和《一九八四》中的极权主义氛围描写源于奥威尔作为国际志愿者在西班牙内战中的痛苦记忆（为了对抗独裁者佛朗哥，奥威尔加入了由西班牙共产党领导的共和军，却亲眼看到了共产国际的内部倾轧，甚至连他本人在撤退后还遭到共和军的追杀）。然而拉金却试图推翻这一说法，她不断地拿奥威尔在书中描写的情景与缅甸的情形做比较，希望读者相信这两本书的创作来源仍是缅甸的经验而非西班牙内战。

我觉得拉金的努力有些失败，她没办法说服我。在缅甸时的奥威尔不仅是一个尽职尽责的帝国职员,而且作为一名警察长期工作在压迫底层人民的最前线,他自己后来也承认不但欺凌过老农,在盛怒之下还用木棍打过仆役。是的,《缅甸岁月》中的确透露出对殖民统治的种种不满——那是隐藏在一身警服和"白人老爷"身份之下的另一个分裂的奥威尔。可是世上之事并非非黑即白,《缅甸岁月》和奥威尔本人的思想本身也充满矛盾,比一般人想象的更为复杂。尽管奥威尔对帝国主义不满,可当时的他也没多少自由倾向,从未认真思考过缅甸或印度的独立事业,也从未像共产党那样反击帝国主义。他对帝国统治的反对也并非简单的仇视姿态,正如他对英帝国主义文学的"旗手"吉卜林的态度一样,含混暧昧且时常变化。《缅甸岁月》出版两年之后,奥威尔写道:"我13岁时崇拜吉卜林,17岁讨厌他,20岁喜欢他,25岁鄙视他,现在我又相当敬佩他。"他甚至以区分当代帝国主义和19世纪帝国主义的差异来为吉卜林辩护——他认为1914年以前的帝国主义可以被视为浪漫性的东西,它的一些过错也可以大方地忽略不计……

我记得有西方学者曾经探讨追溯极权主义的来源,他们认为执行资本主义扩张的"帝国主义"在亚非的殖民经验中孕育出了"种族主义",借此将他们对殖民地的征服合理化,同时也让他们确立了以肤色或是血统为本的政治共同体理念(也就是奥威尔在《缅甸岁月》中常说的"白人老爷准则")。而这一理念又成为了后来极权主义运动的逻辑基础和动力资源——只要身上有某种"血统"或"阶级"的标签,一部分人可以永久合理地统治另一部分人……这样倒是可以勉强把《一九八四》和《缅甸岁月》绕到一块儿去,但是看到奥威尔对于帝国主义的暧昧态度,我实在不大相信他会有这样的思考。

可是,尽管《动物庄园》和《一九八四》与缅甸关系不大,这个命运多舛的国家却像是被一股神秘而残酷的力量所操控,使得这两本寓言小说竟在奥威尔去世之后变成了缅甸的现实。《动物庄园》讲述了一个猪和狗管理国家的故事,《一九八四》更描绘了一个可怕的完全没有灵魂的反乌托邦——那正是经历了近五十年独裁统治的缅甸,它的人民真实地生活在一九八四的世界,风雨如晦,鸡鸣不已——

▲ 夜晚在仰光大金塔祈福的信徒们
▼ 街边贩卖昂山父女的照片和海报

直到发生了一场突如其来的变革。

没有事先铺垫，没有心理准备，一切就这样迅疾地发生了，仿佛一场即兴演出。2011年3月，缅甸结束了长期以来的军人统治，成立了首个文职政府。这其实是军政府多年前就制定的"还政于民"路线的其中一步，尚属意料之中，而更震撼的则是吴登盛政府上台后推行的一系列政改行动，如释放大批政治犯、流亡异议人士返国、开放言论自由、放宽新闻管制、多党竞选、允许罢工和自由组建工会，等等，此外还大力推动经济自由化与族群和解。而缅甸在野党领袖昂山素季竟在2012年当选了国会议员，在经历了四分之一个世纪的民主斗争后首次由街头进入建制……缅甸忽然变成了一个"不定时炸弹"，三不五时就迸射出震撼人心的火光。昨天还不敢奢望的事物今天就变成了现实，曾经不可一世的东西转眼便化作历史的尘埃。我们在缅甸旅行时，缅甸的媒体尚且需要在出版前交新闻监察局审批，然而短短三个月之后，这一实施了几十年的制度竟不复存在。缅甸原

179

本是一个让中国看起来很美好的地方，可按照这个趋势看来，很快我们就将自惭形秽……

即便是在世界历史上，这样自上而下的和平民主变革也是相当罕见的。从军人政权向民选文官政权过渡，逐步推行政治自由化，这一点倒是和20世纪80年代后期韩国的情形非常相似，不过当时韩国经济发展迅速，而且1987年的宪法中也没有留下任何军队特权的条款，比现在的缅甸宪法已经要先进得多了。

我曾在网上看到一条被转了无数次的微博："缅甸变了，全世界都把目光聚焦于昂山素季。其实最大的功臣应该是军人出身的现任总统吴登盛，正是他释放政治犯、允许流亡者归国、解除境外网站封锁和新闻审查，日前他更表示如果该国人民投票选择昂山素季担任总统，他将全力支持。缅甸的变革带给我们的启示是：中国不缺昂山素季，缺的是吴登盛！"

这段话极具煽动力但分明漏洞百出，可甚至连那些我认为挺有思想的学者名人们也纷纷转发附和，这令我深深怀疑，是不是很多中国人的骨子里还深埋着对"明君贤相"和"仁政"之类的期待，觉得圣明天子凭一己之力便可扶大厦之将倾？写这条微博的人根本没有认真研究过缅甸的历史与现状。且不说缅甸的改革归根结底仍是源于昂山素季、民盟、其他政党、国内民众以及西方国家持续不断的压力和推动，就算改革成果都要归功于某一个人，那个人也不一定是吴登盛，而更应该是他背后的大 boss——神秘的最高领袖丹瑞大将。丹瑞大将曾经亲手废掉当年制订"还政于民"路线的温和派总理纽钦（上一个"吴登盛"），最终却还是选择了同为温和派但洁身自好且对自己非常忠诚的吴登盛作为自己政治路线的执行人。换句话说，在关键问题上如若没有丹瑞大将的同意，吴登盛也很难自作主张。

我们也许永远不可能知晓丹瑞大将内心的想法，不过无论如何，对于缅甸人民来说，正在进行的这场改革无疑是代价最小的国家转型途径。黑夜曾经那么长，人们在永恒般的等待中绝望地认定"缅甸永不可能改变"。如今晨曦初露，天终于一点点亮起来，重新被激活的人心很难再忍受过去的昏庸和封闭，改革的成果也随着时间的推移越来越稳固,缅甸走回头路的可能性是越来越小了。然而这也并不意味着缅甸的将来一定会一帆风顺——毕竟军政府中的不少将领都保留了权力,而军队中的强硬派对宪法中军队特权条款这条底线的维护也是个巨大的隐患,还有吴登盛和他的保护人丹瑞大将的身体状况其实都不太好……以我愚见,目前最重要的就是不能过度依赖某一个人,无论是吴登盛、丹瑞大将还是昂山素季,他们之间能否良好地合作才是决定缅甸改革前景的关键。

在这个时候来到缅甸,感觉真是十分奇妙。想象中的缅甸是由"贫穷衰败"、"愁云惨雾"、"袈裟革命"和"一个长年被软禁的女人"这些词语组成的,而真实的它虽仍予人"百废待兴"之感,却也时时在街头巷尾透露出几分全新的气象:那个长年被软禁的女人重获自由,街头的小摊上也重新铺天盖地地出现了印着她头像的海报、T恤和各种商品,青春面孔和老去容颜的对比无声地诉说着她为这个国家做出的牺牲;听说手机两三年前在缅甸尚属稀缺的奢侈品,如今却已开始走入寻常百姓家,仰光街头已经有不少人在摆弄这新鲜物事,政府乐观地估计到2015年,全缅甸近一半人都能用上手机;缅甸可能曾拥有世界上最少的网络连接线,然而"上网"如今也不再是个陌生的概念。有少数餐厅和旅馆已经开通了无线网络,而这在一年前恐怕都是无法想象的。在仰光时我们常去一家名为"Tokyo Donut"的连锁咖啡店"蹭网",里面往往也坐满了一边喝果汁一边低头看手机或笔记本电脑的当地人——我不知道他们是否从中看到了一种新生活的象征……

刚到仰光的那天,还在从机场开往市区的车子上,我就留意到了道路两旁隔三岔五便出现的中国、韩国、日本餐厅,数量相当之多,装修看起来十分高档。一开始我还以为那是当地有钱人消费的场所,直到看见了几间韩国和日本超市,这才恍然大悟——一定是有中国、韩国和日本的公司或员工宿舍设在此处,这些餐厅和超市做的正是为数众多的外派员工们的生意。

我们在泰国申请缅甸签证时已经见到无数日本商人的身影。自从缅甸步入改革发展的轨道,西方国家纷纷解除或放宽对它的经济制裁,外国投资者蜂拥而至,这个曾经落后封闭的国家突然变成了亚洲最后一片淘金热土。未被开发的电信市场，几乎一片空白的汽车工业，资源极其丰富的油气产业……仿佛一座座无人开采的金山，光是听着就令人心动不已。更诱人的是，随着经济发展，缅甸人民的消费需求必然水涨船高，但缅甸国内工业基础极其薄弱，因此不仅是汽车、摩托车、彩电、冰箱、洗衣机、空调之类的"大件"商品拥有巨大的市场，就连对衣服、鞋袜、手表、饮料瓶盖、塑料包装等小商品的需求都是空前的，也难怪许多嗅觉灵敏的中国商人早早就进驻缅甸抢占市场。据说有位美国投资人前不久就说过这样的话："我要是能把所有资金都投入缅甸的话，我一定会这么做的。"老实说，连我都被这种"商机无限"的感觉深深迷惑，某一瞬间竟也真的兴起"淘金"之念——如果在缅甸开一家性价比合理的青年旅舍，收入应该相当不俗，或者哪怕就是从中国批发牛仔裤和电子表来这里卖，恐怕都会很有赚头吧……

可我同时也觉得困惑。虽然近两年来缅甸发生了很大变化，然而更多的东西似乎仍然保持不变。我注意到开始有人用手机甚至iPad，有人穿时髦的牛仔裤和运动鞋，有人在高级餐厅里吃炭火烤的比萨……可我同时也注意到，更多的普通老百姓仍然身裹棉布罗衣，在简陋的路边摊吃一碗拌面，从路边的热闹茶馆里获取当天的最新资讯。他们也知道缅甸变了，可这些变化似乎还没有真实地反映到他们的日常生活中，他们仍然在挣扎求存，勉强糊口——有些人连这个都做不到。到仰光的第二天，我们很惊讶地在旅馆附近发现一家颇为现代的超市，里面有各种外国牌子的食品和洗发水，很多当地人在货架间流连忘返——可是收银台前几乎从不需要排队。只有那些富有的家庭才负担得起超市的东西，大多数人只是来这里享受令人赞叹的整洁、丰富与文明，那些露天的街市摊档才是他们真正日常购物的地方。历史积弊太多，基础设施太差，缅甸的制度重建与经济发展依然任重道远。

有一天夜里，我们想再去看看那座世界上历史最悠久、价值最昂贵的佛塔，可是从唐人街出来没多久就迷了路。用身体语言比画着询问路人，对方也以夸张的身体语言试图打消我们步行过去的念头——"太远了！"他伸展开两只手臂,几乎把它们拉成一条直线,然后不由分说地将我们推上一辆公共汽车。我们只好拿出仰光大金塔的门票,指着上面的照片笨拙地对司机说着"Shwedagon,Shwedagon"……司机点点头,于是我们穿过人群走去车厢的最尾端。车上的外国人只有我们两个,游客装扮在一排排罗衣间分外显眼。可是和印度人不同,缅甸人比较斯文含蓄,并没有人朝我们指指点点,或投以过分好奇的目光。

然而奇妙的事发生了。快到大金塔时,司机还没有说话,忽然有人在我手臂上轻轻拍了一下,而铭基的衣袖也被人微微扯动。我俩抬起头来,蓦然迎上一大片注视的目光——车厢里每个人(是的,每一个人)都在朝我们微笑着,每个人都伸手指向窗外不远处那金光灿灿的宝塔,每个人的口里都在重复着同一个词"Shwedagon"……我不明白这一切是如何发生的,为什么所有人都知道我们的目的地,可是我的心顿时在这淳厚的善意中融化了。

谢过这些好心人,我们下了车。就在步行前往大金塔的途中,仿佛有人往这广袤的夜空里吹了一口气——我几乎疑心自己听见了"噗"的一声——整座城市瞬间陷入一片黑暗。

在这里,停电是家常便饭,因此稍具规模的宾馆饭店总是自备着柴油发电机。后来去了缅甸其他地方才知道,仰光的电力供应已经算是最有保障的了。每当仰光和新首都内比都需要电力的时候,他们就会在别处停电。

周遭的黑暗中唯有一处光明所在——仰光大金塔依然灯火通明,佛光普照。

越过门前的守护"神兽",我们再次赤足拾阶而上。这是一个神圣珍贵到几近疯狂的地方:塔内供奉着 8 根释迦牟尼的头发、拘留孙佛的杖、正等觉金寂佛的净水器以及迦叶佛的袍;全塔通体贴满 1000 多张纯金箔,所用黄金 7 吨多;塔的四周挂有 1 万多个金、银铃铛;塔顶以黄金铸成,上有重 1260 公斤的金属宝伞,周围镶嵌着 664 颗红宝石、551 颗翡翠、443 颗金刚石,而塔的尖端更有一颗重 76 克拉的巨钻……

白天来访的时候,我已经被阳光映照下的大金塔震撼得头脑发晕——我从未见过如此巨大的"金山"和这么多价值连城的珍宝。尤其是在黄昏的时候，落日熔金，大金塔的尖顶宝光闪烁，天地间一片金碧辉煌。而此时虽然已是夜晚，大金塔仍被灯光映射得斑灿夺目，在黑色天幕的衬托下益发显得神圣而雍容。

晚间的人流比白天更多，绝大部分都是当地人，一双双赤足走得悄无声息。有人一边拨弄念珠一边轻声诵经，有人往佛像身上洒水为其沐浴，有人闭上眼睛默默祷告，也有人与同伴坐在地上愉快地聊天。缅甸人没有太多夜间娱乐，因此与家人朋友一道来佛塔也是一种常见的纳凉和休闲方式。我学着他们的样子跪坐在地上，双腿屈向后方，仰头望着这一片灿烂金光，渐渐竟也生出些不同感受——宗教与日常生活的界限开始模糊，佛变得更加可亲了。我想起白天参观大金塔时遇见一位在缅甸出生长大的华人老伯，他说自己每天都会来到这里打坐冥想，已经成为一种根深蒂固的生活习惯。

缅甸是"万塔之国"，无论再小的村庄也至少会有一座佛塔。它是缅甸人精神生活的核心，人们每天或每周在这里跪拜礼佛，冥想，施舍，学习智慧与慈悲的理念。他们自己过着清苦的生活，却将一张张金箔奉献给佛祖。他们总是在建造新塔，同时也不忘翻新旧的。无论是国王、僧侣还是平民，虔诚的缅甸人总是将修建佛塔作为一生最大的心愿，往往为此倾尽毕生积蓄，目的是为了积攒功德，换取一个美好的来世。《缅甸岁月》中的大反派吴波金知道自己此生作恶太多，担心将会转世为卑微的物种（比如说蟑螂之类的），因此打算将余生都投入到做善事——即修建佛中去，以此抵消他犯下的罪孽，平衡因果报应的尺度。如果佛塔建得够多，他很有可能会幸运地重生为男性（女性的等级相当于老鼠或青蛙），最起码也能重生为巨大的野兽，比如大象。

有时我会胡乱猜想：会不会是佛教徒对于现世的消极态度间接地导致了缅甸军事独裁政权的长寿？就像亨利·米勒谈论他自己的北欧祖先："一切都是为了明天，但明天从不到来。现在只是一座桥梁，在这座桥上，他们仍在呻吟……然而没有一个白痴想到过要炸掉这座桥……"

在印度旅行时，我在北部山区的一家学校里当过几天英语会话老师。学生中有一位颇有智慧的缅甸僧人，我时常向他请教一些佛学上的问题，受益良多。可是有一个一直困扰着我的问题连他也无法解释，抑或是不屑作答：假如我不相信轮回转世，那么努力修行还有什么意义呢？从痛苦、执着、欲望中解脱出来——当我死去的时候，难道这些不都会自然而然地发生吗？难道这解脱不将是确定的，彻底的，以及永恒的吗？真是奇怪，似乎没有宗教能够接受死亡的真实性和终结性——当然，除了道教。

可是我也知道，相信有来世会比较幸福，就像相信爱情一样，它给予人们在长夜中守候的希望——天总归是要亮的。

我忽然想起自己忘了问那缅甸僧人另一个问题：如果人能转世，那么草木河流也可以重生吗？

城市呢？国家呢？

我注视着身边的缅甸人。他们仰头凝望巨大的佛塔，口中念念有词。金光反射在他们的脸上，宛如来世的荣光。大金塔以外的地方依然一片漆黑，整座城市似乎都在仰望这唯一的一处光明，在暗夜中静静等待清晓莅临的那一刻。直到此时我才惊觉这座城市的名字是何等妥帖——仰光。仰——光。

在路上

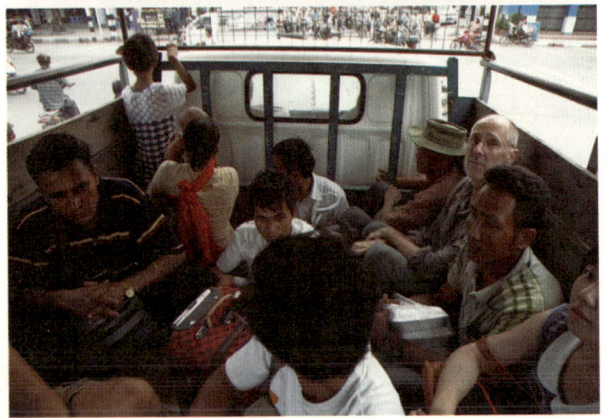

▲ 缅甸的长途大巴多为日本人遗弃的旧车
▼ 在缅甸把卡车当客车使的情况非常普遍

"为什么仰光的长途汽车站非要建在这么偏远的地方?"望着窗外越来越荒凉的风景,我满心不解。此时我和铭基正努力地蜷缩在出租车的副驾驶位,我的半个身子被挤出了座位,只得将一只手臂放在窗沿上——从市区出发的出租车已经在路上颠簸了 40 多分钟。

坐在后座的三位马来西亚男生纷纷摇头。Leo 说:"听说缅甸的每个城市都是这样……"Thomas 和 Sky 顿时发出痛苦的呻吟。他们三个是"发小",长大后虽然天各一方,却每年都约好一个时间做一次集体旅行,真是羡煞人也。我们在仰光住在同一家旅店,又是搭乘同一班夜间巴士前往蒲甘,自然结伴同行。

终于到达那个 in the middle of nowhere 的汽车站,我们好不容易才在排得密密麻麻的巴士群中找到即将开往蒲甘的那一辆。

"新潟交通佐渡?"念着写在车头的六个大字,马来西亚男生们面面相觑又忍俊不禁。

在缅甸,到处都是这种日本人遗弃的旧巴士。仰光的长途汽车站看起来简直像是某个日本郊外的废旧巴士处理中心。我们在中美洲的尼加拉瓜也见到过同样的场景,心里不是不佩服的——日本货还真是耐用啊……

旅行了这么久,乘坐长途巴士的次数真是多到数不清。很多国家的巴士上都会放映 DVD 以供乘客打发旅途时光,在缅甸我原本没做指望,发车后看见闪烁的电视机屏幕着实惊喜了一下——也只是一下而已……巴士上放映的全部都是缅甸电影,而且完全没有字幕,外国游客只能看着画面猜想剧情。

老实说,我觉得很难将我看到的东西称为"电影",拍摄技术相当粗糙,演员演技夸张生硬,什么艺术性之类的更是一丝也无。单从镜头语言来看其实更接近电视剧,说是加长版的舞台小品也不为过。唯一的安慰是女主角是个大美女,长得像宋慧乔,甚至更漂亮。她的美貌给了我继续观影的动力,而坐在隔壁的英国情侣已经放弃了,就着昏暗的灯光看起了小说。

道路是意料之中的破烂不堪,旧巴士在凹凸不平的碎石路上呼哧作响。伴随着一个巨大的颠簸,电视机上的画面忽然中止了。一分钟以后,屏幕重新开始闪烁,可是影片居然又从头开始放映!之后影片又因颠簸中止过几次,而每一次又都是从头再来!看着已经连续看过好几遍的情节,我几乎完全崩溃了。回头去看三位马来西亚男生,他们不约而同地向我翻着有气无力的白眼。而同在车上的缅甸人却似乎不怎么介意,嘟囔几句又继续津津有味地看下去。

我转过头去看窗外。此时夜黑如墨,冷月高悬。我努力地分辨着车窗外的风景,却看见玻璃窗上反映出一张张愉快的笑脸——显然这是一出喜剧,尽管音箱里传来的缅甸语听上去像是呜咽。乘客们完全沉浸在剧情中,他们不时在破旧的绒布座椅上调整姿势,手里握着水杯,装着铝制饭盒的塑料袋挂在窗口的钩子上。我以一个旁观者的角度久久凝视着玻璃窗里的我和他们,再一次为这萍水相逢的缘分感到惊奇——我们的生活本应沿着永不相交的直线向前延伸,却奇迹般地在一趟夜车上发生了交集。

一边看电影一边昏昏欲睡,直到司机大声宣布停车休息。所有人都下了车,走进一个缅甸式的"休息站"里。这是一个巨大的餐厅,大堂里居然人声鼎沸,时近午夜还有那么多人在吃饭,一桌一桌的主菜配菜摆得满满当当,门外还有摊档出售各种油炸食品和烤香肠之类的东西。司机看样子要休息好一阵,我们只好在后面的小厅里坐下来。这个厅里没人吃饭,可是很多人都在喝一碗颜色诡异的汤——是一种浑浊的黄绿色,感觉喝下去就会中毒身亡。Thomas 好奇心大发,忍不住也叫了一碗,尝过之后他一脸平静,"还不错啊!"在他的鼓励下,Leo 也喝了一口——然后差一点全都吐出来……他哀怨的眼神顿时令余下的人都丧失了勇气。可是为了打发时间,我和铭基也只好叫了一杯类似麦乳精的热饮。我大概有二十年没喝过麦乳精了,没想到竟在缅甸怀起旧来。

我们讨论起正在放映的巴士电影,结果发现语言不通导致大家对情节的理解南辕北辙。"我觉得是这样的,"Leo 很有自信地说,"男主角偷了他妈妈的首饰……然后他去找他的朋友,也就是女主角,要她掩护他……可是另外那几个男的还是发现了,所以老是去找他麻烦……"

"不对吧?"我疑惑起来,"我怎么觉得是男主角喜欢女主角,他们想要结婚,可是除了女主角的妈妈以外其他人都反对,所以那些人才老是跑出来阻挠他们两个啊……"

"可是我明明就看到男主角偷了他妈妈的首饰啊!"

"可是……"

"好啦!"一直没说话的Sky突然大喝一声,打断了我们的争执,"'新潟交通佐渡'上的电影!"他无奈地看了我们一眼,然后自己也忍不住笑了,"那么烂的片子,有什么好争的啊?!"

Sky自己的职业就是导演,我都能想象得到他在车上看电影时默默吐血的心情……

巴士呼啸着再次开进黑暗中,电影也终于迎来了大结局。男主角和女主角终成眷属——我得意地回头看了Leo一眼。紧接着放映的是一部类似于搞笑小品或者二人转的东西,只有一幕场景,基本全靠语言来搞笑,这下子我连猜都猜不下去了,只能眼巴巴地看着身边的缅甸人笑得前仰后合。

到了这个时候,巴士上已然有了一种家的氛围。声调绵长的缅甸语在车厢里幽幽回响,乘客们抖开自己带来的毛毯准备睡觉。长途巴士在夜色中孤独地前行,此刻它既不属于城市也不属于乡野,而是只属于旅人的第三类空间。车上的每一个人都背井离乡,眼神空洞,脸上那种又寂寥又自在的气质简直和美国画家Edward Hopper(爱德华·霍普)的画中人一模一样。

在夜车上很难睡个真正的好觉,我似乎总在半梦半醒之间。然而我仍能模糊地感到一种莫名其妙的满足和安宁。车身颠簸,引擎轰鸣,移动本身创造出一种仿佛比静止更为完美的平静。对了,我迷迷糊糊地想,因为这里是安全的亚洲啊。在拉丁美洲旅行时可从来没过这样的安全感,那时每次坐夜车都很紧张,总担心会遇上传说中时常发生的拦路抢劫,就连打个盹儿都能梦见持枪歹徒……

忽然间灯光大亮，一片嘈杂。有歹徒?!我从梦中一跃而起，正对上司机那张黝黑的脸。"良乌良乌！"他不耐烦地催促着，指向已经打开的车门。蒲甘古迹区内有好几个小村镇，良乌正是我们选择的落脚点。可是……我看看一片漆黑的窗外，又看看自己的手表——凌晨三点……不是说天亮才到的吗？

我们神情恍惚地收拾行李准备下车，马来西亚男生们也一脸困意地举起手来与我们告别(他们去另一个小镇)。好几个本地男人已经等在车门外，其中一位手举写有铭基名字的纸牌——他是旅店派来接我们的人。此时我的意识仍与周遭的环境一般混沌，在混沌中我们跟着他向树下的一团黑影走去……

仿佛梦游一般，再次回过神来的时候，我发现自己正和铭基一起坐在一辆疾驰的马车上。车夫在前面策马奔腾，我们俩背对车夫东倒西歪地坐在车尾，四只脚悬在边沿摇摇晃晃。此时凉夜已深，皎月破云，一片静寂中只有清脆错落的马蹄声。夜色为周遭的景物披上薄纱，也将旅人的眼睑融入幻境。旅途中总有一些这样的时刻令人特别感慨浮生若梦。

意识模糊时我只觉无忧无虑。一切都好，一切都美。一旦清醒过来却立刻将美与梦境通通抛到脑后，开始担心庸俗的现实问题：旅店一般都要等到中午才能check-in，眼下我们凌晨三点多便已到达，如果房间还没准备好，这么长的时间如何打发？如果有空房间的话，老板又会不会多算一天或是半天的房费？"你觉得呢？"我问铭基。他打了个长长的哈欠，"反正如果我是老板我就会……"

到了旅店，想象中的各种麻烦完全没有发生。守夜的小哥直接把我们带进一间空房，然后关上门就走了，一句废话都没有，而我们也二话不说倒头就睡。直到几天后退房时才发现老板居然真的没有算上第一晚的房费！我们真是以小人之心度君子之腹。

不知是不是行程安排的原因，缅甸之旅中我们坐了许多次夜间大巴，可是几乎每趟夜车都在凌晨三四点这种变态的时间到达。幸好遇上的旅店老板都善解人意，深更半夜起床招呼我们也毫无怨言。有一次从曼德勒乘车到因莱湖，又是在凌晨时分才千辛万苦地找到旅店。被我们硬生生叫醒的老板翻着住宿登记簿露出抱歉的神色:"现在没有空房了,要到上午才有人退房。"

我正打算找张椅子蜷缩一下熬过这几个小时,没想到老板竟然不知从哪里拖出一张折叠床放在那个小小的厅堂。"你们先将就着在这里睡一下吧。"他憨厚地咧嘴一笑。

虽然只是一张简陋的折叠床,可在困得要死的两个人眼中简直与天堂无异。我们俩立刻扑了上去,然后下一秒就睡着了。

不知过了多久,伴随着"哐当"一声巨响,我感觉自己正在急速下坠,要不然就是地壳发生了变动……可我仍然不愿意醒来,直到头都撞到了地面,这才惊慌失措地睁开眼睛,和铭基同学面面相觑——他的脸上也写满了惊恐。我的第一反应是想挣扎着起身,可是居然做不到!

原来折叠床的上半段已经坍塌了。我们的下半身还在原位,上半身却已经随着坍塌的半张床一起垂到地面,呈现出一个诡异的225度角(相当于把一张躺椅颠倒过来的角度)……我们俩就这样"垂"在那里,在黑暗中默默注视着对方的225度角,然后终于忍不住开始狂笑。又担心笑声会惊动一墙之隔的老板,只好拼命用手捂住嘴,活像两个歇斯底里的疯子……

乘坐长途汽车的次数多了,竟也不由自主地对那些二手日本巴士生出亲近之心。很多巴士的内部被装饰得五颜六色,行李架底部还装着好像老式迪斯科舞厅那样的彩灯。仪表台前放着小巧的佛像、折成古怪形状的钞票和龙飞凤舞的巴利文经文,车前的挡风玻璃上则总是贴满了缅甸各个佛教圣地的海报和照片,其中又以仰光大金塔和大金石(Kyaik Tiyo)的照片最为普遍,后者是一块矗立在陡峭山崖边缘的神奇石头,看似摇摇欲坠,实际上已安然度过了几百年。

这些大巴里总是挤满了人和货物,过道上常常需要加座,各种大小的篮子和麻袋被绑到车顶,或是强行塞到座位底下。在缅甸我虽然没有像在别的国家那样与活鸡活鸭比邻而坐的体验,却也真的见过相当不平凡的景象。那一次的旅途倒是不长，只需要半天车程。巴士中途停站再次上客的时候，车掌忽然命令原本坐在我们前面的两位乘客换到后排去坐。之后又陆陆续续上来许多乘客，却没有人得到允许去坐那两个空出来的位子，我们都觉得有点奇怪。

车掌原来另有安排。伴随着低沉有力的号子声和我们俩不可置信的表情，一辆摩托车被几条大汉吭哧吭哧地抬进了这原本就很狭窄的车厢，又强行塞进了那两个空位和前一排之间的空当（也是全车上空间最大的空当）！在一辆破旧逼仄的小公共汽车上，满身灰尘的摩托车威风凛凛地矗立在人群之中，它的体积导致车门都无法关上——不过反正他们本来也不爱关车门……

我以为那两个座位是断然没法再坐人了——摩托车几乎填满了全部空隙。然而我又再次低估了缅甸人的灵活性和好脾气。车掌朝后面一扬手，一位带着两个孩子的妇人立刻温顺地走过来。一句抱怨也无，她轻轻牵起罗衣，优雅而敏捷地钻进里面那个座位，罗衣下的双腿紧紧卡在座椅边缘和摩托车前轮之间。年龄大一些的那个男孩也麻利地在她身边坐下，自然而然地将两条腿平放在摩托车上，年纪小的那个则刚好坐在妈妈和哥哥中间。妇人从包里找出水瓶来递给孩子们，又顺手将随身行李放进摩托车前面的篮子里。整个过程如行云流水一气呵成，并且充分利用了每一寸空间，像是事先排练过无数遍。更厉害的是之后巴士在路上颠簸几个小时，他们三人被困在狭小空间内动弹不得却神态自若。

一路走来，缅甸人给我留下最深印象的便是他们的温柔与忍耐。在欧洲旅行时我曾遭遇大巴抛锚的状况，在被迫滞留高速公路的几个小时之内，每个人都在抱怨，发脾气，打电话给亲友诉苦。可是当同样的事情在缅甸发生时，人们在确认现状之后便开始聊天、睡觉、吃东西，耐心地守住自己的灵魂。我猜想除了佛教的启示——既然一切生命和事物都不具任何意义，那么生气和抱怨也就好似水中捞月——之外，形成如此性格的另一大原因当属缅甸人长期承受的深重苦难——内战夺去了数不清的生命，又被世界上最残酷最顽强的独裁者统治了那么多年。人们无法安全地发表意见，就连被视为神圣的僧侣的和平抗议也屡屡以流血收场。总

▲ 运送乘客至山顶"大金石"的卡车
▼ 可以用来运送摩托车的中巴车

不能日日坐在街边以泪洗面吧,人们只能选择平静隐忍地活下去。

对此,缅甸人有个很妙的比喻:缅甸就像是一个得了癌症的女人,她知道自己病了,但她还是照样过她的生活,就像没事发生一样。她拒绝去看医生,正相反,她在脸颊涂抹树皮粉,在头发上别上鲜花,去集市买菜,仿佛一切正常。她与人交谈,人们也跟她说话。他们知道她得了癌症,她也知道自己得了癌症,但没有人谈论这件事。

和缅甸人相比,我在"随遇而安"这一点上还有很大的进步空间。虽然已经习惯了巴士旅行,虽然我不愿意承认,可是要在巴士上度过三十岁生日这件事仍然令我有些沮丧。而且由于行程紧凑,事先做好的计划也无法随意变更。那一天是我们离开因莱湖前往勃固的日子,首先是大巴迟到,我们坐在路边暴晒干等了很长时间。上车后又发现车里的空调坏了(又或者是压根儿没有空调),所有的车窗都大开着,一路上的沙土和灰尘直接扑面而来。三个世纪的灰尘或许值得尊敬,然而昨天的灰尘就令人厌恶了。它们牢牢地沾在我涂了防晒霜的脸上,于是很快整张脸都变成了土黄色——是的,坐趟车还能玩变脸……可是关窗又不现实,因为天气实在太闷热了,在这里呼吸就像是吸了满口的啤酒气。

这一次没有电影可看,整个下午我都在一边变脸一边看缅甸本土 MV。这个国家的流行音乐大部分都是 copy 别国的歌曲,有时配以缅甸语的歌词。来到缅甸的第一天我就在外汇兑换中心听到了缅甸语版的《勇气》,之后又在不同的地方听到过《隐形的翅膀》和《挥着翅膀的女孩》。因莱湖民宿老板的爸爸常常坐在厅堂里专注地看着盗版 DVD 版 MV,当铭基没话找话地问他"这是缅甸音乐吗"的时候,老伯羞涩地摇摇头,"都是 copy 韩国的啦!"

缅甸歌手声音不弱,女艺人相貌也美,只是看 MV 时会有一种时光倒流的感觉,因为制作水平和化妆造型都只相当于 90 年代初的中国,主题则几乎只有一个——爱情。即便听不懂缅甸语,我也能根据画面和声音的情绪猜测他们正在感叹破碎的心和纠结的爱情,只是许多表现方式以现在的眼光来看的确有些老土过时。这些天来我看了很多缅甸 MV，渐渐也发现了一些规律。当一部 MV 中再次出现女生宿舍的画面时，我扯了扯铭基的衣服，"你看嘛，等一下男主角就会拿一把吉他到宿舍大门外深情弹唱，然后女生们就会集体跑到走廊上花痴他，然后女主角羞涩地出现，然后大家就会围着她作羡慕状……"铭基边看边把眼睛瞪得滚圆，"你怎么知道?!"至于男女主角耍帅扮清纯的那些大特写就更不用说了，想当年我们自己的 MV 也是这么过来的……不过有一个画面是缅甸独有的——俊男美女谈着恋爱，正在你侬我侬的时候，俊男忽然拿出一颗槟榔放到口中嚼了起来……

到了停车吃饭的时间，大家走进一间餐厅。柜台上已经摆好了可供选择的晚餐——几个被塑料纸盖着的大碗。我掀起一张塑料纸，毫不意外地看见几块冷掉的咖喱鸡正在大半碗油中游泳。都不用再看其他的碗，我已经知道咖喱猪和咖喱鱼也正在劈波斩浪。这些都属于主菜，咖喱加大量油的烹调方式是为了方便炎热天气下肉类的保存，因此几乎每次吃到都是冷的，不知已经放了几天。缅甸菜一般由一份主菜和很多份配菜（生菜沙拉和腌制酱料之类）组成，看起来丰富热闹，其实吃过几次便再也提不起食欲了。

在生日晚餐时看见咖喱鸡实在是让人有些伤感，几乎令我对三十岁以后的人生都起了悲观之心。还好铭基同学从店家招牌上的中文名字推测出它由华侨经营，又经过一番周折终于找来会说中文的老板娘点菜。在她的帮助下，我们终于吃到了几个中国菜，包括老板娘极力推荐的美容养颜抗衰老的猪蹄汤——在三十岁生日当天还真是相当应景……

原以为巴士会在凌晨四五点到达，又因为我们只在勃固停留半天就要去大金石，所以本来不打算住宿，只想随便找个茶馆餐厅什么的坐着熬到天亮。谁知到达勃固时还不到凌晨两点，我和铭基带着两张土黄色的脸不胜凄惶地站在一片漆黑的马路上，万籁俱寂中只听见零星几声犬吠，附近的房屋没有一间亮着灯。还在营业的茶馆或餐厅是肯定找不到了，我们只好敲开附近一间旅店的大门，心有不甘地要了个房间睡上几个小时。

上午参观完僧院后,下午从勃固去大金石的旅程又费了一番周折。发车点在五公里以外的地方,可是旅馆附近一个售票点的印度裔老板信誓旦旦地承诺:"你们在我这儿买了票,我就会打电话给那班巴士为你们留座,而且这条路就是巴士的必经之路,司机会在这里停下来接你们上车。""你保证司机一定会在这里停车接我们?"我们有点担心。老板把胸脯拍得咚咚响,"放心好了!我收了你们的钱,就一定说到做到!"

可是,就在我们付完钱坐在售票点外面等待的时候,一辆大巴风驰电掣地从我们身边呼啸而过。"那是去大金石的车!"印度老板高声喊道,可是那辆车完全没有停下来的意思。我们目瞪口呆地看着它驶远,又气又急,老板却还保持着镇定。他立刻抓住一个路过的"摩的"司机让他带上铭基,又亲自跨上一辆摩托车示意我坐在后面。"抓紧!"他大吼一声,下一秒钟我们就连人带车一起飞了出去。好像在拍 *Biker Boyz*(《蛇行太保》),两辆摩托车在街头极速狂飙,对面的大巴穷追不舍,打算以一种最野蛮的方式硬生生将它截停。我坐在后座被烈日烘烤着却直冒冷汗,手指甲不由自主地深深掐进老板肥胖的腰肉。而终于拦下大巴之后,不守信用的老板居然还好意思涎着脸皮问我们要这一程的摩托车费。"NO!!!"我和铭基异口同声地朝他吼道。

坐在大巴上,我惊魂未定地想:原来这就是我三十岁的第一天——充斥着小小意外、谎言和惊险的一天。看着挡风玻璃上仰光大金塔的照片,我忽然想起在大金塔看到的属相塔和动物形态的生肖神像。在那里遇见的华人老伯告诉我们:缅甸人认为一周中的每一天都被太阳系中的不同行星所影响,而这八个星相日(周三被分成两个星相日)又分别被不同的动物所代表,因此发展出不同于中国十二生肖的八种属相。出生那天是周几,属相就是相对应的那种动物,比如周一属虎,周二属狮……缅甸人相信,你的命运就取决于你出生的那一天。因此他们每周都会在自己的星相日那天去对应的属相塔前跪拜浴佛,祈祷好运。一定是我没有去属相塔祈祷的缘故,我有点懊恼地想。要不然就是我的生肖动物不够给力?得知这八种属相后我特地上网查过,我是周三出生,而周三的上下两个半天分别代表两个不同的属相——上午属象,下午属无牙象,那么我就是无牙象了。可是……这不科学……大象怎会无牙呢?莫非是亚洲母象?难道是某种隐喻?……

正在胡思乱想的时候,司机忽然命令我们下车。喂喂,可是大金石还没到呢!我们错愕地抗议。经过一番艰难的沟通,我们终于明白这辆大巴原来只是一辆过路车,并不直接抵达大金石。我*!又被那印度老板晃点了!

接二连三的不顺已经磨平了我们的脾气。背着大包顶着烈日站在公路边,我发觉原来意外也是可以习惯的。此地离大金石还有足足几十公里,按理说"摩的"实在不是理想的交通工具,可是我们别无选择。"摩的"司机刚要发动,我让他稍等片刻,然后非常沉着地把帽子戴好,再用薄围巾包住脖子和肩膀以遮蔽毒辣的阳光,我们至少要在路上狂飙三十分钟呢——你看,虽然无法改变现实,但我也渐渐学会随遇而安,在挫折中成长……

摩托车在山路上飞驰如两道闪电,两旁野景正妍,一片片清新悦目的绿色不断向后退去。一座大山横在不远的前方,传说中的大金石应该就矗立在它的某个悬崖之上。没有什么比在风驰电掣的摩托车上更能唤起"在路上"的情怀了,我的耳边是呼呼的风声,脑海里轮番闪过不同的形象——大金塔、蒲甘、凌晨的马车、伊洛瓦底江、白色耕牛、有清晰眼睫毛的卧佛、富人和穷人的婚礼、笑容腼腆的大学生、寺庙里的地球仪、乌本桥、凤凰花、因莱湖、会跳圈的猫、折叠床、MV里吃槟榔的男主角、猪蹄汤、印度老板,还有无牙象……

所有的美都是伟大的奇迹,所有的平淡都蕴含着诗意,所有的挫折都变成了花絮,所有的人都是对的人,所有的时刻都是对的时刻,所有的事都是唯一会发生的事。我再一次深深地意识到自己是何等幸运——在路上真好。三十岁真好。生活真好。

破晓

▲ 蒲甘的万千佛塔
▼ 清晨化缘的僧人

很难被超越了。这是在缅甸旅行的几个星期中,我和铭基最常发出的感慨。尽管缅甸只是东南亚之行的第二个国家,我们却已心照不宣地认定它是东南亚最为独特的一片土地。无论是金光灿烂的佛寺宝塔还是尘封在旧时光中的服饰民俗,无论是伊洛瓦底江畔的青山沃野还是因莱湖梦幻般的水上世界,无论是城镇里如明信片般完美的热闹市集还是大地高天下茅棚泥壁的人家……很难被超越了。

闭上眼睛我仍能回忆起那些令人心折的场景:清晨五点微茫的光线中,我和铭基骑着自行车穿梭在广袤无边的蒲甘平原上。天色尚早,万籁无声,平原上升起不计其数轮廓模糊的佛塔,黯淡静穆仿佛仍在沉睡。穿过沙地小径,赤足登上我们认为看日出最美的瑞喜宫佛塔,坐在最高的平台上静静等待黎明。那时是缅甸一年中最热的一段日子,游客数量本就有限,又多于黄昏时分集中在瑞山陀塔观看日落,日出倒是乏人问津,我们也因此一连几天都得以在这座千年古塔上享受只属于两个人的清晨时光。

凭高望远,万千佛塔仿佛隔了一层薄纱帷帐,于烟云中若隐若现。佛塔间雾霭纠缠,如群岛隐没涛间。伴着天边的第一抹橙色,整片蒲甘平原好似被施了魔法般苏醒过来。层层云翳终于依依不舍地作别群塔,在晨光中袅袅飘飞又渐渐消散。一座座古塔也终于显现出赭红的颜色和俊逸的线条,宛如凸面浮雕般点缀在澄清的空气与青翠的树丛之中。

来了。我们呆呆地坐在那里,眼看着第一缕金光投射在自己身上,今人与古塔一同被点亮。我的心为这渺小和伟大间极偶然又仿佛宿命般的相遇震颤不已,灵魂飞到了空中,over the hills and far away(越过山丘,到达远方)。日头渐高,雾霭散尽,眼前是千塔林立连绵不绝,壮观得令人头皮发麻。塔下不远处有两头白牛拉着木轮车在田野上耕耘,身后留下了一团团粉色云雾般的灰尘。都说登高远眺可消胸中块垒,果真如此,尤其是面对着清新的田园朝景和活生生的往昔。

其实我也喜欢蒲甘的黄昏,只是日落时分几座视野最好的佛塔上总是游人如织,笑语喧哗不免扰了原本的清静。不过有一日的黄昏倒是令我记忆犹新:眼看着将是一个瑰丽的日落,满天尽是彩带般的紫红色云霞。夕阳缓缓下沉,偶尔会忽然放射出耀眼光芒,为宝塔丛林镀上金边。绿色原野上尽是一道道长长的塔影,倒像是佛塔新来消瘦了。交谈声渐渐低下去,所有人都在屏息以待,长枪短炮般的相机对准了天边。说时迟那时快,不知从哪里冒出一大块云,紧紧压在已经西斜的日头上,万道金光从四面八方喷薄而出,像是有人紧攥了一把吸满水的海绵。云越聚越多,像一层眼睑逐渐合拢,将夕阳完全隐没,只余下被夕照印染的天空,犹自红艳得可怜。

四面的荒草树丛忽然摇曳不止,身旁女孩儿的长发吹到了我的脸上——起风了,而云层竟没有丝毫散去的意思。有些游客已经起身离开,更多的人却还抱着一丝希望坚守在平台上,期盼着看到云开见日的那一刻。

"下来!你们赶快下来!"

循声望去,一位缅甸少年正站在低一层的平台上朝我们大吼大叫。他满脸焦急,不停地打着手势,"暴雨要来了!上面危险!"

大家这才如梦初醒地慌忙下撤,心疼器材的摄影爱好者们跑得最快。泰国女孩儿穿着裙子担心走光,只得侧着身子一点点往下挪,她的男朋友却早就哧溜一声跑得无影无踪。同样行动不便的还有喜欢入乡随俗的日本男生,他和缅甸男人一样穿着长裙般的罗衣,却又尚未能够彻底驾驭——下石阶时他嫌罗衣太长碍事,又不想失了风度,于是轻提裙摆作淑女状款款下行,不想没下几步,腰间的衣结又忽然散开,他又只好丢了下边去系上边……如此反复几次行动缓慢,那缅甸少年又一个劲儿地催他,情急之下他索性把罗衣整个撩起来就往下冲,露出两条黑黝黝的大腿和平角内裤……

短短几分钟,人群与马车一阵风般消失了,刚才的热闹仿佛只是幻觉。回首凝望蒲甘平原,赭红黛绿全都不见,一座座古塔已然变成黑色剪影,独立风中,寂寂似有幽怨。这片土地就像老人一样,静下来总显得格外苍凉。我终于明白日出时的辉煌都是假象,无论是一天还是一千年,繁华盛景终究要化作旷野中的流风。

另一个难以忘怀的地方是阿玛拉普拉的乌本桥——我心目中全世界最美丽的桥。与蒲甘相比，乌本桥的一切都是那么温暖平和，丝毫没有"寂寞千年"的凄美之感。行前看过照片，却不曾料到它竟如此之长，从一头走到另一头至少需要半个小时。整座桥全部用珍贵的柚木搭建，以现在的价格衡量至少价值上百亿，真是无法想象的奢侈。然而它的造型又极其低调，简单到甚至没有扶手栏杆，可那种古朴的美和被时光磨损的印记真是非常动人。每天有僧人和村民往来桥上，远远望去身影缥缈，竟像是画中人一般。

乌本桥的日落最为出名，不过我们去时不是最佳季节，无法拍摄到最经典的画面。可也正因为季节的关系，桥下东塔曼湖的面积缩小了很多，部分原来的湖面变成了农田绿地，郁郁葱葱，倒是为乌本桥平添了几分青翠的生机。站在农田里仰望桥上行人往来不绝，因着乌本桥天然的浪漫气质，至为平凡的擦肩而过都好似暗藏玄机。中学时听梁咏琪的专辑，里面有首歌叫作《情定日落桥》，久未想起，此刻竟不由自主地哼唱起来。而乌本桥也的确被当地人称为"爱情桥"，传说一起走过的恋人便再也不会分开。

黄昏时分我们租了一只小船自桥下漂流而过，一边饮酒一边看着天空慢慢变成橙色。夕阳晕染出满湖碎金，渔夫一心一意地捕鱼，平桥老树在大空里吐平和之气。我坐在船头以美景下酒，陶陶然竟觉得此舟此身亦可入画了。

每当被风景打动时，我会想起英国诗人华兹华斯的诗句：

在我们的生命中有若干个凝固的时间点

卓越超群、瑰伟壮丽

让我们在困顿之时为之一振

并且弥漫于我们全身，让我们不断爬升

当我们身居高位时，激发我们爬得更高

当我们摔倒时，又鼓舞我们重新站起……

我完全明白他的意思,也因此益发珍惜那些"凝固的时间点"——不,它并不是拿到录取通知书或是做成一笔大单的狂喜瞬间。而蒲甘古塔上守候黎明或是乌本桥下静观落日的分分秒秒,却很有可能就是生命中最重要的时刻。

自从看过了南美洲的大山大水,我不再相信"人才是最美的风景",然而此地的人们却为缅甸本就卓绝的风景增色不少。除了极少数从事旅游业的"奸商",绝大多数缅甸人周到热情又不过分亲昵,举止庄敬而温柔,几乎富有古代风味。有个场景现在想起时还会忍不住地微笑:我和铭基骑着自行车穿过田野和村庄,迎面而来的每个人都笑容满面地向我们挥手致意,"鸣个喇叭!"

"鸣个喇叭"是缅甸语中的"你好",对于中国人来说这发音简直太有趣了。我们完全被它迷住了,恨不得抓紧每一个机会向遇见的每一个缅甸人鸣喇叭,而对方也总是热情地回鸣以致意。

我自以为一向关注缅甸,真的来到这里后才知道自己关注的只是新闻里作为某种标志的缅甸,而这个国家似乎也早已习惯了这一切——缅甸被各国媒体报道的次数很多,实际上却长期受到国际社会的隔离和排斥;我们热泪盈眶地看着电视里永远占据画面中心的昂山素季,却视他者若岩石;西方游客因为支持昂山素季的抵制政策而放弃缅甸之行,这里的人民默默地承受了一切……非得要亲眼见到他们,和他们"鸣个喇叭",相互交谈之后,我才有机会去了解缅甸新闻中最大的配角,才能尝试着把"缅甸人"这个模糊的概念变成具体的印象。

我惊讶于他们的忧郁。那是一种自然散发的无以名状的淡淡忧郁,是明明在微笑着,你却能用目光拨开那笑容看到的忧郁。因着这种忧郁,连他们的沉默也显得意味深长,仿佛正在内心喃喃自语。面对着他们,我总是忍不住地想起沈从文笔下的老兵厨子——"他们是那么淳厚,同时又是那么正直,好像是把那最东方的古民族和平灵魂,为时代所带走,安置到这毫不相称的战乱世界里来,那种忧郁,那种拘束,把生活妥协到新的天地中,所做的梦,却永远是另一个天地的光与色,对于他,我简直要哭了。"——连我都要哭了。

上曼德勒山的途中，我看见一位缅甸导游正与几个美国游客侃侃而谈，手势激烈，神情悲愤难抑。走近时听见谈话内容，原来导游正在讲述发生在1988年的惨剧——走上街头的人们与军队大规模正面冲突，六个星期的游行示威导致3000人死亡。我们驻足片刻后继续上山，一个多小时后看完日落回来，他们居然还在原地。美国人已经累得坐在一旁的石凳上，而导游却毫无倦色，还在继续慷慨激昂地发表演说，而话题也已转移到2007年的"袈裟革命"。一阵风将导游的话语吹到我耳边："……我们不是傻瓜，我们知道什么是对的什么是错的。可是你知道吗？他们根本不在乎我们怎么想，只要别让他们听见，只要他们能继续牢牢控制我们的生活……"

忽然之间，我好像更加懂得了缅甸人的忧郁。极权统治的国家往往会发展出一整套洗脑系统来愚化和控制人民的思想，这一点在奥威尔的《一九八四》中体现得淋漓尽致——就算党宣布二加二等于五，你也必须相信它。可是缅甸的军政府早就知道自己不得民心，因此他们并不热衷于搞大规模的精神渗透，而是直接采取诸如监视、偷听、警告、逮捕等各种强硬手段来对付国民。好比鲁迅先生笔下的既无窗户又万难破毁的铁皮屋子，倘若里面的人们都熟睡了，即便不久都要闷死，从昏睡入死灭却也并不感到就死的悲哀。可是如果里面的人大半是醒着的呢？缅甸的情形便是如此，人们在清醒的状态下无可奈何地忍受着无法挽救的临终苦楚。

从最近关于缅甸改革的新闻报道看来，这间铁屋似乎有了一丝松动的迹象。或许是真的吧，我听说就在一年前，政府的耳目还无处不在，如果当地人与外国游客过从甚密或谈论政治，此人一定会受到警告，旅游行业的从业者尤其受到严格的控制。可是眼前的这位导游好像根本不担心自己的言辞举动会惹来麻烦，我想若非国家的言论环境开始变得宽松，至少这也是一个估量过可以承受的风险。毕竟这里是缅甸，在这个连飘然出尘的僧侣都逼不得已要上街游行的国家，你根本没有办法逃离政治。

有一次在长途巴士上，一位缅甸僧人临下车前经过我们的座位时，忽然停了下来，几乎是有些突兀地向我们亮出他僧袍上别着的一枚徽章。"NLD！ NLD！"他指着徽章不断地大声重复，午后的阳光生动地勾勒出他脸上的骄傲。NLD就是由昂山素季领导的全国民主联盟（National League for Democracy of Burma）——缅甸最大的反对党。我孤陋寡闻，这还是第一次见到加入党派的僧人，当下很有点吃惊。不过转念一想：风雨如晦，长夜难明，无怪乎出家人也要作狮子吼。

在仰光和曼德勒这样的大城市，这场正在进行的变革受到普遍关注，是街头巷尾的热议话题。可是当我们来到相对偏僻的城镇乡村，却没有发现任何变化的迹象，也看不出人们的生活有丝毫改善。很多人家仍靠烛光照明，马车数量远远超过汽车，上网是极少数人的奢侈，有些人连现任总统的名字都一无所知。

曼德勒以西100多公里处有个被大部分游客忽略掉的小县城叫望濑，因为想去看世界第二高的立佛和Hpo Win Daung岩洞，我和铭基特地走了一趟。原本没想请导游，可是在岩洞入口处遇见一位毛遂自荐的本地少女Khaing，我们都觉得她纯真可爱，也就乐得请她带领我们游览。Khaing的英文倒是马马虎虎，我让她给我讲讲缅甸佛教之前的nat（神灵）崇拜，她指天指地一本正经地说了半天，我还是听得一头雾水。当然，日常交流还是基本没问题的。交谈中得知她并非专业导游，而是法律系的大二学生，家在岩洞附近的村庄，平日里要渡过亲敦江去望濑大学上课，没课的日子里就回来岩洞这边做导游勤工俭学。

"本来，以我的成绩是可以去曼德勒读大学的，可是……因为家里穷……"Khaing笑得有点儿苦涩。

从山顶可以看见Khaing家所在的小村庄，稀稀拉拉的十来间土黄色砖房，被猛烈的阳光无情地暴晒着。有些地方天然具有一种不幸的滋味，人们隔着老远也能将它们辨认出来。这个村庄便是这样充斥着贫困而麻木的气息。虽说是农村，可是放眼望去，周围竟看不见任何田地的影子。

"你们家有土地可以耕种吗？"

她摇摇头。

"那么……你们靠什么生活呢？"

她低头沉默了几秒，拖鞋来回地磨着沙地，仿佛正在斟酌词语："我姐姐……她经常来这里……卖 monkey food……"

所谓的"monkey food"就是玉米粒、花生、瓜子之类的零食，因为岩洞所在的山上有不少猴子出没，一些当地人便向游客兜售这些零食，供他们给猴子投食取乐。我无法想象这一点点微薄的收入竟要养活全家，当下无言以对，只能震惊地看着她。

就在我们一个岩洞接一个岩洞参观的同时，有一位缅甸妇人和她的女儿总是跟在我们身后亦步亦趋。每当 Khaing 停下来讲解的时候，她们俩也停住脚步冷眼看着我们，双手抱在胸前，一副理直气壮"就是跟定你了"的样子。我有些敏感，觉得她们并非善类，心中很不自在。Khaing 轻声说："她们就是卖 monkey food 的，也是我们村里的。"可是我根本不想买她们的 monkey food 啊，跟得这么紧岂不是在做无用功？Khaing 却只是笑笑，没有回答。

我问起 Khaing 大学毕业之后的打算。本以为法律系的学生毕业后自然会从事律师行业，谁知她有些迷惘地摇摇头，"我不知道……在缅甸成为一名律师很难……"她忽然又笑起来，"我可能还是会做导游吧，这个还比较现实。"

在缅甸，你随处可以遇见被大材小用的人——拉三轮车的老人讲得一口流利英文，医生兼职开出租车，做导游工作的法律系毕业生……因莱湖民宿的老板夫妻都是名校出身，毕业证书被小心翼翼地装裱起来挂在墙上，可是他们都没有出去上过一天班。我想起在古巴看到的情形也是如此。和别的行业相比，旅游业门槛低收益大，也难怪人人都争先恐后地投入其中。

不过说实话，我很怀疑 Khaing 在学校究竟学到了什么。交谈中我发现作为法律系学生的她竟然对时事政治几乎没有兴趣——不是为了避免麻烦而不谈论，而是真的不感兴趣。她对事物也完全没有自己的见解，而只是满足于把书本上的内容背下来。我想她也许并非特例，而恰恰反映了这个国家教育系统最真实的水平。

这是一个令人心痛的事实。据说缅甸曾经以很高的识字率和教育水平而闻名，这得感谢由众多佛教寺院保存并维持下来的强大的教育传统——佛教的"教"字最初就是教导、教育的意思。而到了殖民地时期，英国人对于书本的爱好也对缅甸人产生了潜移默化的影响，阅读成为一种极为普遍的消遣方式。旅行时我也的确发现年纪较长的缅甸人很爱看书，连旅馆门外正在等活儿的车夫都半躺在树荫下跷着腿拿着书看得津津有味。然而后来的军政府高压统治阻碍了教育的高层次发展，缅甸差不多有两代人没有受到过教育，农村更有四分之三的青少年无法上学（Khaing 是他们村里第一个大学生）。

即便是在城镇里，年轻人受到的教育也是既短暂又薄弱。政府开办了不少学校，但只是为了给自己立牌坊，让这个体制在纸面上看起来光鲜。他们只在乎数量而不关心质量，他们不关心教师有没有受到适当的培训，教科书有没有与时俱进，学校的设备是否齐全。当我们和 Khaing 互相交换联系方式时，她看着我们写在纸上的电子邮箱地址直发愣，"我听说过互联网，可是从来没有用过。"她羞怯地说，她也从来没用过电脑——"学校里好像有一台，不过也没有人懂得用……"

这也罢了，更夸张的是 Khaing 的大学最近要重新装修，校方竟然让学生们掏自己的腰包埋单，这也是她最近拼命打工赚钱的原因。我听了差一点儿气炸了肺，这是什么混账大学！可是 Khaing 却用天真无邪的眼神看着我，她不明白我为何如此生气。这令我感到更深的悲哀——她竟然认为这一切都是理所当然的。

我想，缅甸的教育体系之所以如此之差，归根结底恐怕还是因为政府不愿意培养思想家。他们根本不希望人们思考，浑浑噩噩只知服从的状态是最理想的。这真是和曾经的寺院教育完全背道而驰——在佛陀的教义中，独立思考至为重要，即便是老师和父母也不可盲目信仰。

游览快要结束的时候，在一个安静的小岩洞里，铭基拿出几张纸币交给 Khaing，数额比一般的导游报酬高出一些，算是我们对她勤工俭学的一点点支持，还送给她一个很小巧的便携式手电筒，她带游客参观昏暗的岩洞时应该用得上。

Khaing 十分吃惊喜悦,不断地合十鞠躬表示感谢。可是紧接着,她做了一个令我们大惑不解的举动——她看了看四周,把一半的钱小心地放在贴身的口袋里,又把剩下的一半交还给铭基,脸上有点儿难为情的样子,"这些钱可不可以请你先收着,等到了外面出口的地方再给我?"

"当然没问题……我可以问问为什么吗?"

她的微笑消失了,就像一盏灯火被吹熄了似的,"外面那两个卖 monkey food 的女人……如果被她们看见了,我就得和她们分账……"

我和铭基面面相觑,"凭什么啊?!"

"因为我们是一个村的……反正如果她们看到你们给我钱,一定会来问我要,而我也不能不给……"

"可这是你自己挣的钱啊……怎么分?平分?"

她不愿多说什么,只是苦笑点头。

尽管无法理解,我们当然还是选择尊重她的意愿。出了岩洞,那两个女人果然不出所料地等在洞口,不过她们应该不知道刚才在里面发生的事情。一路走到出口处,我们按照约定把刚才的戏码当着两个女人的面重演一遍——铭基把剩下的那一半钱交给 Khaing,而她也再次合十鞠躬谢个不停。我偷偷观察那两个人的反应,一直冷冰冰没有表情的她们直到此刻才终于露出笑容。我有点欣慰——还好,还好 Khaing 预先藏起了一半的钱……可是我又忽然有点心酸——这一点点钱也能让她们高兴成这样,可见平日的生活是何等窘迫……

道别后我们分道扬镳。我一边走一边回头看,只见那个妇人等不及似的催促着 Khaing 把钞票拿出来给她点数,脸上简直笑开了花。Khaing 的脚步拖得很慢,花裙子在尘土中飞扬,有点无可奈何的样子——当然,只是在我看来。在不知情的人眼中,眼前恐怕是一幅母女三人欢欢喜喜把家还的场景吧。

在缅甸,人们看似正常地生活着。他们上学,拉三轮车,去集市买菜,在茶馆聊天,看起来和其他地方的人们并没有什么不同。然而除了他们自己,没有人知

▲ 用脚划船是因莱湖上的特色，这样可以空出双手来收放渔网

道他们内心牵挂的事情有多沉重，有时又需要付出怎样的努力才能保持正常。微笑是他们的礼貌，只要轻轻拨开就会发现痛苦和眼泪。

  位于神秘掸邦的因莱湖是个世外桃源般的地方，到处都是漂浮的水上花园和吊脚楼式的村庄寺庙。我们在湖边的 Nyaungshwe（良瑞镇）里住了几天，有时乘船去湖上游览，有时骑单车探访附近的酒庄，一切都是那么静谧美好，我们乐不思蜀，深觉此地就是人间天堂。美中不足就是餐馆食物的性价比不高，我们便索性常去村中集市的小摊贩那里吃一碗便宜又正点的掸族米线。

  有一天，我们正猫在一个小摊上哧溜哧溜地吃着米线，斜对面坐下来一位本地大叔，面孔晒得黑红，脸上纵横沟壑，两道浓眉好不威武。大叔要了一碗拌面，还没开吃就跟我们聊上了。他的英文大概是自学的，时态语态错得一塌糊涂，可是词汇够用，交流不成问题。

  得知我们是中国人后，大叔上下打量着铭基，"我还以为你是日本人呢，你的打扮跟那个日本男孩挺像的。"

"哪个日本男孩?"

"你们没听说啊?"

我和铭基很是困惑地摇头。

"那个日本人,嘿!说来话长了……他骑一辆自行车在缅甸旅行,去了好多地方。可是……没想到他竟然溜进了内比都!你们听说过内比都吧?"

何止听说,简直如雷贯耳。它几乎成了缅甸的一个笑话:2005年11月的一天,缅甸军政府突然向各国驻仰光使节宣布将首都从仰光迁移至彬马那,并将后者更名为"内比都",意为"皇家之都"。这是一个事先毫无征兆的举动,大多数国民第一次听说这件事,是当他们看见满载办公人员和设备的卡车匆匆忙忙地驶出仰光。据说即便是经过这些年的建设,内比都依然是个荒凉封闭的地方,它恐怕是全世界唯一没有国际航班也没有国际移动通信漫游信号的首都了。将军们把自己从人民身边彻底隔离开来,比任何时候都更加孤独地享受着这个独裁者的迪斯尼乐园。

而军政府之所以决定迁都,据说是某几位高层听从了占星师的建议,说新都的风水比仰光好的缘故。而这也丝毫不令人意外,早在1987年,奈温将军就曾经突发奇想,一夜之间将大额缅币尽数废弃,代之以面值为45缅元和90缅元的新钞——它们都可以被9整除,而奈温将军认为9是最为吉利的数字。将军一声令下,人们本就微薄的积蓄顷刻间便化为乌有。

据我所知,游客身份的外国人至今尚未被正式允许进入内比都,就算进入也不能在城中自由随意地四处活动。可那日本人不知用了什么方法偷偷溜进了这个神秘的新都——当然,他也很快就被警察盯上了。大叔说警察把他撵出了内比都,还一路追踪他,想逼他尽快离开缅甸。谁知这小子不但神出鬼没地甩掉了缅甸警察的跟踪,还骑着他那辆自行车施施然跑到因莱湖附近的一个小村庄里,在一户农民家里住了下来。

那个村庄不是像Nyaungshwe这样做游客生意的地方,它没有旅馆餐厅,村民实实在在以种田捕鱼为生。农牧人家性情淳朴,见有客自远方来,便不问因由殷勤招待。日本男生倒也毫不客气,一连几天白吃白住,真当是自己家一般。

"那个日本人嘛,"大叔用手指了指自己的脑袋,"这里……可能有点儿问题。他也不说话,总是笑个不停。他特别喜欢村里的小孩子,整天就抱着小孩子玩儿……而且他一住就是好几天,谁也不知道他打算什么时候走。"

村民们更不知道的是,自己的好心居然酿成大祸——警察终于找上门来。日本男生毕竟是外国人,警察奈何不了他,便将满腔怒气通通撒在村民们身上。大叔说按照缅甸法律的规定,若非经过批准的民宿,一般人家擅自接待外国人属于违法行为。警察宣布整个村都参与了"窝藏外国人"的行为,全村两百余人全都被逮捕了。

"……这不可能吧?"我愕然心惊。这也太荒唐了!

"真的,"大叔神色凝重地长叹一声,"就是前几天发生的事。两百多号人现在还关在监狱里呢!你说,都是农民,谁也不知道这个犯法呀!"

"女人和小孩也被关起来了?"

"全都一样,逮捕的那天我亲眼见到,全村的人都在哭……"

这顿饭简直吃不下去了。我感到一种莫名的空幻。不是说改革正如火如荼么?不是说缅甸正在步入新时代么?

我听说医学上有个特殊的现象——截肢后的患者仍能感受到已不存在的那条腿上的疼痛。本以为缅甸改革后的情形便是如此,伤筋动骨难免步履蹒跚。可现在看来,这条坏肢竟是根本不曾切除干净。

无论岸上发生了什么,因莱湖永远自顾自地美着。岚气幽幽,波光容与,时时与山色交相掩映。湖边的小村落青烟袅袅,晚炊正忙,好一派田园牧歌式的诗情画意。在缅甸旅行,常能清楚地感知历史与自然的相遇,它们在这同一片土地上各自构建了一部分——人自然以它最优美的东西,历史以它最悲惨的东西。

记得在望濑县的一天,我们刚好经过 Khaing 就读的望濑大学。正是黄昏时分,校门外热闹非凡。人行道上的一长溜茶馆和简陋的"咖啡店"里都坐满了刚刚下课的大学生们，他们无论男女，全都身穿白衬衫和藏青色罗衣，眼神干净笑容明朗。女孩子们三三两两地走着，手里抱着书本，黑色长发在微风中轻轻拂动。几个男生正抱着吉他边弹边唱，他们的同伴坐在一旁静静聆听。我已经好久不曾见过如此清纯的面容和神情，简直连台湾和泰国的小清新电影都会相形见绌。我当下看得呆住，不知道口水有没有滴下来。铭基同学也深受刺激，不停地喃喃自语："也太青春了吧！天哪！"

我们乘坐的 tuk-tuk 车也汇入了学生们的自行车流。他们无一例外地骑着最老式的那种自行车，后座上载着同伴，大概正在回家的路上。小地方作现代装扮的人极少，外国游客总能成为目光的焦点。学生们很快发现了坐在车上的我们，少女们不停偷瞄抿嘴微笑，男生们热情地挥手打招呼，眼睛里满满的都是友善和好奇。傍晚的阳光从树荫间倾洒下来，他们的面孔简直光芒四射。我转过身去，一边挥手一边紧紧盯着渐渐被我们甩到身后的他们，看着他们的身影慢慢变小，心中忽然泛起一丝悲伤——那种刺得人心疼却又随之融化在空气中的悲伤。

我们来过，看过，悲伤过，然后拍拍屁股走了，下一站是马来西亚，马上又可以享受到无线网络和不会停电的旅馆房间。可缅甸的人们却没有选择，只能留在原地，等待着传说中有可能发生的变化。以往在新闻报章中见到"缅甸人"三个字，那时他们只是"他们"；然而经过几个星期的朝夕相对，"他们"已经变成一个个鲜明生动的人，我无法不为之动容，因为我真真切切地知道他们有多可爱，多好奇，多想融入这个世界，多么值得拥有一个美好的未来。

看过不少缅甸专家的分析，大多说改革势不可当，走回头路的可能性微乎其微。初到仰光时我也的确备受鼓舞，却不料越走越远越灰心。都说乔治·奥威尔是个伟大的预言家，在缅甸流传最广的笑话便是他为缅甸而写的小说不是一部而是三部。但愿是我多虑吧，可我真怕这个国家陷入他的"魔咒"——奥威尔的每一部小说都以失败告终。主角们总是试图对抗体制，可是每次当你以为就快要成功

▲ 友善亲切的缅甸人民

的时候，他们却突然败下阵来。

　　缅甸人自己也有个悲观的民间传说，讲述了一个被一条恶龙威胁的小村庄。这条龙每年都要求村庄奉献一个处女给它，而每一年村里都会有一个勇敢的年轻英雄进山去与恶龙决斗，可是从来无人生还。当又一个英雄带着他的使命出发时，另一位村民悄悄尾随在后。他看见龙的巢穴里满是金银珠宝，他看见英雄用长剑杀死恶龙，他还看见——当英雄坐在龙的尸体上欣赏闪闪发光的宝石时，身上渐渐长出鳞片、尾巴和犄角，直到变成另一条恶龙。

　　不过我又觉得，这个故事在民间流传如此广泛，本身就证明了缅甸人的冷静与警醒。经历了这么多年的风雨，他们应该不会轻易被表象所麻痹，也不会无条件地臣服于乱世英雄。知其辱而保其尊，守其弱而砺其志，只要清醒的灵魂仍在坚守，总会迎来天光破晓的那一刻吧。我会祈祷，我会守候，为他们，也为我们。

医心

▲ 曼谷郊外的内观禅修中心

一

假如人类可以发明一种机器回到过去——不用走太远，往回倒一年就行，并且告诉那时的我："一年后的你会去参加一个十天的内观禅修课程哦！"一年前的我肯定会觉得匪夷所思。不，并不是我不喜欢禅修，而是我根本没法把"禅修"这件事和自己联系在一起。你想不想去禅修？这个问题于我而言，就像是在问一条鱼想不想飞上天空，或者一头大象想不想变成天鹅？你明白吗？这不是"想不想"的问题，而更像是一个可能性为零的基因改造之梦……

是的，曾经的我世俗得无可救药，对于"禅修"、"灵性"、"静坐"之类的东西通通不感到丝毫兴趣，一听到这些字眼就觉得矫情，而且总是担心会落入洗脑宗教的陷阱。曾经有两位朋友热忱地向我推荐令他们获益良多的"内观禅修"（Vipassana meditation），并且保证说这一课程没有宣扬任何宗教，我却总是敷衍以对不置可否。然而自从去了印度这个万神之国，耳闻目睹的一切为我打开了另一扇门，我开始慢慢敲碎包裹着心的傲慢无知的外壳，学着持有尊重放下自我。于是有一天，当铭基再一次问我是否想报名参加内观禅修课程时，我看到了一个将大象改造为天鹅的机会，一个摆脱成见和自我局限、体验生命中不可能之事的机会。

机会来临，我的心却依然摇摆不定。我们报了名参加菩提伽耶的内观禅修班，可是还没上课就打起了退堂鼓——听说那个禅修中心不但条件简陋，蚊子也多得可怕。之前我在加尔各答被蚊子和跳蚤疯狂袭击，全身被叮咬得没有一块好肉，总是被义工同伴们投以怜悯的目光，因此一听到"蚊子"二字就忍不住地发抖，脑海中拉起山呼海啸般的警报。禅修的魅力真能大过蚊虫叮咬的恐怖吗？我不停地问自己。而在听说禅修中心的食物同样惨不忍睹之后，铭基同学的死穴也被戳中了——"禅修是要吃素的，你想想，印度菜本来就不合我们口味，到时候一天到晚吃咖喱豆子，肯定会疯掉嘛！"他看着我，满脸都是纠结与痛苦。

就在这个时候,铭基的单反相机突然坏了。相机从来都是他的心肝宝贝,此事非同小可,他决定马上把相机送去德里的佳能维修中心。那么,已经报了名的禅修课程怎么办?我和铭基对视一眼——"要不然,这次就算了吧……"两个人不好意思却异口同声地说。开往德里的火车上,我俩默默无言,心中都有一丝羞赧挥之不去——我们都很清楚,这一次的放弃,可不仅仅是因为相机……

离开印度到了泰国,两个人思来想去,还是觉得必须一雪前"耻",证明自己并非轻言放弃的懦夫。内观禅修课程世界各地都有,铭基很快就在网上申请到一个位于曼谷郊外的禅修中心的十天课程,不过时间排在一个多月以后,这意味着我们走过缅甸和马来西亚之后要特地为了上课而再次返回泰国。

"在泰国禅修,条件肯定好多了,"铭基一脸憧憬地说,"泰国人那么爱干净,而且吃的肯定比印度好……"

带着满肚子无与伦比的槟城美食(在马来西亚恨不得一天吃五顿饭!)回到曼谷,一想到第二天就要住进禅修中心,开始整整十天清心寡欲的生活,真让人再次生出逃跑的念头——我这才意识到,原来在内心深处,我对这个课程仍有抵触情绪。再看看铭基,他似乎意志坚定信心十足。唉,看来这次是非去不可了……我没精打采地收拾着行李,决定把十日禅修视为一场军训——咬咬牙就过去了,you can do it!

二

一辆大巴把我们带到了禅修中心——一个前不着村后不着店的地方。我立刻沮丧地意识到,就算有办法半夜偷偷溜出去,方圆十里之内也绝对连个烧烤摊都找不到……男女学员马上分开,在义工的帮助下进行一系列的报到程序,包括将护照、钱包、相机、手机、手提电脑、书本等重要的"个人资产"通通上缴,只留下衣服、鞋子和洗漱用品。尽管有心理准备,我还是被狠狠地刺激了——没有手机,没有书本,连铭基都不在身边，我感觉自己与这个世界彻底失去了联系。

禅修中心气氛沉静，有点儿像我在伦敦开始工作前住过的培训基地，杂花生树，草长莺飞。老学员们住进了条件较好的新宿舍，而新学员如我则被分配到相对简陋的板间房。洗手间和淋浴室是公用的，每个人的房间小得只能放进一张床和一张小桌，而且房顶全部打通，共用照明，隔壁房间的一举一动都能听得一清二楚。换好床单和枕套后，我呆呆地坐在床上，心中一片空茫，不知道接下来的日子里将要面对何等样的空虚和寂寞。

因为在接下来的十天里，我们只能在指定的范围内活动，不与外面世界接触，也不能阅读、写字、听音乐，还要遵守严格的作息时间和一套基本的道德规范，包括不杀生、不偷盗、独身禁欲、戒绝麻醉物品，等等。更令我无所适从的是，从此刻开始，一直到第九天的晚上，除了向指导老师请教内观方面的问题或与义工谈生活上的问题之外，我们必须保持绝对的静默，连比画手势或眼神接触都不被允许。整整九天！在此之前，我连一天不说话都做不到……

因为十日课程尚未正式开始，这天的晚饭我们尚能享用，然而从第二天起就要遵循"过午不食"的戒律了——不过因为担心新学员身体不适应，我们被特别允许可以在晚饭时间喝茶和吃饼干。每个人默默地去食堂打饭，默默地坐在指定的位置上吃饭，又默默地去水池边把碗洗干净……我从未在如此安静的环境里吃完一顿饭，连自己的咀嚼声都变得那么刺耳。这里食物的水准倒是比铭基预想的还要好，尽管都是素食，各种沙拉、主菜、主食、甜点、饮料却都毫不含糊。

另一个好消息是——我居然又看见了铭基！此前我一直以为，禅修课程中男女分开意味着我将整整十天都见不到他。原来男女学员虽然在不同的区域用餐和居住，走路也有不同路径，然而禅修中心面积不大，来来去去难免会看见对方的身影。在一个全然陌生的环境里重新见到熟悉的人，虽然只是远远的一瞥，却足以令我那纠结成一团的五脏六腑都慢慢舒展开来。

晚饭后大家去禅堂听讲和静坐。大厅分为男女两边，禅修学员一共大约八十人

曼谷郊外的内观禅修中心

▲ 中心实施男女分离的政策,未经批准不得与异性有任何接触
▽ 内观中心的告示提醒学员遵守各项规矩

左右，每个人都有指定的位子——实际上是一块用来打坐的坐垫，而一些年纪较长无法盘坐的人则坐在大厅后方的一排排椅子上。我很幸运地被分在女学员中最靠近男学员的那一列，而铭基就坐在我的斜前方不远处。他回过头来扫了一眼，我刚想用眼神跟他打个招呼，没想到他立刻收回目光。好吧，我悻悻地想，守你的戒吧！

到了播放葛印卡老师开示的时候，泰国学员依旧留在大厅里听泰语翻译，而包括我在内的七八个外国人则转到楼下的小厅里直接听英文开示。一位美得出奇的女生立刻吸引了我的目光，她看起来像是东西混血，一张巴掌大的小脸，五官轮廓深刻而精致。这在泰国可以直接去当明星了，我在心里啧啧赞叹。

录音机里传来葛印卡老师的声音，他的英文带着浓浓的印度口音，听来甚是亲切。他是一位在缅甸出生成长的印度裔禅修导师，在20世纪50年代从缅甸的乌巴庆老师那里学到他现在所教导的内观法——这一方法受自佛陀，经代代师传而至他的老师。而葛印卡老师的非凡成就，在于他将内观法广泛地传播开来，如今在世界各地都有教导十日课程的内观禅修中心。为了保持方法的纯净，葛印卡老师坚持禅修绝不可变成做生意，这一点着实让我敬佩。他所指导的课程以及内观中心都是完全非营利性的，学员们在这里上课和吃住全都免费，课程结束时再根据自己的能力随意捐赠，而捐出来的款项也只用作以后活动的经费。

在印度古老的巴利文中，Vipassana是"洞见"的意思。根据葛印卡老师的说法，内观法是一种自我观察、直接体验自身实相的技巧，人们修习这种技巧，便可以通过观察自身而净化身心，离苦得乐。虽然内观法是佛陀教导的精华，可葛印卡老师说他并不是在宣扬佛教或任何的"主义"，他所教的方法是具有普遍性的，适合任何宗教或哲学背景的人。

但愿如此，我暗想。虽然我并不排斥宗教，却极为反感一些"挂羊头卖狗肉"的宣传方式，比如打着"不是宗教"的招牌而行传教之实……

没想到怕什么就来什么。回到大厅静坐了一段，葛印卡老师的声音再度响起，要求大家一起跟随他念诵一些根本不明白什么意思的巴利文经文，大约是某种象征性的皈依仪式。大厅里立刻响起了一片如海浪般起伏抑扬的诵经声，几乎产生了一种低沉的共振。诵经完毕，晚课结束，前面的一批老学员齐刷刷五体投地俯身叩头，姿态虔诚得简直夸张。我呆呆地坐在那里，心中万马奔腾，有种"上了贼船"的不祥预感——还说不是宗教！这都已经开始诵经礼佛了……

　　回到宿舍，洗澡刷牙都要排队轮候，有种回到学生时代的感觉。洗完澡躺在床上发呆，下意识地拍死一只蚊子，又即刻醒觉，惊得浑身一哆嗦——这是杀生吧？我犯了戒？！

　　那么……要不要给它超度呢？

　　万籁俱寂中，我默默地念诵起了在鹿野苑日本寺学到的《南无妙法莲华经》。

三

　　十日禅修正式开始。

　　对于像我这样的夜猫子来说，这完全是另一个世界的作息时间。清晨四点就要起床，洗漱后披星戴月地走去禅堂，然后便是长达两个小时的静坐。吃过早餐后，又是长达三个小时的静坐……总之，除去吃饭和休息的时间之外，每天足足有十二个小时都在坐禅和聆听开示！

　　前三天学习的是"观息法"，即观察自己的呼吸。这实际上是在修"定"，是真正进入内观法之前的预备工夫，目的是使心专注，训练敏锐的觉知。葛印卡老师在录音里说，不要刻意控制呼吸，而是要有意识地去观察呼吸的如实面目：长或短，重或轻，深或浅。尽可能将注意力放在呼吸上，不要分心而中断了觉知。

　　这是我有生以来做过的最简单却也最困难的事。观察自己的呼吸，只要把注意力转移到鼻孔附近就行。可是问题在于：注意力不可能一直停留在那里，你不可能什么都不想而只观察呼吸。总有某件事情会勾起心念，然后我就彻底忘了呼吸这回事。当我终于意识到这一点，努力把心抓回来，重新开始观察呼吸，可是不知不觉间，心又悄悄溜走了……就这样周而复始,心念瞬息万变,我根本无法像拴牛鼻子一样拴住它。

这一发现带给我的震惊远远大于挫败感——我从未意识到自己的心是如此独立自主不受控制,简直不像是我自己身体的一部分。忽然想起曾经看过一本科普书《人类尸体的奇异生活》,里面就提到心脏是一个特别不受神经控制的东西,断了供血的人类心脏还能继续跳动一两分钟那么久,直到细胞开始缺氧而饿死。据说外科医生有时失手把它们掉在了地上,大家面面相觑,赶紧捡起来拿去洗洗,它们还是好好的——就像在饭店的厨房里,香肠从盘子里滚到地上时的场景一样……

唉,你瞧,我的注意力又分散了,那颗心又溜走了。

这是一颗多么疯狂的心!妄念纷飞,焦躁不安,喋喋不休。它的所思所想都只关乎过去和未来——过去的回忆、未来的计划、各种希望和忧虑,却片刻也不肯活在当下。

令我稍感安慰的是,葛印卡老师说这是极为正常而普遍的情况,心的习性就是如此,每个人都一样。然而这种习性使得我们忘了当下,无法观察到自己实相的本质,因此必须被改变。我们需要从觉知呼吸开始,学着脚踏实地活在当下。失败了,就要一试再试,心平气和、百折不挠地一试再试。

老实说,我并不真的在乎什么"实相的本质"。也许我来这里的理由本来就很模糊——些许好奇,一点儿怀疑,再加上想证明自己确实有这份毅力。无论进展如何,只要熬过十天,在我就算胜利。因此我并没有一定要学会"内观"的压力,只想一切顺其自然,能够集中心思观察呼吸自然好,可若是心要四处游走,那就让它游走个够好了。

于是我放任自己胡思乱想,只在想起呼吸这件事时才重新开始观察呼吸。念头又多又乱,想得最多的是过往的经历。回忆往事是人类的大快乐之一,可我又无法尽情享受这种快乐,因为腿上的疼痛不停地出来搅局,将我拉回无聊苦闷的现实。

我的四肢不算柔软,双腿盘坐本就难耐,又因为多年长跑,膝盖某处也有点儿不对劲，平时倒没问题，每次乘坐长途飞机或汽车时便隐隐作痛。如今一打坐就是几个小时，那个熟悉的疼痛又回来了，而且越来越痛，简直无时无刻不提醒着我它的存在。我换了个姿势，可是过一会儿又痛了起来，身体的其他地方也开始出现各种各样的不舒服……

我惶惶不定地不断变换着姿势，整个人又热又累又烦躁。看看手表，才过去了十分钟。睁开眼睛偷看别人，却发现周围的人都正襟危坐宛如佛像。这不可能，我沮丧地想，难道只有我一个人在受苦吗？我看看铭基，他一动不动地坐在那里；再看看混血美女，她简直好似入定了一般；男学员里那个和女生毫无二致的 kathoey 也不喜欢盘坐，可他却能将一个古怪的倾斜姿势维持整整两个小时；唯一和我有共鸣的恐怕就是那个金发的西方女生了，她也时不时地变换一下坐姿，可是一脸平静，看起来绝对不像我这么焦躁……

前面突然传来"砰"的一声巨响，打破了这死一般的寂静。原来是一位白衣妇人倒下了——也许是身体不适宜久坐，两位助理老师赶紧上前把她搀扶出去。

然后她就再也没有回来。

你都不知道我有多羡慕她。

门外长流水，日长如小年。整整三天我都在痛苦和无聊中煎熬，无时无刻不想着逃跑。每天清晨四点半坐在禅堂里打坐的时候，都有种快要发疯的感觉。脑子里翻江倒海，时间却过得那么慢，就连每一天的日落都遥遥无期。无法与任何人交流这种感受，无法从任何人的脸上分辨出与我相同的感受。每个人都面无表情，擦肩而过时目不斜视——当然，我自己也一样。想起以前在伦敦工作时，由于英国人是个有点儿过分讲究礼貌的民族，有时我真是烦透了那些礼节性的寒暄，只想直切正题把事情做完。现在的我却像个期盼雨水的农夫一样渴望着交流，哪怕只是寥寥数语也好，让我知道我不是一个人，让我知道你也想要逃走。

的确有人逃走。第一天就走了两个男生，三天过后，男学员中少了五六个人，而女学员则只有一人离开。这印证了我一直以来的观点——虽然男人更高大强壮，可我一向认为女人比男人更能忍耐吃苦。我也能吃苦,我在心中申辩,只是实在受不了这种极致的无聊。每天我都像个偷窥狂一样观察着铭基的动向,并且尽可能地制造与他正面相对的机会。我满心期待地想:如果,如果他向我使个眼色,暗示他也受够了这一切,那我们就一拍即合,立刻卷铺盖走人吧!可是没有,他看起来如一池静水,眉眼低垂,面目安详。那么我自己走?叫一辆出租车回曼谷,找间旅馆住着等他出来?可是……Holy shit!钱和银行卡都在他那里!

我开始整夜整夜地失眠。手表也忽然坏了,我失去了时间的概念,每天只能随着铃声和走廊上的脚步声起卧作息。回到宿舍也并不令我感到放松,因为没有任何音乐、书本或网络可供娱乐。毫不夸张地说,从小到大,我从未试过没有书本陪伴的日子,眼下的生活于我好似坐牢一般——不不,监狱也不会禁止阅读。我把背包翻了个底儿朝天,试图寻找任何有字的东西,最后翻出了两张景点门票和一张药品说明书——我珍惜地读着上面的每一个字,连药品成分都不放过……老天啊,赐给我一本《尤利西斯》吧!我保证会以最大的热情将这本以往死活读不下去的书看完!

无聊到极点的时候,我只好拼命地洗衣服,打扫卫生,在床上做仰卧起坐,在脑子里写小说,为要不要打死蚊子而痛苦地纠结……我不但打扫自己的房间,连公用的走廊也一遍又一遍拖得闪闪发亮。真是讽刺啊,以前自己家里可都是由钟点工打扫的……

有时我觉得自己已经疯了。我会幻想外面正在进行一场声势空前浩大的红衫军起义,而终有一天他们会找到这个避世之所,朝我们大声吼道:"马上就要改朝换代了,你们这些人还坐在这里发呆!"而在另外一些时候,红衫军的形象又幻化为黑压压的一大群老鼠,它们铺天盖地冲进禅堂,兴奋得吱吱乱叫。我想象着两位如定海神针般的助理老师惊慌失措地跳起来,想象着一向冷静的学员们尖叫着四处逃窜的样子,竟然觉得非常过瘾,其中又掺杂着对自己的恐惧——在灵魂深处,我竟是这样的一个野蛮人!

我看谁都不顺眼。我受不了我的"邻居",她总是一身白衣,气定神闲,连休息的时段都不离开坐垫。我搞不懂男学员中的那个 kathoey，天气这么热，为什么他还要用一块大围巾包裹住双肩？更让我恼火的还是那个混血美女，只有在静坐时她才肯除下那副巨大的墨镜。你还真以为自己是大明星啊？干嘛阴天雨天都戴着墨镜，连吃饭时也不脱下来？拜托，虽然你真的很美，但没有人想要偷拍你好吗！

就连素未谋面的葛印卡老师也开始令我反感。有时听着他在录音里啰啰唆唆翻来覆去地讲着观察呼吸的方法，满心烦躁的我简直有想扇他耳光的冲动。每天晚上有一个小时是播放葛印卡老师开示的时间，有泰语、英语和汉语三种版本，学员们可以根据语言选择在不同的禅房听讲。这算是禅修中较为轻松有趣的时光，因为至少有佛理和故事可听，不用一个人苦苦冥想。葛印卡老师有一种印度人特有的幽默感，喜欢讲一些寓言般的故事，和我一起听讲的华人姑娘时不时就粲然一笑，可我却没法对他的开示全盘接受。他说生命是痛苦的，我们修行的目的就是为了去除痛苦。如果我们能够止息痛苦的起因——贪、嗔、痴，就可以结束我们的痛苦，从此在自己身上或外面世界无论发生什么事，都能够保持心境平稳，不受动摇，没有嗔恨。无论是面对喜欢或不喜欢、想要或不想要的每种状态，都没有焦虑，总是感到全然的安定，这就是最大的快乐。

这自然是基本的佛理。然而在反抗之心的作用下，一向在心理上亲近佛教的我竟对这一切都产生了怀疑。生命中有痛苦不是很自然的事吗？为什么要千方百计地逃避呢？痛苦的经历难道不是有助于人格的成长吗？当一个人有了痛苦的感受，便会不忘对自己警惕，也会时时给他人予同情。而且，难道不正是苦难引导出人类对神的追寻和渴望吗？很多基督徒不是还将十字架视为受苦之必要性的象征吗？还有，如果世上人人都没有欲望，不对任何事情执着，内心永远平静，那我们还能欣赏到那么多感人至深的文学和艺术作品吗？还会有醒着微笑而痛苦的伟大灵魂吗？还会有龙卷风般轰轰烈烈的爱情吗？这个世界还会有趣吗？

我想起中国传说故事中的仙人世界，他们似乎便是这样永远慈悲地微笑着，心中不起丝毫涟漪，整日只以冲淡的享乐，如下棋、饮酒、旅行来消磨时间。不，我并不觉得中国人羡慕他们这样苍白无光的生活。正如张爱玲所说，"中国人的天堂其实是多余的。于大多数人，地狱是够好的了。只要他们品行不太坏，他们可以预期一连串无限的、大致相同的人生，在这里头他们实践前缘，无心中又种下未来的缘分、结怨、解怨——因与果密密编织起来如同簟席，看着头晕……"——是的，我们就是喜欢人生活泼热闹的这一面。

四

变化是从第四天晚上开始的。

熬到了这个时候，我也已经打消了逃跑的念头，只想凭借一股不服输的劲头坚持到最后。身体还是酸痛，情绪依然低落，可是回到宿舍躺在床上的时候，忽然觉得有什么地方不对劲——居然没有饿的感觉？！

禅修中心伙食很好，菜单每一天都花样翻新，食材全部新鲜又健康，配上独特的泰国香料，真正让人食欲大开，连我这食肉动物都未曾想念过肉食的味道。只是每天"过午不食"，夜里难免饥肠辘辘——我甚至怀疑这是我失眠的根源。我最初的应对方案是大大增加午饭的分量以延长"饱腹感"的时间(当然，也是因为我一向嘴馋贪吃)，然而就像是故意说给我听似的，葛印卡老师在录音里专门批评了这种行为。他说对食物的贪欲正是痛苦的起因，是应该在心中去除的东西。况且不管怎么说，吃得太饱总归于静坐冥想无益。我固然对他多有微词，可在这一点上却不得不承认他说得有道理——我从小就好吃贪吃，人称"大胃王"，一遇到喜欢的食物就毫无节制，最后往往把自己撑个半死，痛苦不堪……

怀抱着羞愧之心，我开始努力控制饮食，夜里躺在黑暗中睁着眼咬着牙忍饥挨饿。谁知到了这第四天的晚上，饥饿感竟然在不知不觉间消失了……

紧接着，从第五天一早开始，我发现自己那颗杂念纷飞的心开始安静下来了。起初我不知道这究竟是好事还是坏事，只知道它令我恐慌不已——此前心念如瀑流，无有始终，无有停顿，无有断绝，为什么仅仅四天过去，它就开始变缓，开始停顿，开始留白了呢？难道充斥在我脑海中的思维碎片只够支撑短短四天吗？难道我竟是这样一个头脑空空的人？

其实到了这个时候，我们已经正式开始内观法的修习了，即是由观察呼吸转为观察身体的感受。可我仍然觉得有点儿无聊，不想好好练习，而心念又居然平稳得无法肆意流转，我于是开始有意识地给自己设定回忆的内容，比如早晨回味一下那次去土耳其的集体旅行，上午想想曾经的几段恋爱，下午的主题是在危地马拉小山村学习西班牙语的时光，晚上则是英国研究生时期的各种胡闹……

记忆是另一种性质的生命。人人都爱回忆往事，但恐怕很少有人会愿意重新经历一次他们所津津乐道的疲倦和痛苦。然而眼下我的心如此平静，它像一列火车载着我通向过去的一段生活，再度拾起人生的一部分。我不只是到达了那里，同时也抵达内心某处遥远而偏僻的角落。我将生命中的某些情境一再播放，就像那些事情刚刚发生一样，就像我是一个被困在火车上的旁观者。甜蜜和喜悦被淡化了，此刻我看得更清楚的是那些错误、那些矛盾，那些令人心痛却无力改变的现实，以及那些不应该做出但却已经无法挽回的决定。

整整两天，我一面重度过去的时光，一面觉知身体的感受，从小到大的体验都被一一清洗。葛印卡老师说，心灵的灰尘一经排出，身体也同时会有一些反应，比如发热、发抖，或者情不自禁地尖叫出声。我的反应是流泪，不停地流泪。我一边流泪一边诧异——这是在排出过去累积的情绪吗？可我一向认为自己是个快乐的人啊！我一向认为同情自己是懦夫的行为啊！我的心里真的积存了这么多的痛苦吗？

也许葛印卡老师是对的，我想，内观不是照镜子，我们面对的不是一个小心调整过的自我形象，而是一整个未经修改删节的真相。真相的某些层面一定是令人难以接受的。

我的前面坐着一个胖胖的泰国中年女人，她的反应比我更厉害——不停地摇晃身体，而且不是轻微缓慢的摇晃，而是以臀部为支点，整个上身像陀螺一样大幅度地快速旋转。那不像是主观意念能够指挥身体做出的旋转,而更像是一种上了发条的机械运动,非常惊人。她可以这样一连转上一个多小时,直到最后葛印卡老师的念经声响起,转速才渐渐开始放缓,最后恢复平静。她自己恐怕都不知道自己在旋转,我想,她的心里又积存了一些什么样的情绪呢?

断断续续流了两天的泪之后,我的心渐渐变得像秋天的湖水一样平静。回想起第一天的焦躁,简直无法相信自己居然走到了这一步,我这才意识到禅修环境的重要性——在这样一个与世隔绝戒律森严的全封闭环境里,就连像我这样懒散固执又不听话的学员也终究能够平静下来。而一旦如此,心里就会有空间让你聆听更加微妙的东西,直觉开始发展,感受力也变得更敏锐了。

虽然在这期间我也一直在依照教导修习内观,但直到此时才更为专注——对全身有系统地移动注意力,从头到脚,从脚到头,整个过程中并不刻意寻找或避免某种感受,而是以不执着的心去如实地观察全身所出现的感受,无论它是冷、热、轻、重、痒、胀、压力、疼痛或脉动等等。而这一修习方法背后的哲学"理论"也很浅显易懂:当我们勤于修行,很快就会领悟到一个根本的事实,那就是我们的感受变动无常。身体的每个部分每时每刻都有感受生起,它们都是身体内部生化反应的呈现,组成身体的亚原子粒子时时刻刻都在生灭之中,我们的心更是瞬息万变,并且在身体的变化上显现出来。

这就是身心的真相——变化、无常。当我们真正领会到这一点,便能自然地培养出平等心,明白执着于任何无常、短暂以及不可控制的东西都终将导致痛苦,因为它们迟早都会消逝。

这真是奇妙的体验,如此寻常,却又如此不同寻常。在知性的层面上,我早已明白无常的道理,然而这是我第一次直接在自身体验到无常的实相。是的,身体的每一处都有生起又灭去的感受,身体的每一个分子都在不断地变迁。有的时候,甚至觉得连身体也不见了。根本没有一个真实而永恒的"我",所谓的"我"不过是个不断变动的身心过程的组合体罢了。我想起在村上春树的《寻羊冒险记》中,男主角的妻子对他说："细胞每个月更新一次。即使就现在来说，你自以为熟识的也只不过是记忆中的我罢了。"

既然"我"只不过是幻象，那么任何执着于"我"或"我的"的努力也终将导致不快乐。不过我又觉得，这种执着也许正是所有宗教的起源，因为人类总以为世界是个舞台，舞台上的一切都围绕着我们和我们的意愿来演出。不不不，这根本不是真的。宇宙自顾自地存在着，对我们人类的任何所思所想所作所为都漠不关心。

长时间的静坐变得不那么难以忍受了，腰酸腿痛并没有消失，但它已经无法完全左右我了。我不再一心想着怎样逃避它，而是学会了像一个旁观者那样检视着膝盖的疼痛，明白它只是感受而已，明白它是无常的，随时都可能会变化。这样一来，即便那身体的疼痛仍然客观存在着，心灵却不会再受到煎熬了。我意识到此前的静坐之所以如此痛苦，是因为掺杂了太多心理上的排斥和焦躁，使得痛苦的感受被放大了。而事实上，肉体本身的痛苦并非那么难以忍受。

这种旁观者一般的平等心真是威力无穷。静坐时觉得热，用平等心观察身上热的感受，很快就不热了。晚上睡觉时被蚊子咬，用平等心观察痒的感受，痒也立刻消失了。当然，由于我修行浅薄，这些清静也往往只能维持短暂的时间。可是我的确相信，如果一个人能够一直坚持练习下去，他最终可以微笑着接纳生活中的一切，面对任何境遇都保持平等心，不再起贪爱或嗔恨的反应，不再执着，不再痛苦。

我仍然认为痛苦的经历能使人高尚，但也终于明白，只有学会客观地观察痛苦，这种经历才有助于人格的成长。而如果一个人太过执着于痛苦，那么他只会在痛苦中沉沦，无法激发出心灵深处的力量。痛苦而伟大的灵魂们有一个共同点——他们都是清醒着的。

我想到庄子曾说"至人之用心若镜，不将不迎，应而不藏，故能胜物而不伤"，这种处理情感的方法与内观也有异曲同工之妙。即便是圣人也同样有喜有怒，但那只不过是外界当喜当怒之物在他心中引起了相应的情感罢了，正如一件东西照在镜子里。然而这些情感只是客观现象，他的自我并没有为其所累，所以圣人有情而无累。

五

　　禅修中心的生活固然单调，可过惯了反而觉得颇为舒适。我感到自己像是孤岛上的遁世者，整日不发一言，心中一片沉静。村上春树的小说中我最喜欢《发条鸟年代记》，里面的"我"曾尝试下到井底思考现实，而禅修又何尝不像是坐在井底？"我觉得思考现实最好尽可能远离现实，譬如下到井底这类场所。"小说中的"我"如是说。我默然微笑——我也正是在一个远离外在现实的场所学着看清内在发生的事。

　　我喜欢上了在庭院中散步。每到休息的时段，我便沿着女性步道走来走去，看看路边的树，看看池中的鱼。有一种叫不出名字的长着翅膀的昆虫，数量极其庞大，它们此起彼落地蜕壳，情状堪称壮观。我每天都以一种不可思议的心情看着它们的日常活动，感觉像是分享了昆虫们的秘密。夜晚回宿舍的路上，我慢慢地走着，听着，看着，心中不断地发出惊呼——萤火虫耶！癞蛤蟆！……我几乎觉得自己能听见万物轻柔的对话，也许是因为这颗心变得更加敏感了？

　　吃饭也变成了全新的体验。安静，克制，全心全意。每人依序盛取适量的饭菜，回到自己的座位默默进食。没有挑剔，没有评价，没有浪费。餐盘里的一蔬一饭似乎都比平日甘甜，但却并不因此生出贪欲，心中只有感恩，因为这美好的食物全然来自他人的慷慨施予。

　　有时我觉得自己变得只有现在而没有过去了。我意识到这十天中我们像僧人一样清简地生活，吃住都仰仗他人提供，没有任何身外之物，其目的正是为了消解自我，从自我的妄念中苏醒过来。

　　说实话，我仍是初学者中的初学者，无法一直保持平稳的心境，平等心和习性反应仍然常常相互角力相持不下。但我仍然庆幸自己接触到了内观这种方法，庆幸自己坚持了下来。想想也真奇妙，就在几天之前，我还以为这十天的课程最多只能传授一些佛教哲学和静坐的技巧，却从没想到它将"无常"的道理用实践的方式深植在我心中。

我看过不少佛学书籍，也的确欣赏佛教的哲学智慧，然而看书得到的收获只不过是从别人那里学来的智慧，一切都只在概念和理论的层面，即便经过了自己的思考予以知性判断，也仍然不是自己的洞见，很难真正改变内心的本质。佛陀的经验和智慧只能在精神上鼓舞众生，他对真理的了悟只能使他自己解脱。而内观的可贵之处，在于它是个人对真理的亲身体验。修习者在呼吸和感受间直接体验到了身心现象的实相，从而使心灵得到解脱。我们脚踏实地地为自己努力。

我也不再纠结于内观到底是不是宗教了。事实上，除了在刚到的那天晚上有过短暂的巴利文诵经，后面的日子里没有再出现任何的集体仪式或典礼。葛印卡老师的开示所讲自然是佛理无疑，但他并不要求学员盲目接受哲学理论，最重要的不是理论而是实践，他让我们只接受自己亲身的真实体验。如此，懂得佛理的人自然可以与佛理相互参证，而即便是不懂得或不打算接受佛理的人也可以单从亲身实践中获益。你甚至不需要去思考，只要去行动就好了——闭上眼睛，觉知感受，全心投入，然后就会自然而然地获得更为深刻的见解。

葛印卡老师说，内观其实可以理解为生活的艺术。练习这个方法，培养觉知和平等心，与任何宗教信仰都无冲突——一个印度教徒会成为好的印度教徒，一个基督徒会成为好的基督徒，一个佛教徒会成为好的佛教徒。说到底，人就是人。人心就是人心。

后半段的日子过得特别快。到了第十天，作为即将"出关"的过渡，禁语被解除。重新开始说话的感觉是很惊人的，要清清喉咙，像试麦克风一样试试声音才能确定自己说得出话来。更令我惊到嘴都合不拢的是大家的反应——在我眼中一向冷静自制的泰国学员们像一座座火山般瞬间爆发了！她们立刻成群结队地聚在一起，"ka"来"ka"去聊得热火朝天，食堂、宿舍和庭院到处笑语喧哗，吵得人耳朵都吃不消。泰国人平日素来斯文有礼，这样的大爆发恐怕也是压抑太久的结果吧。

眼神接触不再是禁忌了，大家不再视彼此如空气，进进出出都不忘微笑着打个招呼。她们知道我是外国人，不会拉住我长篇大论地聊天，只是一个劲儿地冲我笑。一位热情的泰国女生用英语对我说："你还好吗？你知道吗？这九天可把我给憋坏了！"

我不可置信地盯着她。你？憋坏了？别开玩笑了！禅修的时候你坐在我右前方，像棵松树般一动不动，脸上安详得简直会发光……你憋坏了？！

可她一脸真诚地看着我。是的，我慢慢反应过来，禅修过程中肉体和心灵的痛苦，以及与这痛苦对抗的艰辛，只有自己知道罢了，外人又何尝能够窥见一丝一毫？都是凡夫俗子，我在受苦的时候，他人也在受苦啊。

吃午饭的时候，没有人再去坐自己的座位了，泰国人已经三五成群地围坐在一起边吃边聊。我端着餐盘走进饭厅，看见混血美女正和金发女相对而坐。看样子外国人也得自己抱团，我犹豫了一下，还是朝她们走去，"介意我坐这儿吗？"

"当然不啦！"混血美女笑得很灿烂。我发现她今天居然没戴墨镜！太阳从西边出来了？

朝夕相处了九天之后，我们第一次开始认识对方。金发女 Lina 是荷兰人，刚刚大学毕业，正在亚洲进行 gap year 旅行。混血美女名叫 Catherine，来自新西兰，是联合国的一名官员，这段时间被派驻东帝汶进行维和重建工作。"好不容易可以休假了，"她揉揉太阳穴，"前段时间东帝汶总统大选，忙得人仰马翻的……"

听起来实在太酷了。我和 Lina 都瞪大了眼睛望着她——人不可貌相，谁能想到眼前这美貌堪比电影明星的女生竟有着如此不同寻常的职业！我甚至都不知道东帝汶究竟位于哪一个方向……

"为什么休假不去旅行，反而来到这里上课呢？"我问 Catherine。

"假期还没完呢，明天课程结束就去曼谷和朋友汇合啦！"她笑得很开心，"这不是我第一次来学内观了。我以前在新西兰的时候就接触过内观，觉得它真的对我有好的影响，所以一有机会就想再来静静心。这次来之前刚做完眼睛手术，正好顺便让眼睛好好休息一下……"

"什么？什么手术？"

"激光治疗近视的手术啊，"她指一指架在头上的墨镜，"你没发现我总是戴着这副愚蠢的墨镜？不知道的人肯定觉得我很奇怪吧？"

天啊！我羞愧得简直要哭了。一直以为她是哗众取宠之辈，谁知自己才是真正的愚妄之徒。以貌取人，妄下评断，我这颗心里究竟还积存了多少阴暗的情绪？

吃完了这顿让人百感交集的午饭，在水池边洗碗时，又遇见了每天晚上和我一起听中文开示却从来连眼神接触都无的华人姑娘。我们像老朋友一样笑着招呼彼此，她告诉我她是台湾人，因为嫁给泰国丈夫，已经在曼谷定居多年了。她也是老学员，自从接触到内观，每年都来参加一次十日课程，平时也每天都在家里练习，已经足足坚持了八年！

"我也叫过我先生和儿子来学内观，可是他们两个都坚持不下去，第二天就逃跑了。"她笑着摇摇头，"除了毅力，其实还是要讲缘分的。"

我无法相信她有一个十二岁的儿子，因为她看起来比实际年龄至少年轻十岁！

"这也是内观的作用哦，"她对我眨眨眼，"心理健康使人年轻，真的。"

临走之前，她和Catherine都提醒我坚持的重要性——内观真正的考验在生活中，面对着世俗世界的纷纷扰扰，很容易被负面情绪压倒。因此只有将内观静坐坚持下去，学习观察和改变自己，才能将课程中所学到的东西运用在日常生活上，使生活变得更加健康快乐。

说实话，我不知道自己能不能做到在接下来的生活里一直坚持练习。我生性懒散，只有真正喜欢的东西才能坚持下来。我当然也喜欢平稳而快乐的心境，但并不认为生命的目的就是从痛苦烦恼中解脱出来。动画导演宫崎骏的作品中有句话：想开了就是净土，想不开就是地狱，忧郁了就是人间。净土固然美妙，人间却也有人间的好处啊……

可是无论如何，十天的内观课程的确带来了内在深处的改变，我相信这种改变在课程结束之后也一定会持续下去——以某种形式，带来某种结果。对于自己的变化，我也尚在探索之中，不过至少可以肯定的一点是——对食物的贪欲消失了，彻彻底底地消失了。其神不知鬼不觉的程度简直有点儿荒唐,就像是有人趁你打盹的时候偷偷抽走了你的皮带……我不知道为什么会这样,为什么偏偏是食物而不是别的什么东西,然而它就这样莫名其妙地发生了。

到了第十一天的早晨,我们领回自己的"身外之物",留下捐赠,坐上开往曼谷的巴士,我和铭基也终于再次团聚。巴士上他紧紧拉着我的手,两个人相视而笑,有很多很多话想要说给对方听,却又一时不知从何说起。

我想知道他晚上饿不饿,开始的几天是不是也想过逃跑,静坐的时候腿痛不痛,怎样克服身与心的痛苦……

"打坐的时候,你有没有出现奇怪的反应?发抖啊摇晃身体啊什么的?"这是我最好奇的问题。

他看着窗外,半晌才开口:"不停地流眼泪,流了好多好多的眼泪。"

我默默地握住他的手,忽然觉得没有任何时候比此时此刻更理解他。

我们都不再孤独了。

道路两旁的民宅和商店渐渐多起来,终于回到现实世界了。

街上的人群一如既往地忙忙碌碌,喜怒哀乐清楚地写在每一个人的脸上。我曾经排斥内观的原因之一,是担心人人都保持一颗清净之心的世界会是苍白无光的世界,现在想来真是多此一虑——要每一个人都放下欲望和执念,这根本就是个伪命题。内观只度有缘人,你能够改变只是因为你愿意改变。我仍然喜欢这充满了七情六欲的人间烟火,可是一想到在这个人人都被外界事物所迷醉的世界上,仍有一小群人在某个地方努力探索自己的内在深处,拒绝以外境作为自我的参考点,我的心中就不由得生起一股敬意。因为有了他们,世界才变得更清澈,更宽广,更完整。

老挝位于群山环抱的小山城琅勃拉邦

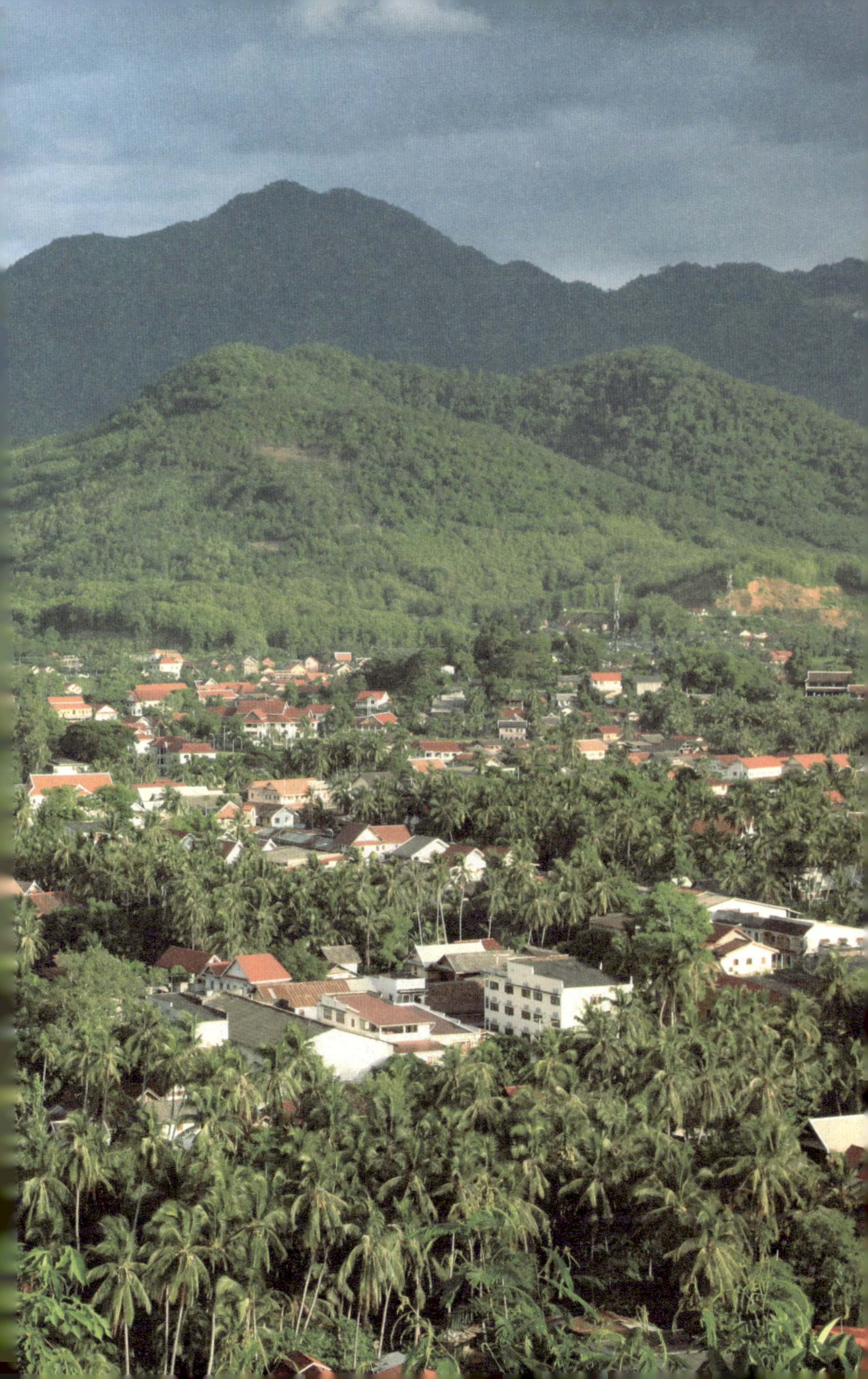

奇遇

▲ 琅勃拉邦早市售卖用来供奉神灵的鲜花制品

我不喜欢"colonial town（殖民城）"这个词，无论是在拉丁美洲还是在东南亚，它都被用得太多太滥了。词语本身所包含的历史之痛被故意淡化了，好像任何被"殖民"过的东西都很美很有风情充满了历史气息似的。可若是让我用一个词来形容老挝位于群山环抱的小山城琅勃拉邦，我仍然不得不说它就是个典型的 colonial town。街道建筑的殖民风格与东南亚传统保存完好且水乳交融，城中极具法国风情的小餐厅一家挨着一家，不少当地的老人都能说一口流利的法语，而更富有"殖民"感的画面则是满街金发碧眼的西方青年——这是另一种形式的现代殖民。

西方游客最爱 colonial town。这里有英文书交换店，一家自称 Hard Rock Café 的咖啡店，丹麦烘焙坊，德国面包店，blues 酒吧，爱尔兰酒吧，美式乡村酒吧，放映英文电影的酒吧，各种各样的酒吧……你可以在贫穷的东南亚小城里买到比萨、华夫饼、法国菜、意大利菜、素食、燕麦、过滤咖啡和热带水果沙拉。说不定你还能找到一家墨西哥餐厅——just in case（以防）有人会想来东南亚品尝墨西哥菜……陌生的热带旖旎风光里，熟悉的音乐和食物无微不至地照拂着异乡的游子。

当然，只要愿意，你也随时都可以享受异域风情。琅勃拉邦的夜市里，穿着背心短裤的年轻 farang 坐在小摊前，脸上的神情像是下一秒就会被他眼前的东西吸进一个宇宙黑洞——小摊上摆满了大大小小的酒瓶，里面泡着蛇、蝎子、蜈蚣以及各种奇异的生物。"Gooooood for mannnnn（对男人好）！"清秀的摊主姑娘毫不忸怩地微笑着，拖着东南亚人所特有的悠长尾音。Farang 终于鼓足勇气举起酒杯，以壮烈的姿态一饮而尽。他放下杯子，长出一口气，脸上露出鲨鱼般夸张的笑容。

在 farang 们的眼里，东南亚的一切都是那么新鲜、奇妙、风情万种。可是对于中国人来说，老挝和泰国的风景民俗无可避免地让我们想起熟悉的广西和云南。美自然是美的，只是少了惊喜，没了新鲜感，缺乏那种初到陌生环境里如同洗了个冷水浴般的振奋和敏锐。我仍然喜欢琅勃拉邦的清雅之美，但也提不起精神去寻奇探幽。然而此地物价便宜，食物甚合口味，殖民风格老宅改建而成的旅馆性

▲ 小城生活节奏缓慢，店员闲时拿着吉他自弹自唱
▼ 琅勃拉邦的半露天酒吧

价比极高，让人一住下来就舍不得走，我们便也拖拖拉拉地在这座小城待了一天又一天，每日只去一个景点，大部分时间都在漫无目的地闲逛、发呆、吃喝、读书、上网，看着分分秒秒从指缝中溜走。曾听说有人来琅勃拉邦度假的目的只为了静心读完手头上的一本新书，听起来既奢侈又匪夷所思，我却觉得自己多多少少能够明白那种心情。

那一天就像在琅勃拉邦度过的每一天一样懒散而惬意，黄昏时分我们才开始这一天的主要行程——登上浦西山观看日落。那并不是我所见过最美的日落，然而所有的日落都有种奇妙的魔力，点点碎金之下的青山碧水红瓦绿树令人心旷神怡。随着最后一抹金光消失在天际，游客们纷纷散去，我和铭基刚要下山，却忽然感觉到一束灼热的目光——一位西方中年女子正毫不掩饰地直直盯着我看。

"Hi."我自己先打破了尴尬。

"Hi,"她却一点儿也不尴尬地笑了，依然目光灼灼地盯着我，"昨天我就注意到你了……你们昨天下午是不是也去了香通寺？"

我倒是没有在香通寺留意到她。不过，游客们在不同的旅游景点重遇是再平常不过的事了。

然后便是那一套在旅途中重复过无数次的问答。你从哪里来？在老挝待多久？接下来打算去哪儿？你们这样长途旅行多久了？去了哪些地方？好玩吗？你从事什么职业？……这些都是旅人相识之初的"程序化"问答，多半不过是客套寒暄，问者无心答者无意，可是眼前这女人却渐渐让我有些不安了。她极其专注地听着我的回答，一双眼睛毫不间断地在我的脸上来回扫描，仿佛这一切并不只是礼貌的寒暄，而是一种更有意义的事情似的。整个过程中都是她在不停地向我提问，我根本找不到空隙反问关于她自己的一切。下山的人群在我们身边穿梭，我也终于找了个机会终止对话，不等她有所反应便快速挥手告别。

这女人有点儿怪怪的，我对自己说，当然，也许她只不过是喜欢结交新朋友而已。

第二天我和铭基去了城外的光西瀑布。瀑布本身甚为壮观，但更吸引人的是瀑布流过层层石灰岩所形成的一个个碧绿水潭，美得浑然天成，颇有点儿"小九寨"的风姿。一个深潭旁边长着一棵倾斜的老树，有人在树枝上绑了根绳子，farang们排着队一个个爬过树干，抓住那根绳子荡到半空再跳入水潭中，周而复始乐此不疲。看到他们玩得那么开心，我和铭基也忍不住加入了"荡秋千跳水"的行列。我像一枚炸弹般重重投入水中，再次浮出水面时忍不住龇牙咧嘴地傻笑——果然刺激好玩，只是我的臂力不够，落水的姿势丑得直令大家摇头……

跳累了之后我们就在低层的水潭里游泳玩水，对每个人的跳水技艺品头论足。有个女生落水的姿势居然丑得和我有一拼，她从水中冒出头来的时候我忍不住伸长脖子去看——竟然是昨天在浦西山顶和我搭讪的那个中年女人。连续三天都遇见她！这时她也看见了我，出于礼貌，我只好挥手向她致意。

她上岸以后径直朝我走来，绑在脑后的头发还在不停地滴水。"Hi！"她轻轻摇着头，脸上有种梦幻般不可思议的神情，"你不会相信的……刚才我们从瀑布源头那边下来，我对我先生说，我有种预感，今天也会见到我的中国朋友……然后，然后你就出现了！"

"这么巧？"我配合地笑笑，心里却暗暗觉得她有点儿小题大做。

我们站在那里面面相觑，都有点儿不知说什么才好。她还像上次那样深深地凝视着我，脸上的表情像是欲言又止。我被她看得有点儿发毛，正想找个借口走开，她忽然开口问我还打算在光西瀑布玩儿多久，什么时候返回城里。我说也许再玩儿一个小时吧，一边说一边就想退回水潭中。她却马上很急促地上前一步，像是想要阻止我的动作。

"我们大概再过十分钟就回城了……是这样的，如果你们不介意的话，我们回去以后再碰个头喝一杯怎么样？"她咬着下唇，露出一个不自然的微笑，"也许你会觉得我唐突？我没有别的意思。只是……我真的觉得你很特别，我们的相遇也很特别……一起喝一杯聊聊天也不错，你觉得呢？"

▲ 光西瀑布最受欢迎的活动"荡秋千跳水"

灼热的阳光好像牙齿一般啮咬着皮肤,冰啤酒那凉爽诱人的口感仿佛在我的喉头流动。我看看铭基,他笑着耸耸肩。

我也终于释然:"Why not?"

"太好了!对了,我叫玛利亚,住在＊＊酒店,我会在酒店大堂的酒吧等你们——如果你们愿意来的话。"

"＊＊酒店?"玛利亚离开后,铭基喃喃地说,"有钱人啊……"

＊＊酒店并不是那种五星级连锁酒店,我们到达的时候,发现它是一幢白色的殖民风格大房子,从装修来看更像是时下流行的那种精品酒店,没有夸张的富贵气,却处处充满了设计感。大堂里从天花板垂下一幅幅薄薄的白色幔帐,随着微风轻轻飘舞,将周围的一切都卷入一个梦境。我和铭基 gap year 旅行中基本上住的都是青年旅社或家庭小旅馆,如今来到如此摩登优雅的地方,说话的声调都不

由自主地降低了几格。

酒吧里只有一个正在用笔记本电脑上网的西方男生,我们向他打听玛利亚,他立刻笑了,"玛利亚等了你们一会儿就回房间了,我马上打电话叫她下来。"

玛利亚出现后,男生礼貌地颔首离开。玛利亚在我们对面坐下,马上叫了三瓶啤酒。她大概刚刚洗了个澡,潮湿的棕色长发随意散在双肩上。她穿一件宽松的蛋青色丝质衬衫,配着黑色紧身裤和平底鞋,整个人显得清爽又苗条。这还是我第一次认真地打量她,和大部分生活优渥的女性一样,她的皮肤和眼睛都散发着健康的光泽,牙齿白得像是随时会从嘴里跳出来。尽管披散着头发,她的脸上仍有种头发往后扎起时的表情,就像是刚刚打过除皱美容针——当然,我并不确定她是否需要打美容针。从外表很难估计玛利亚的真实年龄,35岁到45岁都有可能。微微下垂的嘴角和不明显的眼袋出卖了她,但你仍能在她的脸上看到一种正在消退的美丽。

这一次我终于有机会稍稍了解玛利亚的"来历"。她是墨西哥人,但是常年在墨西哥和美国来回居住,因为丈夫是在美国工作的投资银行家。这一次他们和朋友一家(适才上网的男生便是朋友的儿子)结伴同游柬埔寨的吴哥窟,顺便再来老挝玩一圈。

啤酒在手,气氛虽然轻松多了,可是空气中依然飘浮着某种微妙的尴尬,玛利亚对我表现出的巨大兴趣令我的心情从受宠若惊渐渐转为不安。她不但不断地抛出一个又一个问题,还不知从哪儿掏出了笔和本子唰唰地做着记录,那场面简直与采访无异。我一口接一口地喝着啤酒,心中惴惴不安——我?为什么是我?我低头看看自己身上洗得发白的T恤短裤和眼看就要报废的人字拖——我并非妄自菲薄之人,可是说真的,在缺乏深入了解的情况下,有谁会对这样一个面目平淡的亚洲女生发生兴趣?我的身上到底有什么东西在吸引她?是gap year旅行?可是整个东南亚都挤满了正在进行gap year旅行的年轻人,我们的旅行又有什么特别?

起初我猜测玛利亚是对中国相关的问题有兴趣——政治或者文化之类的,想从我这里得到一些解答，又或者是在收集不同的意见。我甚至疑心她是记者，但她对此置之一笑。"不不，我不是记者，这些——"她扬一扬手中的记录本，"纯粹是出于个人的兴趣。"

渐渐地，我终于开始接受一个现实——她那"个人的兴趣"就是我本人。是的，虽然丈二和尚摸不着头脑，可是，没错，她的确就是对我这个再平凡不过的人发生了兴趣。

"那么，你们已经旅行了一年多，去了那么多地方，我猜，你肯定有把这些经历写下来吧？"她注视着我的眼睛。

我有点儿惊讶，"你怎么知道？……我有一个已经写了很多年的博客，会不定时更新游记。"

"让我再来猜猜看，你是很认真地在写作，对不对？不只是简单地记录行程。"

"我尽我所能。"那丝惊讶在我心中挥之不去。

"你的博客有很多读者吗？"

"我不知道确切的数字，但是反正不算少。"我相信这不是我过分乐观。

"你是因为读者而写作吗？"

"不不不，我写作是因为我心有疑惑，"我努力地挖掘着词语试图解释，"直到把它写下来，我才知道自己究竟是怎么想的……而且，一个人会随着旅途的深入而改变，还有什么比观察这改变的过程更有趣更奇妙的呢？"

"哈，真想看看你写了些什么……你的博客上有没有英语文章？"

"很抱歉，只有中文呢。"

我和玛利亚相视而笑，一直围绕在我们身边的凝重空气忽然又开始流动起来。不知为什么，她对我写的东西似乎特别有兴趣，问题也越来越详细——如何取材，如何收集资料，怎样记录，怎样取舍，怎样成文……我在努力解释之余也越来越不好意思，"只不过是游记而已，真的不是那种深度文学啊……"

当玛利亚终于谈够了写作的时候，我不禁松了一口气。但是当她忽然又挑起了 gap year 旅行的话题时，我的一颗心又悬了起来。我有预感她一定会问出那个我最不想听到的问题，那个读者们发来的邮件中最普遍的但总是被我以各种方式蒙混过去的问题。

无处可躲，那个问题好似一颗子弹般袭来——

"这一年多的旅行到底带给了你什么样的收获呢？"

对我来说，这是一个太过庞大的问题。一个我几乎每天都在思考，却很少有机会把思考的结果有系统地组织成语言的问题。我苦笑着往后瘫倒在椅子里，正对上铭基别有深意的目光。我知道他和我想的一样——千言万语，可是从何说起？

我不大习惯用日常的口头语言描述内心幽微的感受，因此决定长话短说。

"我觉得自己变得更宽容，更感恩了吧，还有……"我搜肠刮肚地寻找着那个合适的词，"更……更谦卑。"

"谦卑？什么样的谦卑？"

"谦卑地承认——或者不如说是欣赏吧，欣赏自己所知的局限。"

玛利亚疑惑地皱起眉头。我尽可能地向她解释，这就像佛学大师问他的弟子："你知不知道真相？"弟子一开始回答："我知道。"大师让他回去再仔细想想。弟子再次回来的时候说："我不知道。"但是大师还是打发他回去。最后，弟子回答说："我不知道我知不知道。"这就是我所说的谦卑。不是单纯无知，也不是故作姿态，而是经过了真正思考之后的谦卑。

"承认所知的局限，这个我明白。但你说'欣赏'，那是什么意思？"玛利亚光洁的脸上掠过一丝猛兽般的贪婪神情，像是在说：告诉我。更多，更多。

我想起了印度，然后不自觉地微笑起来。印度远非完美，但它是关于"谦卑"的一个极好的例子——一个为神圣与未知之物保留空间的社会，一个能够理解神话与谎言的差别的社会，一个理性和直觉在其中保持平衡的社会，一个认识到技术不能解答一切问题的社会，一个承认世界无法用语言和数字来概括的社会，一个不会因变化而迷醉的社会。

我不知道玛利亚是否听懂了我语无伦次的回答，这就像用语言来描述一首歌的旋律，你很难说得真切明白。玛利亚若有所思地看着我，双手环抱在胸前，啤酒几乎没怎么动，长长的沉默。

半晌她才开口："印度……你们都爱去印度……我看过乔布斯的传记，他也说自己在印度学会了如何使用直觉，他好像认为基于直觉的理解与感知比抽象思维和逻辑分析更为重要……"

"也不一定是更为重要，但至少一样重要。"我甚至觉得，或许正是这样的经验和感悟使得乔布斯后来一直致力于寻找那些大多数人无法找到的东西，比如科技、艺术、反主流文化与商业的交叉点，并最终获得成功。

玛利亚沉默片刻，"好吧。可是这些东西——宽容、感恩、谦卑什么的，难道一定要通过旅行才能懂得？难道旅行之前你不明白这些道理？"

"不一样的，"我说，"那种明白是不一样的。"

她微微一笑，"所有的答案早就在心里，但我们就是很容易忘记，对不对？所以有时需要去到遥远的地方挖掘自己的记忆。"

"你这么说也未尝不可。"我也笑了。

"那么你决定出发的时候是怎么想的？我的意思是，你们年轻人好像都喜欢赋予长途旅行一些意义？"不知是不是我敏感，她的唇角似乎有一丝揶揄。

回想起一年多以前的兴奋和忐忑，竟有种恍如隔世之感。"认识世界"、"寻找自我"、"找到重新'入世'的精神力量"……我曾以为支撑着 gap year 这一决定的是这些我想要的东西，然而事实上，更重要的理由却是我不想要的东西——令人身心俱疲的工作和一眼就能看到头的生活。我的出走其实更多的是为了逃离，尽管在很长一段时间里我都不愿意承认这一点。

到了拉丁美洲之旅的后半段，我已经没那么执着于赋予旅行意义了。我意识到过程其实比目的重要得多，旅途中的感悟是自然而然生发的，如果太过执着于目的和意义，这样的旅行会变得越来越像是一种表演，也会失去很多乐趣，甚至失去一些原本有可能获得的东西。"

"I see（我知道了），"玛利亚点着头，"但是你肯定也有过期待吧？期待通过旅行找到某些问题的答案？"

"当然有……我曾经以为旅行过后就能弄清楚我到底是什么样的人，是理想派还是现实派，应该怎样融入这个世界，更愿意做这个还是做那个……"

"可是？"

"可是我并没有找到一个确定的答案，但我渐渐明白了另一件事，那就是平衡，我更应该追求的是平衡。事实上，生活中的一切都应该寻求平衡。理想和现实、出世和入世、自由和责任、叛逆和屈服……很多事情并不是非此即彼，那个平衡点也不会一直固定不变，我们得像走钢丝的人那样无时无刻不集中精力保持平衡，"我干笑一声，"但是，我发现就连寻找平衡这件事本身也不能走火入魔，否则也会失衡，有可能会导致对生活的冷漠。"

玛利亚忽然做了一件很奇怪的事，她从笔记本上撕下一页纸，在上面画了两个相交的圆圈，"没有必要把它们完全对立起来，"她用笔将两个圆圈重叠的部分勾勒出来，"有的时候并不是平衡的问题。相信我，即便是理想和现实也会有重合的部分，重要的是你得把它找出来。"

我呆呆地看着那张纸。

"旅行结束后你还会回去做投资银行吗？还是你打算以写作为生？"她问我。

"不知道，我真的不知道……我喜欢写东西，但是理智告诉我，全职写作这条路很难走得通。"

"试过才知道，不是吗？你说你没有人生目标，但是有的时候，你只有生活过才能意识到自己早已有了目标……"她的声音里忽然多了一丝激动的嘶哑，"答应我，你要继续写下去，好吗？"

我手臂上的汗毛一根根竖了起来，就像一直置身于一部小说的情节中，直到此刻才把自己抽离出来，才发现刚刚发生的一切有多荒谬。看着玛利亚那双感情过剩到几乎闪着泪光的大眼睛,如梦初醒的我第一反应是惶恐,紧接着便是恼羞成怒——我究竟为什么要接受她的邀请?为什么要跟她说这些掏心掏肺但在旁人听来恐怕矫情得可笑的话?她连我写的东西都没看过,有什么资格猜来猜去又任意要求?她为什么要把气氛搞得好像一场采访?她到底是什么人?也许她只不过是个神经兮兮的爱做记者梦的家庭主妇而已,那么我刚才的表现岂不像是个被戏弄了的傻瓜?

"为什么?"我的声音连自己听了都觉得生硬而突兀,"为什么对我这么感兴趣?你到底是做什么的?这些……这一切……究竟是为什么?"

玛利亚根本没察觉我的失态,她凑了过来,兴奋之情溢于言表,"是这样的,我们是一个团体。我们在世界各地寻找新成员,上一次是在摩洛哥……"

团体?新成员?……我痛苦地闭上眼睛。果然!我看看铭基,他面色阴沉,大概和我心有灵犀。天啊,我早该想到的!哪个正常人会做出这样的事?她要么精神不正常,要么属于某个邪教团体,或者两者皆是,而我还跟她聊了这么久!

看到我的表情,玛利亚愣住了。她长叹一声,双手捂住脸,长发从她的指缝间倾泻下来。"天哪!对不起,对不起,"她苦笑着连连摇头,"我知道这听上去像什么……我知道你在想什么……不是的,不是的,我很抱歉让你这么以为,但是请相信我,事情真的不是你想的那样……"

我仍然心有余悸地看着她,"……与宗教无关?"

"毫无关系!我发誓!"她已经平静下来,只是嘴角仍带着一丝苦笑,"我们这个团体——我是说,如果你愿意把它看作一个团体的话,所做的事情只不过是想让这个地球变得更好,仅此而已。我们里面有环保人士、科学家、医生、艺术工作者……大家分散在世界各地,但是以自己的方式各尽其责……算了,没关系……对不起,是我太着急了,我应该多给你一点时间的……我只是不希望你误会……"

一阵笑语喧哗打断了她的话。门开了,两位中年男士走了进来,满脸的笑容就像阳光一样照亮了酒吧。玛利亚为我们相互作了介绍,他们是她的先生和先生的朋友。我不动声色地打量着两位男士,心中却忍不住地微笑——大热天里也不忘穿着的衬衫和休闲西装,努力锻炼过却仍被酒精打败的微凸的小腹,悉心打理与保养过的发型和皮肤,八面玲珑的风度,看似亲切却又给人距离感的笑容……太熟悉了,我的同行。

"玛利亚这几天总说起你们,"她的先生一口美式英文,"今天晚上我们会在泳池边搞个鸡尾酒会,你们二位可一定要来哦!"

他风度翩翩地微微一鞠躬,然后和他的朋友一道离开。

一时间我竟无法回应。Banker、鸡尾酒会、"让地球变得更好"的神秘团体……我努力把这一切输进脑子里,思绪却在他们的说笑声中越飘越远。"不不,"我终于反应过来,慌乱地说,"我们晚上还有事,该走了。"

一旁的铭基已经如释重负地站了起来。

玛利亚一瞬间像是老了五岁。她沉默片刻,没有再挽留我们,而是在那张画着圆圈的纸上写下了自己的电子邮箱地址。

"我很抱歉,但我希望你能相信我……让我们暂时忘掉那个团体吧。我只希望你能够意识到你自己身上的能量,因为你现在还对它一无所知。记住,你可以用你的方式改变世界。"

她把那张纸折叠起来交给我。

太阳已经落山,酒吧里的光线明显暗了下来,乳白色的幔帐在一片静寂中默默飘舞。我注视着玛利亚,她也同样注视着我。我该如何形容那种目光?电梯门还没合上的那一刻,电梯里的人便往往是以这种目光注视着门外那个他很可能永远不会再见到的人,以一种先知般的超然和冷静。他们的目光宛如刀剑一般交错,不包含丝毫愤怒,而更像是一种精神的碰撞。

我先败下阵来。

"可是我根本什么都不知道啊……我应该做什么?怎么做?"我喃喃地说。

"等待,你只要等待就好了。跟随你的心,继续过你的生活。一切都会自然而然地发生。而终有一天你会明白的。"

不知受着什么样的感情驱使，我忍不住上前拥抱了她一下。她轻轻地拍着我的后背，"如果你愿意的话，随时都可以写 E-mail 给我。"

走出酒店的大门，就像重新回到了现实世界，又像是从一个奇异的梦中醒来。城中暮色四合，空气中烧烤的浓郁脂香盖过了鸡蛋花的芬芳。湄公河畔灯光点点，当地人坐在露天的塑胶椅子上喝着啤酒吃着简陋的火锅，高级酒店里的冷气、音乐、泳池遥远得就像来自另一个星系。玛利亚的脸也开始变得模糊，宛如浑浊的水流。我忽然感到一阵羞赧，或许是因为那个莫名其妙的拥抱？这意味着我相信了她的话吗？我应该相信吗？她要么是个洞穿人心的智者，要么是个患了妄想症的疯子。而后者的可能性更大吧——那张表情丰富的脸，那个神秘的"团体"，那些故弄玄虚的话……

在经历了不知天高地厚的少年时代之后，一个人对于自我价值的评估不可避免地会随着年纪的增长而逐渐降低，并最终收缩到一个由理性来界定的区域。我的心愿意相信玛利亚，但是理性拉住了它。

"你觉得呢？"我没头没脑地问铭基。

他也竟然听得懂："我觉得无论怎样都没关系。"

我在心中咀嚼着他这同样没头没脑的话，一阵释然忽然如晚风般拂过身体。是啊，说到底，信以为真又有何不可呢？生活中充满了荒诞、巧合和奇迹，我们如何能确定自己真的明白现实是什么？更何况，相信自己的确具有某种价值，而世界也需要我那一点点独特的贡献，即便是个自负而天真的念头，又究竟有什么值得羞愧的呢？

或许我还应该感谢神秘的玛利亚呢。走回小旅馆的路上，我的大脑终于渐渐开始接受这场奇遇。她将一粒种子洒进了我的心里，从今往后，我仍将在命运的洪流中挣扎寻觅，却再也不会惴惴不安惶惶不定了。我将耐心地等待花朵开放，果实结出，而不再纠结这一切究竟有何意义，而我们又终将在何处靠岸。没关系，生活带我去哪里，我就去哪里。

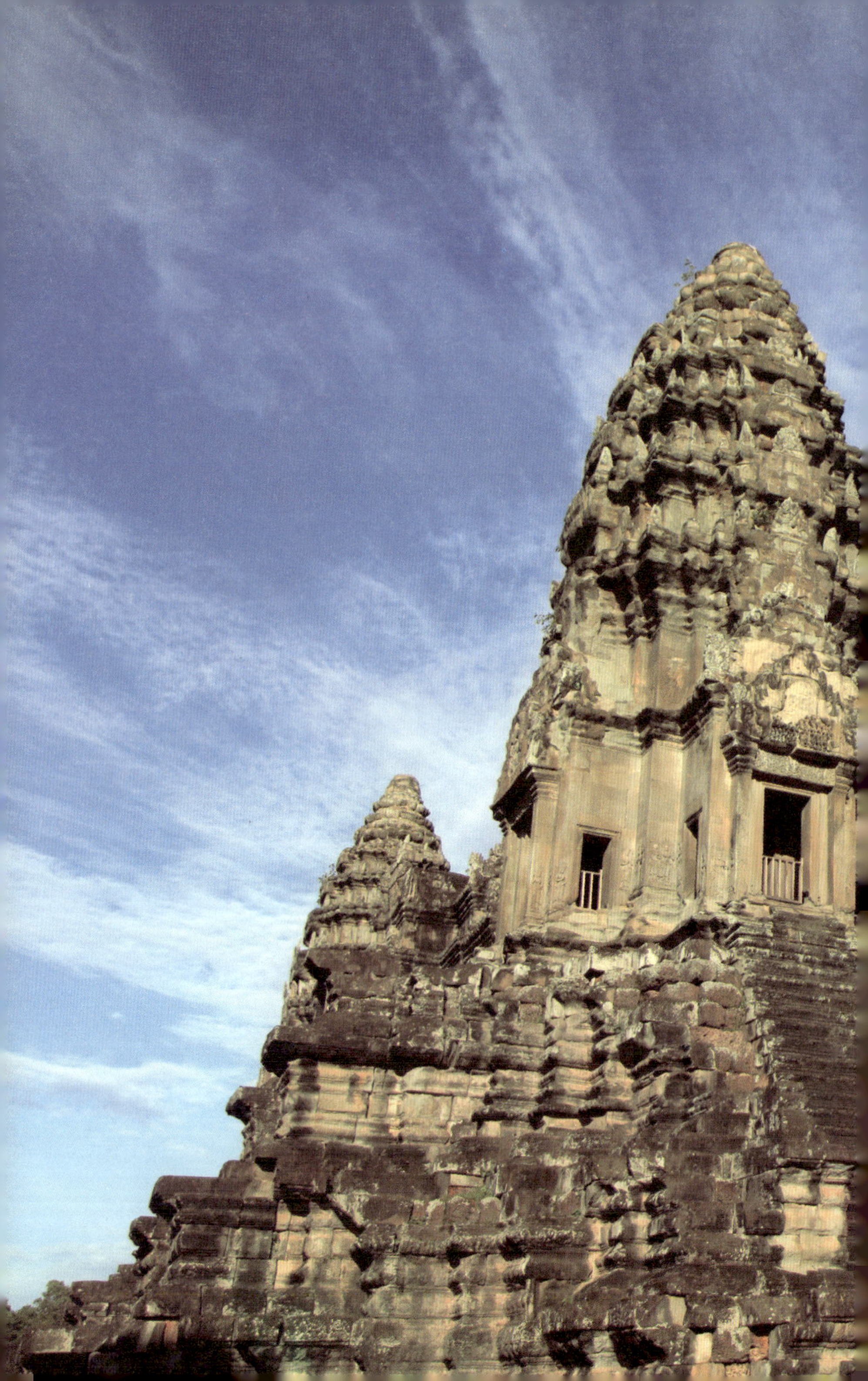

柬埔寨 吴哥窟

何意世多艰

▲ 崩密烈寺院遗址

初到暹粒时我还有点儿担心，用整整七天时间来游览吴哥窟是否太多？会不会造成审美疲劳？然而实际的情况是：每一天我们都仿佛在一个热夜之梦中行走，为身在此地而深深感到幸运。被誉为足以与鬼斧神工的所罗门圣殿相媲美的吴哥建筑群却在 15 世纪忽然被神秘地抛弃，之后又被遗忘了整整四百年，被热带丛林的绞杀树藤所吞噬。尽管如今游客络绎不绝，可是当我们在古树废墟间穿行的时候，时间好像仍然凝固在它们被发现的那一刻。

在静止的时间里，我们的七天无边无际地漫延。一分钟包含了一小时，一小时包含了一天。某些时刻我觉得自己也会在此地永生，就像吴哥的一部分，就像塔布隆寺的一面石墙。而那些盘根错节的木棉树和无花果树也终将穿透我的躯体，纠缠着，包裹着，舒展着，像 X 光一样将我重新解构，直到我和它们浑然一体，再也无法分开。

吴哥并不仅仅是一个建筑的奇迹，也不只是历史上一场转瞬即逝的荣耀的见证，它更是宇宙本身的一个缩影。据学者考证，寺中的城墙、护城河、高耸的阶梯都代表着不同层次的存在本身。吴哥寺祭坛顶端的五座宝塔象征着须弥山的五座山峰——印度教宇宙观里的世界中心，象征着咸海的护城河环绕着这个巨大的曼荼罗——一切功德的集聚之处，东方宗教信徒致力达成的理想世界；若要拜访它则必须先攀上险峻而陡峭的阶梯——这种建筑方式自然有其深意。

然而最令我迷醉的仍是吴哥的微笑。事实上，为了看到那独一无二的微笑，我愿意在巴戎寺度过每一天的黄昏。巴戎寺中心的 49 座佛塔都是巨大的四面佛雕像，无论走到哪里都有至少一双眼睛隔着太古时代的遥远距离看着你。每一张佛像的脸上都挂着那神秘至极的微笑，它既祥和又诡异，既安静又充满力量，既满含慈悲又不把任何人放在眼里。有时我觉得它正向我们发出这样的讯息——我允许你们进入我的领地，但你们要知道你们原是不配的。

黄昏时分，有身着橙色僧袍的僧侣们出现在巴戎寺内。他们踏着其祖先的脚步，来到这个千年以来一直被信奉为世界中心的地方。金色的斜阳落在他们微微上扬的嘴角，与佛像的面容几乎如出一辙。在这美丽得几近妖异的巧合面前，所有的语言都失去了力量。每当遇上他们永恒的目光和微笑，我的心便为之震颤——只有不属于时间的事物，才会在时间里永不消失。

探访古老的建筑总是让人感到快乐。个人的短暂生命被超越了，矗立眼前的活生生的历史令我们得到归属感，感受到"江山留胜迹，我辈复登临"的延续性。尼采曾经这样形容这种快乐："……他知道自己的存在并非完全偶然或任意的，而是过去的继承者和成果。因此，一个人的存在是合理的，且确有其存在的意义。"

可是一个人的存在真的是过去的继承者和成果吗？辉煌的吴哥王朝曾经繁荣昌盛达六百年之久，据说鼎盛时期人口逾百万，却在 15 世纪初忽然人去城空，它的文化从此中断，整个民族神秘地消失。吴哥遗迹在 19 世纪被法国探险家亨利·穆奥发现以前，连柬埔寨当地的居民都对此一无所知。如今的柬埔寨人以吴哥文明为荣，可是他们与当年的吴哥人真的血脉相连吗？即便真的如此，除了断壁残垣与宗教故事，祖先的精神和气势可有留下半分？在这个全世界最贫穷的旅游胜地，我只看到一群瘦小孱弱的后代，徒担虚名却受尽苦难，一丝怅然的笑落在沉默的唇边。

"你知道吗？"Sara 说话的时候并没有看我，"好几次我都不想活了。"

他的样子一点儿都不像是在开玩笑。

Sara 是我们在暹粒期间的 tuk-tuk 车司机。Tuk-tuk 是"穷游"吴哥窟的主要交通工具，很多游客都会选择包车的方式，因此暹粒的 tuk-tuk 司机之间竞争相当激烈，除了要拼命多学几种外语，他们还得各出奇招，比如免费为游客提供冰矿泉水，或是努力将自己的 tuk-tuk 装扮得独一无二……

我们是在网上搜索旅游信息时无意间发现 Sara 名字的。大部分同胞推荐的都是会说中文的司机，而我们对这一点其实并无要求。看着看着，发现有一个人推荐 Sara，寥寥数语，说他不会中文，但是为人诚实尽职。这就够了，我们也懒得再看下去，马上发邮件给 Sara，很快就得到了回复，约好在城里见面。

Sara 这个名字实在太过女性化，我正有点疑心，铭基却已在网上搜出了他的照片。照片上是一张典型的高棉男生的脸，黑皮肤，深眼窝，厚嘴唇，眉骨突出，脸型瘦削。吸引我的是他的神情——浓眉紧锁，有点严肃又有点忧郁，一双眼睛定定地看着镜头，像是要把它看穿似的。那是双受折磨的人的眼睛。

真奇怪，我想，他的整张脸上都写着不甘心。

当 Sara 和他的 tuk-tuk 出现在我们眼前的时候，他的面目反而不如照片中那般锐利了——初次见面的腼腆将他脸上的棱角磨得干干净净。我能看出他不是那种熟谙游客心理的旅游业老手，那点儿尴尬和无措反而让人对他的好感瞬间增加。

几天相处下来，Sara 确如推荐所说的一般尽职尽责。车子虽然比别人的简陋，却也颠颠簸簸地载着我们去了路途遥远的崩密列和高布斯滨。他也跟随暹粒 tuk-tuk 司机间的风气努力"做好服务"，常常送给我们冰冻甘蔗汁喝，又主动带我们参观当地的市集。我和铭基想要尝尝暹粒特色的早餐，他便领着我们去小摊上吃了地道的猪肉猪血米粉和肉碎稀饭，无论是味道还是价钱都让人心花怒放。

那时刚好是柬埔寨的雨季，从女王宫回去的路上，忽然下起滂沱大雨。Sara 慌忙停车，手忙脚乱地把车斗四面的塑胶帘子放下来。天好像被撕裂了一样，大雨如瀑布般狂泻而下，真正是"白雨跳珠乱入'车'"。Sara 整个人都湿透了，雨水顺着他的头盔流进脖子里，衬衫紧紧贴在削瘦的身子上。我和铭基也从里面帮忙拉拉链，可是这辆 tuk-tuk 实在千疮百孔，有的拉链已经坏了，半天拉不上。我们只好胡乱用手揪着那帘子遮挡雨水，却仍然不可能不被淋湿。说实话，当时的情状的确相当狼狈。

我能看出 Sara 的尴尬与内疚，可他当下也无法可想，只得沉默着重新发动 tuk-tuk。瓢泼大雨里他无遮无挡地奋勇向前，尽管路边有可以暂时避雨的地方，他却丝毫没有停下的意思，就像是要跟这疯狂的天地决一死战似的。我透过帘缝看着那个落汤鸡般狼狈却固执昂然如岩下松的身影，头一次那么真切地感受到那种神秘的传承——平凡瘦弱的他却显然来自于一种古老的天真和英勇。

Sara 的英文并不好，口音也重，铭基常常听不懂他在说些什么。说到一些复杂的单词或句子时，他的额头上会骤然出现一百条皱纹。偏巧我正有一项特殊的"才能"，就是无论多奇怪的口音也能听得明白。大概也是难得遇到能用英文交流的人，彼此熟悉了一些之后，Sara 很愿意和我聊天。旅途中遇见健谈的当地人，多半出于天然的热情、好奇心或是练习（或炫耀）英语的目的，然而 Sara 无法被归入此类，因为他的全部目的只在于倾诉。是的，他对我和铭基的任何事情都不关心，客套寒暄也只是一带而过，说得最多的全都是关于自己的生活。我能看出这并非出于自恋，而更像是一种发泄——甚至并不要求听者有所回应。

"我五年前才来到暹粒，在那之前我是个和尚，"他伸出四个指头，"我当了四年的和尚。"

Sara 停顿了一下，似乎等着看我脸上的惊讶表情。可我并不十分惊讶，因为我知道柬埔寨和泰国一样佛根深种，也有男子一生至少出家一次的传统，更何况贫穷家庭的孩子无力负担学费，寺庙反而能够提供免费吃住和文化教育。不过这和尚一当就是四年，的确也称得上是佛缘殊胜了。

令我真正惊讶的反而是他出家的原因，并非出于恪守传统的目的，而是充满了戏剧感和偶然性。当时他的女朋友跟别人跑了，他一气之下便离家出走，渐渐越走越远。那真正是拥有野蛮青春的人才干得出来的事，我几乎能想象那幅画面——东南亚腥红烈日下的失恋少年，满腔的愤怒与痛楚，迸射出的眼神有如墓园的围墙。他失魂落魄又漫无目的地行走，甚至一直走进了泰国境内……Sara 称那次出走为"travel"，因为他的确在泰柬边境"旅行"了一大圈。后来途中遇见一位僧人，经过一番深谈，决定抛弃红尘，跟随僧人出家做了和尚。

"他是我的老师，教会我很多东西。"Sara 说。老师觉得他天资聪颖，对他甚为看重，甚至联系了缅甸的一间寺院，要把他送去那里进修巴利文。谁知缅甸正值风雨凄迷之际，出家人纷纷投身革命，又被军政府追杀和逮捕，寺院元气大伤，Sara 最终也未能成行。

难怪，我想，难怪他的身上总有股不合时宜的自尊和骄傲。懂得巴利文与佛学经典的他觉得自己和别人不一样，可是这些高尚的知识却未能在现实生活中给他带来任何实质性的好处，他仍然活在社会的最底层，只有两件衬衫，三不五时就要担心明天的早饭。

Sara 爱谈佛学，怎奈英文不好，很多想法无法自如表达。那天我们去高布斯滨看林伽雕刻，下了 tuk-tuk 仍要徒步山路穿越森林。Sara 怕我们找不到雕刻，好心全程陪同，可是一路上都在用他那磕磕绊绊的英语说着其他佛教国家的"坏话"——"泰国的和尚不是真正的佛教徒，因为他们……老挝的佛教也不纯正，因为……"总而言之，只有他们柬埔寨的佛教才是天下第一的纯正。我在一旁听得很不耐烦，心想这出过家的人怎么还如此狭隘……"好啦，"我终于忍不住打断他，"那汉传佛教的和尚可能还不待见你们吃肉呢！佛教从印度向各地流传的时间和后来的发展都不一样，你觉得人家这儿那儿不对，人家看你可能也觉得有一大堆问题呢。"

没想到他沉默片刻，忽然若有所思地点头，"对，我的确有问题。"

"我只是打个比方，并不是说你有问题……"

"我真的有问题！"他避开我的目光，脸上的肌肉微微抽搐，"当我还是和尚的时候，有时……不，常常……想女人……很想很想……我知道这样不对，可是没法控制自己……"

这个就不用告诉我了吧，我尴尬地想，一时不知该如何回应。之前问过 Sara 为何还俗，他说了等于没说："就是不想再当和尚了。"如今听到他这番剖白，我也大概明白了其中一二——血气方刚的年轻人，终究还是尘缘未了啊……我想起有一天经过城中某地，Sara 指着一条街道告诉我们"那里住了好多妓女"时，在鄙夷之外，他的语气中还有一丝微妙的兴奋。

"是向往啦，"铭基一脸了然地微笑，"他自己肯定也很想去……嗯，说不定已经去过了。"

尽管只有两件衬衫(而且都是闷骚的粉红色)，Sara仍然每天替换着穿，努力把自己拾掇得干净整齐。他很想结婚，可是连女朋友都没有，"不过像我这么穷，也娶不起老婆。"他黯然摇头。他说在柬埔寨娶个媳妇至少要付5000美元的礼金，这已是最低标准。而他现在一个月最多也只有100多美元的收入，刨掉房租和各种开销，根本存不下多少钱来。Sara的哥哥娶了越南媳妇，这让他好生羡慕："越南女人好，不用那么多钱。"

"你爸妈呢？还住在老家吗？"我试图转移话题，不再触碰他的伤疤。

他抬头看我。我蓦然心惊。回来了，初次见到照片时令我好奇的那个他瞬间回来了——照片中那与年轻脸孔极不相称的奇怪的不甘心此刻正像无数条蚯蚓在他的脸上蠕动蔓延。他几乎是咬着牙在点头，"其实……我爸爸……他以前不是普通老百姓……"

他说了一个职位，但我听得不是很明白，总之大概是市长或省长之类的政府官员吧。Sara以极其郑重的口吻说出这个职位，然后意味深长地停顿了一下，像是希望我立刻昏倒或是惊讶得跳起来，但是显然我再一次让他失望了。他只好继续说下去："可是后来，红色高棉来了，一切都变了……"

在红色高棉的残暴统治期间，他的父亲被迫离城下乡，后来便在农村重新组建了家庭，有了Sara兄弟俩，清贫度日直到如今。

"重新组建家庭的意思是……"我有点好奇。

"我的爸爸妈妈以前都结过婚，但是他们曾经的另一半和孩子们都死了。"

"都死了?!"我大吃一惊，"为什么？……我是说，怎么会这样？怎么死的？"

"爸妈从来都不愿提，反正都是红色高棉时期发生的事。"

红色高棉！我的头脑里轰然作响。当然，当然是红色高棉。短短三年零八个月的统治期间，这部血腥残忍的杀人机器使得柬埔寨人民"非正常死亡"了整整三分之一，这意味着每一个柬埔寨家庭中都有人死去，每一个人的心灵都笼罩着死亡的阴影。对于大屠杀的幸存者们来说，虽然侥幸逃过大劫，生活却永远无法回

▲ 无花果树和木棉树在遗址上盘根错节
▼ 巴戎寺 高棉的微笑

到从前了。80后、90后的年轻人虽然并未亲身经历那个年代,然而父辈所承受的一切仍然令他们生活在一个完全不同的世界上。他们没有看到子弹和斧头,却继承了上一代的贫穷、泪水与伤口。

这也是 Sara 身上最深的伤口。他的父亲原本身居要职,如果不是因为红色高棉,他很有可能出生在城市,受到良好的教育,拥有光明的未来。可是现在的他却潦倒如斯,被贫穷推到了悬崖的边缘,"生活太艰难,好几次我都不想活了。"他说话时的神情让我忍不住低头。我试着安慰他,说一切都会好起来的,说你刚到暹粒时在旅馆打工,挣的不是比现在还少嘛,现在你学了英文,有了自己的 tuk-tuk,顾客会慢慢多起来的,面包会有的,媳妇也会有的……

"可我不想一辈子只当个司机。"一丝不甘又悄悄爬上了他的脸。

"慢慢来……一步一步来……"我胡乱说着,对自己的不善言辞感到束手无策。

然而我和 Sara 心里都很清楚,柬埔寨是世界上最不发达的国家之一,普通人能在旅游业中分一杯羹养活自己已算万幸,再往上走谈何容易。但他也和所有年轻人一样,虽然常常痛苦绝望,心底却仍留存一丝生机。他每个月从微薄的收入中硬挤出 15 美元去上中文课,在景点等待我们时也总不忘捧着中文课本学习,希望汹涌而来的中国游客能为他带来更多生意。他仍然梦想着能存够钱(2000～3000美元)买一辆二手汽车 ——"路远的景点可以开车去,生意会更好……"

可是别说汽车了,就连他现在的 tuk-tuk 都尚未完全属于自己。摩托车是哥哥送给他的,后面的车斗则是向朋友"赊借"而来 ——价值 300 美元的车斗,这几年零零碎碎一共才还给朋友 100 美元,剩下的 200 美元还不知要还到猴年马月。

每当他说起这些的时候,我在一旁勉强笑着,心中的酸楚却如毒液一般沁出。区区 200 美元!我在伦敦有时买条裙子也不止 200 美元……看到 Sara 被这点儿钱搞得身心俱疲,我真想拍案而起 ——"不就是 200 美元嘛,我帮你出了!这 tuk-tuk 从此就是你的了!"可我又没法真的如此豪气,因为辞掉工作踏上旅途的我和铭基也只不过是两个没有收入的穷背包客，就连多买一样东西都要精打细算。问题是，目前的清贫生活是我们自己选择的，旅途结束后重新找到工作便可以立刻摆脱"穷背包客"的身份，而 Sara 却完全没有这样的自由，他无法逃离日复一日的生活，被迫屈服于他不甘心承受的命运。

命运。最让人难过的，就是一切都只能归咎于命运。我和铭基过着比 Sara 富裕和自由得多的生活，并非因为我们比他更聪明或更努力，而仅仅是因为我们比他运气好，没有出生在柬埔寨的破落乡村。如果将我放在与他一样的境地，我未必就能做得比他更好——他也许终会拥有一辆二手汽车，而我说不定就只能窝在暹粒的某间小旅馆日日打扫客房终此一生。

最后一天与 Sara 告别时，我竟有种古怪的轻松感。Sara 是个称职的司机，可是随着对他的了解一天天加深，我也越来越害怕见到他。他本来就活得累，那点与别人不同的身世经历让他更累了。脸上的日暮途穷与自尊自爱交织在一起，让人看了直想向他道歉。就连他的笑容都令人不忍，每笑一下都像是刚刚越过一道深渊。看着他的粉红衬衫和塑料拖鞋消失在街角，我的恻隐之心也终于可以稍事休息——这些天来日日超负荷工作，它也真的很累……I just can't take it any more（我只是再也受不了了）。

我一直都喜欢去"脏乱差"的地方旅行，除了好奇之外，我不得不承认这也出于某种虚荣心。我想要亲眼见证极端的贫穷、混乱和苦难，我将它们视为某种必要的经验——为了让自己成为一个有趣的、深刻的、见多识广的人所必须拥有的经验。然而自从开始了 gap year 旅行，那种深沉的无力感就像鬼魂一样缠上了我——作为一个旅人，介入了他人的生活，触碰到他人的内心，却没有能力做出任何积极的改变。旅人的角色变得越来越像是"万花丛中过，片叶不沾身"的无情浪子，可他们不只是我经验的一部分，更是一个个活生生的人啊！

内观禅修的日子里，我和铭基流了那么多那么多的眼泪，其中很大部分都是为了路上认识的这些人——危地马拉侥幸躲过大屠杀的玛雅难民，玻利维亚日复一日承受地狱之苦的高原矿工，阿根廷"肮脏战争"中失踪者的母亲，印度加尔各答"垂死之家"里的 27 号……我们无力改变他们的现实，却在不知不觉间分了一点他们的苦留在自己心中。路越走越远，心越来越沉重。后来在修习内观的过程中，一些痛苦才以泪水的形式被释放了出来……

和 Sara 道别之后，我和铭基继续走向新的未知旅途，而 Sara 则永远地留在了那片荒芜的寺庙，与它们一道忍受自然与生活的摧残。我知道自己也许再也不会见到他了。

我们一路向南，来到了首都金边。吸引我们的并非国家博物馆里象征着曾经那个强大帝国的几件残雕，而是红色高棉的罪恶"遗迹"——位于南郊的杀人场和城中的 S-21 监狱博物馆。

杀人场曾是红色高棉建立的集中营，死在这里的多是来自 S-21 监狱的犯人。迄今为止人们已在杀人场内挖出 9000 多具尸体，所以此处又称万人冢。柬埔寨政府在这里建造了一座佛塔，用来安放从坟冢里挖掘出来的头骨，以此纪念无辜的亡魂。数十米高的佛塔里有几十层玻璃柜，柜子里密密麻麻放满了骷髅头，他们空洞洞的眼眶直接对上我们的目光，真让人毛骨悚然。很多头骨都有破裂的痕迹，因为红色高棉为了节省子弹，往往直接用棍棒把人打死再丢入"杀人坑"。

佛塔后面就是"杀人坑"了，总共有十多处，如今只是一片片洼地，为茵茵绿草所覆盖。这里树木葱茏，可是处处暗藏杀机。有的树下立了牌子，说明当时的刽子手直接抓住小孩子的脚将他们摔死在树干上；有的树上当年挂了高音喇叭，用来掩盖受害者们的哀号和惨叫；路边不时会出现一个玻璃柜，里面装满了死难者的骨头碎片，或是随骸骨一道被挖出来的死难者的衣服和鞋子。

据导游说，杀人场里死人太多，直到现在也无法将所有的人骨和衣物挖掘干净。每次被雨水冲刷过后，草地上往往还会有碎骨或衣服的残片浮出地面。我在震惊之余也觉得有点儿匪夷所思——那可是三十多年前的大屠杀啊！到底死了多少人？难道这么多年都挖不完吗？

我和铭基是冒着大雨骑摩托车来到杀人场的。到达之后，大雨变成绵绵细雨，空气格外清新，杀人场里一片青翠，令人生出巨大的不真实感。我打着伞在小路上慢慢走着，突然被眼前的东西惊得呆若木鸡——

湿漉漉的土地上，渐渐浮出了一片深蓝色的东西。

我觉得浑身的血液都在那一瞬间停止了流动，那是……衣服的碎片！

就像是电影散场时灯光骤然亮起，史实、数字和几千个惨白的头骨这才忽然变成了真实的东西。我的第一反应是想呕吐，恐惧和愤怒在我体内震颤着，然后一阵尖锐的痛苦宛如一道闪电直击心脏。我感到自己突破了某种极限，不仅仅是对恐怖事物的了解的极限。我明白自己的生活因为看见这件深蓝色的血衣而发生了改变，并将永异于从前。

从那一刻起我才真正意识到"红色高棉"这四个字究竟意味着什么。我曾以为自己了解那段历史，知道整个国家死了三分之一的人是什么概念，有能力感受并同情 Sara 一家的遭遇和痛苦。错了。大错特错。那是我完全无法想象的恐怖和苦难，因此根本无从感受，遑论同情。我呆呆地站在雨中，仿佛站在一个梦里。怎么能假装什么事也没有发生呢？多少美好的东西被毁灭了，世界，还有生活在这世界上的我们，怎么还像什么事也没有发生呢？

索尔仁尼琴在《古拉格群岛》中说："宇宙中有多少生物，就有多少中心。我们每个人都是宇宙的中心，因此当一个沙哑的声音向你说'你被捕了'，这个时候，天地就崩溃了。"走出杀人场的时候，雨已经停了，世界却已四分五裂。我很高兴自己还活着，但我知道我的一部分已经死去了。

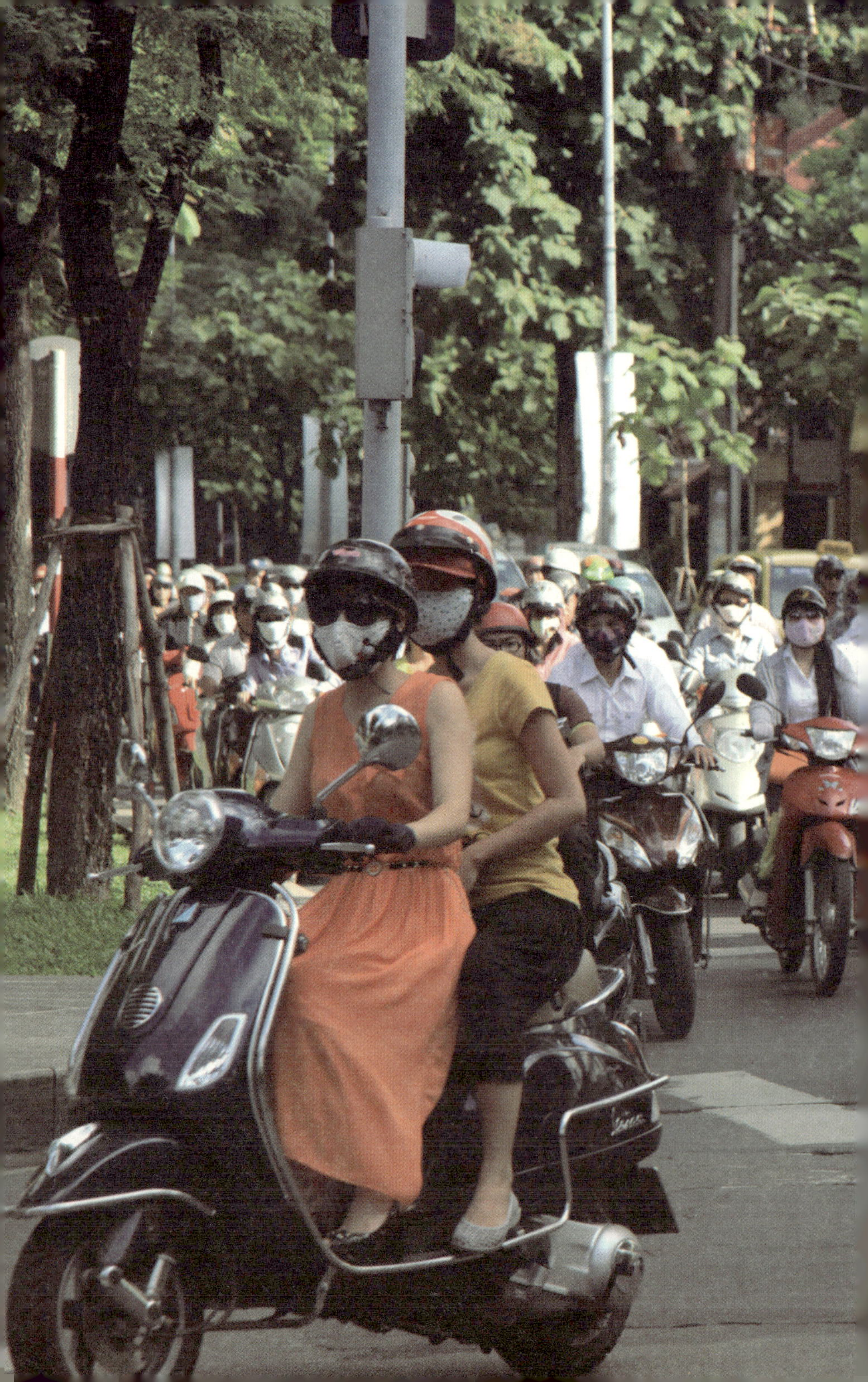

越南 胡志明市的摩托车洪流

越走越南

▲ 晚上的灯笼燃红了会安古镇的街道

一

来到越南之前，我只认识两个越南人。一位叫安，是我在英国读研究生时隔壁宿舍的同学，弱质纤纤的女生，举止永远斯文羞涩，言语轻柔得就像湄公河的呜咽。安拿着越南政府的奖学金来到英国深造，因此格外勤勉用功，平日生活也节俭而自律，在我们那几个夜夜笙歌的宿舍中堪称出淤泥而不染的白荷。每次看见她漆黑的长发和柔软的腰肢在门外一闪而过，我的脑海中就会不由自主地浮现出椰壳斗笠、月白的绸衫、清晨的茉莉花和点着织锦灯笼的小船。

同样是学霸，另一位越南女生V小姐却是截然不同的类型，颇为值得书写一番。我是在入职培训时认识她的，当时伦敦总部那一批新员工中的亚洲女生只有我和她两人，一见面自然分外亲切。V是不折不扣的名校高才生，本科牛津，硕士剑桥，而当我问她为什么硕士要换学校的时候，她只是轻描淡写地笑道："哦，上本科时我送了一件牛津的运动衫给我爸，后来他穿腻了……"

牛津剑桥倒也不足为奇，奇在她本科硕士皆靠全额奖学金读完。V上高中时拿着越南国家奖学金来到英国，"高考"时成绩优异，被牛津录取，却因没钱支付大学学费而愁肠百转。百般求告无门之下，V孤注一掷，写信给数十家大企业的董事主席，请求他们好心资助她的学业。而在这数十家公司中，唯一给她回复的只有我们公司当时的主席邦德先生。邦德先生本人出身寒微，如今见到如此有志青年，感怀身世，当下决定资助V读到任何她想要的学位，并且由V开始，设立了第一个公司奖学金并延续至今。V硕士毕业后，满怀报恩之心，悄悄申请了我们这家银行的 graduate programme（毕业生项目），并在成功获得录取后才将这一消息告知邦德先生本人。可想而知，邦德先生自然是老怀大慰……此段故事堪称佳话。

入职培训开始之后，我很快就感受到了V身上的"精英"气质。出类拔萃的人也分几种，有些人并不张扬，颇为顾及身边人的感受，但另一些人却恨不得向全世界昭告自己的聪颖过人。V属于后者。无论是上课提问还是分组讨论或上台演讲，她永远是那么积极、犀利、咄咄逼人，脸上却永远挂着面具般的职业性微笑。上课时看着正在慷慨陈词的V姑娘，我常会有一瞬间的恍惚——她真的是越南人吗？真的和温柔似水的安来自同一个国家？我和她绝非同道中人，有时却也不免生出敬畏之心——如果越南的年轻一代中有一支像V这样的生力军，这个国家的将来恐怕未可限量啊……

在郊区的培训中心结束课程之后，我们被送回伦敦城里，在公司附近一处商务住宅住下，开始紧锣密鼓地集中备考FSA（一种金融资格考试）。一时间再无聚餐party，人人用功不舍昼夜。因为大家当惯了"好学生"，若考试不过则颜面无存。

我和V搬进了一套两居室的房子，开始了同一屋檐下的生活。我很快就发觉V在学业上的用功专注果然异于常人，字典般厚的书本，我一遍尚未看完，她已复习了两遍，我所感受到的压力可想而知。我俩每天都在客厅同桌学习，每顿饭只以方便面之类的快餐胡乱对付。即便如此，V还常常嚷嚷"完了，肯定过不了了"，令我几欲抓狂。她每天只睡三四个小时，我便也不敢比她睡得多。若是我们两人都不及格倒也罢了，我心中只怕她通过而我没有。考完之后拿到成绩，长出一口气，两人相视而笑。那次考试有近一半人没过。

考完试后开始每天去公司培训，下午五六点便可以走人，那是我的职场生涯中最轻松惬意的短暂时光。我和V开始有充足的时间做饭，也有更多的闲话可聊。她爱听越南的流行歌曲，做饭时总随着音乐妩媚地扭动身体。有一次我一听便脱口而出："这是翻唱梅艳芳嘛！香港好多年前流行的歌啊！"她冷冷看我一眼，目光中流露不悦。从此我再听见越南语版的张国荣、刘德华、王菲、任贤齐……便也见怪不怪，不再多嘴。

又一次不知怎地讨论起中日关系问题，V突然说："你只知道中国被别的国家欺侮，却不知道你的国家是怎么欺侮我们越南的吧？就在前几天，你们的船员枪杀了我们十几个手无寸铁的渔民——这在今年都已经不是第一次了，你的国家肯定没有告诉你们这些吧。"当时的我的确是头一次听说这样的事情,一时间张口结舌,作声不得。

V有位交往多年的正牌男友,越南人,门当户对,品学兼优,可她真正喜欢的却是剑桥的一位中国男生,两人的"地下情"已有一段时日。在我看来此事匪夷所思,因为中国男生也深爱她,男未婚女未嫁,两情相悦为什么不光明正大地在一起?"不可能,"她黯然摇头,"我父母不会接受中国人,我爸会打死我。"见我愣在那里,她耸耸肩,"就像中国人恨日本人一样,很多越南人都恨中国人。"

正式上班没多久我就被派到纽约,半年后回到伦敦时她又去了香港,本来就不是一路人,我们渐渐地便断了联系。偶尔我仍会想起她,想起她那段纠结不已悬而未决的秘密恋情,想知道爱情的力量是否终能冲破"国仇家恨"。几年之后,我很偶然地得知了关于V的零星消息——她留在了香港,并且已经结婚。重点在于,另一半是位香港男士。

我哑然失笑——这擦边球打的!我想象着身穿剑桥大学运动衫的V爸爸皱起眉头,抚摸着下巴上的胡茬:"香港人……中国人……好吧,这次就放你一马!"

二

有些地名本身就有一种魔力,比如曼德勒,比如大马士革,比如西贡。S-a-i-g-o-n,发音既暧昧又清晰,慢慢地读出这个词,整个人马上被一种无形的东方魅惑所笼罩,眼前仿佛浮现一位西贡女子微启的樱唇。将"西贡"改名为"胡志明市",如果当时的越南有股市的话,我想当天的旅游股指数一定跌得惨不忍睹。

从柬埔寨进入越南,立刻感受到了浓烈绚丽的南国气息。其实天气是一样的热,可或许是因为西贡比金边繁华热闹得多,市声嘈杂,人头汹涌,四百万辆摩托车呼啸而过,让人觉得好像就要在热气中窒息。

越南比我想象中要现代得多也乏味得多,也许因为它是我们东南亚之行的最后一个国家。同为"印度支那",无论是东南亚特色还是法式风情,老挝和柬埔寨都已经让我们看了个够——当然,我承认越南的法式建筑更为华丽恢弘,审美品位也更高一等。而更关键的原因在于:越南和中国实在是太像了。

柬埔寨、老挝、缅甸、泰国都在印度文化圈内,受印度文化的影响很大,而越南久为中国藩属,受中国文化的熏陶更深,汉文和儒学教育都很发达。越南的古迹上处处写着中文,皇宫、皇陵和孔庙则完全是中国的迷你版本。当我穿过窄窄的护城河和单薄的宫墙进入顺化皇宫,总不免有一种来到小人国的奇突感受。曾经的御花园今已荒芜,低矮的太和殿里挂着中文字画,我很难想象这里也曾经住着无数的宫女和太监,文武百官立在阶前,一位孱弱的皇帝在法国势力下虚幻地统治着国家。

在宗教观念上,越南也是东南亚诸国中最为淡薄的一个,而且它的佛教多为北传佛教,和中国佛教同属一个系统。再也看不到那些浓厚的色彩和惊人富丽的玻璃镶嵌画了,南传佛教建筑的繁复堆积之美被对称稳重、层次分明的理性之美取而代之。大街上不见了托钵化缘的僧人,寺庙里的游客比信众还多——社会主义和宗教信仰从来都不是好朋友。

河内的诸多政治地标像极了北京,西贡的灯红酒绿让人想起上海,海滨小镇美奈是朴实版本的三亚,古城会安是风景和游客人数都降了几级的丽江……在越南的日子里,我好像只是在浑浑噩噩地到处游览,努力尽一个游客的本分,心中却没有什么震撼和好奇。只有看到街头的小吃摊档,闻到熟悉和不熟悉的香味,心才和胃一道被唤醒,激动得兀自狂跳。

我和铭基都是不折不扣的"东南亚胃",最爱酸甜清鲜,鱼露、虾酱、香茅、柠檬叶……通通都是心头好,就算在伦敦居住时都隔三岔五跑去吃越南菜,如今可算是找到了大本营。那段时间里,我在英国多年的好友思晨也特地从伦敦飞来越南,与我们一道旅行了十天。思晨同学什么都好,就是挑食这一点让人头疼,以往每次和她出游都不免为她担心(在土耳其她就差点没被饿死),越南菜却异乎寻常

▲ 越南的路边摊不乏各类海鲜和河鲜

地合她口味，令我和铭基大松一口气。看着她食指大动地吃着香茅烤鱼和椰壳大虾，浓郁的幸福感就像越南滴漏咖啡般一滴一滴流淌在我心里——生活在别处，却有爱人、好友、美食相伴，幸何如之！

越南的食物挣脱了"东亚文化圈"与"印度支那"的局囿，它为保持自我风格而战。即便是在满街都是米粉摊的东南亚，越南生牛肉河粉也绝对是独树一帜的美食。由于家乡的米粉特别出名，我对米粉一向挑剔，越南河粉却让我哑口无言。米粉以优质大米制作，雪白糯滑弹性十足。汤底更见真功夫，是熬煮多时足堪"传代"的骨汤，色泽清浅而味道浓郁。鲜红脆薄的生牛肉片直接铺在碗里，被滚烫的河粉汤慢慢烫熟，再配上辣椒、柠檬汁、豆芽和碧绿的香料叶子，内容丰富，滋味鲜美得简直能令死人复生。

越南春卷天下闻名，可是我个人不大喜欢吃油炸食物，所以更中意新鲜的米纸卷。糯米做成的米纸皮薄如蝉翼，洁白透明，裹上鲜虾（或肉碎）、粉丝、葱段、薄荷叶，放在盘子里精致得宛如手工艺品。端上桌来，光是看着米纸皮隐隐透出的丰富色彩便已食欲大开，吃时蘸上鱼露和辣酱，有层次分明的美妙口感。

不同的城市有不同的特色美食。古城会安有着最为地道的 Cao Lao（念作"犒劳"）——一种类似乌冬面的猪肉拌宽粉，因为据说煮 Cao Lao 的汤汁只有用上会安城里的 Ba Le 井水才最好喝。这种宽粉由黄米压制而成，奇粗无比，模样颇为拙朴可爱。不过我对 Cao Lao 感觉一般，会安"白玫瑰"才是我的最爱。白玫瑰有点儿像广东蒸饺，可是卖相更佳——白糯的粉皮包裹着肉馅或虾茸，捏成一朵朵玫瑰花的形状。蒸熟后淋上鱼露和柠檬汁调制而成的酱汁，再洒上炸得金黄的蒜茸，又是一件别致的艺术品。用筷子夹起一朵，粉皮晶莹颤动，真有白玫瑰的娇艳欲滴之感。入口嫩滑，清淡中带点鲜甜，淡雅滋味不辜负好名字，果然是白玫瑰而非红玫瑰。

西贡街头卖越式法棍（Baguette）的小摊档极多，不知为什么在河内却很少见到。以前公司其他部门有位越南女同事，听说她把母亲接到伦敦后，两人在 Brick

Lane (布瑞克小巷) 租了一个小铺位，专卖这种越式法棍，生意极佳。越式法棍是典型的东西合璧型美食，法国人将这种外硬内软的法式长面包带到越南后，很快便受到了当地人的欢迎，并被加以改良，发扬光大。

法棍在法国有多种吃法，可以直接吃，可以抹上黄油做早餐，也可以纵向剖开再塞入火腿、鸡肉、金枪鱼、奶酪、西红柿等等，并按照食材的不同淋上适合的酱汁。这样的法棍三明治本身已经够美味了，然而在美食上创造力惊人的越南人却并不满足。他们制作的法棍更轻更脆，剖开后抹上鸡肝或猪肝酱，夹入不同种类的越南扎肉 (一种越南特产)、冻肉片、肉酱、肉松、鸡蛋、黄瓜片、西红柿、酸甜萝卜丝、芫荽等等，再浇上各种我叫不出名字的酱汁，种类、分量和次序看似随意而为，实际上却是上百年来无数挑剔的味蕾凝结而成的智慧。越式法棍的内容比法式三明治要复杂得多，吃起来却完全没有前者的滞重感，也更符合亚洲人的口味，在味觉上有种既繁复又和谐的东方之美。

在西贡，越式法棍是极受欢迎的早餐。有一次我和铭基一大早出发乘长途车去美奈，起晚了没来得及吃早饭，上车以后却忽然发现马路斜对面有个卖越式法棍的流动小摊。眼看就要发车了，我们的馋虫却已彻底被勾起，头脑一热就冲下车去直奔法棍。那真是惊心动魄的几分钟——大巴随时都有可能开走，摊主大婶手脚麻利地往法棍里塞入材料，我们则像热锅上的蚂蚁一样在小摊周围跳着脚焦急等待……车身动了一下，又动了一下，我心急如焚，紧张地流着汗，死死盯住车轮。理智告诉我必须放弃法棍即刻回去，可是一双脚却牢牢钉在地上，它们太诚实了，不甘心放弃眼看就要得到的美食……是的，越式法棍就是有如此惊人的魅力。

大叻是个颇具欧洲情调的山城，我们却是在那优美的地方第一次尝试了古怪的越南毛蛋 (也叫鸭仔蛋，南京人称"活珠子")。毛蛋是一种正在孵化过程中的鸡蛋 (或鸭蛋)，半蛋半鸡，有的甚至已然成形。卖相令人不适，却因味道鲜美而深受越南人欢迎，外国人则往往视之为"黑暗系美食"。晚间回旅馆的路上总看见路边灯火昏黄的毛蛋小摊,一张小桌,几个小凳,食客们一人对着一个鸡蛋,拿着小勺子静静地吃,简直像是一种民间宗教仪式。几次经过,我们终于受不了那蛊惑,身不由己地坐了下来。老板娘抿嘴微笑,端来两个用炭火烤熟的毛蛋。她示意我们将毛蛋立在像白酒杯一样的小杯子上,用小汤勺将大头敲破,再洒入盐巴、胡椒、香草和柠檬汁来压住腥味。黑灯瞎火的也看不清蛋壳里的内容,可是一勺子下去,鸡和蛋的质感历历分明,甚至能尝出内脏的滋味,蛋里的汤汁也颇为鲜美。形式固然有些诡异,可是,在本质上,它难道不是和日本料理中的"亲子饭"大同小异吗?

越南遍地都是小吃摊,其中又数大叻的夜市摊档氛围最妙。中央广场前是一级级的台阶,有点像罗马城里浪漫的"西班牙台阶",不过是烟火气十足的东南亚版——两旁的小摊上灶头煎炒,热气腾腾,台阶上摆着许多塑胶小凳供食客坐下享用,形成了一个天然的开放式大排档,场面甚是壮观。有些小吃摊直接摆上了台阶,鸡蛋煎饼和烤玉米的香气在晚风中飘浮,年轻的摊主姑娘笑眯眯地向我们推销她身边大桶的玉米汁和鲜豆浆。大盆大盆的虾、贝壳、海螺、蛏子、蟹腿、鱿鱼让人垂涎欲滴,不懂越南话也没关系,只需伸手一指,摊主马上会意,麻利地将你喜欢的材料和姜丝一道放进炭火盆里烹煮……我坐在小凳子上,沐浴着这座城市新鲜热辣的生活气息,心中有稳当的满足感,仿佛已经在此度过了一生的光阴。

那个时刻忽然想起安妮宝贝以越南为主题的书《蔷薇岛屿》里好像也描写过大叻的台阶夜市,回去上网一查,果然记忆不差。不过安妮宝贝将那里的气氛塑造得太过阴晦,于是——

"苏说,你是否觉得不安?

她说,这里都是当地人,鬼佬太少。他们不来这里。他们不来危险的地方。"

我哈哈大笑——好一个"危险的地方"!我继续看她书中的其他内容,不时被充斥其中的少见多怪和华丽抒情刺激得直起鸡皮疙瘩。可是下一秒钟,一阵怅惘却击中了我。虽然安妮宝贝是位争议很大的作家,曾经的我却也曾看着她的书憧憬着只身上路背包走天涯的自由和潇洒。以现在的眼光看来，当时的她无疑是个初出国门的稚嫩菜鸟，然而一本书有一本书的时间，它的韶华已逝，因为世界在变化，而读者们都已经长大了。

和很多人一样，每次面对美食，我和铭基总忍不住在开动前先用相机为它们"开光"。其实这是个毫无意义的举动，因为我深知在此后的日子里再次翻看这些食物照片的可能性寥寥无几，除非——除非这些照片也能同时记录食物的诱人香气。事实上，我常常希望科学家们发明一部能够定格气味的相机，对我来说，气味比影像要真切得多。当我在炎热的天气里经过一家印度餐馆，咖喱的气味会立刻将我"输送"回加尔各答的街头。大麻的香味让我想起研究生时的舍友和阿姆斯特丹，炸香蕉的甜腻是整个中美洲的回忆，成熟的芒果和罗望子酱则是曼谷的味道。走在午夜的河内，许多小摊都已收档，街道上却依然黏黏地弥漫着各种气味——煎虾饼、炸春卷、牛腩粉、烤鱿鱼干、切开的木瓜、海鲜酸汤……我贪婪地嗅着，呼吸着，就像正在呼吸人世的现实与深稳，就像自己真的拥有那部神奇的相机。这是我想要记住的味道。这是越南的味道。

三

越南菜在美味之外的另一大好处是普遍健康清淡，吃多了也没有太强烈的负罪感。难怪越南街头看不见几个胖子，女人们个个窈窕有致。越南女子在亚洲范围内好评度极高，除了勤劳坚强的品质，身材相貌也是加分。东南亚日头毒辣，女人们往往有着健康的肤色，越南女性给我的第一印象却是出乎意料的白皙。当然，很快我就见识到她们为此付出的努力——骑在摩托车上的她们俨然一副劫匪装扮，双手戴着薄手套，纱巾将整个脸裹得严严实实，只露出一双漆黑的大眼睛。

越南人口很多，大城市里人头攒动交通拥挤，可是人们似乎并没有被速度与规模所迷惑，没有被汹涌的现代化浪潮打造成一部部高速运转的机器，仍然有时间停下来想一想自己正在做什么。河内和西贡的许多街区仍然弥漫着属于小城镇的悠闲气氛,当地人坐在遮阳伞下的藤椅子或小板凳上,面朝着马路上的行人车辆,一边喝咖啡一边与同伴闲聊,那场景简直与巴黎街头无异——法国人在越南留下了太多东西,咖啡文化便是其中之一。越南滴漏咖啡不适合急性子,一滴一滴就像沙漏在计时。可是越南人从不着急,他们总是耐心地等待着,直到一杯咖啡全部滴完,才一小口一小口慢慢喝下去。他们啜饮着咖啡,神态从容地望着满街的车水马龙,就像是已经把自己抽离出来,以旁观者的角度欣赏着这一出人世的戏剧。

我不知道我是否喜欢越南人,除了更有耐心,更不急躁,他们和中国人实在是太像了(不过话说回来,过去的中国人其实也曾有过悠闲的时光,甚至曾被称为"漠视时间的民族",完全不像现在这么火上房似的)。正因为我是中国人,看到越南人时才更有种看到失散多年的孪生姐妹般的奇突感——优点变得不明显了,缺点却放大了一百倍。越南人的相貌、神态、举止、穿着都与中国人极为相似,当地的中年男人也和我们的许多男同胞一样品位堪忧,喜欢把T恤扎进西裤里,腋下夹着不伦不类的公文包,走路时双手背在身后,更恐怖的是连爱随地吐痰的习惯都一模一样。我想起V说的那句"很多越南人都恨中国人",不禁感到一丝讽刺——恨着恨着,却在不知不觉间变得和自己的仇人一样……

中国人早已习惯于防范各种坑蒙拐骗的招数,越南人没有那么多复杂的花样,但是坑骗游客的事件也远远多于东南亚其他国家,而其中最为普遍的恐怕就是出租车司机的宰客行为了。越南出租车公司良莠不齐,很多司机拒绝打表收费,或者干脆在计价器上做手脚。铭基同学的字典里没有"上当"这个词,来到西贡前他已细心做好功课,得出的结论是有两家正规出租车公司可以信赖——Mai Linh 和 Vinasun。从此我们打车时总认准这两家,果然从未遇到过欺诈事件,身穿整洁制服的出租车司机沉默而诚实。然而,就在我们得意地感叹着自己的经验丰富和好运气时,一辆白色出租车无情地碾碎了这个幻象。

▲ 山城大叻，中心广场的台阶在晚上变成热闹的夜市
▼ 河内街头的酒吧

我们的失误在于忽略了越南人与中国人的另一个共同点——无与伦比的山寨能力。那辆出租车的外表与 Vinasun 公司的车实在太像，我们匆忙间没多细看就上了车。细心的铭基一上车就发现是冒牌货，而我和思晨则傻乎乎地瘫在后座没心没肺地闲聊。

年轻的司机英语不错，而且异常热情，总是主动地挑起话题。我们也友好地回应着他，但我很快察觉到铭基开始不说话了。刚过几个路口，铭基忽然指着计价器问司机："为什么跳得这么快？"

他不说我还没留意，计价器上的数字就像上了发条般一路狂跳。

"没有啊！"司机一脸无辜，"本来就是这样的。"

他若无其事地拐了个弯，试图继续跟我们闲话家常。可我们已经起了疑心，怀疑在他友善微笑的掩护之下，一个狡诈的阴谋已然成形。

又行驶了一段，铭基又开口了，能听出他在努力控制自己的情绪："不对，你的计价器肯定有问题！"

"没有问题！我们已经开了很远的距离！"司机大声分辩，满脸都是委屈。

"我知道距离有多远！"铭基烦躁地挥动着手中的地图，"你以为我是第一次坐出租车啊？！"

司机不再吭声，我们也没人再说话，车厢里满是山雨欲来的气氛。我和思晨面面相觑，铭基坐在前面，看不见他的表情，而计价器上的数字还在疯狂地往上蹿。

到了目的地西贡火车站，司机"啪"地一按表，冷冷地说："70 万越南盾。"

"扯淡！"我们气愤地大叫起来，"骗子！你的表有问题！"

司机脸上的表情就像刚刚蒙受了万古奇冤。他怒目圆睁，双手在空中激动地挥舞，嗓音提高了八度，赌咒发誓说我们开了很远，而真实的车费就是这个数字。他真是个天才演员，一连串表演无懈可击，不了解实情的旁观者绝对会被他迷惑。老实说，就连我都曾有过一瞬间的自我怀疑——难道我们真的错怪了他？可是，不不，这绝不可能。要知道，城里的短途车资一般也就是几万越南盾，70万真是天方夜谭！

铭基一向冷静，此刻也被司机的表演气得七窍生烟。四个人在车里大吵大闹，相持不下，看来是无法达成和解了。"告诉你，这个价钱我肯定不会付，要不然咱们就去警察局理论。"铭基对司机说。

"好啊！去啊！"没想到司机的嚣张气焰有增无减，"不过我告诉你，警察也不会帮你的。越南警察……哈哈！你知道他们有多腐败吗？到时候你们得付更多钱来搞定警察！"

见鬼！我暗想，如果他所言非虚，这可真是个不好收拾的烂摊子。

铭基却没有犹豫，"没关系，去呀！我就是要去警察局。"

司机沉默片刻，忽然伸手去按计价器，"可以！但是去警察局的车费你们也得付！"

"Shit！"我们三人异口同声地爆了粗口。这老狐狸！再付一程做了手脚的车费还是其次，最关键的是他轻轻一个动作就抹煞了上一趟车程的痕迹。也就是说，我们失去了可以证明他敲诈的所有证据……

说时迟那时快，铭基转过头来对我们说："下车！"

我赶紧打开车门，拉着还没反应过来的思晨下了车。与此同时，铭基把几张钞票塞给司机，"给你7万！不可能再多了！"

司机瞬间变成了一座人肉火山。他挡开铭基的手，对他大吼大叫："No！Give me my money！ My money！！！"

Your money 个屁！我在一旁听得火冒三丈，真的从未见过如此嚣张的骗子！铭基再次和司机争吵起来，眼看他明明是在敲诈还死不松口，铭基也彻底发飙了。他把钱扔给司机，迅速下车，一边重重关上车门一边用我所听过他最愤怒的声调破口大骂："Fuck off！"

人肉火山也再次爆发了。他一拉车门，气势汹汹地下了车，右手食指凌厉地指向铭基,"你他妈的说什么?有种你再说一遍!"

"我说 fuck off!"铭基的表情看上去像是宁愿打上一架。

下一秒钟,司机做了一个非常奇妙的动作。他脱下右脚的塑料拖鞋,拿在手上高高地举起,作势要扔向铭基——他的表情凶悍无比,但我仍有种在看周星驰早年喜剧电影的错觉。尽管仍然气愤,心底里却忍不住地想要发笑……

一直处于震惊状态的思晨同学直到此刻才终于回过神来——从文明的伦敦忽然置换到要与地痞混混斗智斗勇的越南街头,这 cultural shock(文化冲击)简直无与伦比——她拉拉我的衣角,北京大妞的一口京腔足以将任何话语都染上一丝浑不吝的味道:

"怎……怎么着这是?咱们是也要脱鞋么?"

有几秒钟的时间,四个人站在那里僵持不下,直到铭基示意我们走进火车站里。我们走得很快,头也没回,任凭司机在后面大呼小叫,而他的那只拖鞋终究还是没有扔过来。

直到我们买好了火车票,思晨还沉浸在刚才的那一幕中无法自拔,司机高举着拖鞋的那个场面令她久久难以忘怀。我回想起来也忍俊不禁:"你还问咱们是不是也要脱鞋……啊哈哈哈哈!"

"气势!我是觉着咱们也不能输了气势!"她翻了个白眼,"还好不用扔……我的鞋可贵了!"

四

自从离开了泰国,我们已经很久没见到这么多的中国游客了。走在越南街头,到处都可以听到中文,这个国家显然有什么东西深深吸引着前仆后继的同胞们。

越南的旅游路线不外乎从南到北或是从北到南,一路上的热门旅游城市也就那么几个,陌生的游客难免一次次重逢。美奈的小旅馆里有几位中国年轻人住在我们楼下,虽然从未正面打过招呼,每天却都听见他们在旅馆的泳池里来回扑腾,高声谈笑。我们在同一天离开了美奈,没想到没过多久,又在岘港的火车站里再次碰面。

我们这边有三个人,他们那边也是三个人,又都说的是中文,很快就留意到了彼此。平头圆脸戴眼镜的男生率先走过来和我们搭讪,问我们已在越南玩了多久,接下来又要去哪里。他的语气有点儿古怪的心不在焉,明明是他主动提问,却又好像对我们的回答没有丝毫兴趣……直到我们也礼节性地反问他,眼镜男的脸上才忽然流露一丝兴奋,以及与他憨厚的形象不太相称的骄傲:

"我?越南我是第一次来,不过我常常出来旅游的!东南亚我差不多都跑遍了,地方都很熟的!"

"对呀对呀,"站在他身边的黄T恤男生忙不迭地说,"我们都是跟他混的!"他笑着看了一眼眼镜男身后模样颇为可爱的短发女孩儿,女孩儿没有说话,只是抿嘴一笑。

"风景嘛其实没什么意思,都差不多,我都看到不要再看了……现在我就是喜欢带他们去去酒吧。你们有没有去酒吧?这里的酒吧还有点意思……东南亚我都很熟的!"眼镜男再次强调,可是随即不满地摇摇头,"不过你们两个都不行,喝一点儿就倒!"

黄T恤讨好又有些抱歉地笑笑,女孩儿还是没有作声。直到此刻我才我发觉他们并不像我想象中那般熟络,后来才得知他们是在网上论坛里约齐了一起出行的,一个学生两个上班族,三人此前从未谋面。

"你们也是坐火车去顺化吗?"我觉得眼镜男话太多,于是转向黄T恤。

谁知眼镜男又立刻抢过话头:"我们只在顺化停三四个小时,傍晚就离开……顺化没什么好玩儿的,三四个小时足够了。除了那个皇城,其他都没意思……不过那个皇城也跟故宫差不多,还比故宫小那么多……你们要在顺化停留吗?……干吗待那么久?顺化可真没什么值得看的!"

"你去过顺化呀？"一直没说话的思晨忽然开口。

眼镜男一愣，"没有……但是我知道……"

思晨从牙缝里发出轻轻的一声"切"，然后马上动作很大地转过身去，不用看我都知道她的白眼已经快要翻到了头顶上，而且若非必要绝不会再与眼镜男交谈。

老实说，有时候我真羡慕思晨。她永远都是那么真实地释放自己的情绪，对于不喜欢的人和事，她总是直截了当地表达不满，即便当面得罪了人也在所不惜——我就是喜欢北京大妞这股爽快劲儿。

和思晨相比，我大概属于总是"打圆场"的那一型。我最怕尴尬，也怕让人尴尬，所以永远无法像她那么率性。不过话说回来，此时此刻，我也并不真的十分厌烦眼镜男——当你知道这辈子你们可能只有这一次机会见面的时候，没有人会真的让你厌烦。

我决定换个话题："呵呵，越南的中国游客可真多啊。"

这个话题却意外地引起大家的共鸣，黄T恤忽然兴奋起来，说一路上见到很多年轻的中国背包客，为了旅行辞职或者休学，已经在路上走了很长时间。"Gap year！"黄T恤的眼睛闪闪发亮，"现在流行 gap year！我就挺佩服这些人的，真有勇气！"

"其实也不需要什么特别的勇气啦，"我有点儿不好意思地说，"主要是逃跑的愿望压倒了一切……"

当得知我和铭基其实也正在 gap year 中，而且已经旅行了一年多的时候，黄T恤看起来颇受震动，眼镜男则打量着我们，不以为然地摇摇头，"这么玩儿不累么？玩到后来不会无聊么？"

我说其实还好，旅途中的生活也是很容易习惯的。至于无聊，在拉丁美洲旅行的时候从没觉得无聊，不过现在在亚洲待久了，从老挝开始，的确是有点儿无聊了。

"我可不行，我最多玩两个月就得回家休息一下，要不然就烦了……"眼镜男说,"你们在南美洲玩儿了多久?"

"中美和南美加起来一共六个半月吧。"

"印度呢?"

"不到三个月。"

"你看!这样就是很没有效率嘛!"眼镜男大摇其头,提高了声调,"跟你说,我的理想就是40岁之前走遍全世界。200个国家!按照你们这种玩法,根本不可能实现嘛!到最后你们一辈子连100个国家都去不完,完全是在浪费时间。"

"呃……"我忽然想起去年在墨西哥的瓦哈卡曾经遇见的一个中国女生。当时她已在那里学了一个月的西班牙语,见到她的时候她正坐在青年旅社的厅堂里忘我地复习,皮肤晒得宛如当地土著,课本和笔记本摊了满满一桌。她告诉我们她打算再学一两个月,直到西班牙语程度足够与当地人自如地沟通。我们的旅行路线极为相似,不同的是她计划在拉丁美洲待上整整两年,深入当地真正了解这片土地……和她相比,我们的旅行可算是走马观花了。不过,在眼镜男的眼里,这个女生大概是脑子进水了才会选择如此"没有效率"的旅行方式吧。

我很想向眼镜男解释,并不是每个人都那么看重"xx天xx国"这种"荣誉标签"的。我还想告诉他,对于有些人来说,过程比结果重要,一段细节丰富的回忆比一本盖满了入境章的护照重要。可是下一个瞬间,我又打消了这个念头。人世本来就参差多态,有人喜欢徒步的乐趣,有人享受登顶的满足。他若是更为享受理想达成的满足感——为什么不呢?

"你们那才是旅行啊,我们这种只能算是旅游……"黄T恤忽然开口,言若有憾。

这又从何说起?我愣住了,惊讶于他语气中的自贬意味。什么时候"旅行"这个词也被无限拔高、上纲上线了?旅行和旅游在本质上有何差别?为什么非要人为地给"旅行"披上一件金光闪闪的外衣?

在我看来,旅行不过是一种再普通不过的爱好,和读书、听音乐、钓鱼、打台球、玩扑克没什么区别。旅行的形式也有很多种——长途、短途、穷游、"腐败"游、美食之旅、朝圣之旅、历史人文之旅、海滨度假、徒步登山、野营探险……人们根据自己的能力和喜好选择不同的旅行方式,就像有人热爱摇滚有人偏好爵士,可它们本身并无高下之别啊。

也许因为旅行——尤其是 gap year 之类的长途旅行——是最为便捷的使自己看起来不普通的方式之一吧,我想,毕竟在当下它是如此时髦的话题。就像西方年轻人喜欢用音乐品位来彰显个性一样,Yo La Tengo①乐队的粉丝往往抱持着满满的优越感来看待 Jonas Brothers 的歌迷。同样是爱好,辞职休学在家看一年书,尽管在思想上有很大的成长,可是不一定能反映在笔下文章,就算可以也未必能引起很大的关注;旅行可容易多了,只要辞职休学出门走上一遭,在网上秀出沿途照片和游记,便可成为很多人眼中的"牛人",拥有一票粉丝,享受"人生从此与众不同"的错觉……

是的,我认为这是错觉。旅行的确非常美好,它赋予你前所未有的自由,打开你的眼界,让你看到生活中无限的可能性。可是旅行毕竟不能代替生活本身,无法一劳永逸地解决生活中的诸多问题,最多只能让你停下来面对自己,换换脑筋充充电喘口气。结束了精彩的旅行,绝大多数人还是要回到现实中磕磕绊绊地继续生活之旅。有时我甚至庆幸自己是个"大龄"背包客,虽然不如二十出头的年轻人那么勇猛热血,可是也正因为有了这种"瞻前顾后"的心理准备,对旅行之于人生的意义抱以一颗平常心,才不那么容易落入那个虚荣的陷阱。

在我看来,越来越多的中国年轻人带着疑惑和迷茫出走,希望借由旅行认识世界寻找自我,并非简单的"跟风",而是再正常不过的现象,其背后折射出的是年轻一代受正统文化压抑已久的苦闷、彷徨、信仰危机以及对完善社会与自由个

---

① Yo La Tengo 是来自美国新泽西的三人乐队,是为数不多的备受严肃乐评家推崇的当代乐队之一。Jonas Brothers(乔纳斯兄弟)乐队同样来自新泽西,是借迪斯尼频道走红的流行摇滚乐队。

性的追求，就像美国 60～70 年代的嬉皮运动和日本的"透明族"，是某些特定的时代和制度之下必然会出现的一股潮流，社会对此无须煽动也不应嘲讽。与其预设立场，或是用居高临下的口吻"劝导"年轻人不要盲目出行，不如尊重这一现象，观察它，理解它。时间自然会为它做出公正的评价。

而对于已经走出去的年轻人来说，最重要的在于诚实和有担当——诚实地面对自己的内心，有能力为自己的行为负责。至于想靠旅行将自己变得了不起，甚至衍生出攀比和炫耀式的旅行，当然也无不可，只是很可能得不到预期的收获。正如游历广泛的英国作家毛姆所言："一个人的生活不同一般并不会令他非凡，与此相反，要是一个人非凡，他会从乡村牧师那样单调的生活中创造出不同一般。"

因为马上就要发车，我对黄 T 恤的回应只到"旅行不过是普通爱好"那里就不得不戛然而止，他礼貌地点着头，神情有些迷茫，看起来对我的观点仍持保留意见。我们友好地挥手道别，知道很有可能此生都不会再相见。

终于在拥挤的火车上找到座位安顿下来，思晨忍不住调侃我："你可真行！跟什么人都能聊！"

我知道她受不了眼镜男的自以为是，可是，对于一个深深为人性所着迷的人来说，能够在旅途中遇见不同的人，听到各种让你或深思或发笑或感叹或抓狂的言论，本身就是旅行的一大乐事。

越南是我们回国前的最后一站。看到眼镜男和黄 T 恤，我知道自己离中国——目标明确而细节缺失的中国、个人精神屈服于群体压力的中国——越来越近了。

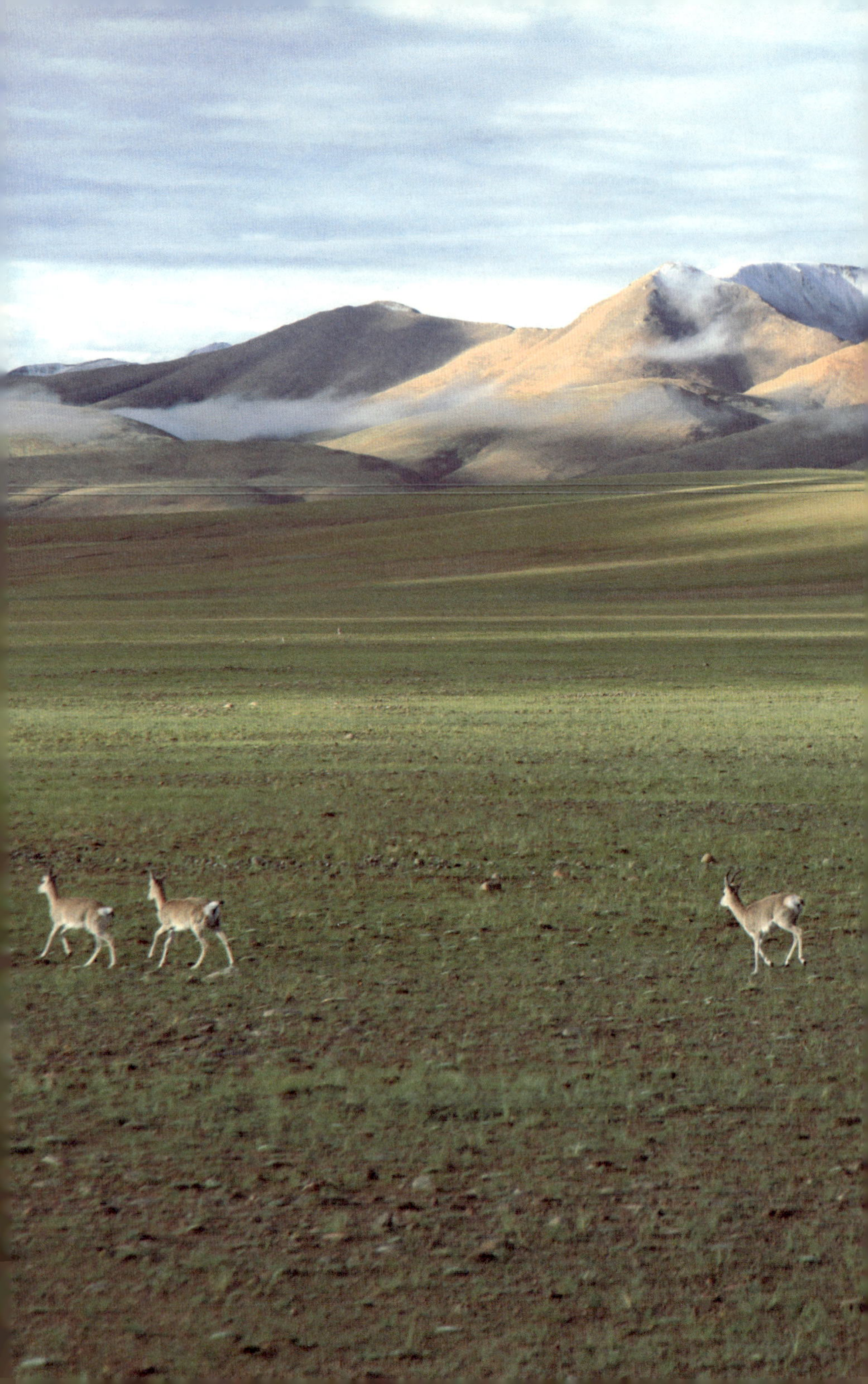

西藏 阿里地区藏羚羊

何处是家乡

▲ 大理古城的天主教堂，融汇东西建筑风格和当地白族文化特色

一道中越公路桥连接着越南的老街和中国的河口。在这一年多的旅行中，我和铭基不知跨越了多少边境，这一次过境却再次令我们心潮起伏。两个人背着大包站在桥上自拍了一张合影，东南亚所有的神秘通通消失在背后的那条边境线。尽管旅途尚未结束，却也可以算是回家了吧？可是望着前方空茫的大地，我又忽然感到一阵迷惘——中国之大，哪里才有真正属于我们的小家？我下意识地想起伦敦的那个家，可它早已是过去式了。

我们没有在河口停留，直接坐上了开往昆明的大巴。开车没多久，售票员就像幼儿园老师一样来回走动着发出警告："臭死了！不许在车里脱鞋！都把鞋穿上！"如此反复督促，车厢内那股浓厚熏人的臭脚丫子味才开始渐渐消散。东南亚男人普遍穿拖鞋，脚臭比较少见，而很多中国男人大热天里也鞋袜整齐，所以一脱鞋就杀伤力惊人。就连这一小小发现都令我觉得新鲜有趣，看来我真是离开中国太久了。在英国的八年中每年也就回国两三个星期，而且基本上都是待在父母家里，已经很久没有在国内旅行了。

中国的路修得真好，我和铭基不断地啧啧惊叹。从车窗望出去，到处都是崭新的公路，平整，光滑，一望无际，不知"创造"了多少 GDP。回想起南美洲的安第斯山脉和印度东南亚的崎岖土路，中国的大巴旅程简直可以算是五星级体验——当然，除了臭脚丫子味儿……

旅行了一大圈之后回国，处处都是"反 cultural shock"：城镇看起来像是同一个模子刻出来的，填满了灰色的钢筋水泥，而一片片高楼还在拔地而起；钱忽然变得很不经花，一张张钞票好像被看不见的怪兽所吞噬，消失的速度快得令人心痛；最让我吃惊的还是人们的神情，老一辈人那种纯净敏感的容貌固然越来越少，可我印象中同胞们脸上那种沉默拘谨之色也已然被另一种神情所取代：人们的脸上有种懒洋洋的乖张，目光出奇的放肆，常常毫无顾忌地上下打量，可又并非别有目的，更像是一种下意识的流露，后来在网上看到 16 个字的描写——"身强力壮，东张西望，钱包鼓鼓，六神无主"，真是异常贴切。

在昆明的云南大学游览时，意外地遇见一位自称是本校教授的中年男子。当时他也正和一位学生模样的年轻男生一道漫步古朴雅致的云大校园，我们在一块字迹斑驳的石碑前相遇，他主动和我们搭讪，得知铭基是香港人之后，忽然突兀地改用英文："Nice to meet you! I'm Professor Zhang（很高兴认识你，我是张教授）……"

"我听得懂普通话……"铭基同学有点儿尴尬地说。他的普通话其实非常流利，却经常因为有口音而被人轻视，这是他生活中的一大烦恼。

Professor Zhang 却不愿轻易放弃这个在学生面前展示英文的大好机会，他决定采用中英结合的形式："Welcome to（欢迎来到）昆明！我是研究 economics（经济学）的，you know economics（你了解经济学吗）？之前我在 Stanford University（斯坦福大学）……yes, in the US（对，在美国）……you know Stanford（你知道斯坦福大学吗）？"

我们聊了一阵。我渐渐意识到 Professor Zhang 爱说英语并不单纯为了炫耀，而是源于某种"乡愁"般的情感——他想念斯坦福，想念美国，而英语象征着他已失去联系的那个世界。这令我有些恻然，仿佛看到了多年以后的自己。正所谓"客树回看成故乡"，浪迹天涯的流人，不知最后思念的是哪一个故乡。

昆明是座可爱的城市，山清水秀，气候宜人，生活节奏虽然比九年前快了不少，你却仍能从翠湖公园里吹拉弹唱手舞足蹈的人们身上找到那种久违的闲情雅意。最妙的是这里并不只有大妈的广场舞，来自云南各地的少数民族男女也常常自发地在湖畔跳起本族的传统舞蹈，而他们的同胞路过时也往往欢快地加入，颇有点儿"以舞认亲"的架势。蒙蒙细雨中人们犹自兴致不减，金花共项圈一色，孔雀裙与毹氇齐飞。汉族人一向拘谨，这样的场面还真是只有在云南这少数民族大本营才看得到吧？

我还在昆明剪了个头发，这是自从离开英国后最为成功的一次，因为发型师终于能够听懂我的要求了……摸着整齐的发脚，我几乎是饱含着热泪坐上了开往大理的客车。卖报纸的小贩向乘客们兜售着《春城晚报》，一边大声念出劲爆新闻的标题:"昆明最大黑帮被摧毁,90后是黑帮老大!……昆明一恶犬咬伤10人!……章撒谈恋爱,未婚先孕!……"

一路谈论着黑帮老大和章子怡,我们抵达了大理。此地对我们来说意义非凡,因为九年前我和铭基就是在这里确知了彼此的心意而真正走到了一起。如果说西藏见证了我们爱情萌芽时相互试探和患得患失的酸涩与甜蜜,那么大理的时光就是不折不扣的热恋期,简直有点儿甜得发腻。那时全国"非典"肆虐,大理游人稀少,我俩成天牵着手在古城里傻乎乎地走来走去,住在一家叫作"榆安园"的家庭旅馆,饿了去"海船屋"吃饭,累了在"懒人书吧"看书,下雨时去"唐朝"避雨、喝奇怪的饮料、写明信片给对方……就像所有热恋中的人一样,理智被爱情冲得落花流水,整天恍恍惚惚地傻笑,眼里只有对方,周围的一切都变成了虚化的背景墙。

唐朝和懒人书吧还在,但前者的氛围已不似从前,后者多了家别致的客栈姐妹店。榆安园和海船屋则完全失去了踪影,甚至找不到它们曾经存在过的任何证据。我们走街串巷地寻找,却发现连周围的地标都已沧海桑田。询问古城里的老商户,年轻的店家小妹也都一问摇头三不知。唉,我和铭基相对无言。流光最易抛人去,红了樱桃,绿了芭蕉。高歌猛进时代里的爱情,因为丢失了参照物,大概注定难以重温,也无从凭吊。

大理令我们感觉陌生。它仍然是美的,只是挤满了人。我们低估了旅游旺季的杀伤力,没有提前预订旅馆,结果差一点要露宿街头。满街都是游客,跟团的,自助的,举着单反,长裙飘飘,兴高采烈,钱包鼓鼓。我和铭基上一次光顾着谈恋爱了,几乎什么景点都没去,这回本来决定好好补课,可是作为两个穷背包客,每一次看到景点的价目表都几乎要得心肌梗塞——国内的景区门票怎么会这么贵?!巴黎卢浮宫门票折合人民币不过八十几元,印度泰姬陵对本国游客只要两块多(对外国游客也只是刚刚过百),为什么苍山和玉龙雪山之类的景点这个费那个费加起来随随便便就要几百大元?

咬着牙游览了玉龙雪山,犹自心痛不已的我们决定接下来的时间就在古城内外随便走走看看，或是骑自行车环游洱海。和壮丽的雪山相比，我们觉得大理"三塔"是个小景点，门票应该不会太贵。兴冲冲地走路去了，到达门前却被标价120元的门票惊得倒退几步——只不过是三座塔而已！"算了，"铭基说，"我们绕到后面去看看崇圣寺好了，寺庙总不会贵得离谱吧？"于是我们一路上坡，沿着高高的围墙走了半天，累得呼哧呼哧直喘气，终于到达了崇圣寺的后门。一看标牌，晴天霹雳！还是120元！原来三塔和崇圣寺已被打包为同一个景区，无论从哪边进都得支付这昂贵的门票"套餐"，就算只想进入寺庙跪拜礼佛也不能便宜半分。两个穷光蛋只好又灰溜溜地一路下山，围墙里的三塔在夕阳的余晖中同情地注视着我们。

尽管如此，大理却也有不用花钱的好去处。隐藏在苍山深处的无为寺是大理最容易被错过的景点，虽然很高兴看到此地清净少人，但这实在令我有些吃惊——这可是南诏大理国时期的皇家寺院，也正是金庸先生《天龙八部》中"天龙寺"的出处和原型！难道大家不想来看看培育了段氏绝学和一阳指神功的祖庭？更何况听说无为寺如今的住持净空法师偏巧是位深得少林真传的武僧，海内外各国武术爱好者纷纷慕名而来修禅习武，无为寺的香灯似乎注定禅武相续，种种奇闻轶事又为它本就非凡的"身世"平添了几分传奇色彩。

我和铭基骑着自行车一路颠簸来到苍山脚下，再沿着蜿蜒的山路走了二十分钟，一路上人烟稀少，安静得只能听见鸟语泉鸣。偶尔有剃了光头打着绑腿的西方青年身轻如燕地跑下山去，像是正在进行某种基本功的练习。路边的树丛里忽然传出古怪的声音，我们蹑手蹑脚地接近，却发现一位僧人抡圆了斧子正在劈柴，每次发力前都发出低沉的呼喝声……这一切都令我们惊奇而迷惑，以为自己误闯了桃花源——而此中人也很可能会告诫我们"不足为外人道也"……

终于看见寺前的那棵千年香杉时，我和铭基忽然心有灵犀地同时回头，一位身着黄色僧衣的大和尚好似从唐宋传奇小说中飘然而至。说来也怪，我们从没见过净空法师的照片，却一眼就断定他正是眼前此人（后来果然从寺中的照片得到证实),或许是因为他浑身都散发着清正磊落之气。净空法师一看就是练家子,项上挂着一串巨大的佛珠,目光闪闪如岩下电,须髯甚伟,不怒自威。有两位外地香客特地开车送来油米,净空法师不卑不亢地合掌致谢,并请他们"留下用斋饭",一看就是寡言笑而憨直耿介的类型。

看到了净空法师本人,也就明白了为什么无为寺如此的低调隐秘。1988年他来到此地,发愿修复无为寺,20多年过去,如今祖庭初复,香杉新发,却并没有变成商业色彩浓厚的恢弘庙宇,依然保持着清净古朴的面貌。无为寺不但不收门票,不开柜台做买卖,不炒卖"头炷香",甚至至今仍坚持不用电灯,僧人生活高简淡泊,是真正的佛门净地。净空法师这些年来还救度了许多孤儿,他们与各国的弟子一道在寺中学禅练武,我相信他们也终会成长为充满慈悲的人。

我曾悲观地认为国内的寺庙全都无法抵御商业化的洪流,无为寺之行让人欣慰,甚至令我等尘俗之人颓然自远。下山途中,脑子里挥之不去的是"无为"二字。初闻寺名时以为是"清净无为"之意,后来才恍然意识到这四个字乃是道家思想,想来此无为非彼无为。身为佛门净地的无为寺,名字大概取自佛教中与"有为法"相对的"无为法"。《金刚经》中说"一切圣贤皆以无为法而有差别",以前我完全不得要领,后来看了冯友兰先生的《中国哲学简史》才找到了一些理解它的线索。这句话或许是在暗示:不修之修本身就是一种修,对于不执着的执着本身就是一种执着。如此说来,与其试图用玄妙的语言来定义无为法,不如说它实质上代表的是一种无相思维的境界吧。

下山好似由桃花源重返红尘。十年前我第一次来大理就已被告知"大理被毁了,太商业化了",不知道说这话的人看到今日的大理又该作何感想。古城早已不是当地人的古城,无数的老住户都将自己的房子租给了刚刚逃出大都市准备开拓美丽新世界的外地移民。而这些新移民的品位又参差不齐,直接导致了大理古城又土又洋的矛盾气质。然而一切事物都需要对比,后来我们去了丽江,发现那座原本更美丽的古城才真正已经被糟蹋得不成样子,一家家店铺要么浮夸要么有种故作文艺的俗气，酒吧的广告充满了性暗示，空气中飘浮着荷尔蒙的味道。自我感觉良好的老油子歌手把所有的时间都花费在保持某种姿态上面，他们半眯着眼睛拨动琴弦，脸上似笑非笑，像是在说：我能得到任何我想得到的女人，现在老子决定给你个机会……

有了丽江做对比，我才意识到在不可避免的商业化浪潮冲击之下，大理其实还保留了几分淳朴。尤其是在我们居住的人民路，越往中下段走越有柳暗花明之感。人民路两边都是些老宅老院，白墙青瓦之上往往还覆着萋萋芳草，像是离人心中无尽的思念。这里没有洋人街上那种大而浮夸的店家，也没有丽江招牌式的口水歌、揽客伙计和露天座椅，两旁的店铺几乎都是安安静静的一小间，默默承载着店主微渺的梦想。这里有符合文艺青年口味的餐厅、客栈、书屋、咖啡店、小酒馆，也有几乎零装修但物美价廉的各种小吃店和杂货铺。卖猪蹄和凤爪的小推车就停在街角，白族老妇人背着箩筐走过，年轻的孩子们坐在路边摆摊出售各种手工艺品、自制明信片和二手衣物。那些自制的手链和挂坠是我所见过的嬉皮集市中最拙劣的手工作品，简直令人佩服他们的这份自信。刚刚徒步或骑行青藏线、川藏线、滇藏线归来的黑瘦男生晒出了自己的路线图和"xx 天 xx 公里"的解说，沿途照片做成的明信片非常平庸，却因其经历而受到小女生崇拜者的欢迎……唯一令我有些兴趣的是一堆旧书中的《拉丁美洲短篇小说集》，看起来不知有没有 20 岁的摊主却有一张傲视众生的脸，他冷冷地开口："29 块。"我讪笑一声放下了书——这个价钱我还不如去买本新的呢……

在我去过的其他地方，嬉皮们摆摊是为了挣钱，在这里却更像是一种姿态。摊主们带着满不在乎的神气坐在地上自娱自乐，或是相互之间谈笑风生，却并不对驻足的游客投以任何关注（除非受到了热情的搭讪）。他们的脸上有种难以隐藏的骄傲，像是在说"我是有故事的人，我和你们不一样"，而在摊位间流连的年轻游客们似乎也完全接受这种定位。这情景令我觉得有趣却也并不难理解——谁不曾有过这样的青春呢？在年轻人的世界里，最被推崇的不是思想或才华，而是纯粹和酷。

人民路有种缓慢散淡的气质，这里的长期住客们也是出奇一致的慢悠悠懒洋洋，走在路上的样子像是整个世界都是他们的卧室。他们自得其乐地在屋檐下看书、喝茶、聊天、上网、打游戏、弹吉他，百分之百地沉浸在自己的小世界里。卖完了当天准备好的食物便立即收摊，想要出门游玩就索性关几天店。我们客栈的老板不爱说话，每天坐在后院里安静地泡他的功夫茶，可以自斟自饮地消磨整整一个下午，一看见客人就憨笑着招呼"喝茶，喝茶"……

在大理的那些天里，我每天都在人民路上溜达，看到的种种都让我想起九年前的自己。当年的洋人街很像今日的人民路，店主们离开都市归隐田园的生活方式对于21岁的我是个巨大的冲击，简直像是某种理想的人生样本。我说不清自己最羡慕他们的什么——自由？安逸？避开了世俗压力？不用像城市人那样蝼蚁竞血？似乎找到了解答生存之谜的一种方法？中国的诗文自古以来就充满着出世之志和田园之想，难道"明朝散发弄扁舟"的美梦已经渗入了我们的骨血之中？又或者是因为他们的选择被年少叛逆的我视为某种对社会固有价值观的挑战——为什么非要进入社会辛苦打拼出人头地呢？为什么一定要做"对社会有用的人"？大理的游民们是"自由而无用的灵魂"，可他们的生活单纯无害，并没有妨碍他人，有何不可？

在明了世界的运作之道之前，年轻人往往对自己也充满误解。后来我研究生毕业在伦敦找到工作，又很快被派往纽约。在纽约的六个月是我职场生涯中最黑暗的一段时光，加班永无休止，甚至没有时间去超市，总是在凌晨时分如行尸走肉般抱着大卷卫生纸走过灯火辉煌的百老汇。我厌恶这样高强度的工作和忙碌的生活，连带着也开始厌烦承载了这一切的大都市本身，大理的避世之梦再一次被激活。

结束工作回伦敦前我去了美国西海岸度假，顺便探访住在硅谷的亲戚。在亲戚家停留的几天里，我惊讶地发现虽然他们在硅谷上班，实际上过的却是一种隐士的生活——家附近就有树林小溪，买东西吃饭都得开车出门，四周僻静得需要自备枪支以防不测……既对社会有所贡献，又能享受新鲜的空气和慢节奏的生活，如此岂非完美？

不，一点儿都不完美。事实上，我在那里度日如年，发现自己并不享受这样的田园生活，更不享受那种一眼就能看到头的安稳和幸福。我开始隐隐意识到自己对于大城市和忙碌生活的依恋——或许"依恋"这个词不够准确，它们更像是这样一种东西：我并不热爱它本身，但如果失去它我也会觉得不爽，就像突如其来的大雨、社交网站和垃圾食物快餐店。

辞掉工作开始旅行之后，我开始有足够的时间和机会来验证自己的心意。一路上我们不断地经过城市、小镇、乡村甚至深山野岭，我发觉自己哪儿都挺喜欢，却又无法想象自己在某处长久地停留下来。在城市待久了，我便开始想念森林、河水和青草的气味；在大山里徒步几天，我又忍不住怀念无线网络、抽水马桶、美术馆里的展览和嘈杂俗艳的市声。这大概是现代人的病，总在折腾，永不满足。叔本华说人类幸福的两大敌人是痛苦和厌倦，即使我们幸运地远离了痛苦，也会因为靠近厌倦而变得不幸福。我渐渐明白真正吸引我的并非都市或田园，入世或出世，而恰恰是这两者的转换和平衡，是不确定和变化本身。我真正恐惧的是一成不变的生活，即使它建立在世界上最美丽的地方，即使它意味着富足与安稳。这一切仿佛早已写在我的基因里，唯有变化能让我满足，充满不确定的明天才是明天，命运的多舛无常和无法预知才是最美妙的探险。

离开大理、丽江、双廊这些"外来移民之城"的时候，心中并无半点涟漪，九年后的我终于可以用平常心来看待曾经憧憬过又质疑过的隐士生活。过去的日子里我满世界奔走，希望找到一种可以效仿的理想的生活模式，最后才发现最好的生活只能是自己亲手建立起来的生活。它凝聚了属于我自己的智慧、生活经验和自由意志，肯定不完美，却也绝对无可替代。

我们在云南的最后一站是香格里拉，更确切地说是位于德钦附近的梅里雪山。梅里雪山有"世上最美雪山"之誉，主峰卡瓦格博更被尊为藏地八大神山之首。而这座神山也似乎的确有着神秘的威力，从20世纪初至今的历次大规模登山活动无不以失败告终，1991年中日联合登山队甚至在一个绝对不会雪崩的季节突然遭遇大规模雪崩而全体遇难，长眠在了卡瓦格博。1996年后国家明令禁止攀登梅里雪山，雪山之神自此终于可以免于人类的惊扰。

普通游客并不向往征服自然，只要能看到"日照金山"的景色便已心满意足了。然而由于气候原因，梅里雪山终年云遮雾绕且瞬息万变，若想得见真颜还需缘分加运气。坐在前往德钦飞来寺的小巴上，我一边担心司机的驾驶技术一边想：如果真的有幸见到日照金山，那可真是云南之行最辉煌的句点。

想要观赏梅里雪山倒是出乎意料的方便。离德钦县城不远的214国道上便可清楚地看到雪山全景，因此那一段国道的路边已经变成一条短短的旅游街，餐饮食宿甚是齐全。国道的另一边是飞来寺观景台，正在修建高高的围墙，企图挡住人们从旅游街上观看雪山的视线。遇到贱招一定要拆招，我和铭基于是住进了一家围墙难奈其何的小旅馆，房间异常简陋，可是风景绝佳，拉开窗帘就能与梅里雪山正面相对，壮丽得令人直起鸡皮疙瘩。

我们运气不错，虽然此时并非理想季节，到达的那天下午却意外的天清气朗，常年云雾缭绕的主峰卡瓦格博慷慨地展露出真实面目，并将这一小小奇迹一直保持到了太阳下山。整个下午我和铭基都在国道边走来走去地观赏雪山，各种角度的照片拍了一大堆。雪山之美无与伦比，永不令人感到厌倦。我坐在国道边的护栏上长久地与它两两相望，觉得已经太满足了，无法要求更多了，就算看不到日照金山也不会有遗憾。

第二天凌晨，我被身边窸窸窣窣的声音吵醒，原来是铭基正在穿衣起床准备出门拍摄日出。"你要起来吗？"他问。"等一下，五分钟……"我迷迷糊糊地说，然而下一秒就被一股深沉的睡意裹挟而去。

不知过了多久，门砰一下被推开，铭基带着一大团薄荷般清凉的空气冲了进来。"超正啊！！！"他听起来兴奋得像第一次看见大海的小男孩，"喂！快点起来！"

我正挣扎着爬起来，铭基已经唰一声拉开了窗帘。卡瓦格博蓦然出现在我的眼前，而世界一下子放慢了脚步，仿佛听从于一种新的指令。不，我马上意识到，它已不是昨日的卡瓦格博。清晨的阳光单单为它的尖顶镀上了一层金色，同时也彻底将它激活，它因此释放出此前一直对我们隐藏的生命力。此刻的卡瓦格博看起来宛如一座雄伟高耸的金字塔，又好似佛塔般超然而神秘。我忽然想到许多宗教建筑之所以是尖顶，大概总与远古的太阳崇拜有些关系。而"日照金山"的景色之所以如此令人向往，或许也正是因为它能激发出人们内心深处的神秘情怀吧？大自然不断地向我们提供无数的主题和形式，而人类的想象就以此构筑起一切古老的神话与诗歌。

太阳慢慢升高，阳光也开始渐渐倾洒到卡瓦格博旁边的山峰，金色的范围一点点扩大，简直像是可以听见阳光投射在山峰上的声音——那种属于创造者的声音，"点石成金"的声音，交响乐般激动人心的声音。金色继续在山峰上扩张，梅里雪山一片金光灿烂，"日照金山"的绝世之美将人击伤，让人晕眩，也令周围的一切都隐退不见。

我坐在床上，抱着被子，和铭基一起呆呆地望着光芒万丈的梅里雪山。我庆幸自己来到了这里，不早不晚，并最终看到了这造物的奇迹。没有来到梅里雪山的我，在阴雨天来到这里的我，或是没有看到日照金山的我，一定都和现在的这个我不一样。

如果你接受多重宇宙理论，那么应该不会对这样一个推理感到陌生：宇宙既然是无限的，这就意味着有无限的机会让一件事情发生。如果有无限的机会让一件事发生，那么不管可能性有多小，它最终都会发生。这也就意味着，宇宙中的某处有一颗星球，由于一系列令人难以置信的巧合，和我们所在的地球几乎一模一样，就连最小的细节也一样，只不过在那个星球上，我们所住的旅馆往左边移了10米。在另一个星球上，我们的旅馆往右边移了10米……总而言之，在无穷多的星球上，光是这个旅馆的位置就可以有无穷多的变化。也就是说，在无限宇宙的无限个星球之上，一切可能发生的事情都会发生。比如，在某一个星球上，我是个电

▲ 香格里拉梅里雪山的"日照金山"

影明星,刚刚拿了金马奖最佳女主角,电影大卖,身价倍增。而毫无疑问的,在另一个星球上,我刚上映的电影票房惨败,被所有人批评……

我没有来到梅里雪山;我来了,但是下着大雨,什么都看不见;九年前我错过了铭基,如今只好一个人来到梅里雪山;我一个人来到梅里雪山,遇见了拖家带口来此旅行的铭基;我和铭基最终也没能鼓起勇气辞职去旅行,选择继续留在英国过着波澜不惊的生活,只是回国度假时顺便来到这里……

在这间小旅馆的无限光年之外,所有的这一切都实实在在地发生了。

我抓住铭基的手,以一种全新的视角打量着他。他有点莫名其妙,但随即认为我是在和他分享美景的感动,于是也配合地对我笑笑。他并不知道此刻的我正惊叹于宇宙的神秘,更不知道我有多么庆幸自己正生活在这颗星球上,庆幸构成我人生的一切,庆幸自己是自己,而不是有机会成为的其他人。我坐在那里拉着他的手,又看了一眼窗外的雪山,然后又看了一眼,又一眼,又一眼,又一眼,又一眼。

归路许多长

▲ 西藏阿里路上的羊群

一

闭上眼睛我也知道自己已置身西藏。阳光倾洒在眼皮上的热度异乎寻常，稀薄而干燥的空气中漂浮着若有若无的桑烟、藏香和酥油的味道。天很蓝，不是东南亚的那种柔弱无力的蓝，而是只属于西藏的鲜明坚定的蓝。

西藏是我们间隔年旅行的终点站。这本来只是一个心血来潮的计划——"不如在西藏结束旅行呗？""好哇！"——然而细细回想亚洲这一路的行程，忽然发现这更像是一场"溯源"之旅。印度的恒河、印度河、布拉马普特拉河，缅甸的萨尔温江和伊洛瓦底江，泰国、老挝、柬埔寨和越南的湄公河，中国的长江与黄河……通通都发源或流经西藏。由于对亚洲气候和水资源体系的深远影响，青藏高原养活了差不多一半的世界人口。而我们此刻正站在这看似荒芜却哺育了无数人类的世界屋脊之上，它是此行的终点，也是此行的源头。

无意之中我们也回到了自己故事的源头。2003年我和铭基在这里相遇，从此改变了自己和对方的人生。2008年为了履行"五年之约"而重回拉萨，在大昭寺的屋顶听到了内心的声音，于是决定打碎已经建立的生活开始这场环球之旅。如今我们第三次进藏重游故地，为这一年多的旅行画上句号，然后走下山去面对人生中新的未知。于我们而言，西藏似乎代表着神秘的事物与人生的拐点，冥冥之中，或许一切都是命中注定。

回到西藏，感觉就像进入自己少年时住过的老房子——既熟悉又陌生，仿佛阅读一本早前没读完的小说的结局。拉萨已经大变样了，老城改造，街道翻新，青藏铁路带来了巨大的商机，原本匮乏的商品供应如今已与内地同步，日光城变成了不夜城，众多的娱乐场所和一幢幢丑陋的高楼使得它越来越像一座内地城市。对我来说这是个永恒的谜：到底是哪些家伙在负责"城市规划"这项工作？他们的脑袋里又究竟塞满了什么样的糨糊？我完全能够理解"现代化"的必要和必然，可是能不能做得更细致一些,更自然一些,风格更协调一些?

游客就像地球的重力一样无处不在。眼下正是西藏旅游旺季中的旺季,我和铭基也正是因为雪顿节而特意选择在这个时候来到拉萨。这是我们从未见过的拉萨:旅馆全部爆满,满街都是武装警察和110治安亭,打车需要拼车更需要人品,青年旅社里寻伴拼车的纸条在留言板上贴了一层又一层。我很想知道如今第一次来拉萨的游客如何看待这座城市——能够立刻感受到独特的藏地风情?还是觉得不过是来到了一个空气稀薄但依然熟悉而舒适的旅游城市?今日的拉萨已经成为一个佛教、社会主义和资本主义的大熔炉,城里的藏族年轻人跟内地的孩子们一样喜欢追星和赶时髦,熟悉最新最热的电影和选秀节目,牛仔裤紧得像摇滚明星。我能从拉萨的转变中看到跨国公司的"地球村"之梦正在成真,若干年后从南极至北极的所有人类大概都会穿戴着T恤、牛仔裤和棒球帽,喝可口可乐,吃麦当劳,用苹果手机。

传说中的拉萨是一个充满了神秘色彩的隐秘世界,来自于近乎神话般的过去,而现实的拉萨却是一片兴旺喧嚣的土地,让人更容易憧憬未来而不是怀念过去。和中国其他城市的人们一样,当地人发现自己也正身处中国历史上一个高速发展的时刻,想要跟上它,就必须先试着接受它。

在这样的旅游旺季,一向最热闹的大昭寺广场如今却清净得令人起疑,大概是因为人们再也无法自由地进出大昭寺广场和以它为中心的八廓街了。通向这一街区的每一个路口全都设立了安检站,若想进入必须经过严格的安检和出示身份证,无论是游客还是日复一日来此朝拜或做生意的当地人。

"很多藏族朋友都说不想去八廓街转经了,"在拉萨开咖啡店的香港朋友阿刚告诉我们,"安检太严让他们感觉有点儿受侮辱……"

通往大昭寺广场的安检门前,我默然地看着安检人员翻来倒去地扒拉着前面那位白发藏族老奶奶的背包,又从包里掏出装着酥油的热水瓶仔细查看——很显然她只不过是想去寺庙点酥油灯而已。老实说,安检人员的言行并不粗暴,我也

▲ 甘丹寺的猫咪

明白这都是"维稳"的需要，但这一切仍然令我有些不适，因为见证过这里曾经更为自然的欢颜与热闹。

当然，也有很多游客在满城武警和治安亭的保护中找到了安全感。不止一位内地游客告诉我唯有这样他们才能更为放心地在西藏旅行。有位姑娘说她在八廓街一带闲逛时往往走着走着便误入某条僻静的小街窄巷，来往的都是本地藏人，没有其他游客的踪影。每当这时她便提心吊胆，生怕会遭遇不测，幸好走不了多远便总能遇到治安亭或巡逻的武警。我呆呆地看着她，感觉匪夷所思——在我看来，八廓街一带的古老街巷是少数仍然保存着拉萨本来面目的地方之一，在那里能看到藏族百姓传统而温馨的生活方式，也总能令我感到内心的平静和满足。

或许归根结底还是因为大家看待藏族人时抱持着不一样的心态吧。在有些内地游客眼里，藏人"非我族类，其心必异"，而我和铭基由于三次进藏都受到藏族朋友的热情照拂，结下了美好的友谊，故而早已去除了戒心，也不复有"你们"、

"我们"的界限。我觉得藏族人真诚、忠厚、豪爽、气度高贵、易于满足,他们有着全世界最美丽的笑容,宽广的歌喉里满是大地、远山和阳光。老喇嘛会热心地带我们去看平日不对外开放的殿堂,素昧平生的天葬师会邀请我们一道席地而坐饮酒聊天,曾在阿刚店里打工的藏族女孩央宗在分别后的日子里始终对我们念念不忘……在这片土地上,一个微笑便可换来一场友谊,我无法不对如此淳朴友善的人们珍而重之。

藏族同胞在消费上的大方豪爽也往往出乎意料。在阿刚的"风转咖啡馆"里,常能见到点一杯最便宜的饮料便一坐一下午的内地游客,而当地藏人每次来消费却都出手大方,点完一杯又一杯。他们也并非真的人人阔绰,只是不喜欢那种"占人家便宜"的感觉,而且习惯于"今朝有酒今朝醉"地享受生活。而从藏族人通身的金银宝石也能看出他们惯于坦然展示自己的财富,为了喜欢的东西也往往不惜一掷千金——阿刚的好友卓噶姐在五六年前便已会花几千块钱买一顶中意的帽子,令我们大为咋舌。

说起卓噶姐,这一次见到她的时候,她正耐心地等待着阿刚帮她的手机下载微信,整个人还是那么气度雍容。看见我后她忽然想起了什么,告诉我说前一天和她的活佛老师一起见了个人——"听说是个明星,她想做**事,请我帮个忙……"

"谁呀谁呀?"我心中八卦的小火焰立刻燃烧了起来。

"女的,个子高,听说有名得很,"卓噶姐努力地回忆着名字,"王……王菲?"

我和同行的朋友面面相觑。"卓噶姐,"我吃力地咽着口水,"王菲……我真的很喜欢她的歌……"

卓噶姐却还是一如既往的淡定,"我不知道她是谁……下次她找我,我带你一起去嘛……"

当然,无可否认,在商业化大潮的冲击之下,有些藏人越来越不像藏人,做起生意来也开始不那么规矩了。第一次来西藏时认识的好友平客如今在拉萨的仙足岛开了间客栈,我们一帮人有天晚上一起打车出去吃饭,藏族司机却耍无赖地提出要多加 5 块钱，不然就不拉，态度颇为强硬。平客有点儿生气，但那段时间打车实在不易，大家也只得屈服。

没想到的是，上车后平客和另一位朋友聊起拉萨的供暖工程和煤炭价格之类只有当地人才会了解的话题，司机听着听着就坐不住了，"你们不是游客啊？"

"不是，"平客笑笑，"在拉萨住了好几年了。"

"哎呀！"司机的声音听起来颇为歉疚，"刚才不好意思啊！那 5 块钱我不要了。"

听到他这么说，平客反倒也推让起来："那怎么行？说好了 15 块就 15 块嘛。"

一直到下车，他们俩还在相互客气地把几张钞票推来推去——"给你 15 块。""不要，给我 10 块就行了。""不行……"——简直像是君子国里才会出现的场景。

这位藏族司机并非一个特例，他代表了我在今日西藏看到的一个群体。当经济增长作为一种世俗宗教蔓延到了西藏，它似乎并没有给当地人带来救赎，反而使得人们的心态发生变化，开始一点点放弃曾经持有的道德戒律。可是与此同时，他们的心中似乎仍然保存着某种类似原则或底线的东西，并没有完全被吞噬得只剩一个个影子。假以时日，或许这条底线也终将被商品社会金钱至上的潮流击溃，但我依然妄想着这片与天堂最近的土地能多留住几个清醒的灵魂。

二

与其说大昭寺是通往过去的桥梁，不如说是在提醒我们时间已经过去了太久。大昭寺门口磕长头的人还是不少，可是其中多了很多衣着时髦的内地年轻人，有些人每天都在这里磕成百上千个长头，动作之娴熟和左顾右盼的样子更像是把它当成了彰显个性的行为艺术。被游客们戏称为"艳遇墙"的那面燃灯墙却终于恢复到九年前的清净，曾经靠墙而坐聊天发呆装酷晒太阳等艳遇的各路人马仿佛人

▲ 继 2003 年、2008 年后，2012 年我们再次在大昭寺屋顶自拍合影

▼ 位于阿里的拉昂错湖，人称"鬼湖"

间蒸发了一般。"警察不让他们在这里坐了。"阿刚耸耸肩,语气中却并无遗憾。

大昭寺的殿堂自然庄严神圣,然而对于我和铭基来说,它的屋顶才是真正具有魔力的地方。在一起过了九年波澜不惊的生活,常常忘了我们的故事竟有一个那么奇妙而浪漫的开端。九年前素昧平生的我们在三楼平台的塑胶椅子上自拍了一张合影,从此开始了两个人孤军奋战的探险。不久后我们由于不可置信的好运气在英国重聚,每个周末舟车劳顿异地往来。不久后我们在婚姻注册处宣誓,手指上套着买小了的戒指,又双双搬到伦敦。我们联手对付过漏风的房子、一个月坏十次的热水器和满屋子乱窜的老鼠,也一同享受了物质丰盛的中产阶级生活。我们平生头一次开始浪迹天涯,我们还一起回到了拉萨。

可是这一次,大昭寺的魔力消失了。屋顶的两层平台都已被游客占领,塑胶椅子大概要排队才能坐上一坐。看到如此阵势,我明白曾经的精神奇遇是再也无法重现了。最后我和铭基在屋顶上随便找了个地方自拍了一张九年后的合影作为此行的纪念,临走前两个人相视一笑,心中却并没有多少感伤。世事正如白云苍狗,唯有变化才是永恒。

尽管拉萨有诸多令人吃惊的变化,我却仍在到达后的几天里渐渐找到了回家的感觉。当我走在八廓街或布达拉宫外围那股宛如旋涡的转经人潮之中,当我看着寺庙里煨桑的青烟丝丝缕缕地升起来,当我邂逅衣衫褴褛磕着长头千里万里而来的朝圣者,当我双膝跪地仰望莲花巨座上正低眉沉思的佛像……总能感到一股神秘的眷恋之情在血液中流动,就像勾起了某种乡愁。我意识到西藏最深刻的本质并没有变化——在这片土地上,信仰仍如呼吸一般重要和自然。只要这样的信仰还存在一天,西藏的魅力就不会有半分损减。

信仰就是我的乡愁,恐怕也是吸引着许多人来到西藏的原因。它并非专指藏传佛教——说到底,我们何尝真的理解龙树中观的思想,又懂得分辨五大支派与藏密诸神?我们不过是敬仰它所代表的历史、智慧与神秘,羡慕有信仰的人能够根据它所提供的价值取向来坚守和约束自我。我不信仰宗教,虽然这并不代表我没有信仰,但有时也的确会感到某种空虚和孤独——由于缺少历史、传统、仪典、同道以及对于"神圣者"的敬畏,这样的信仰终究与真正的宗教信仰不一样,它太容易流于空幻,或是变成自我沉醉,使得我们只关心自己而不是他人的感受。

我曾见过许多一向对宗教并无兴趣却仍然被西藏所打动的人。有人嘲笑他们矫情,我却觉得这是因为人们一到这荒莽高原便能感受到那股极具威胁性的自然威力,也就自然能在某种程度上理解生活在这里的人们由于恐惧而衍生出的崇拜之情。宗教的本质是一种凭直觉感受到"无限者"、"神圣者"而产生的绝对的依存感,很少有地方能像西藏这样让人感到自身的渺小和有限,从而唤起了人们对于那些无限和永恒之物的情感。西藏那亘古不变的苍穹、雪山、湖泊和信仰往往令人在某个时刻隐隐窥见"永恒"的轮廓,也感知到神性存在全然不同于单纯的动物性存在,这一瞬间的精神冲决和"西藏"这个名字连在一起,便成为了一生中至为珍贵的记忆。

在这片雪域高原上,各种庆典和仪式维系着人与神之间的庄严对话,雪顿节则是其中最能释放信仰虔诚的圣典。而此刻我就站在拉萨哲蚌寺后山上某个好不容易挤出来的立足之地,一边努力稳住身体,一边眺望前方朝东的山坡——一个足有半个足球场那么大的钢架支在山坡上,雪顿节最引人瞩目的晒佛仪式即将在那里进行。我兴奋地等待着,犹自喘个不停——凌晨三点就起床登山,可是由于莫名其妙的"管制",之前在某个山路口被堵了足足两个多小时,人山人海挤得几乎喘不过气来,不少老人和妇女当场昏倒,只得被人群从头顶上"接力"抬出去救治。在好几个瞬间,我也以为自己下一秒就要倒下了……

山谷中已经聚集了数万人,那些最好的位置更是挤得密不通风。山上散落着一些帐篷,看来许多人已经在这里等了一整个晚上。和人生中几乎所有的事情一样,最多的时间永远是花在等待上。大家等待的并不是一个约定的时间,或是什么领导的发言,而是阳光——第一缕投射到晒佛台上的阳光。

当东方的天空呈现一片金色,将我们疲倦的脸和浓重的黑眼圈揭露得一清二楚时，一阵庄严而深沉的法螺声从山谷间传来，继而法号长鸣，呜呜作响。一长队红衣喇嘛合力挑着一个由白色帷幔包裹的游龙般的唐卡长卷从人群中走过，一路伴随着人们狂热的欢呼和不断抛出的白色哈达。由于隔着一段距离，喇嘛们将长卷抬上山坡后我便无法清楚地追踪他们的动作，只见那晒佛的钢架上似乎已经展开了唐卡长卷，只是其上仍然覆盖着一层黄色的绸布。

低沉宛若狮吼的法号声再次响起，聚集在山谷中的人们欢声雷动。几根绳子从上面放下来，拴住那层黄色绸布徐徐向上拉开，由彩色丝绸织就的巨幅释迦牟尼像缓缓自下而上展露真颜。当佛陀的面部终于完整显现出来的时候，人群先是短暂的静默，继而不约而同地发出惊叹和欢乐的呐喊。而太阳刚好在此刻升上山顶，将整幅佛像映照得光辉灿烂。这是一个无与伦比的时刻，晨光下的释迦牟尼一脸祥和，法乐与诵经声在山间回响，桑烟和藏香的气味在微风中荡漾，白色哈达漫天飞舞，数万信众无不合十顶礼，气氛如痴如狂。

许多游客都和我一样站在那里动弹不得。无论是否信仰藏传佛教，沐浴在这佛光之中的人们都会感到深刻的震撼和感动。站在我前面的阿姨轻轻擦拭着眼角，而我的眼睛也已经湿润了。是的，没有禁忌，没有故弄玄虚，没有繁复的仪式，只有宗教之美——仅仅为了这个时刻也值得成为佛教徒。望着那幅铺展在群山之间、美得不可思议的巨大佛像，我想虽然佛陀说万物皆为幻象，可是幻象之中还有美。而当美出现的时候，它太真实了。

成千上万条哈达仍在空中飞舞。藏人相信若能将哈达抛至佛像之上便会带来好运，因此我们也挤在人山人海中涌向晒佛台。终于接近那巨幅唐卡的底部，我和铭基奋力将手中的哈达抛向佛像，而它们也终于不负所望地落在佛陀的手边。身旁的红衣喇嘛示意我俯身低头，然后拉起唐卡的底边，将它从我的头上摩挲而过。我感受着唐卡那厚重的质感和蕴藏其中的古老而神秘的魔力，它仿佛要将这魔力传递给任何被它触碰过的东西。那一瞬间我无法免俗地许下愿望，愿神赐予我健康和智慧，也为汉藏之间的和平祈祷。

下山途中仍有种不真实的恍惚感，不知是因为缺乏睡眠，还是无法相信自己终于看到了九年来心心念念的雪顿节晒佛。就像西藏本身一样，我意识到雪顿节也不只是一个节日，而是一种一期一会的"经验"——它将永远与我同在。

三

阿刚熟悉拉萨的每个角落，他的肚子里有无数和这座城市有关的传说和故事，其中我最喜欢的是那个萨迦巴姆（魔女）的传说：

有"西藏敦煌"之称的萨迦寺用铁链拴着上百个魔女的塑像，若是铁链断裂或是塑像不见了，那就说明这个魔女已经出逃。

"你们知道这种时候萨迦寺的僧人会怎么做吗？"阿刚神秘兮兮地问。

我们摇头。

"他们会通知当地公安局。"

"公安局？！"

"没错。他们会通知公安局，说魔女出逃了。在擒获之前，请市民夜晚不要外出，不要在外面与可疑的女人搭话，不要捡街上扔的东西……"

初听觉得荒唐，其实想想也并不奇怪。在神灵、凡人、妖魔共处一世的西藏，人们对魔怪的存在是坚信不移的。

我喜欢这个故事，除了其中的"魔幻现实主义"意味，还因为它暗合了我对西藏的一个印象：这里的确就是一个充斥着"妖魔鬼怪"的地方——当然是抽象意义上的。世界屋脊上聚集着一批不同寻常的人，过着与主流价值观格格不入的生活。用庄子的话来说，他们是"畸人"——畸于人而侔于天，看似乖异人伦，实则发乎自然。

阿刚本身就是一般人眼里的怪咖。他旅行成痴，大学毕业后在路上走了足足七年，是最早一批在网上连载游记的香港人。铭基就曾是他个人网站的忠实读者，刚认识我时就兴致勃勃地向我提起此人,西藏、阿富汗和巴基斯坦的旅行经历尤其令他着迷。

在泰国旅行时,阿刚与一位热爱单车的泰国男生阿平成为好友。有一天他异想天开地随口说:"不如我们一起去西藏开咖啡馆吧?"

"好啊,"阿平说,"西藏在哪里?"

两个人立即骑着单车出发,用了半年时间从泰国骑到拉萨。他们说干就干,居然真的很快找到合意的地方,克服重重困难开起咖啡馆来,而且租约一签就是十一年。我们2008年重回西藏时特地慕名前去拜访已经开业一年多的"风转咖啡馆",结果与阿刚一见如故,越聊越投机,最后甚至发展到每天都忍不住要去店里坐坐的程度,往往聊到深更半夜才说再见。

老实说,风转咖啡馆装修实在"粗放",地方不大,风格既不文艺也不酷,可是偏偏很受欢迎,甚至连《孤独星球》(*Lonely Planet*)都推荐了它。我猜得归功于阿刚的个人魅力——聪明理智却又热情疯癫,骄傲而不失人情味,无厘头又超有原则。只要你不至于令他反感,他可以就任何话题和你聊到地老天荒,而且除了广东话、普通话和英语之外,还会讲泰语、越南语、藏语和相当程度的日语,语言天分超强。

阿刚一看就是个怪人。他总是穿着藏族人的袍子,戴一顶藏式金花帽,脚下则是一双即便是冬天也不愿脱下来的洞洞鞋。此人精力之充沛胜过常人十倍,就像一节永远不会耗尽的电池,每天都有新花样,连咖啡店都变成了他的个人秀场——不是拿着啤酒瓶载歌载舞地献唱张国荣的*Monica*(《莫妮卡》),就是拉着店员一起跳"郑多燕减肥操",或在迈入新年的那一刻带领大家同唱粤语歌曲《财神到》,甚至用一手出神入化的魔术把来店消费的藏族女孩子吓哭……

他会在卓噶姐的耳边插上恶趣味的塑料花,会把朋友受到惊吓的反应拍下来做成搞笑视频,还会以"哎呀老伯你长得很好看啊"为由从街上拉来藏族老伯"强行"与之合照……和阿刚混在一起的那些日子里,我们也时常陪他做些莫名其妙的事,比如深更半夜徒步走很远的路去吃夜宵,或是在路边一块据说能治百病的石头上疯狂摩擦自己的身体……

可是,阿刚看似鬼马疯癫,内心却也有着自己的一份严肃和认真。

浪迹天涯的游子会选择在某个地方长久地停留,此地对他来说显然意义非凡。他真心地热爱西藏,当本地的藏人在有意无意地学习和接受着汉人的习俗时,阿刚却在用心体会着他们生活的全部。他广交朋友,用藏语和当地人沟通,努力学习西藏文化,空闲时还去拜访当地学者以汲取更多知识。这一次他特地充当导游带我们进行"大昭寺周边一日游",每一幢房屋的来历都讲得头头是道,我们这才意识到自己每天路过的平凡建筑其实蕴藏着那么多的历史典故和传说,简直感觉此前白来了拉萨两趟。阿刚还带我们去参观绘制唐卡和打造金银铜器的作坊,一路上遇见的每一个人都热情地与他握手寒暄,染坊里的藏族大妈被他的小魔术逗得咯咯直笑。

近些年来,像阿刚这样待在西藏的内地人越来越多,人们常用"藏漂"、"拉漂"来称呼他们。他们大多看起来和阿刚一样年轻、自由、潇洒、特立独行,时时标榜着自己对于西藏的热爱,可是这种"热爱"往往有着很大的局限性——有些人在拉萨住了好些年,每天去大昭寺磕几百个长头,号称自己拜了这个活佛那个上师,谈起藏传佛教来一副专家口吻,然而藏语水平却仍然挣扎在贫困线上,词汇量只够糊弄糊弄游客,平日里也没几个藏族朋友,来往最多的还是和自己一样的"藏漂"和游客,至于"深入了解西藏文化"什么的就更不用提了……

在我看来这不像是真正的热爱。这些人看似生活在别处,实际上仍然深深沉浸在自己固有的小世界里,不准备理解其他的逻辑。这恐怕不仅是懒惰,更是一种隐藏至深的傲慢吧。有了他们做对比,阿刚显得更加难能可贵了——他永远在学习,一直在成长,不断地进行自我更新,永远像小孩儿一样对生命充满敬畏。他才是真正的特立独行。

因着这一群在拉萨的好友,我于西藏既是游子,也是归人。曾经在风转咖啡馆打工的央宗已经大学毕业，如今在藏医院工作，还交了男朋友；在拉萨开客栈的好友平客正在开拓定制佛珠的新领域，将自己的兴趣和好品位完美地结合在一起；最让我感慨的是以前在英国认识的律师朋友菲菲，由于命运不可思议的操纵，在经历了家庭的剧变之后，终于在西藏找到了温暖的归宿。如今的她在拉萨安身立命，有一个可爱的孩子和一位深爱她的藏族夫君……

更高兴的是认识了几位新朋友。在来西藏之前，我与一位名叫晓艳的博客读者有过一些邮件往来。晓艳大学毕业后在 Wildlife Conservation Society (国际野生生物保护学会) 的拉萨办公室工作，有时也需下乡去藏北的羌塘自然保护区考察。我和铭基都对她的工作很感兴趣，也问过他们是否需要短期的志愿者，虽然最后并没有合适的机会加入，大家还是约好在拉萨见面。

晓艳和她的两位同事一起出现。她是个白皙清秀的姑娘，气质十分淡雅，很难想象如此斯文的女生也要在条件极端恶劣的生命禁区考察和保护野生动物，而且每次一去就是一个月。我想起之前在邮件里问她生活条件是否艰苦，她只说"去羌塘下乡的时候条件会艰苦一些，但我觉得自己可以承受，也心甘情愿承受"，轻描淡写一句带过，却在我心中留下层层涟漪。

她的两位同事中，藏族女同事比较腼腆寡言，另一位汉族男生梁子却相当开朗亲切，更巧的是一聊之下，发现他还是我母校人民大学商学院的"嫡系"师兄，顿时感觉更为亲近了。"难怪觉得你有点儿眼熟，说不定在校园里碰见过……"我话音未落他已哈哈大笑，"不太可能吧？那时候我可比现在胖多啦！"他用手比画了个胖子的身形。

眼前的梁子身材挺拔而健美，根本看不出曾经是个体重高达两百斤的胖子。他从手机里找出以前的照片给我们看，大家都啧啧称奇。

"毕业工作了以后更夸张，"梁子说，"工作太忙，应酬又多，根本没时间运动……"

改变发生在辞职以后。那是生活的一个巨型转弯，梁子终于再也无法忍受那样一份光鲜体面却将人整个儿掏空的工作,辞职时他并未想好以后到底要做什么,只知道自己不想再继续原来的生活。后来之所以来到西藏从事野生动物保护的工作,是兴趣使然,也是机缘巧合。而在做这份工作的过程中,他渐渐意识到这就是自己真正想要做的事情,就像砰地撞到了那条属于自己的矿脉似的。

青藏高原上的新生活离北京的距离不止四千公里,简直像是处于另一个星系,但它显然更为适合梁子。现在的他不但由内而外地散发出快乐,就连外表都与从前判若两人——成功减掉了几十公斤的体重,他看上去比曾经的自己年轻精神得多。

"可是……做 NGO……应该挣得比以前少吧?"我很煞风景地问。

梁子还没开口,一旁的晓艳已经笑出了声,"哈哈,应该是以前的零头吧……"

梁子但笑不语。从见面起我就一直在默默观察他,他看起来是如此理性、正常、随和,可是普通人身上隐藏的疯狂更加令我着迷,就像乔治·西默农笔下的某个人物——某一天随意走出家门,乘上一趟火车,去某个遥远的城市杀死一个人……梁子不杀别人,他杀死的是从前的自己。

每当在旅途中遇见令我感兴趣的人,总会想起毛姆在某本游记里所发的感慨——"人比书有趣,但有个缺点,你不能跳读"。匆忙之间,也许会错过最精彩的一页。我和师兄梁子的缘分终究还是浅了一点,拉萨匆匆一面之后,他去内地出差,我们则前往阿里,没有机会重聚,只能通过网络来保持联系。我一直对他念念不忘,除了好奇和钦佩,大概还因为在他身上看到了理想中的自己。

没错,在旁人看来我和梁子大概有些相似:曾经都拥有一份薪酬丰厚的工作,却又不约而同地弃它而去,为自己的人生按下"重启"键。然而我知道我们是不同的。梁子最终找到了自己愿意全心投入的工作,并且勇于为此放弃优越的生活,而我却仍在通过一段漫长的旅行寻寻觅觅、犹犹豫豫。有时我觉得自己已经想个透彻也下定了决心,几天后却又会忽然被一阵莫名的恐慌所击中,再一次开始自我怀疑——在这样一个物价飞涨全民拜金的时代,你真的舍得离开那个离金钱最近的行业？你还能心平气和地看待同行朋友的消费模式吗？十年后你会不会后悔？有没有一个更为"平衡"的选择？

"我不是咬牙切齿地离开以前的生活的，"梁子在后来的一次网络交流中对我说，"就是越来越觉得和之前的生活缘分尽了。所以之后也念着以前的好，但更享受新生活的快乐。"

他的话是穿透云翳的一束光。"缘分尽了"——这正是现在的我对于上一份工作的真切感受。它光鲜诱人，可以让我变得非常"成功"，但是旅途中的思考让我越来越清楚地意识到它令我厌倦的原因并不仅仅在于工作强度和压力。这份工作没有启发性，也无法给人以成就感，我从没感到自己发挥过任何天赋和创造力，或是为社会做出了什么实实在在的贡献。我所做的一切只不过是在为资本的积聚添砖加瓦，并配合以无数的数字游戏，如此而已。

唯一的留恋与纠结只在于那份高薪。这一事实常令我感到羞愧，然而梁子使我明白怀念旧时光和享受新生活并不冲突，二者可以并行不悖。也许今后的我仍然会为大笔金钱而激动——正如梁子所说"谁嫌钱多啊"，可是谁知道呢？投身于自己真正热爱的事业（比如写作）很可能带给我更大的快乐。最重要的是我得试着去做，不试就永远都不会知道。如果不试着去做自己热爱的事情，如果连我自己都不去追求自己认为最有价值的事情，我终将后悔。

住在伦敦时，我和铭基对于泊车这件事常有分歧：我总会担心到了目的地找不到停车位，为了保险起见宁愿停在几个路口之外。而他则永远直接开到目的地，实在找不到停车位再绕回来停。现在的我终于明白，他是对的。

辞职旅行之初，我觉得自己终于自由了——逃离了社会和规则，变成了一个没有名字、过去和羁绊的个体。然而经过了长长一段旅途，我渐渐开始看到硬币的另一面。梁子、晓艳、施恩慈，还有在加尔各答遇见的那些义工，他们才是康德所说的真正"自由"的人。真正的自由不是随心所欲无法无天，不是疯狂消费的痛快淋漓，也不是放弃社会责任的美妙滋味。真正的自由是自由意志的自律，敢于运用理智的勇气战胜原始的欲望，自己为自己制定法则，主宰自己的人生。

我不像梁子那样对保护野生动物充满热情，不像施恩慈心怀济世救人的大爱，也不是如果能任意选择的话，我愿意成为的那种人。可是至少，我可以努力成为一个真正自由的人。

当然，别看此刻的我一副豁然开朗的样子，今后肯定还将周而复始地经历怀疑、挣扎、犹豫。但我已经知道这就是人生旅程的一部分，我们得通过不断的质疑自己来推动自己。我曾经希望能在旅途中突然得到启发，就像禅宗里那些"顿悟"的时刻，在电光石火间获得正确答案。可生活毕竟不是打魔兽通关，它是一段漫长而艰难的自我认知之旅，我们不确定它将会把我们领向何处，但也只能上下而求索，随时准备着改变方向，直到有一天我们觉得自己找到了正确的答案。

又或许我早就知道没有终极答案，但我依然很高兴自己用了整整 16 个月的时间来寻找和思考。如此愚蠢，如此奢侈，如此疯狂。

四

"萌妹子寻伴……"

"胖 MM 们激情代排布宫门票……"

"求被帅哥捡……本人穷学生软妹子一枚，相貌甜美……"

"单身男子徒步 xx 地区，诚邀一美女作伴，住宿不用担心，本人有帐篷一顶……"

"xx 天 xx 地区拼车捡人，求 80/90 后帅哥 / 美女，夫妻勿扰……"

拉萨如今人气最旺的平措青年旅社里，留言板上拼车寻伴的告示贴了一天一地。看到"夫妻勿扰"这四个字的时候，一口老血差点没喷出来。赤裸裸的歧视！我和铭基哀怨地面面相觑。当然，还有那时髦的卖萌式的语气和词汇，以及丝毫不加掩饰的调情意味，通通都让我们感觉自己来到了月球般陌生的世界。现在的年轻人本来就大胆直接，各种社交网站和软件又都那么发达，只要交换了微信微博QQ号，便几乎可以八卦出这个人的所有资料，甚至连她前男友的现女友昨天跟谁吃了什么都尽在掌握。相比之下，我们当年的交往过程实在是太过缓慢和含蓄了。铭基常说我们的故事如果发生在现在的话，原本就不多的情节应该还可以再减掉四分之三。

为了拼车去阿里旅行，我们也只好硬着头皮将那张一定会被嘲笑为"老土过时"的拼车告示贴到留言板上。结果可想而知——之后的整整四天都无人来电，第五天则发现告示已经不知所踪。现实是如此残酷，以至于得知终于有一辆车愿意"接受"我们的时候，两个人几乎是怀着感恩的心情赶去与司机和同伴们见面。

即将与我们结伴而行的是两个女生，田姐一看就是精明能干的白领，小陈则还在念大学。司机老何是汉族人，个子不高，能说爱笑，一双眼睛滴溜溜乱转，自称已经跑过几次阿里，一路应该不成问题。虽然我们原本是希望能找到一个熟路又靠谱的藏族司机，然而岂能一切尽如人意，难得找到时间路线都刚好合意的团队，我俩也就痛快地接受了现实，说好第二天一早出发。临走时老何拍着铭基的肩，脸上嘻嘻笑着，语气中却有一丝掩不住的担心："小伙子，只有咱俩是男的，一路上可要多帮忙照顾她们这些女孩子啊！"

如果阿里之旅是一部电影的话，下一个镜头恐怕就要转到几天之后——小陈同学高原反应剧烈，不得不找诊所吸氧，老何和田姐又是感冒又是头疼，只有我和铭基依然生龙活虎。"真没想到啊，"老何边笑边咳嗽，"说实话，一开始我最担心的就是你们俩……看着弱不禁风的，差点不想带上你们……"

弱不禁风？！我和铭基又好气又好笑。还差点不想带上我们？！得，我们还压根不敢上您的车呢！——如果早知道您也只是个游客的话……

是的，老何自己也是游客，在路上跑了整整一天之后我们才惊恐地得知了这一事实。由于公司有事停业一段时间，老何趁机借了朋友的车子从新疆开来西藏旅游，来了之后便索性跑跑各种线路，旅行的同时顺便赚点外快。实践证明老何车技的确了得,所以我们惊恐了一阵也就放下心来,只是疑惑为什么新疆的车却有一个广东的牌照。然而一波未平一波又起,没过多久我们再次发现更为骇人的事实——除了牌照是真的,这辆车其他所有的证件通通都是假的……因此每次过检查站时老何都把车停得老远,然后不停地给哨兵递烟套近乎转移注意力,而我们也每次都在车里暗暗捏一把冷汗。

老何是典型的江湖性情,嬉皮笑脸,胆大包天。人到中年的他却比年轻人还能折腾,生命力特别强盛。在拉萨时他住在小客栈,可是不睡房间,而是在屋顶上搭了个帐篷,夜夜与明月繁星为伴。"好玩儿嘛!"老何哈哈大笑。他的人生似乎总是以"好玩儿"为第一要务,每句话都以笑容结尾,就像一个个快乐的问号。然而时光和阅历又造就了他"成熟"的那一面,这使得他身上有一种糅合了天真好奇与八面玲珑的气质,如此诡异,却又如此自然。

或许也正是因为这种性格,无论何时何地,老何都能与当地人迅速打成一片。他既放肆又圆滑,既口无遮拦又并不真的招人反感。一路上的藏人通通吃他这一套,这不过是他第三次跑阿里,之前认识的当地人一见到他就像久别重逢般激动,而他也总是乐于向我们展示自己的好人缘。经过羊湖时他极力鼓动我们去和当地藏人养的藏獒拍照,"没事!都是朋友!不用钱!"那些"藏獒"看起来其实更像是藏狗,被迫常年待在湖边与游客合影为主人赚钱,毛发脏得结结,一脸的自暴自弃。我们战战兢兢地挪过去,藏獒们不耐烦地扭动着身体,像是懒得敷衍这帮不给钱的家伙,主人则马上用藏语大声训斥它们。"再靠近一点!把手放在它头上嘛!"老何自己不拍照,却在一旁出谋划策,乐不可支。

有时我们很感激老何的能说会道——他可以凭借三寸不烂之舌将两百块的门票硬生生说到二十块,这项本领一路上帮我们省了不少银子。可是我们有时又会惊骇于他的口不择言——自从路边开始出现奔跑的藏羚羊,他就不断地流着口水怂恿大家"我们去弄一头回来吃吧","火上烤一烤加点盐就很好吃了"。后来路上真的躺了一头被车撞死的藏羚羊,他反倒犹豫起来,"不能停下来吧?被别人看见了会以为是我们撞死的……"车开过去好半天他又后悔得捶胸顿足，"可惜啊可惜！"

他对什么都好奇，什么都敢说，就算无法沟通也绝不放弃——我们在圣湖玛旁雍错遇见一个正在湖边搭帐篷的外国旅行团，老何好奇得百爪挠心，不谙英文的他只好不停地揎掇我："你去跟他们讲英语嘛！去嘛！问问他们从哪儿来……"

旅行团来自比利时。我和他们的领队聊了一会儿，那棕发大眼的中年女子告诉我他们更像是一个"朝圣团"。长达一个月的西藏之行重心在于阿里，而阿里的重心又在于神山圣湖。他们正在转湖——用六天时间绕玛旁雍错一周，接下来还准备去转神山冈仁波齐，整趟行程至少有一半的夜晚都需要露营。我的目光追随着不远处的两位老人，他们刚刚搭好帐篷，又不知从哪儿变出两把折叠椅支在湖边，看样子像是准备好好欣赏一番这湖光山色。

"你们还适应吗？"我问领队，"会不会觉得条件很艰苦？"

说实话，看到拉萨如今的发达程度，我一度以为阿里也受到了"商业文明"的洗礼，料想一路应该相当舒适，没想到拉萨以外的西藏仍然是另一个世界，沿途的食宿水平和卫生条件都比印度还糟。勤劳勇敢的四川人民来到这里闯荡谋生，克服重重困难开出了一家又一家川菜馆和小旅店，然而在如此偏远荒凉的地方，他们毕竟心有余而力不足，所以餐馆的菜单上翻来覆去总是那几个菜，旅馆里的水龙头只是一种摆设，洗漱冲厕所都需求助于储水缸。肮脏不堪的房间里永远充斥着苍蝇，夜宿萨嘎的那个晚上，我和铭基实在无能与它们战斗，只得放出"眼不见为净"的大招——关灯睡觉，被子蒙过头。第二天早晨醒来我惊呆了——床单上赫然粘着一小支敌军的尸体！夜里辗转反侧之际，我竟然压死了七只苍蝇……

"当然觉得艰苦，"领队做了一个"那还用说嘛"的表情，"你要知道，我们团里基本上都是中老年人……可是当然，他们来之前已经有心理准备。毕竟这是西藏，是朝圣之旅，太轻松太舒服就不是朝圣了。"

"但是你们其实并不是佛教徒？"

她轻轻摇头，唇边浮起一丝颇有深意的微笑，"可是，在所有的神之中，自然最为强大。"

的确，凶猛的自然威力在阿里这片土地上显露张扬到了极致，以至于人类创造出神明在自己与自然之间充当屏障。阿里是世界屋脊的屋脊、生命的禁区，高寒低氧，多风烈日。它是万山之祖、百川之源，雪山连绵不绝，原野辽远无际。千百年来它一直在被人遗忘的地方自成一统，渐渐形成了自己的宇宙、自己的时间，就连这里的太阳和风都有着不一样的光芒、不一样的声响。车子呼啸向前，道路无穷无尽，我们坐在车里，呆呆地望着窗外的超凡壮阔，话语变得越来越少，仿佛一出口就会冻结在这永恒的时光之中。

人变成了最为稀缺的风景，偶尔才能看见路边孤零零的黑帐篷，骑着布满塑料花装饰的摩托车的男人，或是双颊红得像擦了胭脂的藏族女人。呼啦啦一大群羊如龙卷风般奔袭而来，老何兴奋极了，他忽然把车停下，打开门就往外跑。"嗨！扎西德勒！"他大喊着，拼命挥动手臂。我这才看见羊群之中冒出一个男人，身穿一件脏兮兮的夹克，藏式礼帽和斜背的布袋使得他看上去有种诡异的时髦，面容黝黑而英俊——非传统意义的英俊，毫不自知的英俊，就连纵横沟壑的皱纹都那么完美。他的脸上写满风霜却并不干瘪，反而具有一种难以言喻的光泽，就像西藏寺庙里那些被信徒们的手抚摸得光滑发亮的墙壁和柱子。

牧羊人听不懂汉语，只是憨笑着接过老何给他的烟，两个人勾肩搭背地抽了起来。我看着他，他看着我们的吉普车，对彼此而言对方简直都像天外来客。我根本猜不出他的年纪，也无法想象他的悲喜。他们在这里纯然过着自己的生活，与世隔绝，始终如一，只跟随前辈设定的模式与周期。阿里的居民不仅仅活在当代，而是活在时间里，不单单是活在这片土地上，而是活在宇宙中。

在阿里做生意的内地人则刚好相反。他们同样顽强和坚忍，但这并非自然环境的馈赠，而是源自于一个衣锦还乡的梦想。在荒凉小镇上开餐馆的四川夫妇丝毫没有内地游客的浪漫情怀，在他们眼中，阿里只是一个为了赚钱而不得不忍受其恶劣环境的暂居之地。"再过一两个月就回家去,"老板娘一提到"家"这个字就眉开眼笑,"天气一冷就没人来旅游了,明年暖和了再回来。"他们夫妻二人在外闯荡,孩子留在老家让老人照看,因为舍不得让他也来吃这份苦。

老板则将高原生活中积攒下来的牢骚通通发泄在藏人和国家的少数民族政策上。"藏族人懒得烧蛇吃!"他愤愤不平地摇着头,"什么活都不干,每个月吃低保安逸得很!连修个庙都要靠内地工人……你晓得他们低保好多钱吗?娃儿上学也不要钱……国家大把大把的钱给他们,我们辛辛苦苦还一分钱没有,你说这是啥子政策?你不要以为藏民穷,看着穿得不好,他们那袍子皮毛指不定多值钱!身上随便一颗珠珠卖了都发财喽……"

我原以为只有极少数的内地人才愿意来到阿里打工做生意,车子快到普兰时才意识到自己低估了西藏的老邻居。老何告诉我们,普兰是一个活跃的边境口岸,以尼泊尔人为主的许多境外商贩常年来往此处进行边境贸易。"你可不要小看他们,"老何用一种夸张的语气说,"人家在普兰都有尼泊尔大厦!……真的,不信你们等会儿自己看嘛!"

大厦?!大家精神为之一振。阿里这样的地方居然有大厦?

车子开出孔雀河谷,我们都被眼前的美景震撼得说不出话来。夕阳将河水染得一片灿烂,两道彩虹悬在天边。喜马拉雅山脉和冈底斯山脉在此地交汇,雪峰寒光凛冽,风化岩堆积起伏。孔雀河畔的普兰县城如珍如宝般被雪山包围,大片的绿洲铺展在这片和缓的高原盆地。据说是因为来自孟加拉湾的海洋季风越过喜马拉雅山吹到这里,这才形成了青藏高原难得一见的湿润气候,农作物在此易于生长,因此普兰也常被冠以"阿里粮仓"的美誉。

到了孔雀河的北岸,老何伸手一指,"看!尼泊尔大厦!"

"什么?哪里?"

顺着他指的方向,我们只能看见一座几十米高的山坡,坡壁上密密麻麻布满了洞穴,看起来宛如一块巨大的奶酪。

不会吧?

我们不可置信地望向老何,他满足于我们的反应,一脸狡黠地缓缓点头。

据说有些洞穴曾是僧人修行的场所,后来许多尼泊尔和印度商人越过边境来普兰做生意,为了节省开支,便索性在这些洞穴中暂居。由于尼泊尔人占绝大多数,当地人便把这片山坡称为"尼泊尔大厦"……

由于地处中国、尼泊尔、印度三国交界处,普兰注定是个"国际化"的地方。除了"尼泊尔大厦",县城里还有"国际贸易市场"。留着胡子、眼窝深陷的尼泊尔和印度商人在这世界上最小最简陋的国际市场里经营店铺,他们每年夏天带着香料、红糖、咖啡、纺织品和手工艺品来到普兰,入冬前再将收购的羊毛、小家电和日用品带回自己的家乡。

老何特别喜欢普兰,除了"能吃到青菜"之外,大概还因为他在这儿有个相好的藏族姑娘,就连我们的住宿都是那姑娘帮忙砍的价。而我此行原本最期待的是扎达土林和古格王朝,没想到一圈转下来,居然最喜欢的也是之前闻所未闻的普兰。我喜欢雪山包围之下奇异的田园风光,也喜欢弥漫在这边陲小镇的异国风情,就连这里的寺庙也与别处不同——位于达拉喀山腰的贡巴宫寺建在山壁的洞穴里,几个洞穴之间以悬在崖壁上的凌空木板露天走廊相连,背依陡崖,下临深谷,地势相当惊险,望之宛若神仙楼台。传说这里就是藏戏《洛桑王子》中王子曾仰望过的"离别崖",而仙女云卓拉姆便是从此地飞向天庭。

高踞于达拉喀山顶的贤柏林寺也颇有来头。这座格鲁派寺庙是17世纪末阿里首任噶尔本(总管)甘丹才旺为了忏悔在西藏和拉达克战争中杀害诸多人命而修建的,据说它曾是阿里规模最大的寺庙,殿宇极其辉煌。可是当我们来到山顶,看到的只是大片大片的石头废墟。遗址之中只有一个重修过的小寺院,一位老喇嘛静静坐在殿前的台阶上,咧着掉了好几颗牙的嘴,朝我们挤出一个怯生生的笑容。

老何的"远见卓识"又一次得到了印证——早前他在县城里用饼干和巧克力"收买"了两个藏族小学生,他们跟着我们来到这里,马上就自然而然地当起了翻译。老喇嘛名叫格桑旺布，是贤柏林寺的住持，九岁出家，在寺里一待就是六十几年。他说贤柏林寺在鼎盛时期曾有300多僧人，房屋250间，可惜全都在"文化大革命"中毁于一旦。在曾经的西藏，把男孩儿送到寺庙里当喇嘛是种荣耀，不但解决了温饱，而且可以受到教育，受人尊重。"文革"彻底改变了这一切，如今寺里只剩下6个人。看见我左顾右盼的样子，他做了个手势，"今天都下山念经去了。"

格桑旺布一生都在守护着贤柏林寺。15年前经过多方奔走，他终于筹措到一笔资金，开始了漫长的寺庙修复工程。可是有了钱也未必有人出力，这项工程也就这么一直缓慢地进行着，拖拖拉拉做做停停，到目前为止也只是修复了中间的一间殿堂而已，而寺里至今仍不通水电。

当然，也有令老住持开心的"进步"——山下的群众集资贷款给寺里买了辆车，从此终于不用再千辛万苦地上山下山了。"从兰州买来的。"老人反复强调，语气中不乏自豪。

临走前我们进殿转了一圈，殿内幽暗而庄重，可是陈设简单得几乎有点儿寒酸。格桑旺布仍然若有所思地坐在阶前，两只长满老茧的大手稳稳放在膝盖上，就好像已经在那个位置坐了一千年。我本想问他，有生之年希望看到寺庙修复到什么程度？全部完成还需多少年？可是接触到他的目光，我又打消了这个念头。老住持看起来一点儿也不心急，出家人有的是耐心，更何况脚下是这片连时间都为之变形的世界屋脊。他已经等了大半辈子，大概也不介意继续等下去。我在他的脸上看到了和他身后佛像如出一辙的神情，像是知道繁华已逝却又淡然处之，在这衰败的堂皇之中继续思索着实相与无常。

藏人。旅人。生意人。僧人。在这广袤的天地间，还有一群军人。

说实话，虽然我能从一路上的军车和检查站感知到他们的存在，也明白他们在如此严酷的自然环境中戍守边防的艰苦，但这种感知仍然是抽象的，更何况由于老何这辆车各种假证的问题，我们一看见军人就本能地心虚恐慌，恨不得绕道而行。可以想见，离开普兰的检查站已经几个小时，当看到一位穿着军装的小伙子在前方路边不断地挥手示意我们停车的时候,整车人的心都悬到了嗓子眼,老何摇下玻璃窗的动作沉重得就像已经准备好了接受惩罚。

"你好。"小伙子敬了个标准的军礼。

我们愁眉苦脸地看着他。

下一秒钟,毫无征兆地,他忽然整个人都趴在了摇下的车窗上!

"有……吃的吗?"

他的声音很低,带着几分羞赧,软绵绵的像是没有力气,而车里的我们都已呆若木鸡。

原来他这天一早就被派到这里做某项工作(测量之类的),队里说好几个小时后就有车来接他返回,可是不知何故,离约定的时间已经过去好几个小时了,部队的车子却还没有出现。他一个人被扔在这荒无人烟的地方,满心疑虑,饥肠辘辘,几乎无法支撑,只得向过往车辆求助,然而整整一个下午也只有我们这一辆车通过。

大家忙不迭地从包里扒拉出各种零食塞到他手中,他一径低着头小声说着"谢谢"。此刻的他终于卸下了军人的外壳,青涩脆弱得就像邻居家的孩子。每一个人的目光都集中在他脸上——他是如此年轻,惊人的年轻,可是黑得发紫的脸和皲裂的皮肤嘴唇都分明刻画着烈日风雪的痕迹。在海拔4500米以上的高原,心脏等各个器官一直处于超负荷运转的状态中,身体长期受到损害,自然灾害和过大的运动量则随时都可能置人于死地。年轻的军人在这里加速地消耗自己的青春和健康,这样的牺牲简直就像宗教中的苦行。

车子重新发动,他又敬了个军礼。我和老何的目光在后视镜里相遇,向来爱开玩笑的他一反常态地默然无语。那穿着军装的身影渐渐变成苍茫大地上的一个黑点,他趴在车窗上的那声低语萦绕在车厢内宛如一个魔咒。但愿他的战友没有把他忘记,但愿他能为这一切磨难找到超越其上的意义。

对于大多数人来说,在阿里生活意味着难以忍受的孤独和肉体的痛苦,然而每年仍有无数人不远万里来到此地，目的正是为了受苦——更确切地说，是通过苦行来朝圣，获得灵性或其他方面的益处，而最为普遍的表现形式便是徒步转山转湖了。

可是阿里有那么多座雪山，却唯有冈仁波齐才是世界公认的神山，也是转山者心目中的至为神圣之地。它被印度教、藏传佛教、苯教和古耆那教认定为"世界的中心"，传说蕴藏着巨大的能量，许多神灵都在此居住，更有四条大河（印度河、萨特累季河、布拉马普特拉河、恒河）以它为中心流向四方，孕育着世界文明。

冈仁波齐并不是阿里雪山中最高的那一座。此前我心有疑惑，不明白为什么神灵偏偏选择了它，而不是一座更高的山。"到底是哪一座？"车子还没到跟前我们就七嘴八舌地问老何。

"那个，看见没有？圆圆的，有积雪，上面好像有梯子一样的……嘿，你们运气真好！顶上云都散开了……"

是的。就是它。也只可能是它。

直到亲眼看见冈仁波齐，才明白为什么只有它才是神山中的神山。它太独特太完美了，承担得起所有的赞美和想象。它的四面惊人地对称，看起来好像一座金字塔，积雪的峰顶却似一顶圆冠，形状与周围的山峰迥然不同，简直让人觉得违背了自然规律。更特别的是南坡中央那道纵向的天然凹槽，宛如通往峰顶的一级级台阶。

"天梯！"田姐在一旁喃喃自语。

真的，看见那道"天梯"的时候，连手臂上的汗毛都唰地竖了起来——你简直可以想象自己踏着一级级天梯，登上那冰雪晶莹白云缭绕的极乐世界……

当然，没有人敢这么做，从来没有人胆敢触犯这座隐藏着世界之轴的神山。

冈仁波齐的外表实在太过神奇，仿佛天地间的灵气全都在它身上汇聚。我走到路边望着神山，受着某种神秘力量的驱使，不由自主地俯身便拜。老何却天不怕地不怕，只见他一手叉腰，一手指着山峰，用他的南腔北调胡言乱语："sēnsān

(神山)啊 sēn sān，我倒要看看你到底有多 sēn？！"

当天晚上他就生病了。

老何强撑着继续后面的旅程，一路上鼻涕眼泪狼狈不堪。回程时我们再次经过神山脚下，他扑通一声就跪了下去，"sēn sān 啊 sēn sān，我再也不敢了！"

由于时间和团队的原因，我们此行并不打算转山，不过仍在神山脚下的小镇塔钦住了一晚，遇见的旅人几乎全都是转山者。旅馆里甚至住了一大群前来朝圣的印度人，他们人多势众，用自己的色彩、音乐和体味"占领"了几乎整座旅店，甚至在楼上设了印度教的神坛，花瓣米粒铺了满满一地，而老板娘已经快要被他们不断提出的各种要求逼疯了。

对于宗教信徒来说，能够围绕冈仁波齐转山可算是一生中最重要的大事，他们相信这样的朝圣能够消除前世今生的罪孽，增添无穷的功德，获得一个更好的来生，甚至最终从轮回中解脱。一般人转山一圈需时两三天，而很多藏人更是以最为隆重的磕长头方式转山，在险绝的自然环境中以血肉之躯俯仰于天地之间。

户外运动爱好者也在此聚集，他们则更多地将转山视为在徒步健身的同时领略自然之美的乐趣。没有宗教信仰的普通游客也往往带着好奇和对自然的敬畏来到这里转山，我觉得其实这也是一种朝圣——神山是无数大江大河的发源地，下游养育了近 30 亿亚洲人，它是我们的生态屏障，是我们共有的那条遥远的根。而朝圣在本质上其实正是一种"寻根"的行为。也正是由于藏传佛教对于神山圣湖的崇拜与敬畏，这条生态之根才被保护得如此完好，仅仅为了这个我们都应该感谢藏族人。

我完全能够想象转山的艰辛历程——山高路远，氧气稀薄，气候瞬息万变，时时面对着严寒、大雪、狂风、冰雹的考验。此前在拉丁美洲的旅途中，我也经历过几次艰苦卓绝的徒步，自然条件之恶劣和肉体的痛苦程度大概比转山有过之而无不及，可是每次只要咬牙熬过了那最难以忍受的节点，心中反而会有一丝悠长的愉悦绵绵沁出，仿佛整个人都融化在这天地间。而当我再度置身于钢筋水泥的城市，也总会忍不住怀念那肉体的痛苦、美妙的消融感和令人陶醉的孤独，它们是记忆里最为永恒的东西。

徒步在崇山峻岭与雪山冰川之间，甚至只是在陌生国家的街头流连，我都常有种奇妙的感觉，仿佛日常的现实渐渐变得模糊，心中一直在沉睡的某个部分被自然、历史或异域文化本身的神圣感所唤醒，于是我似乎开始感受到某种更深层次的真相，无论那真相叫作什么——神，虚无，存在本源，潜意识，自我，绝对，无限……我和它的相遇将我从外境与表象中解脱出来，令我走进那神秘幽深之所在，发掘未知的自我，并且因此生活得更为真实。

这一过程与朝圣何其相似。对于宗教信徒来说，朝圣之旅不但是一种证明自己信仰的方式，更是一个从无知到被教化的过程，目的是寻找内心终极问题的答案，从而为生活找到意义。旅行与朝圣都是短暂而又特殊的生命历程，旅行者与朝圣者都暂时摆脱了世俗身份和日常生活，进入了一个充满奇遇、磨难和精神冲击的神秘空间，同时也感知真实的自我，并以自己的方式来重新认识世界。旅行的形式或许不像朝圣那么严肃庄重，但那种神圣的情感体验我们却绝不陌生。

之前在老挝和越南旅行时，一路舒服愉快，可是总觉得少了点什么，心中个缺口，仿佛渴望着某些高于寻常的旅游乐趣的东西。我曾以为这只是因为东南亚的风土人情缺乏新鲜感，直到来了西藏才发现，此前干涸的正是"朝圣者"的灵魂。它并不单单关乎宗教信仰（东南亚国家几乎全都佛教盛行），而是某种更为复杂深邃的东西。西藏的雪山、寺庙和特立独行的人们就像印度和缅甸那样重新激起了我的心跳，它们好像一直通往内心最深的地方。当我站在神山面前，望着天地之间宛如蚂蚁一样渺小的朝圣者，时间暂时停止了，铺天盖地的神秘感像电流一般令我震颤——这才是那种真正令人激动的旅行。

在这 16 个月的漫漫长旅即将结束之际，我比任何时候都更为清醒地感受到这场旅行的"朝圣"性质：

我们走遍天下，目的却是为了回家。

▲ 神山冈仁波齐峰同时是藏传佛教、西藏原生宗教苯教、印度教和古耆那教的朝圣中心

我曾仔细观察过藏人的朝圣之行：他们从神圣的人、物和场所接受精神上的祝福，从精神领袖那里获得教诲和启示，临走前留下自己微薄的供奉。而这难道不正是旅行的艺术？看着神山脚下一串串随风飘舞的经幡和哈达，我蓦然意识到自己也应该为这一年多的"朝圣"留下某种"供奉"……

或许是以一本书的形式，集合着我以最诚实的态度写下的每一个字。

只有到了那个时刻，我的朝圣之旅大概才算真正完整。

后记：满船空载月明归

▲ 云南泸沽湖草海

一

与拉丁美洲游记《最好金龟换酒》一样，也正如当今世界很多人的漂流生活，这本书不是在同一个地方写完的。它始于印度果阿，跟随我们颠沛流离，在记事本、电脑、小旅馆、夜车和咖啡店中辗转漂泊，有过文思如泉涌的幸运时刻，也有过漫长而令人沮丧的停滞不前，最终在宁静的海滨城市青岛写下了最后一个句号。

这本书中不止一次地提到"平衡"二字，而此刻的我意识到最重要的平衡在于命运和自由意志之间——确知自己拥有的能力和机会，并行使自由意志使之得到最好的发挥。当我接受果阿和青岛是这本书的开始和终结之地时，我只是在确知命运的安排，但我同时也知道它需要我运用自身的意志力来将其完成——虽然，虽然过程的确是长了一点……

由于铭基新工作的关系，我们 gap year 旅行归来后的这一年多都居住在青岛，可是仍然间中抽出时间进行短途旅行，甚至曾经重返曼谷和清迈。眼前的景物与记忆中的画面一一重叠，旅途中的往事历历在目，心中有种甜蜜的怅然，然而也只是有思无恋。梁园虽好，我终究只是过客。

短途旅行也自有短途旅行的好处，我意外地重新发现了那种久违的初抵异域的感受：天地间仿佛有一张大幕唰地拉开，所有的感官猛然被激活——香蕉煎饼的味道，街头传来的鼓声，当地人和说英语的游客混杂相处，强烈的日光灼烤着苍白脆弱的皮肤，鲜榨的橙汁甜蜜宛如爱情，微风不断地搅拌着烤肉的香气——从那一刻开始你才真切地感到自己身在别处，这种感受早已遗失在了长途旅行的颠沛风尘之中。

结束了 gap year，又重新找到了工作，这意味着我们如今的旅行比从前宽裕得多，再也不用看着预算紧巴巴地度日，关于住宿的选择也终于可以延伸到青年旅社和民宿之外。面对着精致的食物和品位高雅的酒店，有时心中竟会生出奇妙的罪恶感。同时我也真切地体会到物质水平的改善会直接导致旅行时所见所感的差别：曾经造访的城市显得既熟悉又陌生，从前吸引我的东西在不知不觉间被忽略，新的细节却源源不断地进入了视野……很难比较和判断哪种旅行更好，只能说它们是不同的，并且都不完整。

我和铭基都属于那种很容易适应新环境，也不愿一味沉溺在旧时光中的人。不过如果一定要说 gap year 期间最令我留恋的一样东西，那恐怕就是长途旅行所带来的无穷无尽的时间感了。在那 16 个月中，时间不是线性、单向、一去不回头的，它更像是一个哲学概念，铺天盖地，周而复始。你如同一个身处农业社会的古人，有大把的不断循环的时间可以尽情挥霍，而不用像在现代工业社会中那样争分夺秒地挣钱，感叹光阴似箭。那时的我只活在当下片刻，没有过去和未来；只是在不断地经历，心中却不存任何期待。有趣的是，彼时"身在此山中"的我并没有特别留意那种感觉，而是在结束了不断迁徙的日子之后，它才变成了一种幸福感的象征，令人回味无穷。

而这也正是我在旅行中获得的珍贵提示：时刻活在当下，珍重眼前时光。因为这才是最为真实的生命。因为昨天只是记忆，而明天只是幻想。诗人海子说"从明天起，做一个幸福的人"，但若是总把幸福寄托在明天，也就等于亲手剥夺了今天的快乐。

以前在银行上班时，老板成天在办公室里攥着拳头大吼大叫："Get me that deal, and I'll be a happy man! (拿下那一单，我就快乐了！)"可是铁打的老板流水的项目，拿下了一单又来一单，这句话重复了一遍又一遍，他却始终都没有变成一个 happy man。

我自己当年在英国找工作时，一开始的心态是"只要能找到就很好了"，渐渐变成"如果能进这家投资银行我就会超级满足"，而当我真的进去之后，却又有了新的欲望和期待——"如果这个周末不用加班就太好了"，"今年做得这么辛苦，年终奖金至少要达到多少我才会开心"，"早该升职加薪了吧喂！"……

现在回想起来,我们总将幸福快乐定格在将来时态——如果我买了一幢大房子就会快乐,如果我追到我的"女神"就会快乐,如果我升职位就会快乐……然而人的欲望永无止尽,世上并没有一劳永逸的快乐。如果我们总是抱着对未来的期待去生活,也便错失了每一个当下片刻的快乐。

旅行结束之后,我既没有回英国也没有回投行,而是决定暂时全职写作,至少写完这两本游记和接下来的一本小说。出发前和旅途中我都不止一次地设想过这个可能性,却仍然没料到自己真的有勇气选择这条道路。在 gap year 的念头刚刚萌发之际,我曾写过一篇激情澎湃的博文,大谈"认识世界"与"寻找自我",有位读者毫不客气地留言说:"别找了,我试过 gap year,没用的。"But there you go(可是就是这样),它在我身上起作用了。旅行或许只是验证而并没有真的改变我的世界观和价值观,然而它的确使我变成了一个新人。我终于不再试图让所有的人都满意,也不再为了他人的梦想而让自己忙得像个陀螺。我终于决定尝试去过对自己来说最好的生活,而不是对别人来说最好的生活。

这条路不知道能走多久,但至少现在每一个当下的我都比从前快乐得多。更重要的是,这快乐得来不易,它经过了旅途中不断的拷问和扬弃,是何兆武先生在《上学记》中所说的"通过苦恼的欢欣",而不是空泛无知的信仰——这大概才是更为真实的快乐。

二

有时我很难相信自己去过的那些地方真的存在。我的意思是,我当然知道它们真的存在,只是每每想起都有恍如隔世之感。危地马拉的小山村,委内瑞拉的天使瀑布,世界尽头的乌斯怀亚,印度鹿野苑的日本寺庙,缅甸的因莱湖……它们仿如电影中的画面一般既真实又虚幻,几乎像是只因我的经过而存在,而在那里遇见的人们也和我离开他们时一样，没有变化地明日复明日，永远停留在我记忆中的样子。

　　这当然只是我一厢情愿的想象。世上的一切都逃不过时间，即便只是短短一两年。旅途中每当与喜欢的人或地方告别时，我的心中都有种纠结感，一面渴望着未来某日能够重聚，一面又深感日月如梭而人性脆弱，一旦走了就恐怕不会再有勇气回来。在危地马拉的山村学校学西班牙语的那两个星期是毕生难忘的经历，生活清简而内心充实，离别时不但舍不得那些可爱的村民、老师和同学，甚至和学校的三只狗狗 Compa、Cabi 和 Buster 都难舍难分。谁知旅行结束后收到学校负责人 Julia 发来的邮件，说新图书馆终于建好了，可是 Compa 和 Cabi 却已经离开了这个世界。我失魂落魄地坐在那里，回想着 Compa 因为害怕打雷而一个劲儿地往我们怀里钻的情景，回想着 Cabi 发嗲时四脚朝天要求抚摸的傻样儿，努力压抑着鼻腔的酸楚和心中的起伏。虽然早知道聚散无常，但偏偏情之所钟，唯在吾辈。

　　在玻利维亚遇见的马克和莫莉结束了一年的旅行后回到美国丹佛继续当老师；印度遇见的日本男生登志公君已经环游世界足足两年多，看样子乐不思蜀，不知何处是归程；我的好友阿比在那场盛大的印度婚礼之后带着妻子高里回到伦敦生活，他换了工作部门，但仍隔三岔五地在 WhatsApp 上告诉我最新最劲爆的前同事八卦消息；拉萨的新朋友梁子师兄目前也在英国学习动物保护，之后很可能还是回西藏继续这份他热爱的事业；清迈的 Michael 由于租约原因不得不关掉小鸟旅馆，又与朋友合伙开了两家新的青年旅舍，如今的住客比从前斯文安静得多，小鸟旅馆群魔乱舞的日子已经一去不返；缅甸遇见的女大学生 Khaing 则始终没有给我们发来邮件，不知她现在是否学会了上网，也不知大学毕业以后究竟找了一份什么样的工作……

　　而至于整趟旅行中与我们最有缘分的韩国女生佳映（在拉丁美洲曾一路重逢七次之多），这场缘分也一直延续了下去——回来一年多的时间里，我们已经在北京和首尔两次相聚。她剪了新发型,找了新工作,换了新男友,拿着我的上一本书翻到有她照片的那一页笑得只见牙不见眼。品尝着美味的北京烤鸭、韩国烤肉、海鲜饼、涮羊肉和寿喜锅,我们总是不约而同地回想起拉丁美洲的各种"黑暗料理"。在那些"心比天高、命比纸薄"的日子里,三个吃货讨论最多的就是回国后要怎样大快朵颐,怎样把我们朝思暮想的美食一一补齐。

"你不会相信的,"在秘鲁的一间小餐馆里,我对佳映说,"我和铭基甚至列了一个清单,上面是我们回国以后想要马上去吃的东西⋯⋯"

她张大嘴愣在那里,半晌才狂笑起来,"你也不会相信的⋯⋯我也是!我也有一个这样的清单!"

法国作家夏多布里昂曾经写道:"每一个人身上都拖带着一个世界,由他所见过、爱过的一切所组成的世界,即使他看起来是在另外一个不同的世界里旅行、生活,他仍然不停地回到他身上所拖带的那个世界去。"这句话被后人引用得太多,但每次看到仍然心有戚戚。一个人会逐渐同他的遭遇混为一体,我便是这样在两个世界里来回穿梭——旅行时我无法摆脱使我成为今日之"我"的那个世界,归来之后却又背负起了由旅途中所见过、爱过、痛过的一切所构成的世界。

看世界新闻时感受尤其明显,仿佛在那些遥远国度发生的大事小事都与自己有某种关联:查韦斯去世,阿根廷物价飞涨,印度强奸案频发,泰国局势动荡,金边清洁工人罢工⋯⋯人如浮尘,游弋世间。我仍是茫茫天地间一粒微尘,可似乎真的离世界更近了。

在那些新闻里,我看见的不是新闻本身,而是曾经在路上遇见过的人们,以及彼此相遇相处的时刻所堆积起来的记忆。和我熟悉的同胞们一样,那些生活在远方的普通小人物也同样有着顽强的生存本领,无论生活多么沉重、艰辛、不公平,他们奋力向前,笑着流泪,珍视情感,保有尊严。从这许许多多人身上,我仿佛看到了整个人类的爱恨与困惑、等待和希望。他们就是历史,他们就是人性,他们就是阳光、苦难、生死与命运。

生命影响生命。旅途中往往匆匆一面，许多人的面容和语言都在时间的潮水中退却，可他们身上有种类似精神价值的东西却通过某种难以解释的感性力量抵达我的内心深处，而终有一日会被发现和吸收。就像王小波曾经形容的似水流年——"就如同一个人中了邪躺在河底，眼看着潺潺流水，粼粼波光，落叶，浮木，空玻璃瓶，一样一样从身上流过去"，我们也许会慢慢忘记这些曾经流过的东西，可是身上终究会留着它们的沉渣与痕迹。

而我又能给他们什么呢？旅途中耳闻目睹着无数只能用"命运"来解释的不幸，我常常感到深沉的愤怒和无力，简直想打电话去举报上帝。现在的我仍未找到上帝，却也渐渐在心中与他达成了某种形式的和解——既然我们是幸运的，那就不要辜负这份幸运。既然我背负起了他们的世界，那就得替他们好好活着，善待自己的天赋和机会，努力活出生命的种种可能性。

身上背着两个世界，路越走越远越沉重，但我乐于承受这生命中必须承受之重。

三

说来惭愧，在泰国学习内观禅修时受到很大的触动，当下决定以后也要坚持修习。可是人的惰性多么无可救药，眼看着一腔热情渐渐消散在风中……我至今仍未形成每天安排出一小段时间来静坐冥想的生活规律，除非是置身于令人难以忍受的情境——热、痒、臭、痛、拥挤、烦躁……每当此时，试着用内观的方法观察感受，简直就像一剂神药，效力强劲，药到病除。

虽然并没有坚持修习，可至少内观和旅行本身还教会了我另一样重要的东西，那就是坦然面对自我的能力。在英国时我也是个连坐十分钟地铁都忍不住要看书或玩手机的人，宁可关心于己无关的新闻，也不愿意和自己相处。然而在长途旅行中远离了熟悉的场所，又拥有大把时间可以消磨，没有非去不可的地方，也没有非做不可的事,一路遇见的旅人也大多惯于独处,懂得享受静默和沉思的乐趣。我和铭基也开始有了更多静静对坐不发一言的时光,不需要时刻交流心情和感受,我们各自进入自己一个人的世界,却又在最深层的地方因着某种相似的孤独感而与对方相连。

尤其是那些乘坐长途巴士的旅途。漫长、单调、颠簸,连看书都不可能,人们远离了外在环境,深深陷入了某种彻底的孤绝之中。最初的百无聊赖过后,你开始建立起一种缓慢的内在节奏,也渐渐能听到内心幽微的声音。忽然之间,惊心动魄的自由感无来由地骤然闪现,就像手指触摸到裸露的电线。这种自由感有时来源于喷薄而出的自我意识,有时却反因自我的消融而发生,仿佛整个人都进入了传说中的"无我之境"。

回国之后,我发觉自己来到了一个陌生的世界,而人们甚至比我印象中更为浮躁和焦灼。许多人完全离不开手机和网络,把时间全部花在了微博、微信和各种社交网站上。无数年轻人更是随时挂在线上,刷屏,聊天,分享照片,随时查看朋友们在做什么,自己的照片和状态下面多了几个"赞",或者网上又出了什么新闻和段子,否则就会无所适从;大城市的地铁里放眼望去,黑压压一片全是低垂的头,与时俱进的香港地铁还特地在自动扶梯的语音安全提示后加上了一句:"请紧握扶手,别只顾着看手机啊!";随便进入一家餐厅或咖啡店,你总能看见女生们在没完没了地自拍,而男人们的话题则大多围绕着房子、车子、如何赚大钱……

这是最好的时代。这是最坏的时代。我并不认为是现代科技令这个世界越来越迷失,宗萨仁波切就曾一针见血地指出"真正使我们迷失的是我们的无明,贪欲,不安全感,想走捷径"。我想人们也并不一定真的热衷于这样的生活,只是屈服于群体压力,生怕自己落后于同辈和时代,生怕被抛到社会热点之外。久而久之,我们关心成功和娱乐远甚于关心自己的心灵,也越来越无法面对真实的自我——频繁的自拍和更新状态可不能算是"面对自我",它们实质的目的仍是想要得到外界的认可。

重新置身于如此喧闹浮夸的环境，我觉得自己比任何时候都更需要"内观"的精神。我指的不是什么古老的灵性智慧，或是十日禅修中学到的具体技巧，而正是它字面的意思——往内去观，梳理思想，学习独处，与自己交谈。它更像是一种个人精神的确立，敢于独自面对世界，建立自己的内在准则，而不是以外境作为自我的参考点。

我相信现代人都有各种各样的精神困境，就像一座座暂时休眠的火山。假装它们不存在，或是刻意转移注意力，结果都会导致更深的困惑与焦虑，总有一天会猛烈爆发。在学习内观的过程中，我体会到唯有学会观察和面对痛苦才有从痛苦中解脱的可能，而内心的困惑也同样需要冷静而持续的直视、追问和探索——我们到底是什么样的人？我们如何思考？我们的底线在哪里？对我们来说最重要的是什么？生活中的什么东西能令我们真正快乐？……

这一切绝非自恋或自我沉溺。按照佛教的说法，探索自我，最终是为了消融自我。"消融"这个词听起来有点抽象，其实也不妨理解为减少自私和傲慢，学会理解和怜悯，也从而真正理解我们所生活的世界。从哲学的角度来说亦是如此：人必须先说很多话，然后才能保持静默。

对自我的探索同时也是对自我责任的探索。我留意到除了早就广泛存在的政治冷漠和只关心现实利益的人群之外，近些年还出现了越来越多"愤愤不平"的人们，他们把自己的愤怒和无力通通转嫁给时代、国家和社会环境，永远都在谴责他人，自身却从来没有半点行动。这两种人群在本质上是一样的，他们都拒绝承担个体的责任，也不愿意和世界发生真实的关系。

最近看到一篇关于德国电影《索菲·朔尔最后的日子》的影评，作者崔卫平在文中探讨究竟是什么使得铁桶般封闭而冰冷的体制产生一丝缝隙，结论就是人们内心的良知。她说对于纳粹这样一个高度极权的政权来说，除非有战争之类的外力作用，否则很难有力量使得它改变，指望它自我纠错是不可能的。而在没有外力的情况下，除非有一场"内部革命"，即人们开始听从自己内部的声音，开始寻找自己的良知、道德心，同时克服在那种极端情景下造成的恐惧、虚无和冷漠，自己动手解除加在自己身上的符咒，才是解放的第一步。

这正是我所说的自我发现和个体责任。社会病了，每个人都从自己身上寻找病因并积极治疗，即使暂时看不到效果，也比一开始就说"问题太大"或"不可能治得好"而放弃努力无所作为要好得多。社会的进步从来都是一代一代人共同努力争取和奋斗的结果，我们永远都站在过去和未来相遇之处。

茫茫黑夜中漫游，若是只依靠外界的光亮，看到的便不是自己，而只是自己的影子。唯有点燃一盏心灯，看清内心世界，才能确知自己真正的方向所在。"谁如命运似的催着我向前走呢？"睿智的泰戈尔写道，"那是我自己，在身背后大跨步走着。"

四

在阿根廷旅行时，发生了一件匪夷所思的事。我犹豫了很久，最终还是没有把这件事记录在上一本拉丁美洲的游记中，因为它和整本书的风格完全不搭，更因为它听起来实在太像痴人说梦。

那时我们与两位朋友一起在阿根廷的巴里洛切湖区自驾游，可没想到几天前智利一座火山爆发，由于风向的关系，火山灰全都吹到阿根廷这边来了。湖区出了名的美景也因此打了折扣，一路上的风景都像隔了层灰白色的薄纱。大家也渐渐有点儿意兴阑珊，开始讨论第二天是不是开去湖区的另一端看看。

车子驶进一片森林的时候，两位朋友已经在后座睡着了。我百无聊赖地打量着窗外，却忽然发现左前方不远处的树木之间孤零零地站着一匹白马。起初我只是有点儿疑惑，因为一路行来连人影都没看见几个，更别说是马儿了。然而驶近了才蓦然惊觉，它根本就不是什么"白马"……

形似白马的生物的额头正中，竟赫然长着一只白色的长角！

我的喉头一阵发紧，全身瞬间起了一层鸡皮疙瘩，整个人僵在座位上动弹不得，可是目光完全无法从它身上移开。这不可能，我对自己说，会不会是火山灰糊弄了你的眼睛？可我又从心底里知道此事千真万确——火山灰的确令景物变得有点儿朦胧，但这朦胧仍是有限的，否则我们怎能驾车？我的确近距离地亲眼看见了它，看见了它那奇异的螺旋角。我甚至与它对视了两秒，它的眼神宛如小鹿一般安静而清澈。

车子驶过奇迹发生之地，卷起一阵白色的粉尘，我发觉自己全身犹在轻微地抖个不停，好半天才能开口说话。

"你刚才看见了吗？看见了吗？"我惊恐地问正在开车的铭基，生怕这一切都是我的幻觉。

"嗯。"他的脸上也有种好像见到鬼的神情。

"那到底是什么东西啊？"

"不知道啊……"他怔怔地说，"长了角的……马？"

整件事中没有一丝想象。游记并非虚构作品，我一向诚实而严格地按照事件实际发生的样子去呈现它们，而并非如它们应该发生的样子，或是我希望它们发生的样子。可是我又没法到处向人诉说自己的奇遇，因为不会有人真的相信我的话。还记得当天后座的朋友醒来后我便赶紧告诉他此事，"真的？"他扬起眉毛，语气中满是怀疑，而且很快就岔开话题——我能看出他一个字都不相信。

不可感者超越经验，不可思者超越理智。超越经验和理智者，人不可能说得很多。从此我把这件事埋进心底，不再轻易向他人提起，免得自讨没趣。作为一个理科生，我并不轻信那些"不可思议的未解之谜"，也一向对装神弄鬼的东西嗤之以鼻，可如今我总算有点理解了那些执着于UFO或尼斯水怪的人，他们恐怕也同样见到了某些极其不同寻常的东西。

而一向对"独角兽"毫无了解也从无兴趣的我居然也开始在网上搜索它的信息，得到的总结无非是：独角兽被认为是神话传说中的动物，具体的形态众说纷绘，也从来没有确凿的证据证明它的确存在。然而维基百科的题图照片简直让我屏住了呼吸——那幅意大利壁画上的独角兽，除了头上的角略细之外，分明就是我在阿根廷湖区亲眼所见的生物！

我是否是个疯子，抑或现实世界真的奇幻诡谲难以理解？随着时间的流逝，连我自己都渐渐开始怀疑自己。也许我真的眼花了，也许那只是我在车上睡着了做的一个梦，也许是某种我们尚未了解的基因变异，也许是有人恶作剧地在森林里放了一个逼真的雕塑……可是我明明……可是……

幸好我不是唯一的目击者。幸好还有铭基这个一向诚实理性的理工男。"你也看到了对不对？"每当我又一次开始抓狂和质疑，都会忍不住再问一次铭基。虽然他也和我一样，从"是啊"渐渐变成了"好像是啊"，但这仍然带给我莫大的安慰。在看到"独角兽"的那一刻，在旅途中许多难以言喻的瞬间，我们两人仿佛站在同一座荒岛上。我们共同分享了欢乐、痛苦、秘密和奇迹，也得以窥见对方内在的敏感与细腻。我觉得自己理解他，而他也在某些相当特殊的时刻理解了我，这种感觉真是既虚幻又真实。

为什么最终还是决定写下这件奇事？因为我的想法改变了。现在的我决定选择相信自己见到的东西。南美森林中纯洁而奇异的独角兽，仿佛具有某种哲学上的寓意，更预示着亚洲之行中将令我的灵魂受到最深震颤的东西——世间仍有未知之物，人心仍有敬畏，生活并不单由逻辑和公式主宰。

我选择相信独角兽的存在，是因为我不愿意活在一个没有独角兽的世界里。那将是一个没神秘的世界，没有信仰的世界，斩钉截铁却冰冷乏味的世界。事实上，我们的生活中常被视为理所当然的事物，很多都是无法用逻辑和公式来解释的。一朵花的香气是神秘而真实的，婴儿在母亲怀里感到的安详是神秘而真实的，壮阔的自然所唤起的浩瀚情怀是神秘而真实的，宗教信徒内心的虔诚是神秘而真实的，一系列巧合所引发的命运之感是神秘而真实的，爱是神秘而真实的。如果这段话在你心中引起了某种共鸣，它同样也是神秘而真实的。

神秘的不仅是世界，更是我们对世界的感受。神秘诞生于人类对宇宙和人生的终极追问之中，只要人仍能感到迷茫和惊讶，它就一直存在。每当人用诗意的眼光观看世界，心中的独角兽就蠢蠢欲动。它纯净的眼眸倒映出朝圣者的灵魂，它额上的那只长角，指向的是爱、美、智慧、无限和永恒。

愿你的心中也住着一只独角兽。

图书在版编目（CIP）数据

泛若不系之舟 / 傅真著 . —北京：中信出版社，2014.7（2022.3重印）
ISBN 978-7-5086-4548-3

Ⅰ. ①泛… Ⅱ. ①傅… Ⅲ. ①随笔－作品集－中国－当代 Ⅳ. ① I267.1
中国版本图书馆 CIP 数据核字 (2014) 第 079243 号

泛若不系之舟

著　　者：傅　真
策划推广：中信出版社（China CITIC Press）
出版发行：中信出版集团股份有限公司
　　　　　（北京市朝阳区惠新东街甲 4 号富盛大厦 2 座　邮编　100029）
　　　　　（CITIC Publishing Group）
承 印 者：鸿博昊天科技有限公司

开　　本：880mm×1230mm 1/32		
印　　张：11	字　　数：308 千字	
版　　次：2014 年 7 月第 1 版	印　　次：2022 年 3 月第 16 次印刷	
书　　号：ISBN 978-7-5086-4548-3/I·510		
定　　价：39.80 元		

版权所有·侵权必究
凡购本社图书，如有缺页、倒页、脱页，由发行公司负责退换。
服务热线：010-84849555　　　服务传真：010-84849000
投稿邮箱：author@citicpub.com